Married by Morning
by Lisa Kleypas

純白の朝はきらめいて

リサ・クレイパス
平林 祥[訳]

ライムブックス

MARRIED BY MORNING
by Lisa Kleypas

純白の朝はきらめいて

主要登場人物

ラムゼイ子爵レオ・ハサウェイ……ハサウェイ家の長男
キャサリン（キャット）・マークス……ハサウェイ家の家庭教師
アメリア……ハサウェイ家の長女
ウィニフレッド（ウィン）……ハサウェイ家の次女
ポピー……ハサウェイ家の三女
ベアトリクス（ビー）……ハサウェイ家の四女
キャム・ローハン……アメリアの夫
ケヴ・メリペン……ウィニフレッドの夫。キャムの兄
ハリー・ラトレッジ……ポピーの夫。ラトレッジ・ホテルの経営者
ガイ・ラティマー卿……レオのかつての遊び仲間
アルシア……キャサリンの父方の叔母
ウィリアム……キャサリンの幼なじみ
ラムゼイ子爵未亡人……先のラムゼイ子爵の妻。女伯爵
ヴァネッサ・ダーヴィン……未亡人のひとり娘

1

英国　ハンプシャー　一八五二年八月

小説を読んだことがある人なら誰しも、家庭教師は奉公先で目立たぬよう控えめに振る舞うものだと知っている。むだ口をたたかず、愛想笑いを浮かべて指示に従い、雇い主に礼儀正しく接するのが当然だと。だからこそラムゼイ子爵レオ・ハサウェイは、いらだちとともに思うのだった。どうしてわが家の女性陣はそういう人材を選ばなかった？　なぜ、よりによってキャサリン・マークスを選んだ？　レオに言わせれば彼女は、世のすべての家庭教師の評判を落としかねない存在だ。

とはいえ、能力面で劣っているわけではない。下の妹のポピーとベアトリクスは、彼女のおかげで社交界のこまかなエチケットを身につけることができた。ミス・マークスは相当な努力を強いられたはずだ。ハサウェイ家の誰ひとりとして、英国社交界の一員になる日が来ようとは夢にも思っていなかったのだから。きょうだいはロンドン西部の村の、中流そのものといった家庭で育った。父のエドワードは中世史を専門とする学者で、血筋はけっして悪くなかったが、貴族とはとうてい呼べなかった。

だが思いがけない出来事が重なり、レオはラムゼイの爵位を継ぐこととなった。せっかく建築学を学んだのに、いまでは領主として、所有する土地とそこで働く小作人の管理にあたっている。彼が爵位を継いだのち、きょうだいはハンプシャーにあるラムゼイ領に移り住み、一筋縄ではいかない新しい暮らしになんとか慣れていった。

姉妹にとってとりわけ大変だったのが、特権階級の若いレディが当然身につけているべきくだらないエチケットや礼儀作法を学ぶことだった。ミス・マークスの忍耐強い指導がなかったなら、姉妹は檻から逃げた象のごとき優雅さでもって、ロンドン社交界を存分に荒らしていたはずだ。だがミス・マークスは姉妹に魔法をかけてくれた。とりわけ変化の著しかったのはベアトリクス。末っ子のビーは、変わり者ぞろいの家族のなかでも一番の問題児として知られていた。牧草地や森のなかを野生動物みたいに駆けまわるときが一等幸せ、という自然児だった。そんな彼女にミス・マークスは、舞踏室ではまったく異なる行動様式が求められるのよ、と懸命に教えこんだ。そうして教え子たちのために、社交界のしきたりを一連の詩にまとめてくれた。たとえばこんな具合に――

若いレディには自制心が大切
見知らぬ人とお話しするとき
おふざけやけんかや口論は禁物よ

もちろんレオは、彼女の詩才をあざ笑った。内心では、なかなかうまい作戦だなと感心していたが。おかげでポピーとベアトリクスは、ロンドン社交界へのデビューまで果たした。ポピーなどは先ごろついに、ホテル経営者として知られるハリー・ラトレッジを夫に迎えた。

残るはベアトリクスだけ。元気ありあまる一九歳のレディを相手に、ミス・マークスはお目付け役と話し相手《コンパニオン》の役割をしっかりと果たしている。一家にとっては家族の一員も同然だ。

そうしてレオだけが、このお目付け役の存在を受け入れられずにいる。彼女がずけずけとものを言い、雇い主に平気で指示するからだ。ごくまれに愛想よく話しかけてやれば、冷ややかな言葉を投げかえし、あるいは侮蔑の表情でそっぽを向く。きわめて論理的な意見を述べてみれば、みなまで言う前に矛盾点をひとつ残らず指摘して論破する。

とことん嫌われているのだと悟ってからは、自分も相手に冷たく接するようになった。そしてこの一年ばかりというもの、別に嫌われていてもかまわないじゃないか、と自分に言い聞かせてきた。ロンドンには、キャサリン・マークスよりもずっと美しく、愛嬌があり、魅力的な女性がいくらでもいるのだからと。

なのに、彼女に惹かれている。

たぶん、ミス・マークスがひた隠しにしている秘密のせいだと思う。彼女は幼少期についても家族についてもけっして話さない。ハサウェイ家の家庭教師になった理由すらも。ごく短期間、女学校で教えていたらしいが、教科がなんだったのか、退職したのはなぜなのかといったことも打ち明けない。かつての教え子たちから伝わってきた噂によれば、女校長との折り合いが悪かったのだとか。身を持ち崩し、社会的地位を失ったせいで、奉公に出ることを余儀なくされたという説もある。

ミス・マークスには打ち解けない、強情な一面もあり、レオは彼女がまだ二〇代前半である事実をしばしば忘れてしまう。初対面のときなど、干からびたオールドミスそのものだ、と思ったものだ。敵意に満ちたしかめっ面に眼鏡をかけ、口を真一文字に引き結んでいたミス・マークス。背筋は火かき棒のようにまっすぐで、蛾《が》みたいに地味な茶色の髪はどんなときも、きついひっつめにまとめてあった。そんな彼女にレオは「死神」のあだ名を授けた。家族からはいさめられたが。

しかしこの一年でミス・マークスは大きな変化を遂げた。マッチ棒のように細かった体は、ほっそりとしていながらだいぶ丸みが出てきた。頬も赤みを帯びている。一〇日ほど前にロンドンからハンプシャーに戻ったとき、レオは心底驚かされた。彼女はなんと、きらめく金色の髪をなびかせていたのだ。ずっと前から金髪を茶色に染めていたらしい。髪の染料を頼んでいる薬局が薬の配合をまちがえ、それでもともとの色に戻さざるを得なくなったのだという。茶色の髪は、繊細な面立ちと抜けるように白い肌とあいまっていかめしさを醸していたが、本来の金髪は目を見張るほど美しかった。

その髪を見たとたん、レオはある事実にぶちあたった——にっくきキャサリン・マークスは、美貌の女性だったのだ。とはいえ、彼女をまるで別人に見せているのは髪の色ばかりではない……どうやらミス・マークスは、茶色の髪をなくしたためにいつもの冷静さまで失ってしまったらしかった。自分は隙だらけだとでも感じているのか——実際、隙だらけだった。だからこそレオは、彼女を文字どおり裸にしてみたいと願った。そうして、もっと知りたいと。

それでもあえて近づこうとはせず、この新たな発見にまつわるあれこれに思いをめぐらした。そもそも、彼女の金髪を見たあとの家族の反応が意外だった。みんな、ただ肩をすくめただけだったのだ。どうしてほかの連中は、彼女にこれっぽっちの好奇心もかきたてられない？　なぜ彼女はいままでずっと、自分を不美人に見せようと努めてきた？　いったい全体なにを隠している？

よく晴れたハンプシャーの午後、どうやら自分以外の人間はほかに気にかかることがあるらしいと結論づけたレオは、ミス・マークスを捜しに行った。ふたりきりで向きあえば、疑問への答えが得られると思ったからだった。彼女は花盛りの庭園にいた。生垣に囲まれた庭園の、砂利敷きの小道の脇に置かれた長椅子に座っていた。

連れと一緒に。

レオは二〇メートルほど離れたところで歩みを止め、うっそうと枝葉が茂るイチイの陰に身を潜めた。

連れはポピーが結婚したばかりの相手、ハリー・ラトレッジだった。なにやら親密そうに語りあっている。

罪に値するほどの状況ではないが、適切とは言えない。

あのふたりに、いったいどんな共通の話題があるというのだろう。かなり離れたところから様子をうかがうレオにも、重大な話なのがわかる。黒髪のハリー・ラトレッジがミス・マークスを守るかのように身をかがめる。まるで親友のように。あるいは恋人のように。

やがてミス・マークスが、ちょうど涙をぬぐうときみたいに、ほっそりとした指を眼鏡の下に入れた。レオは口をあんぐりと開けた。

彼女は本当に泣いていた。ハリー・ラトレッジのとなりで。

今度はラトレッジが彼女の額にキスをした。

レオの呼吸が止まる。彼は微動だにせず、複雑に入り交じる感情をえり分けていった……驚き、不安、疑惑、そして怒り。

あのふたりはなにかを隠している。なにかをたくらんでいる。

ひょっとしてラトレッジが、かつてミス・マークスを愛人にしていたとか？　いや、彼女を脅しているのかもしれない。あるいは、彼女のほうが義弟をゆすっているのかも。いや、そうじゃない……遠くから見ていても、ふたりが互いを思いやっているのがわかる。

レオは顎の先をなぞり、これからどうしようかと考えた。最も大切なのはポピーの幸せだ。義弟につかみかかって血まみれの肉塊になるまで殴りつける前に、まずはしっかりと状況を把握する必要がある。殴るのは、正当な理由が見つかってからでもいい。

慎重に呼吸を取り戻しつつ、レオはふたりをじっと観察した。ラトレッジが立ち上がり、母屋のほうへと歩いていく。ミス・マークスは長椅子に腰を下ろしたままだ。

無意識のうちに、レオは彼女にゆっくりと歩み寄っていた。自分でも、彼女にどう接し、なにを言うつもりかわかっていなかった。彼女を目の前にした刹那に、どの衝動が一番強くおのれを衝き動かすか——すべてはその一点にかかっていた。相手を絞め殺してしまう可能性だって大いにあった。陽射しで温められた草の上に押し倒し、この場で奪ってしまう可能性も。まるでなじみのない、熱を帯びた不快な感情にとらわれている自分にレオはふと気づいた。まさか嫉妬だろうか。なんてこった。隙あらば彼を愚弄し、小言をたれる、痩せっぽちのやかまし屋のせいで嫉妬にかられるとは。

もしかして自分は、また一段、堕ちてしまったのだろうか。ついにオールドミスへのフェティシズムを抱くに至ったのだろうか。

ここまで強く惹かれるのは、きっと彼女の頑なな性格のせいだ。かねてからレオは、どうすれば彼女の心の枷《かせ》をはずせるのだろうと考えていた。にっくき天敵たるキャサリン・マークス……一糸まとわぬ姿にして組み敷き、身もだえさせてみたい。それがいまの一番の望みだ。当然である。なにしろ、自ら望んでベッドをともにしてくれる女性が相手では、ちっともやりがいがない。しかし相手がミス・マークスなら……時間をかけてゆっくりと、彼女が泣いて懇願するまでじらして楽しめるなら……大いにやりがいがある。

さりげない足どりで長椅子に近づいたレオは、彼を視界にとらえたミス・マークスが身をこわばらせるのを見逃さなかった。ひきつったような、不快げな表情を浮かべ、唇を引き結んでいる。レオは夢想した。彼女の頰を両手でつつみこみ、たっぷりと時間をかけてみだらにキスをする。やがて彼女の四肢から力が抜け、彼の腕のなかであえぎ声をもらしはじめ……。

現実には、両手をこぶしにして上着のポケットに突っこみ、無表情にミス・マークスを眺めていた。

「いったいなにをしていたのか、説明してもらおうか」

陽射しを受けたミス・マークスの眼鏡がぎらりと光り、つかの間、瞳に浮かぶ表情が見えなくなる。

「わたしを監視していたの？」

「まさか。オールドミスが暇な時間になにをしようが、わたしの知ったこっちゃない。ただし、わが家の庭園で義弟が家庭教師にキスをしたとあっては、黙っていられまい」

こういうときのミス・マークスの冷静沈着ぶりには、誰もが一目置くべきだろう。膝に置いた両手をわずかに強く握りしめる以外、彼女はいっさい反応を示さなかった。

「キスを一回されただけだわ。額に」

「回数や場所は問題じゃない。なぜやつがきみにそんなまねをするのか、理由を聞かせたまえ。きみがやつに、それを許した理由も。もっともらしい理由を考えろよ。さもないと、あとこれっぽっちで――」レオは親指と人差し指をほんの数ミリ離してみせた。「堪忍袋の緒が切れる。そうなったら、きみを馬車道まで引きずっていき、ロンドンに向かう荷馬車が通りかかりしだい、そいつに押しこんでやる」

「地獄に堕ちて」ミス・マークスは低い声で言うと、勢いよく立ち上がった。足をほんの二歩踏みだしたところで、後ろからレオにつかまれる。「さわらないで！」

彼はミス・マークスを自分のほうに向かせ、いともやすやすと動きを奪うと、ほっそりとした両の腕をつかんだ。薄いモスリン越しに、肌のぬくもりが感じられる。ラヴェンダー・ウオーターの清潔な香りが鼻腔をくすぐった。首の付け根に、タルカムパウダーがかすかに浮いているのが見えた。すがすがしい香気は、ぱりっとしたシーツに交換したてのベッドを思わせる。彼女とともにそのベッドに潜りこみたい。レオは強烈にそう思った。

「きみには秘密がありすぎる。この一年ばかり、きみの辛辣な言葉や謎めいた過去にはずいぶん悩まされてきたよ。さあ、答えを聞かせてもらおうか。ハリー・ラトレッジといったいなにを話していた？」

ミス・マークスは、髪より少し濃い色の整った眉をきゅっと寄せた。「彼に訊いたら？」

「きみに教えてほしいんだよ」頑として答えようとしない相手にいらだち、レオはさらに挑発することにした。「これがきみじゃなかったら、やつを誘惑していたのだと思っただろうな。だがきみは男を誘惑できる玉じゃない、だろう？」

「できるとしても、あなただけは誘惑しないわ！」

「落ち着けよ。にこやかに話しあおうじゃないか。今回くらいは」

「だったら、手を離して」

「離せばきみは走って逃げる。こんな暑い日に、追いかけっこはごめんだ」

ミス・マークスがむっとした表情を浮かべ、両の手のひらを胸板に置いてどんと押してくる。体をぴったりとつつむコルセットにレース、幾層にもなったモスリン。その下に隠された、ピンクに染まる白い肌、やわらかな曲線、なまめかしい巻き毛……想像したとたん、レオの欲望が呼び覚まされた。

その思いを読みとったかのように、ミス・マークスが身を震わせた。レオは彼女をじっと見つめ、最前より優しい声でたずねた。

「わたしが怖いのかい？　機会を見つけては、わたしをぶちのめし、切り刻むくせに」

「思いあがりもいいかげんにして。怖いわけがないでしょう。もっと立場にふさわしい振る舞いをしてほしいだけだわ」

「貴族らしく、という意味かい？」レオは愉快げに両の眉をつりあげた。「あいにく、貴族はこんなふうに振る舞うものなんだよ。きみともあろう人が、貴族のなんたるかを知らないとは驚いたね」

「もちろん知っているわ。幸運にも爵位を継いだ者は、それなりの礼節をわきまえるべきだと。貴族には貴族の義務――責任があるはずよ。それなのにあなたは爵位を、想像できうるかぎり最も放埒な、不愉快な所業におよぶための許可証のようにみなしている。それだけじゃない――」

「ミス・マークス」レオは猫撫で声でさえぎった。「じつにうまく話をごまかそうとするものだね。あいにく、答えを聞くまであきらめるつもりはないよ」

彼女は深々と息を吸い、視線をそらそうとした。だがレオがすぐ目の前に立ちはだかっているのでできない。

「ふたりきりで話していた理由は……彼が額にキスをしたのは……」

「どうしてなんだい？」

「どうしてかというと……ハリー・ラトレッジは兄なの。父親ちがいの」

うつむいた彼女の後頭部をまじまじと見つめ、レオはたったいま耳にしたことを理解せんと努めた。騙されていたのだと気づいたとたん、怒りがめらめらと燃えあがった。くそっ。ふたりが兄妹だって？

「妙な話じゃないか。そんな大切な事実を隠しておくなんて」

「こみいった事情があるのよ」

「どうしてふたりとも、いまのいままで一言も言わなかった？」

「あなたに教える必要はないと思ったから」

「やつとポピーが結婚する前に言うべきじゃなかったのか？　打ち明けるのが当然だ」

「どうして？」

「それが誠意というものだろう。ハサウェイ家に影響をおよぼしうる秘密が、ほかにもまだあるのか？　あとはなにを隠してる？」

「あなたには関係ないでしょう」ミス・マークスはぴしゃりと言いかえし、身をよじって逃れようとした。「離してちょうだい！」

「なにをたくらんでいるのか、白状したらな。そもそも、キャサリン・マークスというのは本名か？　きみはいったい何者なんだ？」レオは毒づき、激しく身をよじる相手を押さえつけた。「じっとしていろったら。わたしはただ――あいたた！」

やっとのことでレオに背を向けたミス・マークスが、彼の脇腹に肘で鋭い一撃をくわえた。だがようやく自由を取り戻したとたん、今度は眼鏡が宙に飛んでしまった。「眼鏡が！」いらだたしげにため息をもらし、両手と両膝を地面について、手探りで捜す。

レオの怒りは、罪悪感にたちまち取って代わられた。どうやら彼女は、眼鏡なしではほとんどなにも見えないらしい。地面に這いつくばって必死に眼鏡を捜すさまを眺めていると、自分が人でなしに感じられた。あるいは、いじめっ子に。彼は自らもひざまずいた。

「どっちの方向に飛んでいくか見えなかったのか？」レオはたずねた。

「見えたら」ミス・マークスはぷりぷりと応じた。「眼鏡は必要ないでしょう？」

短い沈黙が下りる。「一緒に捜すよ」

「それはどうもご親切に」辛辣な返事がかえってくる。

それから数分間、ふたりはラッパズイセンが咲き乱れる庭園内を四つん這いになって移動し、捜索に専念した。羊肉みたいにかみごたえのある沈黙を、ひたすらかみしめながら。

「すると、眼鏡は本当に必要なわけか」長いしじまを破ってレオは言った。

「あたりまえでしょう」ミス・マークスがむっつりとこたえる。「必要もないものを、かけるわけがないじゃない」

「変装の一環かと思ったよ」

「変装？」

「ああ、変装。世間では、素性を隠すための方法をそう呼びならわす。一般的には道化役者や密偵が駆使する技だが、最近では家庭教師も使うとみえる。まったく、わが家には一般的という言葉はいっさいあてはまらないらしいな」

ミス・マークスがこちらをねめつけ、焦点の合わない目をしばたたく。その表情がつかの間、お気に入りの毛布を取りあげられて不安がっている子どもを思わせる。レオはなぜか、胸の奥が痛いほどにうずくのを覚えた。

「眼鏡はちゃんと見つけるよ」彼はぶっきらぼうに告げた。「安心しろ。なんならここはわたしに任せて、きみは家に戻りたまえ」

「いいえ、けっこうよ。家に向かったつもりが、納屋にたどり着くに決まっているもの」

草のあいだにきらりと光るものを見つけたレオは、手を伸ばして眼鏡をつかんだ。「あったぞ」ミス・マークスににじり寄り、膝立ちになって向きあう。袖口でレンズを磨いてからレオは言った。「じっとしてて」

「自分でかけられるわ」

「いいから、素直に言うことを聞けよ。もしやきみにとって口論は、呼吸と同じくらい自然な行為なのか？」

「まさか」ミス・マークスは即答し、レオがかすれた笑い声をもらすと赤面した。

「安心したまえ。無防備な女性を襲っても、おもしろくもなんともない」レオは眼鏡をそっと彼女の鼻にのせ、フレームを指でなぞりながら丹念に具合を見た。耳づるに触れ、「しっくりこないみたいだな」とつぶやく。それから彼女の耳の上端を、探るように指先でなぞった。陽射しを浴びたミス・マークスは信じられないくらいきれいだった。灰色の瞳は青や緑のきらめきを放っている。あたかもオパールのように。「耳が小さすぎるのか」骨格の秀でた顔に指先で触れたまま、レオは言葉を継いだ。「だからちょっとしたことで眼鏡が落ちてしまうんだな。きちんと引っかかる場所がないんだ」

ミス・マークスはまごついた表情でこちらを見ている。

なんてはかなげなんだろう、とレオは思った。意志の強さや短気のせいで忘れてしまいがちだが、ミス・マークスはレオの半分くらいと言ってもいいほどに小さくはかなげだ。いつもの彼女ならとうにレオの手を払いのけているだろうに――彼女は他人に、とりわけ彼に触れられるのをひどくいやがる――実際には、身じろぎひとつせずにいる。首の脇を親指でなぞってみると、彼女が息をのみ、指先にかすかな脈動が伝わってきた。いまという時があたかも現実ではないかのような、夢であるかのような感覚に陥る。この瞬間が、ずっとつづいてくれたなら……。

「キャサリンは本名かい？　それくらい教えてくれてもいいだろう？」

彼女はためらった。わずかなりとも素性を明かすのが怖いのだろう。だがレオが指先で優しく首筋をなぞると、恐れは消えたようだ。彼女は喉元から頬まで紅潮させた。

「ええ」とだけ言って言葉に詰まる。「本名よ」

ふたりともまだひざまずいたままだ。見ればミス・マークスのスカートは大波のごとく広がってあたりを覆っていた。重なりあった花柄のモスリンを、レオの膝が踏んでいる。彼女を間近に感じて、レオの体は激しく反応していた。熱気が皮膚の下まで忍びこみ、よからぬ部分が熱くなっていく。体中の筋肉が収縮する。いますぐにこれを終わりにしなければ。さもないと、とんでもない所業におよび、お互いに後悔する羽目になる。

「手をとって」立ち上がろうとしながら、レオはぶっきらぼうに促した。「ひとまず家に戻ろう。ただし、本件をうやむやにするつもりはない。いずれあらためて――」

彼は言葉を失った。立ち上がりかけたミス・マークスがよろめき、軽くぶつかってきたからだ。ふたりは身をこわばらせた。向かいあって互いを見つめる。とぎれとぎれに吐かれる息が混じりあった。

夢を見ているかのような感覚がますます強くなる。夏の庭園でひざまずいて向きあうふたり。押しつぶされた草と緋色のケシの香りがあたりに濃厚に漂い……レオの腕のなかにはキャサリン・マークスがいる。陽射しを受けた金髪はきらきらと輝き、素肌はやわらかな花びらのよう。上唇は下唇と同じようにふっくらとして、熟した柿を思わせるなめらかな曲線を描いている。その唇に見とれていると、新たな興奮が呼び覚まされ、うなじの毛がざわざわした。

この世には――レオはぼんやりと思った――素直に受け入れるべき衝動というものがある。幾度抗ったところで、それはくりかえしわき起こる。そうした衝動の前にはおとなしく屈するほかない――それ以外に解放されるすべはないのだから。

「くそっ」レオはうんざりした声でつぶやいた。「やるしかないか。あとでとんでもない目に遭うに決まっているが、しかたがない」

「やるって、なにを？」ミス・マークスがきょとんとして見つめてくる。

「これを」

レオは身をかがめた。

このときを夢見ていた。全身の筋肉がため息をもらすのが聞こえる。ついに念願を果たしたのだ。あまりの心地よさに、彼はつかの間身動きひとつせず、やわらかな唇をただひたすら堪能していた。快感に身を浸し、すべてをゆだねる。頭のなかを真っ白にして、夢に見たありとあらゆる愛撫を試した……上唇をかみ、つづけて下唇をかみ、ぴったりと唇を重ね、舌で舌に触れ、じらすように口づける。幾度も幾度もキスをくりかえし、なまめかしく舌をからませ、唇を吸い、押しつけた。全身を喜びが駆け抜けていき、血管という血管、神経という神経を共鳴させる。

それでもなお、レオは痛いほどに求めていた。両手をモスリンのドレスの下に忍びこませて、素肌をくまなく味わいたい。ドレスに隠されたあらゆる場所に唇を這わせ、隅から隅までキスをして堪能したい。ミス・マークスも片腕を彼の首にまわして、なすすべもなく反応している。身をよじるさまは、あふれる快感から逃れようとするかのようだ。実際、快感はあふれんばかりだった。ふたりはともに、いっそう強く相手に身を寄せようともがき、ぎこちないリズムを刻んでいた。幾層にもなったドレスや服にさえぎられていなかったなら、その場で愛を交わしているも同然だった。

そろそろやめるべきだと知りながらも、レオは口づけをつづけた。えもいわれぬ心地よさゆえ、そして、キスをやめたあとの現実に対する恐れゆえだ。このような時間を過ごしてしまったからには、もうかつてのような、いがみあうばかりの関係に戻ることはできまい。ふたりの関係はすでに、行き先の知れない新たな道へと踏みだした。お互い、その行き着く先を受け入れるつもりはないだろう。

一息に身を引き離すことができず、レオは唇を相手の顎の先に、耳の裏の感じやすいくぼみに這わせながら、徐々に体を離していった。離れたあとも、すばやい脈動が唇にまざまざと残った。

「ミス・マークス」と荒い息をついて呼びかける。「こうなることを恐れていた。わかっていたんだ……」言葉を切り、レオは顔を上げて相手を見つめた。

彼女はくもったレンズの向こうで目を細めていた。「眼鏡が……また落としたみたい」

「いや、ちゃんとあるよ。レンズがくもっているだけだ」

くもりが消えると、ミス・マークスはレオをどんと押した。差し伸べられた手をむきになって振りはらい、よろよろと立ち上がる。

ふたりはにらみあった。どちらの驚きがより大きいか、判断するのは難しかった。

だが顔に浮かぶ表情からすると、おそらくミス・マークスの驚きのほうが勝っているのだろう。

「なかったことにしましょう」彼女はきっぱりと言いきった。「言いふらしたければ言いふらせばいいわ。死ぬまで否定してあげるから」乱暴にスカートを数回はたいて葉や草を落とすと、きっとレオをねめつけた。「家に戻るわ。ついてこないで!」

2

レオが次にキャサリン・マークスと顔を合わせたのは、にぎやかな夕食の席だった。妹のアメリアにウィニフレッド、ポピー、それぞれの夫であるキャム・ローハン、ケヴ・メリペン、ハリー・ラトレッジが食堂にそろい、ミス・マークスはベアトリクスとともにテーブルの反対端に座っている。

妹たちはこれまで誰ひとりとして、結婚相手に普通の男を選ばなかった。キャムとメリペンはロマで、だからこそなのか、変わり者ぞろいのハサウェイ家にも難なく解けこんでいる。ポピーの夫で奇人のハリーはホテルを経営しており、その権力ゆえに友人よりも敵から好かれている。

キャサリン・マークスが、そのハリーのじつの妹だとは……。

夕食の席でレオはふたりを交互に観察し、共通点を探した。驚いたことに、よく見ればふたりはそっくりだった。秀でた頬骨も、横にすっと伸びた眉も、猫みたいに少し上がった目じりも。

「話がある」食事がすむなり、彼はアメリアに声をかけた。「ふたりで」

アメリアは興味深げに青い瞳を見開いた。

「いいけど。なんなら散歩でもする？　外はまだ明るいわ」

レオはぞんざいにうなずいた。

ハサウェイ家の長男長女として、レオとアメリアはことあるごとに議論を闘わせる。とはいえレオがこの世で最も信頼し、打ち解けて話せる相手はアメリアだ。なんといっても彼女は率直だし、常識も大いに備えている。

そんなアメリアがキャム・ローハンのように粋なロマに心奪われるとは、家族の誰ひとりとして予想だにしなかった。だがキャムはあれよあれよという間に彼女をとりこにし、結婚までこぎつけた。のちにわかったことだが、キャムはハサウェイ家の人間に分別をたたきこむ能力まで兼ね備えていた。男にしては少しばかり長すぎる黒髪に、片耳にダイヤモンドのピアスを光らせているため、なるほど見た目は威厳ある家長らしくない。だがそういう型にはまらない一面があるからこそ、一家を難なく統率できるのだろう。現在のところ彼とアメリアの子どもはひとり。父親の黒髪と母親の青い瞳を受け継いだ、九カ月になる長男のライがいる。

屋敷の私道をアメリアと並んでゆっくりと歩きながら、レオはいかにも領主らしく周囲を見わたした。夏のハンプシャーは夜の九時になってもまだ日が落ちず、モザイクを織りなす森や生い茂る灌木や草原をきらめかせている。領内には川やせせらぎも走っており、幾種類もの野生生物が住まう沼地や湿原へと流れこんでいる。たしかにラムゼイ領は、規模こそハンプシャー一とは言えない。しかし古色蒼然たる森と、三〇〇〇エーカーからなる肥沃な農地を誇る、州内有数の美しい場所だ。

この一年ほどのあいだにレオは、所領の小作人と交流を持つようになり、灌漑および排水設備をさまざまに改良し、柵や門や小屋などを修繕し……農業に関して、欲しくもない多彩な知識まで身につけた。すべてはメリペンの容赦ない指導のたまものだ。

少年のころからハサウェイ家に住んでいるメリペンは一家のため、領地管理について可能なかぎり学んできた。そうして蓄えた見識や技術を、これからはレオに授けようというのである。

「ラムゼイ領はまだ、本当の意味でレオの土地じゃない」メリペンはそうレオを諭したものだ。「自分のものにするためには、血と汗を流さないと」

「それだけでいいのか？」レオは皮肉めかした。「血と汗だけで？　なんなら、そのほかの体液もちょっとばかり流してやってもいいぞ」

あのときは軽口で応じたものの、内心、メリペンの言うとおりだったなと思っている。ラムゼイ領に対して感じるこの責任も愛着も、そうすることでしか得られなかっただろうと。

ポケットに両手を突っこんだレオは、こわばったため息を吐いた。夕食の席で覚えたいらだちが、まだ抜けていない。

「キャサリンとけんかをしたんでしょう？」アメリアがたずねる。「いつもならテーブルの端と端で言いあうのに、今夜は一言も口をきかなかったわ。彼女なんて、お皿から顔を上げもしなかったんじゃないかしら」

「けんかじゃない」レオはぶっきらぼうに応じた。

「だったら、いったいどうしたの？」

「ミス・マークスに聞いた――いや、無理強いして言わせたんだが――ラトレッジはじつの兄だそうだ」

アメリアは疑わしげにレオを見つめた。「無理強いってどういうこと？」

「そこのところはどうでもいい。それより、ちゃんと聞いていたのか？　ハリー・ラトレッジは彼女の――」

「キャサリンはただでさえつらい思いをしているのよ。お願いだから彼女をいじめないで。変なまねをしたら――」

「ばかな。いじめられているのはこっちだ。彼女と話をするたび、はらわたを引きずりながら退散する羽目になる」妹が笑いをかみ殺しているのに気づいて、レオはますますいらだちを深めた。「どうやら、ふたりが兄妹だと知っていたらしいな」

「ええ、数日前に知ったの」アメリアは素直に認めた。

「なぜ隠してた」

「口止めされたからよ。プライバシーを守ってあげたかったの」

「ここじゃ誰もプライバシーなぞないのに、どうして彼女だけが守ってもらえるんだ」足を止めたレオは、妹の歩みをさえぎり向きあった。「そもそも、これまで秘密にしてきた理由はなんだ」

「さあ」アメリアは当惑の表情を浮かべて正直に答えた。「わが身を守るためにはしかたがなかった、と言っていたけど」

「守るって、いったいなにから」

アメリアはあきらめ顔で首を振った。

「ハリーに訊いてみたら？　どうせ答えないでしょうけど」

「くそっ、そうやって隠しとおすつもりなら、まばたきする暇も与えずに彼女を首にするぞ」

「お兄様」アメリアは驚いた声をあげた。「冗談でしょう」

「いいや、喜んで首にしてやる」

「ベアトリクスのことも考えてあげて。あの子がどんなに悲しむか――」

「考えているからこそさ。危ない秘密を持っているかもしれない女性に、末の妹のお目付け役を任せてたまるか。ハリー・ラトレッジは、ロンドンきっての悪党とも平気でつきあう男だぞ。それが実の妹の存在を隠していたとなると……彼女が犯罪者だという可能性だってある。そんなことも考えつかないのか？」

「やめてよ」アメリアはこわばった声で応じ、ふたたび歩きだした。「ねえ、いくらお兄様でも考えすぎよ。犯罪者だなんて」

「のんきなことを言ってる場合か」レオは妹を追った。「人は見かけによらないものだぞ」

短い沈黙ののち、アメリアがおずおずとたずねた。「どうしようというの？」

「明日、ロンドンに発つ」

アメリアは目を見開いた。

「だけどメリペンがお兄様に、カブの植えつけと肥料撒きを手伝ってほしいって――」

「わかってる。わたしだって、堆肥がなせる神秘に関するあいつの素晴らしい講義を聞けないのはじつに残念だ。それでも、行かないわけにはいかない。ラトレッジからなんとしてでも答えを引きだしてやる」

妹は眉根を寄せた。「どうしてここで訊かないの？」

「あいつはまだ新婚旅行中だろうが。ハンプシャーでの最後の夜を、わたしなぞとおしゃべりして台無しにしたくはあるまい。それにロンドンでは、メイフェアに住むとある人物の依頼で、温室を設計することになっていてね」

「キャサリンから離れる口実にもなるものね。彼女となにかあったのでしょう？」

橙と紫のあざやかな日の名残を見やり、レオはしみじみとした声で「そろそろ日が暮れるな」とつぶやいた。「家に戻ろう」

「逃げたってなんにもならないのよ、お兄様」

レオの唇がいらだたしげにゆがむ。

「ばかばかしい。逃げればすむに決まっているじゃないか。どんな面倒からも逃げおおせるさ」

「キャサリンに夢中なんでしょう?」アメリアは食い下がった。「誰が見てもわかるわ」

「考えすぎなのはどっちだ?」レオは言いかえし、屋敷のほうに大またで歩を進めた。

「彼女の一挙手一投足を見つめているじゃない」アメリアは遅れまいと必死についてくる。

「名前が出るたび、耳を立てているじゃない。近ごろでは、彼女としゃべったり言い争ったりしているときが一番生き生きとして見えるくらいよ。最後にあんなお兄様の顔を見たのは……」そこまで言ってから、いけないとばかりに口をつぐんだ。

「いつだ?」レオはあえて促した。

「猩紅熱《しょうこうねつ》がはやる前」

それは、ふたりがずっと避けてきた話題だった。

レオが子爵位を継ぐ前年のこと。当時のハサウェイ家が住んでいたハンプシャーの村を、死に至る猩紅熱が襲ったのだ。

最初の犠牲者はローラ・ディラード。レオの婚約者だった。

ローラの両親は、病に倒れた娘の寝室で過ごすことをレオに許した。それから三日間、彼は腕のなかで刻々と死に近づきつつある婚約者を見つめつづけた。彼女はレオに抱かれながら亡くなった。

帰宅するなりレオは高熱に倒れ、つづけてウィンも床に伏した。兄妹は奇跡的に命をとりとめたものの、以来ウィンはすっかり体が弱くなってしまった。一方のレオはまるで別人のようになった。当人にすらはっきりとわからぬまま、心をむしばまれていった。

気づけば、覚めない悪夢のなかにいた。おのれの生死すらどうでもよくなった。最悪なのは、自分ひとりで苦しめばいいものを、家族まで傷つけ、際限なく迷惑をかけつづけたことだ。そうしてわが身を滅ぼそうとしている彼をついに見かねて、一家はある決断を下した。健康を取り戻すためフランスの療養所に向かうウィンに、レオを同行させたのである。

ウィンの弱った肺が療養所で回復を遂げつつあるころ、レオは暖かな南仏プロヴァンス地方の村々をひたすら歩いて過ごした。瓦屋根の家々のあいだを、花咲き乱れるつづら折りの小道を、だだっ広い草原を散策する日々だった。まぶしい陽射し、青い熱風、ゆったりとした時間の流れ――レオの精神は明瞭さを、心は平穏を取り戻した。彼は深酒をやめ、夕食の席でもワインをグラスに一杯たしなむだけになった。素描をものし、絵筆をとるようにもなり、そして、悲しみに暮れた。

やがて兄妹は英国に戻った。帰国するなりウィンは幼いころからの願望を実現させ……メリペンと結婚した。

レオはといえば、家族を失望させてきた償いにせっせと努めた。とりわけ、二度と誰も愛さないという自分自身との約束を大事にした。おのれの愛情が死をいとわぬほど深いものであることを知ったいま、もう二度と愛の前に屈するわけにはいかなかった。

「なあアメリア」苦笑交じりに彼は呼びかけた。

「途方もない想像はとっとと忘れたほうがいいぞ。このわたしが、ミス・マークスに個人的な感情を抱いているだなんて。わたしはただ、彼女の秘密を突き止めたいだけさ。彼女のことだ、どうせつまらない秘密だろうがね」

3

「二〇歳になるまで、キャットの存在すら知らずにいたんだ」

ハリー・ラトレッジは長い脚を伸ばして言った。彼とレオはいま、ラトレッジ・ホテルのクラブルームにいる。八角形の後陣《アプス》がいくつも並ぶ豪奢な造りのひっそりと静かなその空間は、外国からの賓客や裕福な旅行者、貴族、政治家などが集うロンドンきってのクラブだ。

猜疑心をろくに隠そうともせず、レオは義弟をまじまじと見つめた。妹たちの結婚相手としてどんな男をレオが望んでいたにせよ、ハリーが最有力候補でなかったことはまちがいない。レオは義弟を信用していない。とはいえ義弟にも優れた点はいくつかあり、なかでもポピーに対する愛情の深さは認めざるを得ない。

手のひらで温めたブランデーを口に含んだハリーは、次の句を継ぐ前に用心深く言葉を選んでいる様子だ。義弟はたいそうハンサムで、その気になれば愛想よく振る舞えるが、冷酷でずる賢い一面もある。だが彼は、ロンドン一の規模と華やかさを誇るホテルを造りあげた成功者なのだ。そうした一面はあって当然だろう。

「キャットについて人と話したくない理由はいくつかある」ハリーは緑の瞳に警戒心を宿し

ながらつづけた。「彼女に冷たく接してきた、困っているときに手を差し伸べてやらなかった、という事実がまずひとつ。もちろん、いまでは後悔しているが」

「後悔しない人間はいない」レオは応じてブランデーを口にし、熱い炎が心地よく喉を落ちていく感覚を味わった。「わたしが悪癖にふけるのもそのせいだ。そうしていれば、後悔を覚える暇もない」

ハリーはにやりと笑ったものの、すぐにまじめな顔に戻ると、テーブルに置かれた小さなランプをにらんだ。

「事情を話す前に、なぜ妹の過去に興味があるのか聞かせてほしい」

「雇い主として知っておきたいんだよ。彼女がベアトリクスに悪い影響を与える可能性だってあるだろう？」

「これまで、そんな可能性を気にしたことさえなかったはずだぞ」ハリーはぴしゃりと言いかえした。「それにどう見たって、キャットはベアトリクスをちゃんと指導しているじゃないか」

「たしかに。だが、きみとの謎めいた結びつきを知ったからには、知らん顔もできなくてね。それにきみたちは、なにやらたくらんでいる様子だ」

「ばかな」ハリーはきっとレオを見据えた。「なにもたくらんでなどいない」

「だったら、どうして兄妹であることを隠していた？」

「わたし自身の過去についても打ち明けざるを得なくなるからだ――」いったん口を閉じて

から、ハリーは陰気な声で言い添えた。「絶対に人に知られたくない過去を」

「つらい立場だな」レオは上っ面だけ同情してみせた。「で、どんな過去なんだ」

言うと決めたあとでその判断を吟味するかのように、義弟はふたたびためらいを見せた。

「キャットとわたしは母親が一緒だ。母の名はニコレット・ウィゲンス。英国の生まれだが、赤ん坊のころに家族でニューヨーク州バッファローに移住した。母はひとりっ子で――遅く生まれた子だった――だから祖父母は、きちんと養ってくれる相手との結婚を望んでいた。父のアーサーは母の二倍ほどの年齢だが、かなり裕福だった。要するに祖父母が決めた結婚だったんだろう――愛情ゆえのものではなかったはずだ。それでもニコレットはアーサーと結婚し、ほどなくしてわたしが生まれた。いや、予想よりも早くと言ったほうがいい。アーサーはわたしのじつの父ではないと噂された」

「実際のところは？」レオは訊かずにいられない。

ハリーは冷笑を浮かべ、肩をすくめた。「誰にもわかるわけがない。いずれにせよ、最終的に母は愛人のひとりと英国に駆け落ちした」遠い目をしてつづける。「そのときの相手とずっと一緒に暮らしたわけではないだろう。自制心のかけらもない人、甘やかされ、わがまま放題に育った悪女だったから。だがとても美しかった。キャットは母によく似てるよ」つかの間、口を閉じて思案げな顔をする。「でも母よりも穏やかな、品のある顔だ。それに妹には優しさや思いやりもある」

「そいつは驚きだ」レオは辛辣に口を挟んだ。「わたしには優しくしてくれたためしがない」

「あなたのことが怖いんだろう」

信じられない、とばかりにレオは義弟を見つめた。

「あの痩せっぽちのやかまし屋が、なぜわたしを怖がる？　男嫌いというわけでもないだろうに。キャムやメリペンの前では、じつに愛想よく振る舞っているからな」

「あのふたりが相手なら、身がまえる必要がないからじゃないか？」

「どうしてわたしには身がまえるんだ」レオはむっとした。

「どうしてって」ハリーは慎重につづけた。「あなたを、男として見ているからだろう？」

レオの心臓がどきんと大きく鳴った。彼は巧みに無関心をよそおい、ブランデーグラスの中身をしげしげと見つめた。

「当人がそう言ったのか？」

「いや、ハンプシャーで過ごすうちに気づいた」ハリーは苦笑交じりに答えた。「よほど注意深く見ていないと、彼女の本心には気づけないだろう。自分の気持ちを話さない女性だから」ブランデーの残りを一気にあおり、グラスをテーブルにそっと置いて、椅子の背にもたれる。「駆け落ち後、母から連絡はいっさいなかった」彼は両手の指をからめ、平らな腹に置いて言葉を継いだ。「ところが二〇歳になったとき、会いに来てほしいという手紙が届いた。おそらく悪性腫瘍だろう、消耗性疾患にかかったという話だった。死ぬ前に、息子に一目会いたかったとみえる。すぐさま英国へ向かった。だがもうじき到着するというときに、母は亡くなった」

「そこで妹との対面を果たしたわけか」レオは促した。

「いや、キャットは家にいなかった。当人が母親のそばにいたがったのに、父方の叔母と祖母のもとへやられたらしい。父親も、病の床で寝ずの番をするのがいやだったようで、どこかに雲隠れしていたよ」

「じつに見上げた男だな」レオは皮肉めかした。

「亡くなる一週間ほど前から、近所に住む女性が看病にあたってくれていた。キャットのことを教えてくれたのもその女性だ。幼い妹に会いに行こうかと一瞬考えたものの、やはりやめておこうと思いなおした。父親ちがいの妹を気にかけている余裕などなかったんだ。それに妹はわたしの半分ほどの年齢だったし、母親代わりの女性を必要としていた。叔母にすべて任せたほうがいいだろうと思った」

「それで、その判断は正しかった？」訊きたくなかったが、レオは強いてたずねた。

義弟は感情のうかがいしれないまなざしを向けてきた。「いいや」

たった一語で、義弟はすべてを説明しようとしている。だがレオは詳しく知りたかった。

「なにがあった？」

「その後わたしは英国にとどまり、ホテル業を手がけようと決意した。キャットに手紙を書き、困ったことがあれば連絡するよう伝えた。数年後、一五歳になった妹から〝助けてほしい〟との手紙が届いた。妹は……窮地に陥っていた。あのとき、もう少し早く彼女のもとに行ってやれたなら」

言いようのない不安に駆られたレオは、いつもの無関心の仮面をかぶりつづけることさえままならなかった。

「どういう意味だ、窮地とは？」

ハリーはかぶりを振った。「わたしに話せるのはここまでだ。あとはキャットに」

「くそっ。途中でやめるなんて許さんぞ。ハサウェイ家にどんな影響がおよぶ可能性があるか、ちゃんと把握する必要があるんだ。そもそも、英国一の短気と口やかましさを誇る家庭教師を、どうしてこのわたしが雇いつづけなくちゃならん」

「実際のところ、キャットは働く必要なんてない。ひとりで生きていけるだけの財力を持っているんだ。彼女が望むとおりに生きられるよう、わたしが十分な財産を分け与えた。その金で妹は四年制の寄宿学校に入り、卒業後は母校で二年間にわたって教鞭をとった。その後、わたしの前に現れたと思ったら、ハサウェイ家の家庭教師をすることになったと告げた。たしか当時、あなたはウィンと一緒にフランスにいたはずだ。キャットはハサウェイ家の面接を受け、そこでキャムとアメリアに気に入ってもらえた。ベアトリクスとポピーが彼女のような教師を必要としているのは明らかだった。というわけで、キャットの経験不足を問題視する人はいなかった」

「そりゃそうだろうとも」レオは苦々しげに応じた。「わが家の人間が、仕事の経験などというつまらないものを気にするわけがない。その面接とやらでも、最初に訊いたのは好きな色だったろうさ」

義弟は笑いをかみ殺そうとして失敗した。「きっとそうだろうな」

「生活費を稼ぐ必要がないなら、なぜ彼女は働こうなんて思ったんだ」

義弟が肩をすくめる。

「家族がどんなものか、部外者としてでもいいから味わってみたかったから。なぜなら彼女は、自分の家族を持てないから」

どういう意味かよくわからず、レオは眉根を寄せた。「欲しけりゃ、いつだって持てるだろう」と指摘する。

「それはどうかな」ハリーの緑の瞳から笑みが消える。「ハサウェイ家の人たちには理解しがたいかもしれない。ひとりぼっちで、誰からも気にかけてもらえずに幼少期を過ごすのがどんなものか。そうして育った子どもは、なにもかも自分がいけないんだ、自分が愛されるに値しない子どもなのが悪いんだとあきらめてしまう。あきらめはやがて牢獄となり、気づけばそこに入ってこようとするすべての人に対して、扉を固く閉ざしてしまう」

レオは黙って耳を傾けながら思った。ハリーはいま、妹だけではなく自分自身についても語っている。義弟の言うとおりだ。人生のどん底にあっても、レオはいつだって、家族からの愛を感じていた。

レオにもやっとわかった。義弟がなぜここまで変われたのか。ポピーが彼を、見えない牢獄から救いだしたからだ。

「すまなかった」レオは静かに伝えた。「いやな話をさせた」

「まったくだ」うなずいたハリーは、真剣そのものの口調でつづけた。「あなたに、ひとつだけはっきり言っておく。どんなかたちであれ妹を傷つけたら、命はないと思ってくれ」

ネグリジェに着替えたポピーは小説片手にベッドに入り、枕に背をもたせている。ホテル内にある優雅なしつらえの居室に誰かが入ってくる音がし、彼女は笑みを浮かべて顔を上げた。やがて夫が寝室に現れた。黒髪に、品のある身のこなし。夫の姿を目にするだけで、ポピーの心拍数は喜びのあまり速くなる。ハリーは謎めいた男性だ。彼のことならよく知っているよと自慢する人にさえ、危険人物とみなされている。けれども妻と一緒にいるときの彼は、すっかりくつろいで、穏やかな一面を見せてくれる。

「お兄様と話した？」ポピーはたずねた。

「ああ、話したよ」ハリーは肩をすくめて脱いだ上着を椅子の背にかけ、ベッドに歩み寄った。「予想どおり、キャットについて訊きたいと言われてね。彼女と――わたし自身の過去について、話せるかぎりの事実を話した」

「それにしても、お兄様ったら急にどうしたのかしら」ポピーは水を向けた。ハリーは人の気持ちや心の動きを読みとるのがたいそう得意なのだ。

夫はクラヴァットをほどき、首の両脇にたらしたまま答えた。

「自分では認めようとしないが、兄上はキャットが気になってしかたがないんだろうな。いい傾向とは言えないが、キャットに相談されないかぎり、口出しはしないつもりだ」身をかがめてポピーのあらわな首筋に手を伸ばし、指の背でそっと肌を撫でる。軽やかな愛撫に、ポピーの呼吸が速くなる。すばやく脈打つ部分に指先を置いたまま、夫は優しくそこをなぞった。彼女の頬がピンクに染まっていくさまを見つめながら、低い声で命じる。「本を置いて」

ポピーはシーツの下でつま先を丸めた。「とっても興味深い場面なの」と気取った声で拒み、夫をじらす。

「これからきみが味わうことのほうが、ずっと興味深いよ」

ハリーはシーツも上掛けも一気に引きはがした。ポピーが息をのむのもかまわず、覆いかぶさって組み敷く……本は床に落ち、そのまま忘れ去られた。

4

ラムゼイ卿レオ・ハサウェイが、しばらくはハンプシャーに帰らずにいてくれますように……キャサリンは心から願った。十分な時間さえ経てば、庭園での口づけをなかったことにできるはずだ。

でもいまは、つい考えずにいられない。どうして彼は、口づけなどしたのか。

おおかた、彼女をからかい、動揺させる新しい方法を思いついたつもりだったのだろう。キャサリンは陰気に考える。人生があらゆる人に公平でさえあったなら、レオはきっと、あばた面の太ったちびに生まれただろうに。ところが現実の彼ときたら、一八〇センチを超えるたくましい長身のハンサムである。髪は茶色。瞳は淡いブルーで、まばゆいばかりのほほえみの持ち主。最悪なのは、ろくでなしなのにまったくそう見えないことだ。清潔感にあふれ、健康そのものといった様子で、出会いを望むべくもない気品あふれる高潔な紳士然としている。

けれどもその幻想は、当人が言葉を発したとたんに雲散霧消する。レオはとことん意地の悪い男で、いついかなるときも口を慎もうとしない。相手が誰だろうが、いや、自分自身に対してさえ、無礼を働くことをためらわない。そうして彼は初対面のときから、男性が持ちうる不快な資質のすべてをキャサリンに見せつけてきた。しかも、望ましくない一面を直してやろうと誰かが心を砕くたび、ますます不愉快な人間になっていく。その「誰か」がキャサリンだったときなど、とりわけひどい。

レオには過去がある。しかしそれを隠そうと努める慎みは備えていない。かつての放縦の数々を、深酒と女あさりと取っ組みあいのけんかに彩られた過去をあけっぴろげに話す。自らを破滅へと向かわせるそれらの行為が、ハサウェイ家に危うく破局をもたらしかけたのも一度や二度ではない。要するに、ならず者として生きるのが、あるいは世間からそう呼ばれるのが好きな男なのだ。放蕩貴族の役を完璧に演じ、三〇歳にして、長生きしすぎた人のような厭世観すら瞳にたたえている。

一方のキャサリンは、世の男性といっさいかかわりあいになるまいと誓っている。それが無理ならせめて、レオのような危険な魅力を放つ男性だけは避けようと。彼みたいな人間は絶対に信用してはならない。なぜなら彼は、今後さらなる転落の日々を迎えるかもしれないのだから。あるいは……キャサリン自身がそんな日を迎える恐れだって大いにあるのだから。

レオがハンプシャーを発っておよそ一週間が経過したある日の午後、キャサリンはベアトリクスとともに屋外で過ごした。残念ながら、教え子とのそうした時間がキャサリンの望む静かな散策のひとときになったためしはない。ベアトリクスの散策は、むしろ「探検」と呼ぶのがふさわしい。森の奥深くまで分け入っては、植物や菌類、鳥やクモの巣、地面に開いた穴などを調べてまわるのだ。そうして黒イモリだの、トカゲの巣だの、ウサギの繁殖場やアナグマの足跡だのを発見するたび、大喜びする。

けがをした生き物を見つければ必ずつかまえ、治療をほどこしてから野に戻す。その生き物に森での生活はもはや不可能と判断すれば、家族の一員として迎える。一家は末っ子であるベアトリクスの動物好きにすっかり慣れっこになっており、ハリネズミが居間をよちよち歩いていても、つがいのウサギが食卓の上を跳びはねていても、目をぱちくりさせておしまいだ。

ベアトリクスとの長い探検で心地よい疲労に襲われたキャサリンは、化粧台の前に座るとヘアピンを抜き、きつい三つ編みをほどいた。肩を覆う波打つ金髪に指を差し入れて、かすかに痛む頭皮を優しく揉みほぐす。

背後から愉快そうな鳴き声が聞こえたので振り向いてみると、ベアトリクスがかわいがっているフェレットのドジャーが、衣装だんすの下から這いでてくるのが見えた。細長くしなやかな体を優雅にしならせ、白い手袋を口にくわえたまま跳びはねるようにしてこちらに寄ってくる。いたずらな泥棒フェレットは、引き出しや箱や戸棚のなかからさまざまな物をくすねては、秘密の場所に隠すのが大好きなのだ。しかも腹立たしいことに、キャサリンの持ち物こそ最高の獲物だと考えているふしがある。おかげで彼女はしょっちゅう、ドジャーに盗まれた靴下留めを捜して邸内をうろつくことを余儀なくされている。

「こら、太っちょネズミ」キャサリンは呼びかけた。ドジャーは椅子の端に小さな前足でつかまり、二本足で立っている。そのなめらかな毛皮に手を伸ばし、おでこをかいてやりつつ、彼女は巧みに手袋を奪いかえした。「靴下留めをすべて盗み終えて、今度は手袋を狙うことにしたわけね？」

ドジャーはうっとりとキャサリンを見上げた。マスクと呼ばれる黒い毛皮に縁取られた、つぶらな瞳がきらきらしている。

「靴下留めはどこに隠したの？」キャサリンは問いただし、化粧台に手袋を置いた。「あれがないと、靴下を紐で留めなくちゃいけなくなるのよ」

フェレットはひげをうごめかし、あたかも笑っているかのように、とがった歯をのぞかせた。それから、誘うように身をよじった。

しぶしぶ笑みを浮かべたキャサリンは、ブラシを手にとると髪を梳かしはじめた。

「おまえと遊んでいる暇はないのよ。もうすぐ夕食だもの」

するとドジャーは電光石火の速さで彼女の膝に跳びのり、化粧台に置かれた手袋をつかんだかと思うと部屋から走り去ってしまった。

「ドジャー！」キャサリンは大声で呼びながら追った。「返しなさい！」廊下に出ると、いつにないあわただしさでメイドたちが行き来していた。フェレットが曲がり角の向こうに消えていくのが見える。

「ヴァージー」キャサリンはメイドのひとりを呼びとめた。「なにかあったの？」

黒髪の年若いメイドは息を切らしつつ笑顔で答えた。

「いましがたレオ卿がロンドンからお戻りになったんですよ。それでメイド長から指示を受けまして。レオ卿のお部屋を整えて、夕食を広い食堂に準備し、荷物を解かなくちゃいけないんです」

「もう戻ったの？」問いかけながらキャサリンは、顔が青ざめていくのを感じた。「そんな連絡なかったじゃない。しばらく向こうでゆっくりしてくればいいと、みんな思っていたでしょうに」

わたしは思っていたわ、と言いたいところを彼女はこらえた。

腕いっぱいにリンネルを抱えたメイドが、肩をすくめて急ぎ足に歩み去る。

激しい鼓動を抑えるように、キャサリンはみぞおちに手をあてて自室へと戻った。レオと向きあう心の準備ができていない。こんなにすぐに戻ってくるなんて思ってもみなかった。むろん、ここは彼の住まいだ。でも……。

小さな円を描くように室内を歩き、混沌とした頭のなかを整理しようと努める。解決策はひとつ。彼を避ける以外にはない。頭が痛いと言って、部屋にとどまることにしよう。

不安に駆られる彼女の耳に、扉をたたく音が響いた。返事も待たずに誰かが部屋へ入ってくる。キャサリンは危うく、激しい呼吸のせいでむせかけた。目の前に、見慣れたレオの長身があった。

「どうして勝手に人の部屋に……」扉が閉められ、彼女は言葉を失った。

レオが振りかえり、キャサリンをまじまじと見つめた。長旅のため、服はしわくちゃでわずかに埃が浮いている。髪も乱れて額に一房垂れており、ブラシでよく梳かす必要がありそうだ。表情は落ち着いているものの、どこか用心深げでもある。顔からはいつもの冷笑が消えて、代わりになんだかよくわからない感情、かつて見たことのない思いが浮かんでいる。

みぞおちにあてた手をこぶしにして、キャサリンは懸命に息を整えようとした。身じろぎもせず、歩み寄るレオをただ眺めていたが、心臓は恐れと興奮のため、めまいがするほど大きく鼓動を打っている。

「どうして戻ってきたの？」キャサリンは弱々しくたずねた。

「訊くまでもないだろう」レオはまっすぐに瞳をのぞきこんできた。

レオの両手がこちらに伸びてきて、身震いするキャサリンの背後の化粧台に置かれた。あまりにも近くにいるせいで、彼が発する男らしい生気につつまれたように感じる。彼は風の匂いがした。埃と馬の匂い、健康な若い男性の香りが。レオがわずかに身をかがめ、幾層にもなったスカートに片膝がそっと押しつけられる。

気づいたときには、キャサリンは視線を、くっきりとした輪郭を描く彼の唇のほうへとさまよわせていた。

「キャット……あのときのことを、話しあうべきだと思わないか？」

「なんのことかしら」

レオはわずかに首をかしげた。「なんのことか、ここで言っていいのかい？」

「いいえ、よして……」彼女はかぶりを振ってくりかえした。「よして」

彼の唇の端がかすかに上がる。「一度言えばわかるよ、ダーリン」

ダーリン？

不安にさいなまれながらも、キャサリンは落ち着いた声音を作った。

「はっきり言ったはずよ、なかったことにしましょうって」

「それですむと思っていた？」

「ええ、過ちを犯したとき、人はみなそうするもの」とやっとの思いで答える。「過ぎたことは忘れて、前に進むのが一番だわ」

「そうなのかい？」レオはとぼけた声で応じた。「あいにくわたしは、楽しい過ちは何度でもくりかえしたいたちでね」

　キャサリンは自分をいぶかしんだ。こんなときに、なぜほほえみたくなるのか。

「今回の過ちは、くりかえすわけにはいかないのよ」

「家庭教師らしいせりふだな。謹厳実直、なにごとにもノーと言う。いたずら小僧になった気分だ」レオはそうささやいて片手を上げ、彼女の顎の先にそっと触れた。

　キャサリンの全身を、ふたつの相反する衝動がとらえる——肌はレオの指の感触を求め、本能は早く彼から離れなさいと警告していた。体中の筋肉が張りつめて、身動きすらできなくなる。「いますぐ出ていかないのなら」とたしなめる自分の声が耳に響く。「大声をあげるわよ」

「そいつはぜひとも聞いてみたい。いっそ、大声をあげられるように手を貸してあげたいくらいだ。まずはどうすればいい？」レオは愉快げに、彼女が動揺し、抑えきれずに頬を赤く染めるさまを眺めている。

彼の親指が、キャサリンの顎下の薄い皮膚をなだめすかすように撫でる。彼女は思わず顎を上げた。

「きみのような瞳は見たことがない」レオはほとんど上の空でつぶやいた。「北海を初めて目にしたときを思い出す」指先で顎の先をなぞっていく。「風に追われた波が、いまのきみの瞳と同じ、灰色がかった緑色をたたえていた……その色が、水平線の間際で青に変わる」

どうせまた、人をからかって楽しんでいるのだろう。キャサリンはレオをにらみつけた。

「いったいなにがお望み？」

相手はなかなか答えようとせず、指先を耳たぶのほうへと移動させ、そこを軽く揉みはじめた。

「きみの秘密が知りたい。なんとしてでも、聞きだしてみせるよ」

キャサリンは彼の手をすぐさま払いのけた。

「いいかげんにして。人をからかって楽しむのはよしてちょうだい。あなたみたいに自堕落で節操のない、礼儀知らずのならず者――」

「いやらしい放蕩者、を忘れちゃ困る。お気に入りの肩書きなんだ」

「出てって！」

レオはけだるそうに化粧台から体を離した。

「わかった。もう行くよ。ふたりきりでいると、きみはわたしを求める気持ちを抑えきれなくなるらしいからね」

「あなたなんて」キャサリンは応じた。「手足をちょん切られ、八つ裂きにされてしまえばいいのに」

にやりと笑って扉のほうに向かったレオは、敷居で立ち止まり肩越しに振りかえった。

「眼鏡がまたくもってるぞ」

それだけ言うと、彼は部屋を出ていった。キャサリンに、投げつけてやる物を探す暇さえ与えずに。

5

「お兄様」翌朝、朝食の間に現れたレオにアメリアが言った。「結婚しなくちゃだめよ」

レオは警戒するように妹を見やった。朝っぱらから兄に話しかけても会話にならないと、アメリアだってよく知っているはずだ。彼女は朝から全力で活動するが、レオはのんびりと一日を始めるのを好む。しかも今日の彼は寝不足気味とくる。キャサリン・マークスが出てくるなまめかしい夢を見たせいだ。

「死ぬまで結婚はしないと前にも言っただろう」レオはこたえた。

そこへ、家庭教師の声が割って入った。

「賢明だわ。分別のある女性なら、誰もあなたと結婚したいと思わないもの」

彼女は小ぶりな椅子に浅く腰かけていた。朝の陽射しを受けて金髪が輝き、きらめく埃が周囲を舞っている。

レオはすぐさま皮肉で応戦した。「分別のある女性など……」と聞こえよがしにつぶやく。

「いまだかつて出会ったこともない」

「たとえ出会っても、あなたにはわからないでしょう？」キャサリンが応じる。「そもそも女性の人となりに興味がないんだから。だってあなたが気にするのは女性の……女性の……」

「女性の、なんだ？」レオは促した。

「ドレスの寸法だけだわ」キャサリンがようやく答える。

取り澄ましたせりふに、レオは声をあげて笑った。

「どうやらきみは、ありきたりな体の名称さえ口にできないらしいな。胸、尻、脚――人体について単刀直入に語るのを、なぜそこまで卑猥なこととみなすのやら」

キャサリンはいらだたしげに目を細めた。「不適切な想像をする人がいるからよ」

レオはにやにや笑ってみせた。「たしかに、わたしもそのひとりだ」

「わたしはちがいます」彼女は言いかえした。「これからもずっと」

レオは両の眉をつりあげた。「よからぬことを想像しないのか？」

「ええ、めったにしないわ」

「だが、もしもするとしたら、どんな想像だろう？」

キャサリンがむっとしてにらみつけてくる。

「ひょっとして、わたしについてとか？」レオはしつこくからかいつづけ、キャサリンは顔を真っ赤にした。

「想像などいっさいしないと言っているでしょう？」

「いや、めったにしない、と言った。つまり、一度や二度なら経験がある」

アメリアが会話に割って入った。「お兄様、キャサリンをいじめるのはやめて」

聞く耳を持たず、レオはキャサリンだけに注意をそそぎつづけた。

「大丈夫、あったとしてもきみを軽蔑したりしない。むしろ、ずっと好きになれそうだ」

「でしょうね」キャサリンは負けじと応じた。「あなたは道徳観念とは無縁の女性がお好みのようだもの」

「女性の道徳観念など、スープのコショウみたいなもの。少しならいいスパイスになる。しかし度が過ぎれば誰もがそっぽを向く」

唇を結んだキャサリンはこれみよがしに目をそらすと、言葉の応酬をそこでおしまいにした。

沈黙が下りるなか、レオはようやく気づいた。家族全員が、困惑の面持ちで自分を見つめている。

「なんだその目は?」彼は詰問した。「なにかあったのか? おい、みんなでなにを読んでいる?」

よく見れば、アメリアとキャムとメリペンはテーブルに数枚の紙を広げ、ウィンとベアトリクスは分厚い法律書を調べている。

「ロンドンの弁護士、ミスター・ガトウィックから手紙が届いた」メリペンが説明した。

「レオが領地を相続したとき、明確にされていなかった法的問題があるらしい」

「さもありなん」応じたレオは、朝食が並ぶサイドボードに歩み寄った。「なにしろ、使い古しの魚の包み紙みたいに投げ捨てられた屋敷と爵位を、拾い受けただけだからな。ラムゼイの呪いと一緒に」

「ラムゼイの呪いなんてないわ」アメリアが反論する。

「おや」レオは陰気な笑みを浮かべた。「だったらなぜ、過去六代にわたってラムゼイ卿は早死にしたんだ」

「単なる偶然よ。あちらの血筋は近親婚が多かったそうだもの。貴族ではよくある話」

「なるほど、わが家にその方面の心配はいらないな」レオはメリペンに意識を戻した。「で、具体的にどんな法的問題があるんだ？　わかりやすく説明してくれよ。朝っぱらから脳みそを使いたくない。頭が痛くなる」

いやに難しい顔で腰を下ろしたメリペンは、「この家と」と口火を切った。「その下にある合計約一四エーカーの土地は、もともとラムゼイ領の一部ではなかった。あとから主領地にくわえられたものだった。法律用語で言えば、謄本保有権付きの土地。つまり、主領地内にある独立した資産だ。この土地は主領地とちがって、領主の判断で抵当に入れたり、売ったり、買ったりできる」

「なるほど」レオはうなずいた。「ここの領主はわたしで、資産はいっさい抵当に入れるつもりも売るつもりもない。というわけで、問題はないな」

「ある」

「なんだって？」レオは顔をしかめた。「世襲財産制によれば、代々の領主は土地と荘園屋敷の両方を所有できるはずだぞ。ふたつを分割することはできない。世の法則だ」

「そのとおり」メリペンは応じた。「だからレオには、古い荘園屋敷の所有権がある。ラムゼイ領の北西端、二本の小川が出合うところにある、古い屋敷の所有権だ」

半分ほど料理を盛りつけた皿を置き、レオは義弟をぽかんと見つめた。

「低木に囲まれたがれきの山じゃないか。エドワード懺悔王の時代に建てられたものだろう」

「そう」メリペンは淡々とこたえた。「あれがレオの、本当の家らしい」

いらだちを深めながらレオは言いかえした。

「あんな廃墟、誰がいるものか。わたしの家はここだ。ここをわが家にしてなんの問題がある」

「わたしに説明させて」ベアトリクスが自信満々に口を挟んだ。「法律用語をすべて調べあげたの。だから誰よりもよく理解できているわ」彼女はフェレットのドジャーを首に巻いたまま居住まいを正した。「よく聞いてね、お兄様。もともとの荘園屋敷は数百年前にうち捨てられたの。その後、当時のラムゼイ卿がこの一四エーカーの土地を手に入れ、新たに屋敷を建てた。以来、ラムゼイ・ハウスは領内の慣例に従って次代の領主に引き継がれてきた。ところが先代——つまりお兄様の一代前のラムゼイ卿は、謄本保有権付きの土地をはじめとする分割可能な全資産を、妻と娘に相続させる方法を発見したの。謄本保有権を、自由保有権に変更するという方法よ。その結果、先代亡きあと、これらの資産は未亡人と娘のものとなった。要するに、ラムゼイ・ハウスと一四エーカーの土地は現在、女伯爵である未亡人とその令嬢、ヴァネッサ・ダーヴィンの財産となっているわけ」

信じられない、とばかりにレオは首を振った。「なぜ、いままで誰も知らずにいたんだ」

アメリアがむっつりと応じた。

「女伯爵も、ぼろ屋敷だったラムゼイ・ハウスに興味などなかったんでしょう。それが美しく修繕されたというので、わが家の弁護士に連絡してきたの。ここに引っ越して、所有権を行使しますって」

レオは怒りに震えた。

「相手が誰だろうと、ハサウェイ家からラムゼイ・ハウスを奪わせてたまるか。いざとなったら大法院に訴えてやる」

メリペンは疲れた様子で目頭を揉んだ。「却下されるよ」

「どうしてわかる？」

「弁護士が、謄本保有権の専門家に相談ずみだ。残念ながら、ラムゼイ・ハウスの相続人は限定されていない。世襲相続と定められているのは、もともとの荘園屋敷だけ」

「未亡人から謄本保有権を買い戻せばいい」

「いくら積まれようと手放す気はないと言ってる」

「女性は気が変わりやすい」レオは食い下がった。「買い戻したいと正式に申し出てみよう」

「いいだろう。だが、断られたらこの家を守る方法はひとつしかない」

「じらすなよ、メリペン」

「先代のラムゼイ卿が、こう定めている。次代のラムゼイ卿が爵位を継いで五年以内に妻を迎えて嫡出の男児をもうければ、土地の謄本保有権とこの屋敷も所有できると」

「なぜ五年なんだ」

ウィンが穏やかに説明した。

「過去三〇年のあいだに、爵位に就いてから五年以上生きながらえたラムゼイ卿がいないせいよ。嫡出の男児に恵まれた人も」

「だけど、いい知らせもあるのよ」ベアトリクスが明るく言い添える。「お兄様がラムゼイ卿になってもう四年でしょう？　だからあと一年生きていれば、わが家の呪いは解けるの」

「ただし」アメリアがさらに言い足す。「一刻も早く結婚して息子をもうける必要があるわ」

期待の表情で黙りこむ家族たちを、レオは呆然と見つめた。ありえない事態に思わず笑いがこみあげてくる。

「このわたしが愛のない結婚に甘んじると思うのか？　家族でラムゼイ・ハウスに住みつづけるという、ただそれだけのために」

なだめるような笑みを浮かべたウィンが、一枚の紙を差しだしてくる。

「もちろん、愛のない結婚を強いるつもりはないわ。でも花嫁候補は考えてみたの。きれいなお嬢さんばかりよ。よさそうな方がいないか、ちょっと見てみたら？」

促されて、レオはしかたなく一覧表に視線を落とした。

「マリエッタ・ニューベリーだと?」

「マリエッタがどうかした?」とアメリア。

「歯並びが気に食わない」

「では、イザベラ・キャリントンはどう?」

「母親が苦手なんだ」

「レディ・ブロッサム・トレメインはどうかしら?」

「名前がどうもな」

「もう、お兄様ったら。それは彼女のせいではないでしょう?」

「誰のせいだろうと、いやなものはいやだ。ブロッサムなんて名前の妻はいらん。夜が来るたび、牛を寝室に招き入れる気分になるじゃないか」レオは天を仰いだ。「だったらいっそ、通りに出て最初に出会った相手と結婚するさ。そうだ、ミス・マークスのほうがずっといい」


一同は言葉を失った。

部屋の隅で目立たぬようにしていたキャサリンが、一家の視線を浴びていることに気づいてゆっくりと顔を上げた。眼鏡の向こうで目を真ん丸にし、顔をピンクに染める。

「下手な冗談はやめてください」彼女はぴしゃりと言った。

「完璧な解決策じゃないか」宿敵を怒らせることができて、レオはねじくれた喜びに浸った。

「われわれは始終けんかをしている。お互いの存在に耐えられない。つまり、結婚する前から夫婦のようだ」

勢いよく立ち上がったキャサリンは、腹立たしげに彼をにらみつけた。

「あなたの求婚に、イエスなどと死んでも言うものですか」

「かまわんよ。こっちだって、きみに求婚などしていない。単に事実を述べただけだ」

「事実を述べるのに、わたしを利用しないで！」

そう言い放って部屋をあとにするキャサリンの背中を、レオは無言で見送った。

「こうなったら」ウィンが思案げにつぶやく。「舞踏会を開くしかないわね」

「舞踏会？」メリペンがぽかんとしてたずねる。

「そうよ、適齢期の若いレディを思いつくかぎり全員呼ぶの。そのうちのひとりがお兄様のおめがねにかなえば、めでたく求婚とあいなるわ」

「相手が誰だろうが求婚などしない」レオは言い張った。

誰も聞いていなかった。

「名案ね」アメリアがうなずく。「花嫁狩りの舞踏会だわ」

「正確に言うなら」キャムが淡々と指摘する。「花婿狩りの舞踏会ですよ。獲物はレオなんだから」

「シンデレラみたい」ベアトリクスがはしゃぐ。「王子様がいないけど」

盛り上がる一同を鎮めるべく、キャムが片手を上げた。

「まあみんな落ち着いて。万が一、ラムゼイ・ハウスを失うことになっても——むろん、そうならないよう祈るが——領内の自由保有権が付いている土地に新しい家を建てればいい」

「家なんてすぐにできあがるものでもないし、莫大な費用がかかるわ」アメリアが抗議した。「それに同じ家にはならない。修繕にかけた時間だってむだになるじゃない。あれほど心血をそそいできたのに」

「メリペンはとりわけそうよ」ウィンが静かに言い添える。

当のメリペンは妻を見やって小さくかぶりを振った。「しょせん、家は家だ」

とはいえ、誰もがわかっていた。ラムゼイ・ハウスは単なるレンガと漆喰のかたまりではない……「わが家」なのだ。キャムとアメリアの息子はここで生まれ、ウィンとメリペンはここで結婚した。無計画に増築と改築を重ねた外観とあいまって、この家はいまや、まさにハサウェイ家を具現したものとなっている。

その事実を、レオ以上に深く理解している者はいない。建築を学んだ彼にはよくわかる。建築物はときに、個々の構造部分を合わせた以上の大いなる魅力を発揮するのだ。ラムゼイ・ハウスはかつて破壊され、そして修繕された……うち捨てられたただの箱だったものが、繁栄しつづける、幸福に満ちあふれた「わが家」へと変化を遂げた。それもこれも、ひとつの家族がそこに愛をそそいだからこそ。そんなラムゼイ・ハウスをハサウェイ家から奪おうとするなど、犯罪にも等しい。しかも相手は、屋敷の復興になにひとつ貢献していない。未亡人とその娘は、つまらない法律を振りかざしてこの家を乗っ取ろうとしている。

口のなかで悪態をつきつつ、レオは髪をかきあげた。

「荘園屋敷の残骸を見てくる。メリペン、近道は？」

「わからん。あそこまで行くことはめったにないから」

「わたしが知ってるわ」ベアトリクスが手を挙げた。「廃墟の絵を描こうと思って、ミス・マークスと馬で行ったことがあるの。絵心をそそるのよ」

「じゃあ、一緒に来てくれるか？」レオは妹を誘った。

「ええ、もちろん」

アメリアは眉根を寄せた。「なにをしに行くの、お兄様？」

レオはあえて、アメリアをからかうようににやりと笑ってみせた。

「なにって、カーテンの寸法を測るに決まっているだろう？」

6

「雷よ！」ベアトリクスが大声をあげながら、兄の待つ書斎へと入ってきた。「いずれにしても廃墟に行くのは無理みたい。ラッキーのお産が始まりそうなの。こんなときに、あの子を置いて出かけるわけにいかないわ」

問いかけるようにほほえみ、レオは書架に本を戻した。「ラッキー？」

「ああ、お兄様にはまだ紹介していなかったわね。三本脚の猫よ。村のチーズ屋さんが飼っていたんだけど、ネズミ捕りにつかまって、しかたなく脚を切断したそうなの。それで、ネズミはもう上手につかまえられないからって、わたしにくれたわけ。名前もつけていなかったというんだから、ひどいと思わない？」

「身の上に降りかかったことを考えると、ラッキーという名前はふさわしくないんじゃないか？」

「運命が好転するきっかけになると思って」

「なるほどね」レオは愉快そうに応じた。傷ついた動物の救済にベアトリクスがそそぐ情熱には、家族の誰もが不安と感動の両方を等しく覚えている。ベアトリクスはハサウェイ家きっての変わり者、というのが一家の共通意見だ。

そんな彼女も、ロンドンの社交行事では男性陣の人気の的だ。古典的な美人とは言えないが、青い瞳に黒い巻き毛の顔は愛らしく、すらりとして背も高い。そのはつらつとした性格と笑顔に紳士はみな惹かれる。だが彼らは知らないのだ。ベアトリクスが、男性だけではなくハリネズミや野ネズミや行儀の悪いスパニエル犬にも、同じように忍耐強く接することに。そうして、いよいよ本格的に求愛する段階になってその事実に気づき、魅力あふれるベアトリクスからしぶしぶ離れて、もっと普通のレディのもとへと去っていく。社交シーズンを重ねるごとに、ベアトリクスの縁談は遠のくばかりだ。

しかし当人が気にしている様子はない。一九歳にして――じきに二〇歳になる――彼女は恋のひとつもしたことがないのだ。あの子を理解し、うまく操れる男性などまずいない。というのが家族の一致した見解である。ベアトリクスは、世の規則なぞでは縛れない自然児なのだ。

「早く面倒を見に行ってやったらどうだ」レオは優しく促した。「廃墟なら、ひとりで探せるだろう」

「あら、ひとりでどうぞとは言ってないわ」とベアトリクス。「ミス・マークスに同行してもらうことにしたから」

「なんだって？　彼女もイエスと言ったのか？」

妹が答えようとする前に、当のキャサリンが書斎に現れた。ほっそりした体を乗馬用のドレスにつつみ、髪はきつく編んでシニヨンにまとめている。脇には一冊の写生帳。レオを認めるなり、彼女は足を止めた。一方のレオもすでに、脚にぴたりと添うブリーチとはき古したブーツという乗馬用のいでたちだ。

キャサリンはいぶかしげなまなざしをベアトリクスに向けた。

「着替えはどうしたの?」

ベアトリクスはすまなそうに説明した。「ごめんなさい、ミス・マークス。行けなくなっちゃったの。ラッキーの面倒を見なくちゃならなくて。でも、かえってよかったかも――廃墟までの道はあなたのほうがよく知っているから」にっこりと笑って兄と家庭教師を見る。「今日は乗馬日和よね。行ってらっしゃい!」それだけ言うと、足どり軽やかに大またで書斎をあとにした。

キャサリンが細い眉をきゅっと寄せてこちらをにらむ。「廃墟になんの用?」

「ただ見たいだけさ。くそっ、なんでいちいちきみに説明しなくちゃならん。ふたりきりで出かけるのが怖いなら、断ればいいだろう」

「怖いですって? ばか言わないで」

いらだったレオは、紳士をまねて戸口を示してみせた。「では、お先にどうぞ」

サウサンプトンとポーツマスという戦略上重要なふたつの港を擁していることから、ハンプシャーには古城以外にも、絵画のごとき砦やサクソン人の住居の遺跡が点在している。ラムゼイ領にも荘園屋敷の廃址《はいし》が残っている事実はレオも知っていたが、訪れる機会はこれまで得られずにいた。農場経営のほか、土地賃借料や賃金や労働力の管理、木材の切りだし、さらにはときおり頼まれる建築関連の仕事もあって、のんびりと領内をまわる時間などなかったのだ。

カブやコムギが花を咲かせ、丸々と太った白羊がクローバーを食《は》む畑の脇を、レオはキャサリンとともに馬で走りすぎた。材木林を抜け、領地の北西を目指す。北西の土地は急流が緑の丘と石灰岩を横切り、岩場が多いため、耕作には適していない。だが往時には堅固な守りの場所として、砦に囲まれた荘園屋敷を置くのにもってこいだったのだろう。

丘を下りながら、レオはキャサリンをさりげなく観察した。ほっそりとした騎乗の姿はじつに優雅で、馬を操る手さばきもたしかだ。よくできた女性だな、とレオはつくづく思った。落ち着きがあり、理路整然とものを考えることができ、なにをやらせても上手にこなす。ほかの女性ならそうした技量をひけらかすだろうが、キャサリンの場合はむしろ、できるだけ周囲の関心を集めないようにしている。

やがてふたりは荘園屋敷の廃址に到着した。塀の残骸が化石動物の脊柱を思わせる。がれきは地面を一様には覆っておらず、離れなどのおおまかな位置を推測できた。幅七・五メートルほどの環状の浅いくぼみは堀の名残とみられ、堀で囲まれた大地には、面積五・五平方メートルばかりの隆起した部分があった。

馬を下り、綱をつないでから、レオはキャサリンに手を貸しに行った。彼女は鞍頭から右脚を下ろすと、鐙《あぶみ》にかけていた左足をはずし、そのままレオに身をゆだねてきた。地面に下り立ち、彼と向きあう。彼女が顔を上げたとき、オパールを思わせる瞳に乗馬帽のつばがかすかな影を落とした。

　両手をレオの肩に置いたまま、キャサリンはしばし立ちつくしていた。遠乗りのせいで頬が赤らみ、唇は薄く開かれている……レオの脳裏にたちまち、彼女と愛を交わす場面が浮かんだ。ほっそりとしなやかな体を組み敷き、腰を動かすたびに、温かな息が首筋を撫でる。ゆっくりと時間をかけて愛撫を与え、彼女を恍惚へと導く。キャサリンはレオの背中につめを立ててあえぎ、ため息交じりに彼の名を呼び……。

「ここが」とキャサリンが妄想を破る。「あなたのおうち」

　彼女から視線を引きはがし、レオはがれきの山を眺めた。

「いいところだな。埃を払って掃除をすれば、新築同然だ」

「みんなの言うとおり、花嫁狩りに乗りだすつもり？」

「そうするべきだと？」

「いいえ、まともな夫になれるとは思えないもの。その性格ではね」

　同感だ。とはいえ、彼女に指摘されると腹が立つ。

「どうしてきみに、わたしの性格がわかる？」

　キャサリンは気まずそうに肩をすくめた。

「貴族の未亡人やら既婚のご婦人やらが大勢集まる舞踏会で、あなたの偉業を耳にしないことはないもの」

「なるほど。小耳に挟んだ噂をことごとく信じるわけか」

彼女は黙りこんだ。どうせ反論されるのだろう、あるいは侮辱されるのだろうと思ったのに、見上げる瞳には意外にも後悔の色があった。

「信じるなんてばかね。それに真実であれ嘘であれ、噂なんて聞くべきじゃない」

どうせこのあとに痛烈な愚弄の言葉がつづくのだろう。レオは身がまえたが、相手は心から悔やんでいるようだ。驚きだった。どうやら自分は、彼女のことをまだよくわかっていないらしい。もう何年ものあいだ目立たぬよう一家に仕えてきてくれた、孤独できまじめな女性のことを。

「具体的には、どんな噂だ？」レオはさりげなくたずねた。

キャサリンは苦笑をもらした。

「恋人としてのあなたの才能を、みなさん大いに評価しているようよ」

「ああ、それならまちがいなく真実だ」変だな、といわんばかりに舌を鳴らしてみせる。

「未亡人やお目付け役が、本当にそんなおしゃべりを？」

彼女の細い眉がつりあがる。

「ほかにどんな話題があるというの？」

「編み物について。あるいはゼリーのレシピとか」

かぶりを振ったキャサリンは唇をかんで笑いをかみ殺した。

「きみにはさぞかしつまらないだろう。舞踏室の片隅に立って、噂に耳を傾けたり、みんなが踊るのをただ眺めたりするのは」

「とくに苦痛ではないわ。踊りは嫌いだし」

「男性と踊った経験は？」

「一度も」キャサリンはさらりと答えた。

「だったらなぜ、嫌いだと断言できる？」

「未経験のことにでも、自分の意見を持つのは可能でしょう？」

「もちろん。経験や事実に邪魔されないほうが、意見はずっと持ちやすい」

眉根を寄せながらも、彼女は反論せずにいる。

「いいことを思いついた」レオは話をつづけた。「さっき妹たちが言っていた舞踏会を、ぜひとも開かせよう。ただし目的はひとつだけ。会のまっただなかにきみのもとへ行き、ダンスを申し込むためだ。みんなの前でね」

キャサリンは仰天の面持ちになった。「断るわ」

「それでも申し込むよ」

「わたしを笑いものにするため？　ふたりで恥をかきたいの？」

「いいや」レオは優しく答えた。「ただ単純に、踊りたいから」

ふたりは長いあいだ、魔法にでもかけられたかのように見つめあった。

やがて意外にも、彼女がほほえみかけてきた。まばゆいばかりに優しい、心からの笑み。

初めて向けてくれた本物の笑顔だ。レオは胸が締めつけられるのを覚えた。それから全身が熱くなるのを。あたかも、高揚状態をもたらす薬が一瞬にして効いたかのように。

この感覚を一言で言うなら……幸福だろうか。

最後に幸福を感じたのは、もうずっと昔のことだ。二度と感じたいとは思わなかった。それなのに、めまいを覚えるほどのぬくもりが、なぜか体中を駆けめぐっている。

「ありがとう」キャサリンは口元に笑みをたたえたまま言った。「心からお礼を言わせていただくわ、ラムゼイ卿。でもやっぱり、踊れない」

断られると、がぜんやる気を出すのがレオの性分だ。

キャサリンは後ろを向き、馬の背から写生帳を取った。鞍に結んだ巾着から鉛筆入れも出す。

「絵を描くとは知らなかったよ」

「下手くそなの」

レオは写生帳を指さし、「なかを見ても？」

「またからかうつもりなんでしょう？」

「いいや。絶対にからかわないから、見せてくれ」手のひらを上にして、ゆっくりと腕を伸ばす。

キャサリンは彼の手を、それから顔を見つめた。おずおずと写生帳を差しだす。

それを開き、レオはページをめくっていった。さまざまな角度から廃墟が描かれている。

たいそう丁寧な隙のない筆致で、むしろ多少荒っぽい線をくわえたほうが生き生きと見えるだろう。だが全体的にはとてもよく描けている。

「上手じゃないか。うまく形をとらえているし、ラインもきれいだ」

褒め言葉に、彼女は居心地が悪そうに頬を赤らめた。

「妹さんたちから聞いているわ。あなたはとても絵がうまいって」

「それなりにね。建築を学んでいたころに、美術の授業もずいぶんとったから」レオはそう言って、気さくに笑いかけた。「長いあいだずっとそこにあったものを描くのが得意でね。建物とか、街灯柱とか」さらにページをめくっていく。「ベアトリクスの絵はないのか？」

「最後のページにあるわ。向こうのほうにある建物をスケッチしていたのだけど、リスが現れたとたん、そちらに気をとられてしまって」

リスは本物そっくりに上手に描けていた。レオはかぶりを振った。

「ベアトリクスとペットたちか」

ふたりは見つめあってほほえんだ。

「あの子のペットには、みんなつい話しかけちゃうわね」

「ああ、だが、返事を理解できる人間はそうそういないよ」レオは写生帳を閉じてキャサリンに返し、堀の周囲を歩きだした。

その後ろからキャサリンが、黄色い花と黒い豆莢をたっぷりつけたハリエニシダのあいだを縫うようにしてついてくる。

「堀の深さはどのくらいあったのかしら?」

「一番深いところで二・五メートルというところかな」レオは目の上に手をかざして、あたりを見わたした。「近くの小川から水を引き入れていたはずだ。そこの地面が盛り上がっているだろう? そいつが、木材と土でできた畜舎や農奴小屋の跡だ」

「どんな屋敷だったのかしらね」

「砦は石造りだろうが、残りの部分の素材はまちまちだな。羊や山羊、犬、農奴がうじゃうじゃいたにちがいない」

「最初の領主についてなにか知っているの?」キャサリンは塀の残骸に腰を下ろしてスカートのしわを伸ばした。

「初代ラムゼイ子爵という意味かい?」レオはかつての堀の端で歩みを止めた。荒れ果てた大地をゆっくりと眺めわたす。「ブラックメアのトーマスの名で通っていた、冷酷な男だ。村々を襲って火を放つのが得意だったらしい。黒太子エドワードの右腕として知られていた。ふたりのあいだに、騎士道精神なんてものは存在しなかった」

肩越しに振りかえったレオは、鼻梁にしわを寄せるキャサリンを見て笑みをもらした。女学生のようにしゃんと背筋を伸ばし、写生帳を膝にのせて座っている。この場で彼女を抱き上げ、略奪してしまいたかった。そんな思いが相手に読まれていないことに安堵を覚えつつ、彼は言葉を継いでいった。

「フランスで参戦し、四年間にわたって捕虜にとられたのち、トーマスは釈放されて帰国を果たした。そろそろ身を落ち着けるころあいだと思ったんだろう、この砦に狙いを定めると、当主の男爵を亡き者にし、領地を奪い、未亡人を辱めた」

キャサリンが目を見開く。「ひどい話ね」

レオは肩をすくめた。

「なかなか魅力的な女性だったらしい。けっきょくトーマスは彼女を妻に迎え、六人の子をなしている」

「平穏に暮らせたのかしら」

かぶりを振って、レオはのんびりとキャサリンに歩み寄った。

「その後トーマスはふたたびフランスを目指し、カスティヨンの戦いで命を落とした。仏軍はご親切にも、そこにトーマスのための記念碑を建てたと言われている」

「そこまでしてもらえる人物とは思えないけど」

「手厳しいな——あの時代の男に、ほかに生きる道はなかったんだよ」

「でも、まるで野蛮人だわ」キャサリンは憤慨した声をあげた。「時代がどうあれ」風が吹いて、きつく結い上げたシニヨンからこぼれた金色の後れ毛をなびかせる。巻き毛が頬をかすめた。

自分を抑えきれず、レオは手を伸ばして、後れ毛を耳にかけてやった。彼女の頬は赤ん坊のようにきめこまかく、なめらかだった。

「男なんて、たいがい野蛮人だ」彼は応じた。「近年になってようやく、いくばくかの規律を守れるようになったというだけの話」帽子を脱いで塀跡に腰かけ、見上げるキャサリンに視線を向ける。「男にクラヴァットを巻くようしつけ、礼儀作法を教えこみ、夜会に出席するよう指導するのは可能だ。けれども、それで男が本当の文明生活を送れるようになると思っちゃいけない」

「男性のことはよく知らないけど、たしかにあなたの言うとおりだと思うわ」

レオはからかうように彼女を見つめた。「どんなことなら知ってる？」

キャサリンはもったいぶった表情を浮かべた。透きとおった灰色の虹彩が、海の緑へと変わる。

「けっして信頼してはならない相手、とか」

「それは女性についても言えるな」レオは上着を脱いで塀の上に放り、廃墟の中央の隆起した部分へと歩いていった。そして頂上に立ち、周囲を見わたしたとき、想像せずにはいられなかった。ブラックメアのトーマスもきっと、まさにこの場所に立っておのが領地を見わたしたのだろうと。それから数世紀を経たいま、トーマスの土地はレオのものとなった。レオは望むままにこの大地を形作り、ここに秩序を取り戻すことができる。この土地のすべての物と人に対して、レオには責任がある。

「そこから見ると、やっぱり景色がちがう？」というキャサリンの問いかける声が聞こえてきた。

「ああ、素晴らしいよ。来てみないか？」

彼女は写生帳を塀の上に置き、スカートをつまんで斜面を上りはじめた。振りかえったレオは、ほっそりとしなやかな体をまじまじと見つめた。ひとり笑みを浮かべ、中世が遠い過去のものになったのはキャサリンにとって幸いだったなと思う。そうでなかったら彼女は、気づいたときには略奪好きな領主に抱きかかえられ、奪われていたにちがいない。だが笑みはすぐにかき消えた。彼女をわがものにし、やわらかな地面に横たえたときに感じるだろう原始の喜びが、脳裏をよぎったからだ。

つかの間、彼は妄想にわが身を浸した……身をよじるキャサリンを組み敷き、ドレスを引き裂いて、胸元に口づけ――。

首を振って妄想を振りはらう。レオは自分にとまどっていた。女性を無理やり奪うようなまねだけは、絶対にしないつもりでいる。なのに、そんな場面を想像せずにいられないとはどういうことだろう。必死の思いで、彼は野蛮な衝動を抑えこんだ。

斜面を半ばまで上ったとき、つまずいたのだろうか、キャサリンが小さな悲鳴をあげるのが聞こえた。

レオはすぐさまそちらに駆けていった。「転んだのか？　おい――まずいぞ」彼は歩みを止めた。彼女の足の下で、地面に小さな穴が開いているのが見える。「動くな、キャット。じっとして、その場で待つんだ」

「どうなってるの？」とたずねるキャサリンは顔面蒼白だ。「落とし穴？」

「いや、とんでもない奇跡に出くわしたらしい。どうやらここは、少なくとも二世紀前に陥没した屋敷の、ちょうど屋根にあたるようだ」

ふたりの距離はおよそ五メートル。レオのほうが高い位置に立っている。

「キャット」彼は用心しいしい呼びかけた。「そこからゆっくりと下って、もっと広い足場に体重を移動させろ。落ち着いて。そう、それでいい。あとは地面に手をついて、腹這いになって下りるんだ」

「手を貸してくれないの？」問いかけるキャサリンの震える声に、レオは心臓が押しつぶされそうだ。

応じる自分の低い声が、他人のものみたいに聞こえる。

「ぜひとも手を貸したいところなんだが、ふたりの体重が合わされば屋根は一気に崩壊する。さあ、下りて。こう言えば少しは気が楽になるか？　屋根の下もがれきだらけだろうから、落ちる深さはさほどない」

「悪いけど、ちっとも楽にならない」真っ青になりながらも、彼女が両手両足を地面についてそろそろと下りはじめる。

レオはその場から動かず、キャサリンだけを見つめていた。堅固なる地面とばかり思っていたものは、じつは土くれと腐った材木が重なりあったものにすぎなかったのだ。「大丈夫だ」彼はなだめるように声をかけた。彼女の身を案じて、鼓動が激しく打っている。「きみの体重は蝶ほどのものだろう？　梁や継ぎ目に余計な負荷をかけているのは、このわたしなんだからね」

「だからあなた、その場から動こうとしないの？」

「そのとおり。ここでわたしが動いたら屋根が崩れるかもしれない。その前に、きみを安全な場所へ逃がさないと」

足下の地面が動くのを、ふたりはともに感じた。

「ねえ」キャサリンが目を大きく見開いた。「これって、ラムゼイ家の呪いと関係があるのではないの？」

「ああ、すっかり忘れていたよ。思い出させてくれて、どうもありがとう」

屋根は崩壊した。ふたりは同時に、土くれと岩と梁の奔流へとのみこまれ、闇につつまれた空間へと落ちていった。

7

キャサリンは頭を振り、咳きこんだ。口と目に砂粒が入っているのを感じる。彼女はでこぼこの地面に横たわっていた。

「ミス・マークス」がれきを押しのけながらこちらにやってくるレオの声が耳に届く。その声は震え、切迫感がこもっていた。「けがは？　動けるか？」

「ええ……手足はちゃんとついているみたい……」彼女は身を起こして顔をぬぐった。全身を走る痛みの程度を見きわめ、たいしたことはなさそうだと結論づける。「かすり傷だけ。でもどうしよう。眼鏡がないわ」

レオが悪態をつく声。「捜してみよう」

まごつきながらも、キャサリンは状況を把握しようとした。かたわらで眼鏡を捜すレオの引き締まった体は、ぼんやりと黒い影にしか見えない。舞い散る埃がゆっくりと地面に落ちていく。視界がわずかに開け、深さ二メートルほどの穴にいるのだとわかった。崩落した屋根の隙間から、日の光が射しこんでいる。

「あなたも大丈夫みたいね。さほど深さもなかったようだし。ここが砦の跡なのかしら」

レオが息苦しげに応じる。

「どうだろう。砦に設けられた地下室かもしれない。向こうに石壁の残骸があって……格子のはまった穴がいくつか——」

たちまち恐怖に襲われたキャサリンは、ぼんやりとしか見えないレオのほうへと慌てて身を寄せ、暗がりのなかでしゃにむに彼を捜した。

「どうした？」両の腕が抱きとめてくれる。

彼女はあえぎ、たくましい胸板に顔をうずめた。朽ちた梁や岩や土くれの山の上、ふたりとも半身を起こした状態で座っている。

彼の手が伸びてきて、キャサリンの頭を守るようにつつみこんだ。「どうかしたのか？」

シャツに顔をうずめているせいで、彼女の声はくぐもっていた。「地下室なの？」

レオが彼女の髪を撫で、いっそう強く抱き寄せる。「そうだが。なぜそんなに怯える？」

息が苦しくて、キャサリンはしゃべるのもやっとだ。

「つまり……死体を置いていた場所ではないの？」

宙に浮かんだ震え声の問いかけに、レオは困惑しているようだ。「いや。その手の地下室ではないだろう」と答える声には苦笑が交じっている。キャサリンは耳たぶに彼の唇が触れるのを感じた。「現代の教会の地下にあるような部屋を想像したんだろう？　遺体が安置されたりする。中世の地下室はそういう使い方はされていなかったんだ。砦の下に設けた単なる貯蔵庫だよ」

キャサリンは身じろぎひとつしなかった。「ここに、が、骸骨はないのね？」

「ああ。しゃれこうべも、棺桶もない」レオの手は優しく彼女の髪を撫でつづけた。「かわいそうに。安心おし。怖いことなんてなにもありゃしない。深呼吸をして。大丈夫だから」

彼の腕に抱かれたまま、キャサリンは呼吸を整えた。宿敵のレオ、人をからかってばかりいるレオが、「かわいそうに」などとささやきながら髪を撫でてくれる事実を懸命にのみこもうとする。彼の唇がこめかみに触れ、そこにとどまる。その心地よさを、彼女は静かに味わった。彼のように大柄な男性に惹かれたためしはない。小柄な人のほうが好ましかったからだ。でもレオはたくましく、その腕のなかはたいそう快適だし、心からキャサリンを案じてくれているように思える。声までが、ベルベットのように体をつつんでくれる。

キャサリンは心底まごついた。

いつかあなたはラムゼイ卿レオとふたりきりで汚い穴に閉じこめられる——そう誰かに予言されていたら、きっとキャサリンは、最低の悪夢だわと応じただろう。だが現実にそうなってみると、むしろそれは好もしい経験に思われてならない。なるほど、ロンドン中のレディが彼に夢中になるわけだ……こんなふうに優しく髪を撫でられ慰められたら、誰だってていともたやすくレオの言いなりになる。

ところが彼は、そっとキャサリンの身を引き離して言った。

「すまない……眼鏡を捜しだすのは無理そうだ」

「家に戻れば、もうひとつあるから」

「それならよかった」身を起こしたレオは、小さくうめいた。「さてと、ここががれきの山頂だとしたら、地面まではそう遠くないはずだ。抱き上げてやるから、地面に出たら馬でラムゼイ・ハウスに戻れ。キャムに仕込まれた馬だから、きみは手綱を操る必要もない。道を教えてやらなくても屋敷まで連れ帰ってくれる」

「あなたはどうするの？」キャサリンは驚いてたずねた。

レオはどこかばつが悪そうに答えた。

「誰かが来てくれるまで、ここで待つしかないだろうな」

「どうして？」

「どうしてって――」レオは言葉を探した。「とげが刺さっているからさ」

キャサリンはむっとした。

「エスコートもいない、ほとんど目が見えない状態のわたしに、ひとりで屋敷に帰って助けを呼んでこいというの？　たかがとげくらいで？」

「大きなとげなんだ」

「どこ？　指に刺さったの？　それとも手？　ちょっと見せてみて……なんてこと」手をつかまれ、その手を彼の肩に置かれるなり、キャサリンは叫び声をあげた。シャツはぐっしょりと血に濡れ、肩には太い木片が突き刺さっている。「どこがとげなの」声が裏がえる。「杭みたいじゃないの。どうしよう。抜いたほうがいいの？」

「いや、動脈がやられているようだから。それに、ここを血まみれにするのも気が進まない」

キャサリンはレオににじり寄り、うんと近づいて顔色をよく観察した。暗がりのなかでも蒼白になっているのがわかる。額に手を這わせると、脂汗がにじんでいた。

「心配はいらない」彼はつぶやいた。「見た目ほどひどくないんだ」

そうは思えなかった。むしろ、見た目よりひどそうだ。キャサリンはパニックに襲われた。万が一ショック状態に陥ったら、それで心臓が十分な血液を体に送りだせない事態になったらどうすればいいのだろう。そうなったらもう、「死の一歩手前」ではないか。

乗馬用の上着を引きちぎらんばかりに脱ぐと、彼女はレオの肩にかけた。

「なんのまねだ？」

「体温を失わないようにしなくては」

レオは肩から上着を引きはがし、冷笑をもらした。

「ばかだな。第一に、こいつはそんなにひどいけがじゃない。第二に、こんな小さな上着じゃ体温を保つ役にも立たない。いいから、さっき指示したとおり――」

「いいえ、大けがだわ。あなたの指示には従いません。もっといい考えがあるの」

「そうだろうとも」レオは皮肉めかした。「なあ、一度でいいからわたしの言うとおりにしてくれないか」

「いいえ、あなたをひとりここに置いていくわけにはいかないわ。がれきを積み上げて、ふたりでそれを上りましょう」

「ろくに見えないくせに。それにその細い腕じゃ、梁や岩を運ぶこともできやしない」

「細いからって見くびらないほうがいいわ」キャサリンはやりかえし、よろよろと立ち上がると周囲に視線を走らせた。がれきが一等高くなっているところを見つけ、そこに歩み寄って、あたりに岩がないか探す。

「見くびってなどいないさ」レオはいらだった声で応じた。「その細さは、わたしのお気に入りの運動にぴったりだよ。だが岩を運ぶには向いていない。くそっ、そんなことをしたらきみがけがを――」

「じっとしていて」キャサリンはぴしゃりと言った。レオが重たいなにかを脇にどけようとする気配がする。「傷口が広がったら、ここから出るのがますます難しくなるのよ。いいからわたしに任せて」積み上げられたレンガを見つけてそのひとつを取り上げ、スカートを踏んで転ばぬよう注意しながら先ほどのがれきの山へと引きずっていく。

「きみには無理だ」レオがとぎれがちの声で、じれったそうに言う。

「力が足りない分は」キャサリンは応じつつ、レンガの山に戻った。「意志の力で補ってみせるわ」

「感動的だな。だが、その不屈の精神をちょいと脇にやって、分別を思い出してくれないか？」

「あなたと口論するつもりはないわ。そんな元気があったら――」言葉を切り、次のレンガを持ち上げる。「この仕事にそそぎたいの」

つらい作業が進められるなか、レオはぼんやりとした頭で決意した。キャサリン・マークスを二度と見くびったりするまいと。あのような、正気の沙汰とは言えないほどの頑固さを備えた人はほかにいない。ろくにものも見えない状態で、長いスカートに邪魔されながらも、岩や木材を引きずっては、勤勉なるモグラさながら彼の視界を執念深く行き来しているのだから。彼女がいったん足場を造ると決めたら、それを止められるものなどありはしないのだ。

キャサリンはときおり作業の手をやすめては、彼の額や喉元に手をあてて熱や脈を測った。問題がないことを確認すると、ふたたび作業に戻った。

手伝えないのがいまいましくてならなかった。女性ひとりにあのような労苦を強いるのは屈辱だ。だが立ち上がろうとするたび、レオは恐ろしいほどのめまいに襲われた。肩は燃えるように熱く、左腕が上がらない。脂汗が額ににじみ、目にしみた。

それから数分間、彼は気を失っていたらしい。気づいたときにはキャサリンに揺り起こされていた。

「ミス・マークス」レオはまわらぬ舌で呼びかけた。「こんなところでいったいなにを?」

寝室で朝を迎え、早朝から彼女に無理やり起こされたのかと勘ちがいしたのだ。

「眠っちゃだめよ」キャサリンは不安げに眉根を寄せた。「無事に岩を積み上げたわ。さあ、こっちへ」

全身を鉛で固められたかのようにレオは感じた。疲れがひどい。

「ちょっと待ってくれ。もう少し眠りたい」

「いますぐ起きて」彼女は命じた。従うまでしつこく言いつづけるにちがいない。「こっちに来てちょうだい。一緒に地上に出るの。立ってってたら」

うめき声とともに従ったレオだったが、足元がふらついて危うく転びそうになった。肩と腕に凍るような痛みが走り、思わず悪態をついた。けれどもなぜか、キャサリンはたしなめようとしない。

「ほら、あそこよ」彼女が言った。「転ばないでね——重くて支えきれないから」

心底いらだちながらも、相手が自分を助けようとしているのがわかったので、レオは足を踏みだし、バランスを維持することに意識を集中させた。

「レオというのは、レナードの略なの？」とふいに訊かれて、レオは当惑した。

「変な質問をするな。おしゃべりする気分じゃない」

「教えて」キャサリンはあきらめない。

おそらく、意識を失わせないためなのだろう。「いいや」レオは荒い息をついた。「ただのレオだ。父が星座に凝っていてね。獅子《レオ》座は……真夏の星座だ。一等星が獅子の心臓を表している。一等星の名はレグルス」歩みを止め、完成した足場をかすんだ目でにらむ。「ふん。なかなかやるな。今度、建築仕事の依頼があったときには——」息を継いでからつづける。

「きみを推薦しよう」

「眼鏡があったら、階段だって造れたわ」

レオはとぎれがちの笑い声をあげた。「きみが先に上れ」

「スカートにつかまっていてね」

「きみからそんな素敵なせりふが聞けるとは」

ふたりは苦労しいしい足場を上っていった。その間レオは、血液が氷となり、傷口が痛み、脳みそが粥になるのを感じていた。ようやく地面にたどり着き、脇腹からみっともなく倒れこんだときには、キャサリンへの怒りに燃えていた。穴のなかでのんびり待っていたかったのに、このような骨折りをさせられるとは。陽光に目がくらむ。体が熱く、妙な感覚に襲われている。目の奥に獰猛なまでの痛みがあった。

「馬を連れてくるわね」キャサリンが言った。「一緒に乗って帰りましょう」

馬で屋敷に戻ることを想像しただけで、レオはうんざりした。しかし彼女は無慈悲にも譲ろうとせず、従うほかはなかった。まあいい。馬くらい乗れる。そうして疲れ果て、屋敷に着いたときには、彼女の背後で屍《しかばね》と化しているのだ。

座ったまま怒りをたぎらせていると、ほどなくしてキャサリンが馬を連れてきた。怒りを糧にして最後の力を振りしぼり、レオはひらりと馬にまたがって彼女の背後に腰を据え、けがをしていないほうの腕をほっそりとした腰にまわした。キャサリンにしがみつきつつ、悪寒に襲われて身震いする。彼女の体は細いわりに力がみなぎっており、背骨はふたりを支える柱のように感じられた。あとはただ耐えればいい。レオの憤怒はじきに消えうせ、ぞっとするほどの痛みだけが残された。

キャサリンの声が聞こえてきた。「独身を貫くと決めたのはなぜ？」

レオの頭は、彼女の耳のあたりで揺れている。

「失神しかけている男に個人的な質問をするのは卑怯だ。本心を打ち明けてしまうかもしれない」

「聞かせて」

彼女はわかっているのだろうか。その問いかけが、誰にも明かしたことのない彼の一部に、彼の過去に通じていることを。ここまで悲惨な状態でさえなかったなら、すぐさま彼女におしゃべりをやめさせていただろう。だがいまや彼の防衛本能は、廃墟を囲む石塀の残骸のごとく、まるで役立たずになっている。

「亡くなった女性のためなんでしょう？」というキャサリンの指摘に、レオはぎくりとした。

「婚約者だったそうね。彼女は、あなたとウィンがかかったのと同じ猩紅熱で亡くなった。名前はなんといったかしら……？」

「ローラ・ディラード」彼女との過去をキャサリン・マークスと語れるとは、レオは思ってもみなかった。だがキャサリンはそうは考えていなかったらしい。なぜかレオも質問にすんなりと答えている。「きれいな娘だった。水彩画が得意でね。水彩画は描き損じをしやすいから、得意だと言える人はなかなかいない。絵の具をいったん紙にのせてしまったら、もう消せないから。それに水――水彩画に欠かせないもうひとつの道具は、絵にどんな効果を与えるか予測がつかない。すべてを水に任せるしかない。思った以上に色が広がってしまうこともあれば、ある色がほかの色に混ざりこんでしまう場合もある。だがローラはそんなことは気にしなかった。むしろ意外性を愛した。彼女とは幼なじみだった。やがて大人になり、わたしは建築の勉強のために英国を二年間離れ、帰国後に彼女と恋に落ちた。いとも簡単に。けんかなんて一度もしなかった——する理由がなかった。ふたりのあいだに、解決すべき問題なんてひとつも。わたしの両親はその一年前にこの世を去っていた。父は心疾患をわずらっていてね。ある晩、ベッドに入ったきり二度と目覚めなかった。それからほんの数カ月後には母も亡くなった。父の死から立ちなおれなかったんだよ。そのとき初めて、人は悲嘆のあまり死ぬこともあるのだと知った」

レオは口をつぐんだ。小川に浮かぶ枝葉を目で追うように、記憶をたどる。

「ローラが猩紅熱に倒れたとき、まさか死に至るほど重いとは考えなかった。彼女を心底愛していたから、愛の力はどんな重い病にも勝ると思っていたんだろうな。だがけっきょく、三日間にわたって彼女を腕に抱きしめ、刻々と死に近づいていくのを実感する羽目になった。命はまるで、指のあいだからこぼれ落ちる水のようだった。ローラの心臓がすっかり止まってしまうまで、肌が冷たくなるまで、ずっと抱いていたよ。猩紅熱がついに彼女を奪い、その肉体から立ち去るまで」

「お悔やみを申し上げるわ」レオが黙りこむと、キャサリンはそっとつぶやいた。腰にまわされた彼の手に自分の手を重ねる。「つらかったでしょう。わたし……かける言葉も見つからない」

「気にしなくていい」レオは応じた。「この世には、適当な言葉を探しようのない出来事があるものさ」

「そうね」彼女は手を重ねたまま言った。「ローラさんが亡くなったあと」とややあってから言葉を継ぐ。「あなたも猩紅熱に倒れたのね」

「幸いだったよ」

「どうして？」

「死にたかったから。だがメリペンが、あのいまいましいロマの薬を使ってわたしをこの世に引き止めた。あいつを許す気になるまで、ずいぶん長い時間がいったよ。この身を生きながらえさせたあいつが憎かった。ローラがいないのにまわっているこの世界が。命を絶つ肝っ玉のない自分が。毎晩ベッドに横になるたび、ローラが現れますようにと祈った。その祈りは、しばらくのあいだ通じたようだ」

「それは……あなたの心のなかに、という意味？　それとも文字どおり亡霊として？」

「両方だろうな。周囲のすべての人たちに地獄を味わわせたあげく、ようやく彼女がもういないという事実を受け入れられた」

「そしていまも、あなたはローラさんを愛しているのね？」キャサリンの声はどこかわびしげだった。「だから独身を貫くというのね？」

「いいや。たしかに彼女との思い出はなによりも大切だ。だがもうずっと昔の話だよ。ああいう時間をもう一度過ごしたいとは思わない。気も狂わんばかりに愛してしまうたちなんでね」

「次はそんなふうにはならないかもしれないわ」

「いや、きっともっとひどくなる。あのころはまだ若かった。大人になってみて、自分が求めるものの深さを思うと……飼いならせるとはとうてい思えない」レオは皮肉めかした笑いをもらした。「つまりわたしは、自分自身を持て余しているのさ」

8

材木置き場まで戻り、ラムゼイ・ハウスまであともう少しというところに来たときには、キャサリンの不安は最高潮に達していた。レオはごく短い言葉しか発することができず、彼女の背中にどっしりと寄りかかっていた。脂汗をたらしながら身震いし、彼女の腰にまわされた腕は冷たく重かった。ドレスの肩のあたりがレオの血でぐっしょりと濡れて、肌にへばりついている。やがて、荷馬車から材木を下ろそうと待ちかまえる男たちの姿が遠くにぼんやりと見えてきた。お願い。神様お願い。どうかあのなかに、メリペンもいますように。

「ミスター・メリペンはいる？」キャサリンは大声で問いかけた。

幸いにも、メリペンのすらりとした黒い影がすぐに現れた。「ここだが、おれになにか？」

「ラムゼイ卿がけがをしたの」キャサリンは泣きそうな声で告げた。「ふたりで落ちて――彼の肩に木片が――」

「屋敷に運んでくれ。おれは先に行ってる」

キャサリンの返事も待たず、メリペンは屋敷を目指して一目散に駆けだした。

正面玄関にキャサリンたちが到着したときには、メリペンはすでにそこにいた。

「廃墟で事故があって」彼女は説明した。「一時間ほど前に、彼の肩に大きな木片が刺さってしまったの。体温も下がっているし、話も要領を得ないわ」

「要領を得ないのはいつものことだ」レオが背後でつぶやいた。「意識だってちゃんとある」言いながら、のろのろと馬の背を下りようとする。メリペンが腕を差し伸べ、巧みに義兄を抱きとめた。さらに義兄の脇の下に肩を入れ、けがをしていないほうの腕を自分の肩にまわす。激痛が走ったのか、レオはうめき声をあげた。「くそっ、いまいましいならず者め」

「たしかに、意識はちゃんとあるようだ」メリペンは淡々と応じ、キャサリンに向きなおった。「レオの馬は?」

「まだ廃墟に」

彼女の全身に視線を走らせる。「あなたは、けがは?」

「いいえ、大丈夫」

「よかった。家に入って、急いでキャムを捜してくれ」

緊急事態には慣れっこのハサウェイ家の面々は、驚くほど効率よく事態に対応した。キャムとメリペンは両脇からレオを支えて邸内へと運び入れた。母屋のかたわらにはレオのための離れが建てられているが、当のレオは、離れにはメリペンとウィンが住むべきだと主張した。新婚夫婦のプライバシーのほうが、自分のよりも大切だという理由からだった。そのようなわけでレオは、ハンプシャーにやってくるたび母屋の客間を使うのが常だった。

キャムとメリペンとレオの三人は、それぞれに責任を分担してじつにうまく三人四脚をこなしてきた。領主でありながら、レオは余人に権限を与えることをためらわない。ウィンに同行して二年間にわたりフランスに住み、そうして帰国を果たしたのちは、自分がいないあいだにふたりの義弟が立派にラムゼイ領の再建を果たしてくれた事実に、心からの感謝の意を示した。ふたりは死に体だった領地を、繁栄と成功を約束された事業の場へと変え、なおかつその見返りをいっさい求めなかった。レオは、そんなふたりから多くを学んだ。

領地管理という仕事は、小説に登場する貴族のごとく、ポートワインのグラスを片手に書斎でのんびり過ごしていては立ちゆかない。農耕や商取引、畜産、建築、林業、土地改良などについて幅広い知識を必要とする。そのほかにも政治にまつわる仕事や国会議員としての義務もあり、ひとりではとうてい背負いきれない。だからこそレオは、林業と農業はメリペンに、土地の管理や投資はキャムにそれぞれ分担してもらおうと決めたのだった。

家族の誰かが病気にかかったり、けがをしたりしたときには、メリペンも十分に処置の腕前を持っているものの、キャムが仕切るのが習慣となっている。ロマの祖母から治療術を学んだキャムのほうが、経験が豊富だからだ。レオのけがについても、医師を呼ぶよりもキャムが治療にあたるほうが望ましく、安全ですらあった。

現代医学において確立した治療法は、病気の種類を問わず、医師が患者の血を抜き取る「瀉血《しゃけつ》」という方法だ。とはいえ、医学の世界でも瀉血には賛否両論がある。その無効性を証明するため、統計学者が治療後の経過に関する調査を始めたものの、いまだに一般的に行われているという。ときには出血多量時にも行われることがあるらしい。なにも治療をほどこさないよりはましだからだ。

「アメリア」キャムがメリペンとともにレオをベッドに横たえながら妻に呼びかけた。「厨房から熱い湯をたくさん持ってきてください。それと、家にあるかぎりのタオルを。ウィンはベアトリクスと一緒にミス・マークスを部屋に連れていって、着替えなどの手伝いを」

「いいえ」キャサリンは抗議した。「お心づかいには感謝するけれど、わたしならひとりで大丈夫。入浴だってひとりで――」

だが誰も聞く耳を持たなかった。ウィンもベアトリクスも、キャサリンが体を清めて髪も洗い、きれいなドレスに着替えるのを手伝い終えるまで、頑として譲ろうとしなかった。眼鏡は部屋に予備が見つかり、キャサリンは視界を取り戻せて心から安堵した。ウィンはその後も、キャサリンの手に軟膏を塗ったり、指に包帯を巻いたりと世話を焼きつづけた。

そうしてようやく、レオの部屋に行ってもいいと言い残し、姉妹は階下に下りていった。ベッド脇には、アメリアとキャムとメリペンが並んでいた。レオは上半身裸で、毛布にくるまっている。案の定、三人と激しくやりあっていた。

「レオの許可はいらない」メリペンがキャムに言う。「必要ならおれが喉に流しこんでやる」

「くそくらえ」レオがうなる。「そんなまねをしてみろ、おまえの息の根を――」

「無理強いはしない」キャムがいらだった声で割って入る。「でも、ちゃんと理由を説明してくれないか、兄弟《バル》。言ってることがめちゃくちゃなんだから」

「説明する義務などない。あんなもの、おまえとメリペンで飲んじまえ――」

「なにを騒いでいるの？」キャサリンは戸口の向こうから問いかけた。「なにかあった？」

廊下まで出てきたアメリアの顔は、不安と当惑でゆがんでいた。

「ええ、兄が強情を張ってばかを言うのよ」アメリアは聞こえよがしに告げた。キャサリンに向きあい、声を潜めてつづける。「キャムとメリペンによると、傷自体はさほどひどくないものの、きちんと消毒をしなければ大変なことになるらしいわ。木の切れ端が鎖骨と肩関節のあいだに入りこんでいて、先端がどこまで到達しているかわからないようなの。傷口を洗浄してとげや繊維を取り除かないと、じきに化膿するわ。つまり、これから厄介な治療をしなくてはならないわけなの。なのにお兄様ときたら、アヘンチンキは絶対に飲まないと言い張って」

キャサリンは困惑の表情でアメリアを見つめた。

「でも……なにか薬を飲まないと、意識が明瞭なままでは」

「そうなの。それでもいやだと言うのよ。いいからこのままやれ、傷口を洗浄しろとキャムに命じつづけて。痛みに泣き叫ぶ人を相手に消毒するのが、たやすいことだと言わんばかりだわ」

「泣き叫んだりしないと言ってるだろう」レオがやりかえす。「するとしたら、ミス・マークスが自作の詩を詠んだときだけだ」

あぜんとしつつも、キャサリンは思わずほほえみそうになった。

扉の脇から室内をのぞいてみれば、レオの顔色はかなりひどく、日焼けして褐色だった肌が蒼白になっている。しかも彼は濡れた犬のように震えていた。レオと目が合う。消耗しきって苦痛にさいなまれているはずなのに、反抗的な表情を浮かべたその顔を見るなり、キャサリンは無意識に口にしていた。

「話があるのだけど、ラムゼイ卿？」

「いいとも」レオが無愛想に答える。「口論の相手が増えるのは大歓迎だ」

部屋に入ると、キャムとメリペンが脇にどいた。申し訳なさげな口調で彼らに切りだす。

「できれば、ふたりきりで話したいの……」

キャムはいぶかしげに彼女を見つめた。彼女にいったいなにができるのかと、考えをめぐらしているのだろう。

「では、なんとしてもレオを説得し、そこのサイドテーブルにある薬を飲ませるように」

「説得に失敗したら」メリペンが言い添える。「火かき棒で頭をぶん殴ってやってくれ」

男たちが廊下に出ていく。

レオとふたりきりになると、キャサリンはベッドに歩み寄った。肩に刺さったままの木片と、引きちぎれて血がにじんでいる肉を見て、思わず顔をしかめる。ベッド脇に椅子がなかったので、マットレスの端に慎重に腰を下ろした。レオをじっと見つめ、心配そうに声をかける。

「どうしてアヘンチンキを飲みたくないの？」

「ほっといてくれ」彼は荒い息を吐いた。「飲めないんだ。飲まずに治療を受ければどんなことになるかくらい、ちゃんとわかってる。だが選択肢はない。なぜなら……」言葉をふいに切り、顔をそむけると、激しい悪寒に襲われたのか歯をぎゅっとかみしめた。

「なぜなの？」彼に触れたい、彼を理解したいという思いに衝き動かされ、気づいたときにはレオの手に触れていた。相手が抵抗しないのがわかると、さらに大胆になり、包帯を巻かれた指を冷たい手のひらの下へと忍ばせた。

「教えて。お願い」

レオの手が用心深く彼女の手を握りしめたとたん、キャサリンは不思議な感覚につつまれた。安心感にも似た気持ち、なにかが、あるべき場所にぴたりとはまったという感覚だ。ふたりはつながれた手をただ見つめた。手のひらと指にぬくもりが凝縮していく。

「ローラが亡くなったあと」とレオが低い声で語りだすのが聞こえた。「わたしは自暴自棄になった。いまよりずっと乱れた生活を送った――きみには想像もつかないような暮らしだった。だがなにをやっても、完全に正気を失うことはできなかった。ある晩、わたしに輪をかけた放蕩者たちとイーストエンドの阿片窟に向かった」

キャサリンがつい手に力を込めてしまったのに気づいたのか、レオはいったん言葉を切った。

「路地全体に阿片の臭いが充満していた。空気まで茶色くよどんでいた。連中に連れていかれた部屋には藁布団や枕の上に男女が入り乱れて寝転がり、誰もが恍惚の表情を浮かべ、ぶつぶつとつぶやいていた。阿片パイプが放つあの赤熱……まるで、暗闇のなかで小さな赤い目が何十個も光っているみたいだった」

「地獄のような光景に思えるけど」キャサリンはささやいた。

「そのとおり。だが地獄こそわたしが行きたかった場所だ。やがて誰かが阿片パイプを寄越した。最初の一吸いでぐっと気分がよくなり、涙すらこぼしそうになった」

「どんな気持ちだった?」キャサリンはたずね、彼の手をきつく握りしめた。

「一瞬にしてあらゆる苦しみがなくなり、どんなに恐ろしくてつらいことがあろうと、この晴れ晴れとした気分がつづくんだと思えた。罪悪感も恐れも怒りも、風にのった羽根みたいにどこかへ飛び去ってしまった」

そのような不道徳な行為に身をやつした彼を、かつてのキャサリンなら厳しく非難しただろう。だがいま、感じるのは深い思いやりだけだった。そこまで堕ちるしかなかった彼の痛みを、はっきりと理解できたから。

「でも、その感覚は永遠につづきはしなかったのね?」

レオはうなずいた。

「ああ。その感覚が消えてしまうと、以前よりもいっそうひどい気分になった。いっさい喜びを見いだせなくなるんだよ。愛する者さえもどうでもよくなる。阿片の煙のことしか、ふたたびそれを吸うときのことしか考えられないんだ」

キャサリンはレオの横顔を見つめた。蔑み、見下しつづけてきたあのレオと、同じ男性とは思えない。かつての彼は、いかにも投げやりな印象があった。どこまでも浅はかな、身勝手な男性にしか見えなかった。実際には、物事を深く受けとめすぎるたちだったのだ。

「やめた理由は？」彼女は静かに問いかけた。

「いい加減うんざりしたからだ。わたしの手には拳銃があった。自殺を思いとどまらせてくれたのはキャムだ。あいつがロマの言い伝えを教えてくれた。亡くなった人を強く思いすぎると、その人の魂は死霊となってしまうと。だからローラも逝かせてやらなくちゃいけないと。彼女のためにね」レオは射るような青い瞳でキャサリンを見つめた。「だから嘆き悲しむのはやめた。きっぱりと。阿片もやめると誓い、それ以来一度たりともあのいまいましいものに触れていない。それがどんなに大変なことか、きみにはわからないだろう、キャット。死ぬほどの思いでやめたんだ。そんなものをたった一度でもふたたび口にしたら……二度と這い上がれないどん底に落ちてしまう。そんな危険にわが身をさらすわけにはいかない。絶対に」

「レオ……」と呼びかけると、当のレオが目をしばたたいた。ファーストネームで呼ぶのは、これが初めてだった。「それでも、飲んでちょうだい。あなたはどん底に落ちたりしない。二度と堕落したりしない。わたしがついているわ」

レオは唇をゆがめた。「万が一のときは、手を貸してくれるとでも？」

「そうよ」

「このわたしが、きみの手に負えるものか」

「大丈夫」キャサリンはきっぱりと応じた。「最後まであきらめないわ」

陰気な笑い声をあげてから、レオは彼女をまじまじと見つめた。あたかも、彼女が誰だかわからなくなったとでもいうような目で。

一方のキャサリンは、ベッドの端に腰かけて、ここ数年間のけんか相手の手を握りしめている自分を信じられないと思っていた。まさかレオが、こんなふうに素直に心の内をさらけだすとは想像もしていなかった。

「わたしを信じて」彼女は強く促した。

「信じるべき理由は？」

「あなたなら、できるはずだから」

レオは小さくかぶりを振って彼女を見据えた。やはり説得は無理ね、とキャサリンは嘆息したが、どうやら彼は自分自身の判断に驚いてかぶりを振っただけだったらしい。サイドテーブルに置かれた小さなグラスを指さす。「とってくれ」彼はつぶやいた。「気が変わる前に、それをこっちへ」

グラスを手渡すと、レオは数口できれいに中身を飲み干した。不快げに身を震わせてから、空になったグラスを彼女に返した。

薬が効いてくるのをふたりで待つ。

「きみの手……」レオがつぶやいて、包帯が巻かれた彼女の指に触れた。親指の先が、つめのおもてをそっとなぞる。

「なんでもないわ」キャサリンはささやいた。「ほんのかすり傷」

青い瞳が徐々に焦点を失っていき、彼はまぶたを閉じた。痛みのため顔に刻まれていたしわが薄くなっていく。「きみにちゃんと礼を言ったかな」彼は問いかけた。「廃墟から引きずりだしてくれて、ありがとうって」

「当然のことをしただけよ」

「それでも……感謝してる」レオはキャサリンの片手をとると、目を閉じたまま、自分の頬に手のひらを押しあてた。「きみはわたしの守護天使だ」と、まわらなくなった舌でつづける。「自分にそんなものがついてくれるなんて、信じられないな」

「きっとこれまでは」キャサリンは応じた。「走りつづけるあなたに、天使が追いつけなかったのよ」

レオは小さく笑った。

手のひらをくすぐるひげの感触に、キャサリンはえもいわれぬぬくもりを覚えていた。阿片のせいよ——必死になってそう自分に言い聞かせた。ふたりのあいだに流れるこの気持ちは本物ではない。ただ、単なるけんか相手という関係が壊れたいま、なにか新しいものがめばえつつあるようにも思える。深呼吸をしたレオの喉元がかすかにうごめいたとき、キャサリンは身震いするほどの慕わしさを彼に感じた。

そのまましばらく様子を見ていると、ふいに戸口のほうで物音がし、キャサリンはぎくりとした。

部屋に現れたキャムが空になったグラスを見つけ、満足げにうなずいてみせた。

「さすがだ。これで彼も治療に耐えるのが楽になる。こっちもね」

「くそったれ《バガー・ユー》」レオは静かにやりかえし、薄く目を開けて、ベッド脇にやってくるキャムとメリペンを見やった。ふたりのあとから、きれいな布やタオルを山ほど抱えたアメリアが部屋に入ってくる。キャサリンはしぶしぶレオから離れ、戸口のほうに下がった。

キャムは心配と愛情のないまぜになった表情で義兄を見つめた。まぶしい陽射しが窓から射しこみ、キャムのつややかな黒髪に降りそそぐ。

「わたしひとりで処置できると思うが、きみが望むならガッジョの医者を呼ぼう」

「よしてくれ。おまえの下手な処置のほうがずっとましだ。医者のやつはきっと、ガラス瓶いっぱいのヒルを使うだろうからな」

「わたしは使わないから安心したまえ」キャムは義兄の背を起こし、そこに枕をあてながら応じた。「ヒルはどうも苦手でね」

「あなたにも怖いものがあったの？」アメリアがたずねる。「知らなかった」

枕にもたれかかるレオに手を貸しつつ、キャムは説明した。

「小さいころ、まだ部族の連中と一緒に暮らしていたときに、ほかの子どもたちと泉へ水遊びに行ったことがあるんです。泉から出てみたら、みんなの脚にヒルがびっしりついていた。思わず、女の子みたいに泣き叫びましたよ。女の子よりも、ずっと大きな声で」

「かわいそうなキャム」アメリアはほほえんだ。

「かわいそうなキャム？」レオがむっとした声でくりかえす。「わたしは？」

「お兄様にはあまり同情しすぎないほうがいいもの」アメリアは答えた。「カブの植えつけを手伝うのがいやで、こんな騒ぎを起こしたかもしれないんだから」

レオがとっておきのせりふをかえすと、アメリアは笑った。

シーツを兄の腰まで引き下ろし、彼女は慎重な手つきで、負傷した肩と脇腹の下にタオルを挟みこんだ。なめらかな筋肉に覆われた引き締まった上半身と、胸板にうっすらと生えた毛が視界に飛びこんできたとたん、キャサリンの胸はなぜかどきんと鳴った。彼女は廊下まで出た。自分はこの場にいるべきではないと知りつつ、立ち去る気になれない。

キャムは妻のつむじにキスをすると、ベッド脇から彼女を下がらせた。「少し離れていてください、愛する人《モニシャ》――動きやすいほうが、処置が楽ですから」振りかえって、さまざまな器具の並ぶトレーに向きなおる。

ナイフや金属のぶつかりあう音が聞こえてきて、キャサリンは青くなった。

「山羊のいけにえは用意しないのか？　部族の踊りは？」レオがぐったりした声でからかう。「せめて、歌でも歌ってくれ」

「すべて、閣下ですませてきた」キャムは答え、細い革帯を義兄に手渡した。「こいつをかんで。処置をしているあいだ、あまり大声をあげないように。息子が昼寝中だ」

「口にくわえる前に」レオが言う。「どこから持ってきたものか教えてもらおうか……ひょっとしてこいつは……いや、やっぱりいい。知らないままでいたほうがよさそうだ」革帯をくわえ、すぐにまた口から離す。「腕を切り落とさないでくれるとありがたい」

「切り落とすときは」メリペンが、肩の傷口を用心深く消毒しながら応じる。「うっかりだろうな」

「用意はいいか、パル？」キャムが静かにたずねる。「彼を押さえていてくれ、メリペン。ああ、それでいい。三つ数えたらやるぞ」

アメリアも廊下に出る。彼女はこわばった表情を浮かべ、両腕で自分を抱くようにしていた。

やがてレオの低いうめき声と、キャムとメリペンが交わす流暢なロマニー語が聞こえてきた。ふたりのぶっきらぼうな会話に、なぜか心が安らぐ。

アヘンチンキを飲んでいてもなお耐えがたい処置なのは明らかだった。レオの口から発せられるうなり声や痛みに耐える声が廊下まで届くたび、キャサリンは全身を硬くし、からみあわせた指にいっそう力を込めた。

二、三分経ったころ、アメリアが扉の向こうをのぞきこんだ。「やっぱりとげを抜く必要がありそう？」とたずねる。

「ごく小さいものですよ、モニシャ」とキャム。「もっと悲惨なことになった可能性もあったんでしょうが――」言葉を切り、押し殺したうめき声をあげる義兄に語りかける。「すまない、パル。メリペン、毛抜きを取ってくれ――そう、それだ」

キャサリンに向きなおったとき、アメリアは顔面蒼白になっていた。意外にもアメリアはそのまま腕を伸ばしてくると、妹たちにするようにキャサリンをきつく抱き寄せた。まごついたキャサリンは、わずかに身をこわばらせた。「あなたまでけがをしなくて本当によかった」アメリアがささやく。「兄を助けてくれてありがとう」

キャサリンは小さくうなずいた。

身を引きはがしたアメリアが、ほほえみかける。

「兄なら心配いらないわ。猫よりもたくさん、命を持っているから」

「だといいのだけど」キャサリンは静かに応じた。「ラムゼイ家の呪いのせいでないことを祈るわ」

「わたしはね、呪いなんてものはいっさい信じていないの。お兄様の唯一の呪いは、自分でかけたものなのだし」

「それはつまり……ローラさんの死からラムゼイ卿が立ちなおれずにいるという意味？」

アメリアの青い瞳が大きく見開かれた。「ローラのこと、兄から聞いたの？」

キャサリンはうなずいた。

思いもよらなかったらしい。アメリアはキャサリンの腕をつかむと、誰にも話を聞かれぬよう、廊下の隅へと引っ張っていった。

「具体的に、兄はなんて？」

「水彩画が得意だったと」キャサリンはぽつりぽつりと答えた。「ふたりは婚約していて、やがてローラさんが猩紅熱に倒れ、ラムゼイ卿の腕のなかで亡くなったと。それから……ローラさんが彼に文字どおりとり憑いたと。でもそんな……ありえないわ」

アメリアは三〇秒ほども押し黙っていたが、「ありえなくもないと思うわ」と驚くほど穏やかな声で応じた。「みんなの前で認めるつもりはないけれど――変人扱いされるものね」自嘲めいた笑みを浮かべてつづける。「だけど、あなたもずいぶん長いことハサウェイ家の人間と暮らしてきたんだもの、わが家が変人の集まりなのはもうわかっているわね」いったん口を閉じた彼女は、「ねえ、キャサリン」と呼びかけた。

「ええ」

「兄はね、これまで誰ともローラの話をしようとしなかったの。一度たりとも」

キャサリンは目をしばたたいた。

「痛みで朦朧としていたからじゃないかしら。出血もひどかったし」

「あなたに打ち明けた理由がちゃんとあるはずよ」

「いったいどんな理由が？」キャサリンはやっとの思いでたずねかえした。

答えを聞くのが怖い。その思いが、顔に表れていたにちがいない。

アメリアはキャサリンをじっと見つめてから、ふっと笑って肩をすくめた。

「おしゃべりがすぎたわ。ごめんなさい。わたしはただ、兄の幸せを心から願っているだけなの」いったん言葉を切り、強い口調で言い添える。「あなたの幸せも」

「ラムゼイ卿とわたしの幸せは、無関係じゃないのかしら」

「ええ、そうね」アメリアはつぶやき、兄の部屋のほうへと戻っていった。

9

傷口の消毒が終わり包帯が巻かれたあと、青ざめ、消耗しきったレオはひとり寝室に残された。一日中眠りつづけ、ときおり目覚めたときには、スープや薬草茶を喉に流しこまれた。家族は容赦なく彼の看護にあたっていた。

予想どおり、レオはアヘンチンキのせいで悪夢を見た。地底から怪物たちが現れ、鉤爪で彼を地の底へと引きずりこむ。暗闇のなか、ぎらりと赤い目が彼をねめつける。薬がもたらす忘我にとらわれたレオは悪夢から目覚めることもできず、熱と苦痛にもがきながら、幻覚の世界へといっそう深く落ちていくばかりだ。唯一ほっと一息つけるのは、額に冷たいタオルがのせられるときだけ。かたわらには、優しく看病する誰かの気配があった。

「アメリアか？　ウィン？」レオはまどろみつつたずねた。

「しーっ」

「暑い」苦しげにため息をもらしてつぶやく。

「眠って」

二回か三回、誰かが冷たいタオルを取り換えてくれた気がする……ひんやりとしたタオルが心地よくて……小さな手が頬を撫でてくれた。

翌朝、目覚めたときには起き上がる気力もなく、体が熱っぽくて、ふさぎこんでいる自分がいた。むろん、アヘンチンキの副作用だ。わかっていても、重苦しい気分はこれっぽっちも和らがなかった。

「少し熱があるな」朝のうちに寝室にやってきたキャムが言った。「薬草茶をもっと飲まないと。でも傷口のほうは化膿していないようだ。今日一日ゆっくりやすめば、明日にはぐっと気分もよくなる」

「泥水の味がするからいやだ」レオはぼやいた。「一日中ベッドに寝ているつもりもない」

キャムがなだめるようにほほえむ。

「気持ちはわかるよ、パル。そこまで重傷な気はしないというのだろう？　だがまだ体力が戻っていない。しっかり体をやすめないと――」

「下でまともな朝食が食べたいんだよ」

「朝食の時間はもう過ぎた。食堂に行ってもなにもない」

しかめっ面をして顔をこすったとたん、レオは焼けるような痛みを肩に感じた。

「メリペンを呼んでくれ。話がある」

「小作人と一緒にカブの植えつけをやっているよ」

「アメリアはどこだ？」

「赤ん坊の世話をしている。歯が生えてきたんだ」

「ウィンは？」

「メイド長を連れて、日用品の在庫確認と注文の準備だ。ベアトリクスは町のご老人たちのところに届け物。わたしはこれから、地代の支払いが二月も滞っている小作人と会わなくちゃいけない。というわけで、おしゃべりの相手はいないんだ」

義弟のせりふに、レオはいらだちと沈黙で応じた。それから、自分がいま本当にそばにいてほしい相手の名前をようやく口にする気になった。わたしがついているわ、と約束しておきながら、けっきょくその後は、具合を見にも来ない相手の名前を。

「ミス・マークスは？」

「さっき見かけたときは、針仕事で忙しそうだったな。繕いものがたまっているらしくて――」

「ここでやればいいだろう」

キャムは懸命に無表情をよそおっている。

「ミス・マークスに、ここで針仕事をしてほしいのか？」

「そうだ、来るように言ってくれ」

「当人がなんと言うかな」義弟は自信なさげに応じた。

顔を洗い、苦労しいしいガウンに着替えたあと、レオはベッドに戻った。傷口が痛むし、腹立たしいほど足元がおぼつかない。やがてメイドが、薄いトーストとカップ一杯の紅茶をのせた小さなトレーを運んできた。朝食を口に運びながら、誰もいない戸口をむっつりとにらむ。

キャサリンはどこにいるのだろう。そもそもキャムは彼女に、ここへ来るよう伝えてくれたのだろうか。伝えたのなら、彼女が呼びだしを無視しているということになる。

優しさのかけらもない、冷淡なやかまし屋め。そばにいると約束したくせに。アヘンチンキを無理やり飲ませておきながら、ほったらかしにするとはなにごとだ。

こうなったら、いまさら彼女に来てほしくない。来たらすぐに追い返すつもりだ。冷笑を浮かべて、きみとふたりで過ごすくらいなら、ひとりきりでいるほうがずっとましだ、と言ってやろう。それから――。

「ラムゼイ卿？」

戸口に現れたキャサリンを認めるなり、レオの心臓はどきんと鳴った。今朝は濃紺のドレスに身をつつんで、淡い金色の髪をいつものようにきっちりとまとめてピンで留めている。片手には本。もう一方の手には薄茶色の液体が入ったグラス。「調子はどう？」

「死ぬほど退屈だ」レオは顔をしかめた。「どうしてもっと早く来ない？」

「まだ眠っているかと思って」部屋に足を踏み入れたキャサリンは、扉を大きく開けたままにした。その後ろから、ひょろりとした体のふわふわの生き物が入ってくる。後ろ足で立って周囲を見まわし、ドジャーは棚の下に駆けこんだ。彼女はそのさまをいぶかしげに眺めていた。「新しい隠れ家を見つけたのね」とため息をつき、グラスを差しだす。「飲んで」

「中身はなんだ？」

「ヤナギの樹皮の煎じ茶よ。熱に効くの。飲みやすいように、レモン汁と砂糖を少し入れてきたから」

レオは苦い煎じ茶を口に含みつつ、忙しく立ち働くキャサリンを観察した。まずは新たに窓を開け、風を招き入れる。それから朝食のトレーを預かり、廊下まで運んで、通りかかったメイドに手渡した。レオのもとに戻ってくると、彼の額に手をあてて熱を測った。

レオは彼女の手首をつかんだ。瞳をのぞきこみ、ようやく気づく。

「きみだったのか。ゆうべ、来てくれたのは」

「なんのことかしら」

「額に冷たいタオルをのせて、取り換えてくれただろう。何度も」

キャサリンは軽く指先をからめてから、いつになく優しい声で応じた。

「真夜中に、わたしが男性の部屋にひとりで入ると思って？」

だがふたりとも、ちゃんと真実をわかっていた。ふさいでいた気持ちがぐっと軽くなる。

彼女の瞳が心配そうにこちらに向けられると、ふさぎの虫はすっかり消えていなくなった。

「手の具合は？」レオはキャサリンの手をひっくりかえし、すり傷だらけの指を念入りに調べた。

「おかげさまで、よくなってきたわ……付き添いがいると言っていたそうだけど？」

「ああ」レオは即答した。「きみで我慢してやろう」

キャサリンは口元に笑みを浮かべた。「それはよかった」

彼女を抱き寄せ、胸いっぱいに甘い匂いをかぎたくてたまらない。さっぱりとして清潔そうな、紅茶とタルカムパウダーとラヴェンダーを混ぜたような香りが鼻孔をくすぐる。

「本でも読みましょうか？　一冊持ってきてみたのだけど。バルザックは好き？」

陰鬱に始まった一日が、楽しい一日へと刻々と変化していく。「嫌いな人間がいるのか？」

キャサリンはベッド脇の椅子に腰を下ろした。

「わたしは、ちょっと描写がくどいように感じるわ。もっと展開の早いお話が好みなの」

「バルザックを読むときは」レオは反論を始めた。「物語の世界に浸りきる必要がある。文章と格闘するかのように読むことで……」言葉を切り、キャサリンの卵形の小さな顔をまじまじと見つめた。顔色が悪いし、目の下にはくまができている。夜中に何度も看病に来たせいだろう。「疲れた顔をしている」レオは無愛想に指摘した。「わたしのせいだな。すまない」

「いいえ、そうじゃないの。悪い夢を見たから」

「どんな？」

とたんにキャサリンは警戒する表情になった。踏みこんではいけない領域らしい。わかっているのに、レオはしつこく訊かずにはいられない。

「過去に関する夢か？　ラトレッジに助けてもらったそうじゃないか」

鋭く息をのんだキャサリンは、すっと立ち上がった。驚きと不安がないまぜになった表情を浮かべている。

「もう行くわ」

「待ってくれ」レオはすぐさま言い、その場にとどまるよう身振りで伝えた。「行くな。付き添いが必要なんだ——きみが無理やり飲ませたアヘンチンキの副作用が、まだ残っていてね」相手がなおもためらうのを見てとり、さらに言い添える。「それに熱もある」

「ひどい熱ではないわ」

「くそっ、きみはわが家のコンパニオンだろう？」レオはしかめっ面で指摘した。「職務をまっとうしたまえ」

一瞬むっとした顔を見せたキャサリンが、こらえきれなくなったかのように噴きだした。

「ベアトリクスのコンパニオンよ。あなたのではないわ」

「今日はわたしのだ。座って、朗読を始めるんだ」

意外にも、キャサリンは命令に従った。ふたたび椅子に腰を下ろすと本の最初のページを開いた。人差し指の先で眼鏡の位置を直す——そのこまやかな動作にレオは陶然とする。

「『アン・ノム・ダフェール』——『実業家』、第一章」

「待て」

なあに、という表情でキャサリンが見つめてくる。

レオは慎重に言葉を選んだ。

「わたしにも聞かせられるような過去はないのか？」

「どうしてそんな質問を？」

「きみのことが知りたい」

「自分の話をするのは好きじゃないの」

「だからこそ、興味を引かれるんだよ。自分のことを嬉々として話す輩ほど、退屈な人間はいない。わたしがいい例だ」

本のページに集中しようとするかのように、キャサリンはじっとそこだけに視線をそそいだ。だが数秒後には、背筋がぞくぞくするほどの笑みを浮かべて顔を上げた。

「あなたを形容する言葉はたくさんあるけれど、退屈はあてはまらないわ」

そうささやくキャサリンの顔を見つめるうち、廃墟で事故に遭う前に感じたのと同じなんともいえないぬくもりが、幸福感がレオの胸の内に広がっていった。

「なにが知りたいの？」彼女がたずねる。

「眼鏡をかけるようになったのはいつ？」

「五歳か六歳のときよ。ロンドンのホルボーン、ポートプール・レーンに建つ共同住宅に両親と一緒に住んでいたとき。当時、女の子は学校なんて行かせてもらえなかったから、近所の女性が何人かの子どもを相手に勉強を教えていたの。彼女が母に、娘さんは記憶力がずば抜けていると言ってくれてね。でも読み書きは苦手で、けっして頭の回転は速くなかった。ある日、母のおつかいで肉屋さんに買い物に行ったの。通りを二本挟んだところにある店なのに、道に迷ってしまった。右を見ても左を見ても、風景がぼんやりしていて。気づけば少し離れた通りを泣きながらとぼとぼ歩いていて、道行く人に肉屋さんまでようやく連れていってもらった」口元に笑みをたたえる。「親切なおじさんでね。家に帰る道がわからないと訴えると、おじさんは名案があるとこたえた。そうしてわたしに、奥さんの眼鏡をかけさせてくれたの。これが本来の世界なんだって、びっくりしたわ。魔法にかけられたみたいだった。壁のレンガの模様も、空を飛ぶ鳥も、肉屋の店主のエプロンの織り目まで見えるんだもの。問題はそれだよ、とおじさんが言った。目がよく見えないせいだって。以来、眼鏡が手放せなくなったというわけ」

「ご両親は、娘の頭の回転が悪いわけじゃないとわかって安心した？」

「ちっとも。目が悪いのはどちらの血筋だって、それから何日間も口論していたわ。眼鏡のせいで娘の見た目が悪くなると言って、母はすっかり落胆していたし」

「ばかばかしい」

キャサリンは苦笑をもらした。

「母には、そういう浅はかなところがあったから」

「たしかに母上のかつての行動を考えれば――夫と息子を捨てて、恋人と一緒に英国に逃げたわけだから、思慮深い女性とは言えないな」

「子どものころは、両親はちゃんと結婚しているのだと思っていたわ」

「ご両親は愛しあっていた？」

しばし考えこむ顔になってから、彼女は唇をかんだ。やわらかく誘うような唇に、レオの視線は釘づけになる。

「肉体的な意味では互いを求めていたと思う」キャサリンは正直に答えた。「でも、それを愛とは呼べないでしょう?」

「ああ」レオは穏やかに応じた。「お父上はその後?」

「話したくないの」

「そこまで話しておいて?」レオはからかうように彼女を見つめた。「フェアじゃないな。人からあれだけいろいろと聞きだしておきながら、自分は隠すのかい?」

「わかったわ」キャサリンは深呼吸をしてからつづけた。「病に倒れた母を、父は重荷と感じるようになった。看護人を雇って母をみとらせ、娘を叔母と祖母のもとに送った。父からは二度と連絡もなかったわ。もう亡くなっているんじゃないかしら」

「気の毒に」レオは言った。心からの言葉だった。心の底から、キャサリンが気の毒でならなかった。過去に戻れるなら、眼鏡をかけた少女を、本来ならば守ってくれるはずの人間から捨てられた彼女を慰めてやりたい。「男という男がみんな冷血漢というわけじゃない」彼はそう言わずにはいられなかった。

「わかっているわ。父の罪を理由に、世のすべての男性を非難するのは公平ではないもの」

だがレオは知っている。自分自身の過去の行いも、彼女の父親と大差ないのだと。なにしろ彼は悲嘆に暮れるあまり、妹たちを見捨てようとしたのだから。

「わたしを嫌うのも無理はないな。父上のことを思い出させただろう? 困っている妹たちをほったらかしにしていたんだから」

キャサリンはくもりのない目でレオを見つめた。彼を哀れむでも、責めるでもなく……ただ、言葉の意味を探るかのように。それから彼女は「いいえ」ときっぱり言った。

「あなたは父とはちがう。家族のもとに帰ってきたんだもの。みんなのために働き、みんなを愛している。嫌ってなんかいやしないわ」

大いに驚いたレオは、彼女をまじまじと見つめた。「嫌ってない？」

「ええ。むしろ――」キャサリンはふいに言葉を切った。

「むしろ？」レオは促した。「むしろ、なんなんだい？」

「なんでもないわ」

「なにか言おうとしただろう？　自分の意志に反してあなたに好意を抱いてしまう、とかそんなことを」

「そんなこと言おうとしてません」キャサリンは取り澄ましてこたえたが、口元には笑みが見え隠れしている。

「じゃあ、非の打ちどころのない容貌にどうしようもなく惹かれる、と言おうとしたのか？話術がたまらない、とか？」

「どちらも思ってません」

「暗いまなざしがたまらない、とか？」ふざけて眉根を寄せて言うと、彼女はついに声をあげて笑いだした。

「そうね、そう言おうとしたのかも」

枕に身をもたせ、レオは満足げにキャサリンを見やった。なんて心地よい笑い声なんだろう。シャンパンでも飲んだあとみたいに、軽やかで、少しかすれていて。

ゆゆしき問題だった。彼女を求めるなど不適切きわまりない。だがいまやレオは彼女を生身の女性としか、守るべきかよわい存在としか思えなくなっている。これは、想像だにしなかった事態だ。

キャサリンはバルザックを朗読している。フェレットが棚の下から出てきて、彼女の膝によじのぼった。ドジャーはそこで腹を出して丸くなると、口を開けたまま寝入ってしまった。そんなドジャーを、レオはこれっぽっちも非難する気になれなかった。あの膝に頭をのせて眠ったら、さぞかし気持ちがいいにちがいない。

微に入り細をうがった複雑な描写を、レオは傾聴しているふりをした。実際には、一糸まとわぬ彼女はどんなふうだろうと、ひたすら妄想をふくらましていた。現実にそれを目にする日がけっして来ないとは、なんたる悲劇だろう。だが倫理観の崩壊しきったレオも、さすがにわきまえている。男は、心から愛した女性でなければ純潔を奪ってはならないのだ。かつて彼は一度だけ人を心から愛し、狂おしいほど相手を思うようになり、その結果すべてを失いかけた。

男には、二度冒してはならない危険があるのだ。

10

真夜中過ぎ。キャサリンは赤ん坊のぐずる声で目を覚ました。歯が生えはじめた幼いライはふだんは天使のようだが、最近は夜泣きが増えた。

暗闇をじっとにらんだキャサリンは、両脚で毛布を蹴り、なんとかしてふたたび眠りにつこうと、くりかえし寝返りを打った。横向きになり、うつ伏せになってみたが、どの体勢もしっくりこない。

数分後、泣き声がやんだ。愛情深い母親になだめてもらっているのだろう。

だがキャサリンは眠りに戻れなかった。孤独で、抑えがたいうずきを感じていた。最悪の目覚めだ。

ケルト語で羊を数えて、気をまぎらわしてみる。古い言いまわしだが、田舎の農民たちはまだ使っているとか……ヤン、タン、テテラ、ペテラ……いにしえの響きを感じる。ピンプ、セテラ、レテラ、ホヴェラ、コヴェラ……。

すると、個性的な青い瞳が脳裏に浮かんだ。空と海を思わせる、淡い青と濃い青の入り混じった瞳。バルザックを読んで聞かせるあいだも、繕いものをするあいだも、レオはずっと彼女を見ていた。レオは落ち着いた表情を崩さず、互いに冗談を言ってはいたが、彼に求められているのがわかった。ヤン、タン、テテラ……。

まさにいま、彼も目覚めているかもしれない。熱は午後になるとすっかり下がったものの、ぶりかえした可能性もある。水を飲みたいと思っているかもしれない。あるいは、冷たいタオルが欲しいと。

矢も盾もたまらず、キャサリンはベッドを出ると化粧着をつかんだ。化粧台に置いた眼鏡を取り上げ、きちんと鼻梁にのせる。

廊下に出た彼女は、はだしで板張りの床を歩き、病室へと向かった。

部屋の扉はわずかに開いていた。音をたてないよう、泥棒さながらにそっと室内へ入り、昨夜と同じように抜き足差し足でベッドに歩み寄る。真っ暗な寝室に、開いた窓から細い明かりが射しこんでいる。レオの規則正しい静かな息づかいが聞こえた。

そのかたわらまで近寄ったキャサリンはおずおずと手を伸ばし、鼓動が激しくなるのを覚えつつ、額に手のひらをあてた。熱はない。ほんのりとしたぬくもりが伝わってくるだけだ。

息づかいが乱れたかと思うと、レオが目を覚ました。「キャットか？」と呼ぶ声は寝起きのためにかすれている。「なにをしている？」

来るべきではなかった。どんな言い訳も嘘臭く、こっけいに聞こえるにちがいない。こんな時間に彼を起こす、まともな理由などありはしないのだから。

彼女はまごまごとつぶやいた。「あの……具合を……」声は途中でとぎれた。

ベッドから離れようとしたが、あっと思う間もなく手首をつかまれてしまった。暗闇のなかの、しかも寝起きの行動とは思えない驚くべきすばやさだった。そのままふたりは、身じろぎひとつせずにいた。キャサリンはレオに覆いかぶさるような格好で、彼は彼女の手首をきつく握りしめたままで。

やがてレオが彼女の腕を引き、自分のほうへと引き寄せた。しまいには、キャサリンはバランスを崩し、彼の上にゆっくりと倒れこんでしまった。傷口にあたってはいけないと思って両手をベッドにつき、わが身を支えようとすると、まさにその動きを利用して、レオはいっそう強く腕を引いた。硬い筋肉に覆われたあらわな胸に触れたとたん、キャサリンはびくりとした。胸板には、やわらかな薄い毛布が一枚かかっているだけだ。

「ラムゼイ卿……あの――」

長い指がキャサリンの後頭部をつつみこみ、顔を引き寄せて、唇を重ねる。

口づけとは呼べなかった。むしろ、自分のものだと宣言するための行為だった。レオはキャサリンの唇を完全にわがものとした。熱い舌が口のなかへと押し入り、意志の力も思考も奪い去っていく。彼女の鼻孔を、男らしい香りが満たす。エロチックな、うっとりするような匂いだった。さまざまな感覚がいちどきに襲いかかる――熱を帯びた唇の絹のようななめらかさ、頭をつつむ手の力強さ、たくましい上半身を覆う筋肉の硬さ。

抱きしめられたままゆっくりとベッドに押し倒されたとき、キャサリンは地球が回転したかに感じた。口づけは荒々しく、それでいて甘く、唇と歯と舌が重なりあい、からみあう。

キャサリンはあえぎながら彼のうなじに、包帯を巻いた肩に手を伸ばした。覆いかぶさるレオが大きな影のように見える。彼はむさぼるようにキスをつづけた。

化粧着の前がはだけ、ナイトドレスが膝までめくれ上がる。ふいに唇を離したレオは、今度は探るように喉元へと唇を這わせていった。感じやすい首筋から、肩のほうへと下ろしていく。そうしながら同時に、ナイトドレスの前を器用にまさぐり、小さなボタンをはずして、薄い生地を左右に開いた。

頭を下げ、震えるなだらかな丘にゆっくりと唇を這わせ、やがて頂にたどり着く。ひんやりとしたつぼみを口に含むと、レオは舌をうごめかして、そこにぬくもりを与えた。キャサリンの口からもれたかすれ声が、彼の荒い息と混じりあう。太ももにいっそう重く彼がのしかかってきて、硬いものが優しく押しあてられるのが感じられた。唇が反対の乳房に移動し、つぼみを探しあてる。濡れた唇に引っ張られるたび、キャサリンは渦巻くような喜びに襲われた。

愛撫をひとつ与えられるごとに、新たな喜びがわいてくる。どこかぎこちなさのあった快感は、えもいわれぬ心地よさへと変化しつつあった。ふたたび唇が重ねられ、長いキスにめまいを覚える。口づけながらもレオは腰で小さなリズムを刻み、彼女の喜びをいっそう高めようとしていた。キャサリンは組み敷かれたまま身もだえし、じらすような腰の動きを懸命に追った。ふたりの体はいまや、閉じられた本のページのようにぴったりと密着している。それがなぜか本来あるべき姿のように思え、荒々しい満足感に襲われて、キャサリンはふいに怖くなった。

「やめて」彼女はあえぎ、レオを押しのけようとした。「待って、お願いだからそれ以上は――」

けがをしたほうの肩をうっかり手で押すと、彼は悪態をつきながら身を引き離してとなりに横たわった。

「ラムゼイ卿？」キャサリンはすぐさまベッドを這い下り、全身を震わせながら声をかけた。「ごめんなさい。傷口にぶつかったのね？　どうしよう――」

「行ってくれ」

「ええ、でも――」

「いますぐ出ていってくれ」というレオの声は低くしわがれている。「出ていかないなら、ベッドに戻って最後まで相手をするんだ」

キャサリンは駆け足で部屋をあとにした。

11

みじめな夜が明け、手探りで眼鏡を捜したキャサリンは、レオの部屋に行ったときになくしたらしいことに気づいた。うめき声をあげつつ、化粧台の前に座って両手に顔をうずめる。愚かな衝動のせいだわ……彼女はぼんやりと思った。ゆうべは頭がどうかしていた。あんなまねをするべきではなかった。

すべて自分のまいた種だ。

それにしても、とんでもない隙を見せてしまったものだ。レオにはこれから、こっぴどくいじめられることになるだろう。あらゆる機会を狙って彼女の自尊心を傷つけようとするはずだ。彼のことだからまちがいない。

ベッドのかたわらの履物入れからドジャーが出てくるのを見つけても、キャサリンの気持ちは晴れなかった。フェレットは頭でもって履物入れのふたを押し開け、いかにも楽しげに鳴き声をあげながら履物を引きずりだした。いったいどこに持っていくつもりやら。

「だめよ、ドジャー」キャサリンは疲れた声でたしなめ、両腕に頭をのせたままフェレットを眺めた。

視界がぼやけている。眼鏡がないと話にならない。でも、わずか一メートル先の景色さえ判別できない状態で、なにかを捜しに行くのは不可能に近い。けれどもレオの部屋に、あるいは最悪の場合は彼のベッドに眼鏡があるのをメイドに見つかってしまえば、ゆうべのことが屋敷中に知れわたる。

履物に興味を失ったドジャーが彼女に駆け寄り、尾でバランスをとって立ち上がると、ほっそりとした体を膝にもたせかけてきた。ドジャーは震えていた。ベアトリクスによれば、フェレットには普通のことらしい。眠っているあいだに体温が下がるので、起きたあとは身震いして体を温めるのだとか。キャサリンは身をかがめてドジャーを撫でてやった。けれどもフェレットが膝に上ろうとすると、指先でつついて制した。「体調が悪いの」と暗い声で告げる。実際には、どこも悪くなどなかった。

だめと言われていらだったドジャーは、耳障りな鳴き声をあげ、くるりと身をひるがえすと部屋を出ていった。

キャサリンは化粧台に頭をのせたまま。憂鬱と恥辱感に、動くこともできない。

しかし起きる時間はとうに過ぎている。階下からは足音やくぐもった話し声も聞こえる。レオももう、朝食をとりに食堂に下りただろうか。

彼と顔を合わせたくない。

たちまち、ゆうべの数分間が脳裏によみがえった。キスを交わし、感じやすい場所に口づけを受けたことを思うだけで、身内から新たな欲望がわき起こる。

ほどなくして、ドジャーが部屋に戻ってくる気配がした。とりわけご機嫌なときの習性で、鳴きながら跳びはねている。「向こうに行ってて、ドジャー」キャサリンはけだるく命じた。だがフェレットはあきらめず、かたわらにやってくるとふたたび後ろ足で立った。細い胴体がまるで筒のようだ。ドジャーを見下ろしたキャサリンは、相手が口になにかをくわえているのに気づいた。目をしばたたく。ゆっくりと手を伸ばし、そのなにかを取り上げる。眼鏡だった。

ちょっとした親切が、これほどまでに気持ちを楽にしてくれるとは。

「ありがとう」キャサリンはささやいた。小さな頭を撫でたとき、自然と涙がこぼれた。「大好きよ、いたずらなイタチ君」

彼女の膝によじのぼったドジャーは仰向けに寝そべり、満足げにため息をついた。

いつもより念入りに身だしなみを整えたキャサリンは、髪にもふだんより多めにピンを差した。灰色のドレスのサッシュも平素よりきつく締め、アンクルブーツの編み紐は二重結びにした。そうやってきちんとした格好をしていれば、なにも心配はいらない、気が緩まることさえないとでもいうように。

朝食の間に足を踏み入れると、テーブルにつくアメリアの姿がまず見えた。ライにトーストをあげているところで、赤ん坊はといえば、よだれを垂らしながらパンをかんでいる。

「おはようございます」キャサリンは小声であいさつしつつ、サモワールのところに行ってカップに紅茶をそそいだ。「かわいそうに……ライはゆうべも泣いていたでしょう？　新しい歯がまだ生えてこないからかしら」

「そうみたい」アメリアが陰気に答える。「ごめんなさいね、おかげでよく眠れなかったでしょう？」

「いいえ、そんな。ライがぐずりだしたときには、もう目が覚めていたから。なんだかよく眠れなくて」

「兄と同じね」アメリアが指摘する。

はっとなって彼女を見たが、幸い、深い意味があったわけではないらしい。キャサリンは冷静をよそおいつづけた。

「それは大変。具合が悪くなっていなければいいけれど」

「具合はいいようだけど、いつになく無口なの。なにか気になることでもあるみたい」アメリアは顔をしかめた。「一カ月後をめどに舞踏会を開く予定だと言っても、むすっとしたままだったわ」

慎重な手つきでカップに砂糖を入れつつ、キャサリンはたずねた。

「ラムゼイ卿の花嫁を探すための舞踏会だと、事前に告知を？」

アメリアはふっと笑った。

「まさか、わたしもそこまで無神経ではないわ。とはいえ、適齢期のレディを大勢呼ぶから、告知しなくてもわかってしまうでしょうね。それに兄はいま、レディたちの格好の標的なわけだし」

「ラムゼイ卿がそんなに人気だなんて、なんだか不思議だわ」キャサリンはさりげなくつぶやいた。不安でならなかったが、ずうずうしい口調にならないように気をつけた。

レオが結婚したら、もうここにはいられない。彼が自分以外の女性とともにいるところなど、絶対に見たくない。とりわけ、その女性と幸せそうにしている姿など。

「理由は簡単」アメリアはいたずらっぽく応じた。「兄は貴族なのに髪はふさふさで歯も全部ある。しかもまだ子を作れる年齢よ。それに、妹としてのひいき目抜きでも、見た目も悪くない」

「むしろ、とてもハンサムだわ」キャサリンはつい抗議の言葉を口走り、あら、という目で見られて顔を真っ赤にした。

慌てて紅茶を飲み、ロールパンを食べてしまうと、ベアトリクスを捜しに部屋をあとにした。午前中のレッスンを始める時間だった。

教え子とのあいだには、レッスンに関してすでにある種の取り決めができていた。最初の数分間だけは礼儀作法と社交の場でのたしなみを学ぶ。そのあとは午前いっぱいかけて、歴史や哲学や科学を勉強する。よき妻、よき母となるためだけに身につけねばならない、いわゆる社交界のしきたりを、ベアトリクスはとうにすべて学んでいる。それ以外の勉学を通じて、いまやキャサリンはベアトリクスを同志のように感じていた。

残念ながらキャサリンは、ハサウェイ兄妹の両親に会うことはかなわなかった。だがきっと、子どもたちの成長ぶりを見たら両親ともにさぞかし喜んだだろうと思う。父親はとりわけそうにちがいない。兄妹はみな知性にあふれている。さまざまな問題や出来事について、相当深いところまで議論を闘わせることができる。それだけではない――思いもかけない想像力を働かせたり、異なる問題のあいだに因果関係を見いだしたりもできるのだ。

たとえば、ある晩こんなことがあった。夕食のテーブルでの話題はもっぱら、サマセットシャーで糸巻きを作っているジョン・ストリングフェローという男性が、「空中蒸気車」なるものを発明したとの噂に集中していた。あいにく完成品はうまく動かなかったのだが、それでも十分に素晴らしい発明だった。そのような発明品で人は果たして空を飛べるようになるのか否か、議論を闘わせていた兄妹が披露した知識の数々――ギリシャ神話、物理学、中国の凧、動物学、フランス哲学、レオナルド・ダ・ヴィンチの発明品。彼らの会話についていこうとするだけで、めまいに襲われそうになったほどだ。

そんなキャサリンだったから、才気あふれる会話術はかえってポピーとベアトリクスの未来の求愛者を遠ざけることになりはしまいかと、内心で不安に思っていた。ポピーの場合は、実際にその点が問題となった。ハリーと出会って、問題は解消されたけれど。

ハサウェイ家に雇われたばかりのころ、キャサリンはこの件についてキャム・ローハンにさりげなく指摘したことがある。彼の答えはきっぱりとしたものだった。

「いや、ミス・マークス、どうかポピーとベアトリクスを変えようとしないでほしい」キャムはそう言った。「どうせうまくいかないだろうし、うまくいってても、かえってふたりが不幸になる。ふたりには、社交界でのしきたりを教えてくれるだけでいい。それから、意味のないおしゃべりの仕方を。つまり、ガッジョのおしゃべりをね」

「要するに」キャサリンは苦笑交じりに応じた。「礼儀正しいレディに見えればいいのであって、そうなってほしいわけではないのですね？」

キャムは満足そうにうなずいた。「そのとおり」

いままではキャサリンにも、キャムの判断は正しかったとわかる。ハサウェイ家の人たちは、ロンドン社交界の住人のようにはけっしてなれない。なってほしくもない。

そんなことを思いながら、キャサリンはベアトリクスとのレッスン用に本を選ぼうと書斎へ向かった。しかし部屋に入るなり、はっと息をのんで歩みを止めた。テーブルに数枚の図面を広げたレオが、身を乗りだすようにしてなにかを書きつけている。

振りかえった彼の瞳は射るようだった。キャサリンは体が熱くなり、すぐに冷たくなるのを覚えた。ピンで髪をきつく留めた部分がずきずきと痛みだす。

「おはようございます」あえぐように言いつつ、彼女は一歩後ずさった。「邪魔をしてごめんなさい」

「邪魔ではない」

「ほ、本を……探しに来ただけだから」

うなずいたレオは図面に意識を戻した。

書架にぎくしゃくと歩み寄り、キャサリンは背表紙を見ていった。書斎はしんと静まりかえっていて、自分の鼓動さえ聞こえてしまいそうだ。押しつぶされそうなほどの沈黙がいやで、彼女はたずねた。

「屋敷の改修かなにか？　小作人の住まいかしら」

「厩舎を広くする」

「へえ」

ずらりと並ぶ本にわずかに視線を投げる。ゆうべのことは、なかったように振る舞えばいいのだろうか。できればそうしたかった。

ところがレオの声が聞こえてきた。「謝罪の言葉なら、期待してもむだだ」

キャサリンは彼に向きなおった。「どういう意味かしら」

レオは相変わらず図面と格闘している。

「夜中に男のベッドを訪ねて、紅茶とおしゃべりを期待するほうがばかだ」

「ベッドを訪ねたわけじゃないわ」キャサリンは弁明した。「つまりその、たしかにあなたはベッドに寝ていたけれど、わたしとしては寝ているとは思わなかったというか」まるで言い訳になっていないことに気づき、自分の頭をたたきたい衝動に駆られる。

「夜中の二時なら」レオがふたたび口を開く。「たいていはベッドに入って、ふたつの行いのどちらかをしている。ひとつは睡眠。もうひとつは、ここで言うまでもあるまい」

「熱がぶりかえしていないかと心配しただけだわ」キャサリンは真っ赤になって言った。「あるいは、なにか必要なものがないかと思って」

「ああ、あったとも」

これほどの居心地の悪さを感じるのは初めてだ。あたかも皮膚がきつくなってしまったかのような錯覚に陥る。「誰かに言うの?」彼女はやっとの思いでたずねた。

するとレオはあざけるように片眉をつりあげた。

「真夜中の密会をばらされるのを恐れているのか? そんなまねをしても、わたしにはなんの得にもならない。そもそも、大いに残念なことに、あの程度ではちょっとしたゴシップにすらならない」

ますます頰を赤くしながら、キャサリンはテーブルに歩み寄った。端のほうに積み上げられた写生図や切り抜きの山をまっすぐにする。「痛みは?」ゆうべ、うっかり肩の傷口にぶつかってしまったのを思い出し、声を振りしぼるようにして訊いた。「ひょっとして、今朝になって痛んだりしなかった?」

一瞬ためらってから彼は答えた。

「いや、きみが出ていってから無事におさまった。だが、いつまたぶりかえすことやら」

キャサリンは後悔の念に襲われた。

「ごめんなさい。湿布でも貼る?」

「湿布?」レオはぽかんとしてくりかえした。「いや……なるほど。肩の傷のことを言っているわけか」

彼女は目をしばたたいた。「あたりまえでしょう? ほかになんの話だと?」

「キャット……」レオは顔をそむけた。なぜか、声が笑いを帯びている。「欲望を満たされぬまま放っておかれた男は、しばらく痛みを感じるものなんだよ」

「どこに？」

レオは意味ありげに視線を落とした。

「まさか……」ようやく合点がいくなり、キャサリンはさらに顔を紅潮させた。「そこの痛みについては、いっさい気にしていません！　傷口が心配だっただけだわ」

「だいぶよくなったよ」レオは愉快げに瞳をきらめかせつつ請けあった。「もう一方の痛みに関しては――」

「わたしには関係のないことです」キャサリンは早口にさえぎった。

「本当にそうかな？」

これ以上、強がるのは不可能だ。退散するしかなかった。「もう行きます」

「本を探していたんじゃなかったのか？」

「時間をあらためます」

だが背を向けたとたん、先ほどまっすぐにしたばかりの紙の山に、広がった袖口が引っかかってしまった。紙がばらばらと床に落ちる。「ああ、もう」彼女は慌ててしゃがみこみ、紙を集めはじめた。

「そのままでいい」とレオがすかさず制するのが聞こえる。「片づけておくから」

「いいえ、わたしが散らかしたんですから――」

キャサリンは言葉を失った。建物や景色を描いた写生図や、メモの切れ端のあいだに、気になるものがあった。女性の鉛筆画だ……裸婦が横向きに寝そべり、淡い金髪があたりに広がっている構図の。ほっそりとした太ももが、もう一方の太ももにそっとからまり、その付け根にぼんやりとした陰が見え隠れしている。

そして裸婦の鼻梁には、見慣れた眼鏡。

震える手で鉛筆画を取り上げながら、キャサリンは肋骨にぶつかるほど心臓が激しく打つのを覚えた。やっとの思いで口を開いたものの、出てきたのは妙に甲高くかすれた声だけだった。

「わたしだわ」

見ればレオも、かたわらにしゃがみこんでいた。ばつが悪そうにうなずいている。頬が赤く染まって、瞳のブルーを際立たせている。

「どうして？」キャサリンはささやいた。

「きみを辱めようと思ったわけじゃない。自分だけのために描いたものだし、誰にも見せていない」

鉛筆画にあらためて視線を投げるなり、とてつもない羞恥心に襲われた。実際に裸を見られても、これほどの恥ずかしさは感じまい。とはいえ、絵そのものにいやらしさは少しもない。裸婦を描く線はすっきりと優美で、ポーズも芸術的。美しい絵と言っていいだろう。

「こんな姿を……見たわけでもないのに」言葉をしぼりだし、弱々しく言い添える。「まさか、見たの？」

レオは自嘲気味にほほえんだ。「いや、そこまでどうかしていない」いったん口を閉じる。「うまく描けているか？　分厚いドレスの下がどんなふうになっているのか、想像しながら描くのは簡単じゃなかったよ」

羞恥心にまみれつつ、キャサリンは神経質な笑い声をあげた。「うまく描けていても、教えないわ」絵を裏返しにして、紙の山にのせる。手が震えていた。「ほかの女性も描いたことが？」彼女はおずおずとたずねた。

レオは首を横に振った。「最初がきみで、あとはいない」

キャサリンはいっそう顔を赤くした。

「わたしをモデルに、こういう絵をほかにも描いたの？　服を着ていない絵を」

「一枚か二枚」レオは後悔の表情を作ろうとした。

「困るわ、お願いだから捨ててしまって」

「いいとも。だが正直に白状すれば、捨ててもまた描くことになる。一番の趣味でね。裸婦を描くのが」

うめき声をあげたキャサリンは両手に顔をうずめた。ぴったりと閉じた指のあいだから声がもれる。

「趣味なら、なにかの収集でもしたらどう？」

かすれた笑い声がした。「キャット、ダーリン。顔を上げてくれないか？　いやかい？」

キャサリンは身をこわばらせ、たくましい両の腕が体にまわされても微動だにせずにいた。

「からかっただけだよ。二度ときみの裸を描いたりしない」レオは彼女を抱きしめたまま、けがをしていないほうの肩に彼女の顔をそっと押しつけた。「怒ってる？」

キャサリンはかぶりを振った。

「怖い？」

「いいえ」震える吐息をもらす。「あなたの目にはあんなふうに見えているのだと思って、びっくりしただけ」

「なぜ？」

「だって、似ても似つかないもの」

レオはなるほどという表情になった。「人は誰も、自分自身を正しく見ることはできない」

「わたしは素っ裸で寝そべったりしません！」

「そいつは」とレオ。「大変残念だ」とつづけて、荒い息を吐く。「キャット、わたしはずっときみが欲しいと思っていた。とりわけよこしまな妄想をふくらませもした。どんな内容か口にしたら、お互いに地獄へまっさかさまに堕ちかねない妄想をね。どんな髪の色をしていようと、ぞっとするようなドレスを着ていようと、きみを欲しいと思う気持ちに変わりはない」彼は優しくキャサリンの頭を撫でた。「キャサリン・マークス、いや、きみが本当は誰だろうと……ベッドをともにすることができればと、わたしは世にも罪深い欲望にさいなまれている。そう、せめて数週間でもいい……人が犯しうる大罪をすべて、ベッドのなかで犯してしまえればと。裸のきみを描く以上のことがしたい。いっそきみの素肌に羽根ペンとインクで描きたいくらいだ……乳房の周りには花々を、太ももには流れ星を」語りながら彼は、キャサリンの耳たぶに温かな唇を這わせた。「きみの体に地図を書き、北から南へ、東から西へ、その地図をたどりたい。それから――」

「やめて」彼女はほとんど息も絶え絶えに訴えた。

レオの口から苦笑いがもれる。「だから言っただろう？　地獄へまっさかさまだと」

「わたしがいけないの」キャサリンは熱い頰を彼の肩に押しつけた。「ゆうべ、あなたの部屋に行ったりするのではなかった。どうしてあんなまねをしたのか、自分でもわからない」

「わかってるはずだ」レオは頭のてっぺんに口づけた。「いいかい、二度と夜中にわたしの部屋に来てはいけない。二度目は自分を抑えられないから」

抱きしめる腕を緩め、レオは身を引き離すと立ち上がった。手を差し伸べてキャサリンを立たせ、床に落ちた紙束を彼女から奪って裸婦画を取り上げる。それから彼は、その絵をふたつに引き裂き、二枚になった羊皮紙を重ねてさらに破った。こまぎれの紙を彼女の手に握らせる。

「ほかの絵も捨てよう」

立ち去る彼を、キャサリンは身じろぎもせずに見送った。手をぎゅっと握りしめると、つぶれた羊皮紙の切れ端は湿ったかたまりとなった。

12

それから一月ばかり、レオはわざと忙しく過ごして、キャサリンとできるかぎり顔を合わせないようにした。ちょうど、領内に設けたふたつの新しい農場で灌漑が必要な時期だった。灌漑工事はいまやレオの専門となりつつある。キャムは馬の管理を、メリペンは植林の監督を主に担っているためだ。今回の工事でレオは、近くの河川につづく細流や水路を利用して牧草地に水を引きこむ計画を立てた。水量が少なくて流れが悪い部分には、水車を設ける。水受けで水を汲み上げ、掘割に流しこむ仕組みだ。

上半身裸で、ハンプシャーの暖かな陽射しを浴びて汗みずくになりながら、レオは小作人たちと協力して用水路や排水路を掘り、岩をどけ、掘ったあとの土を運搬した。一日の作業を終えるころには全身が筋肉痛で、夕食のときも疲労のあまり起きているのがやっと。近ごろでは体が引き締まりすぎたのでキャムのズボンを借り、自分のズボンは村の仕立屋に直しに出すことを余儀なくされたほどである。

「少なくとも、仕事をしていれば悪癖にふけらずにすむみたいね」ある日の夕食前、居間にやってきたウィンが兄の髪を優しく撫でながら軽口をたたいた。

「当の本人は悪癖を愛していてね」レオは応じた。「だからこそ、苦労してでもふけろうとするわけだ」

「お兄様が苦労すべきは」ウィンが穏やかに諭す。「花嫁探しよ。自分たちの生活のためにこんなことを言うわけじゃないのは、わかってね」

レオは妹にほほえみかけた。四人姉妹のなかで最も心優しいウィンは、愛のために数々の困難をくぐり抜ける強さも持ちあわせている。

「おまえに、そういう利己的な面はこれっぽっちもないよ。ただし、助言がいかに正しかろうが従うつもりはない」

「従うべきだわ。お兄様にも家族が必要だもの」

「家族なら、いまいるだけで十分すぎるくらいだ。それに、結婚よりもしたいことが山ほどある」

「たとえば？」

「そうだな、舌をちょん切ってトラピスト会修道士になるとか、素っ裸で糖蜜にまみれるとか、アリ塚の上でうたた寝するとか……まだ聞きたいか？」

「もういいわ」ウィンは頬をゆるめた。「とにかく、お兄様もいずれは結婚することになる。キャムとメリペンが言ってたもの。お兄様の手には、結婚線がくっきり刻まれているって」

困惑したレオは自分の手のひらを見つめた。

「こいつは、いつもペンを持っているせいでできた線だぞ」

「結婚線って言うのよ。しかもすごく長いわ。手のひらの端から端まで延びている。運命的な相手と結婚するという意味なんですって」ウィンはきれいな眉を意味深長につりあげ、目顔で〝どう思う？〟と問いかけた。

「ロマは、心から手相占いを信じているわけじゃない」レオは反論した。「手相占いなど迷信だ。愚か者や酔っぱらいから金をせしめるための手段さ」

ウィンがふたたび口を開こうとしたとき、メリペンが部屋に現れた。

「ガッジョは本当に、物事を複雑にするのが得意だな」とつぶやいてレオに一通の手紙を渡し、長椅子に腰を下ろす。

「誰からだ？」レオは下のほうに書かれた署名をたしかめた。「また弁護士からか。彼の場合は物事を単純にしてくれているはずだぞ」

「弁護士が説明すればするほど」メリペンが応じる。「事態は厄介になっていく。ロマのおれにしてみれば、そもそも土地の所有権なんてものがいまだに理解できない。なのにラムゼイ領には」彼はうんざりと首を横に振った。「契約、譲渡、税金、特例、合併、賃借……難題が山積みだ」

「長い歴史のある領地だからしかたないのよ」ウィンが物知り顔で説明する。「古い屋敷であればあるほど、時を経るごとに管理が複雑になっていくものなの」彼女は兄に目を向けた。「ところで、例の女伯爵とお嬢さんのミス・ダーヴィンが、わが家に来たいと言っているそうよ。今朝、あちらから手紙が届いたんですって」

「なんだって」レオは憤慨した。「いったいなんのために？　下見としゃれこむつもりか？　連中がここの所有権を行使できるのは、一年も先の話だぞ」

「わたしたちと仲直りして、妥協案を見いだしたいだけかもしれないわ」ウィンはなだめるように言った。

彼女はいつもそうだ。人の善い面だけを見ようと、いわゆる性善説を信じようとする。幸い、レオにそのような悪癖はない。

「仲直りときたか」彼はぼやいた。「だったらすぐにも結婚して、魔女どもを困らせてやる」

「どなたか候補者はいるの？」ウィンがたずねる。

「いるものか。だが結婚するとしたら、こいつは絶対に愛せないという女性と出会ったときだな」

そのとき、戸口でなにかが動く気配があり、レオは横目でそちらを見やった。キャサリンが居間に入ってくるところだった。曖昧な笑みを浮かべ、さりげなくレオの視線をかわしながら、隅のほうの椅子に歩み寄る。少し痩せたみたいだな……レオはいらだちとともに思った。胸がさらに平らになり、ウエストは葦のように細く、顔色もすぐれない。まさか、わざと食事の量を減らしている？　だとしたら、なんのために？　病気にでもなろうというのか？

「おい、ミス・マークス」レオはいらいらと声をかけた。「樺の木の枝並みに痩せたようだがどうした？」

「お兄様ったら」ウィンがたしなめた。

キャサリンはきっとなってレオをにらんだ。

「ご自分こそ、ズボンをお直しに出したくせに」

「栄養失調で死にかけているように見えるぞ」レオはしかめっ面でつづけた。「いったいどうした？　なぜちゃんと食べない？」

「レオ」言いすぎだぞ、とばかりにメリペンが口を挟む。

すっと立ち上がったキャサリンは、レオをねめつけた。「あなたみたいないじめっ子の偽善者に、外見のことでとやかく言われる筋合いはありません。この、この……」必死の形相で、ちょうどいい悪態はないかと探す。「くそったれ《バガー・ユー》！」そう言い放つなり、彼女はスカートをわさわさ言わせながら居間を飛びだしていった。

そのさまを、メリペンとウィンはぽかんとして見つめた。

「そんな言葉、誰に教わった？」レオは彼女のすぐ後ろにつづきながらたずねた。

「あなたでしょ」キャサリンは肩越しに憎々しげに答えた。

「本来の意味を知ってて使ってるんだろうな」

「いいえ、知らなくてけっこうよ。近寄らないで！」

邸内をずんずん進んでいくキャサリンを追いつつ、レオはふとあることに思い至った。彼女との口論に、どんなかたちでもいいから彼女と会話することに、自分はずっと飢えていた。

やがてキャサリンはおもてに出ると、屋敷の周りをぐるりとまわった。気づけばふたりは、家庭菜園にいた。陽射しで温まった香草の匂いがあたりに漂っている。

「ミス・マークス」レオはいらだたしげに呼んだ。「どうしてもというのなら、パセリ畑のあいだを追いかけてやってもいい。だが追いかけっこはここらでやめて、ちゃんと話しあわないか」

くるりと振りかえったキャサリンの頰は真っ赤に染まっていた。

「話しあうことなどありません。何日間も言葉ひとつかけてこなかったくせに、口を開いたと思ったら人を侮辱するような――」

「侮辱するつもりなどなかった。わたしはただ――」

「あなたみたいな薄らとんかちに、痩せっぽち呼ばわりされたくないわ！　どうせ人を人とも思っていないのでしょう？　だからあんな蔑みの言葉をかけるのでしょう？　あなたみたいな人は――」

「すまなかった」

キャサリンは黙りこみ、荒い息をついた。

「あんな口のきき方をするべきじゃなかった」レオはぶっきらぼうに言った。「きみを人と思ってないなんてことはないし、むしろ心から気にかけている。きみを侮辱する輩がいれば殴ってやる――といっても、わたし自身がそういう輩みたいだが。とにかく、きみはもっと自分を大事にするべきだ」

「あなたこそ」

言いかえそうとして口を開いたレオだったが、反論の言葉は見つからなかった。開いた口をふたたび閉じる。

「毎日くたくたになるまで仕事をするなんて」キャサリンが言った。「少なくとも五キロは痩せたんじゃないの？」

「新しい農場に灌漑設備が必要なんだよ。設計も敷設作業も、わたしが一番よくわかっている」

「だからって、穴掘りや岩の運搬まで手伝うことはないでしょう？」

「ある」

「どうして」

レオはじっと彼女を見つめ、悩んだあげくに本当のところを打ち明けようと決めた。

「くたくたになるまで働く以外に、夜中にきみのもとへ行って誘惑したくなる自分を抑える方法がないからだ」

キャサリンは目を丸くして彼を見た。つい先ほどの彼と同じように、口を開き、すぐにまた閉じる。

そんな彼女を見つめかえしながらレオは、かすかに胸が高鳴り、体が熱くなるのを覚えていた。もう否定できなかった。キャサリンとのおしゃべり以上に、心躍るものはこの世にない。いや、彼女のそばにいるだけでもいい。怒りっぽくて、頑固で、魅力的な……かつての恋人たちとはまさに正反対な彼女の。こうした場面でのキャサリンときたら、まるで背中を丸めた野生のハリネズミさながらだ。

しかも彼に反論し、対等にやりあおうとする。そんな女性にいままで出会ったことはない。だから、彼女を求めるのに理由などいらないのだ。

「誘惑なんて、できるわけがないわ」キャサリンはつっけんどんに言い放った。

ふたりはともに微動だにせず、ただ見つめあっている。

「われわれが惹かれあっている事実を、否定するのか？」レオは自分の声がいつになく低くなっているのに気づいた。キャサリンが身を震わせ、ぐっと歯を食いしばる。

「肉体的な興奮が理性を侵すこともある、なんていう考え方も否定するわ。どんなときも、人を動かすのはその人の脳よ」

レオは口元に冷笑が浮かぶのを止められなかった。

「いやまいった。どうやらきみは男性経験がまったくないらしい。あれば、人を動かす第一の器官が脳ではないとわかるはずだからね。むしろ、そのとき脳はいっさい機能することをやめる」

「ええ、男性の場合はそうでしょうね」

「女性の脳だって、原始的という点では男と変わりないさ。とりわけ、肉体的な喜びに関してはね」

「あなたならそういう考え方をすると思ったわ」

「事実だと、証明してみせようか？」

キャサリンは小ぶりな口をいぶかしげにゆがめ、やがて好奇心を抑えきれなくなったかのようにたずねた。「どうやって？」

彼女の腕をとり、レオは菜園の隅のほうへと、ベニバナインゲンの蔓棚が二台並ぶ陰へといざなった。ガラス張りの促成栽培室のとなりに立つ。花を本来の時期よりも早く開花させるために使っている場所だ。草木だろうと草花だろうと、天候に関係なく成長させられる。人に見られていないか、レオは周囲に視線を走らせてたしかめた。

「さあ、きみの脳がわたしの説よりも立派に機能しているかどうか試してみよう。まずはきみに一度だけキスをする。その直後にごく簡単な質問をする。正しく答えられたら、敗北を認めよう」

彼女は眉根を寄せて顔をそむけた。「こんなのばかげているわ」と誰にともなくつぶやく。「いやならもちろん拒否していい。ただしその場合は、きみが負けを認めたとみなす」

腕組みした彼女は、いらだたしげに目を細めた。「一度だけね？」

いっさいいずるはしない、とばかりにレオは両手のひらを上にして広げてみせた。視線は相手にそそいだままだ。

「キス一回につき、質問ひとつだ」

彼女の腕がゆっくりと緩められ、脇に下ろされる。キャサリンは不安げな面持ちで彼の前に立った。

まさか本当に受けて立つとは。レオは鼓動が速くなるのを覚えた。相手に一歩歩み寄ったとき、期待に胸がぎゅっと締めつけられた。

「いいか？」とたずね、眼鏡に手をかけてそっとはずす。

キャサリンは目をしばたたいたが、抵抗はしなかった。

レオは眼鏡をたたみ、上着のポケットにしまいこんだ。両手で慎重に、彼女の顔を上向かせる。緊張しているのがわかる。それでいい……レオは内心思った。

「準備万端？」と問いかける。

優しく頬をつつむ手のなかで、キャサリンが唇を震わせながらもうなずいた。

レオは軽く唇を重ね、力を入れすぎないように注意しながらそっとキスをした。唇はひんやりとして甘かった。じらすようにいったん離れてから、今度は深々と口づける。両腕を彼女の脇に這わせ、ぴったりと抱き寄せる。ほっそりと引き締まった体は猫のようにしなやかだ。やがて彼女が身をゆだねてきた。体から自然に力が抜けていく。唇に意識を集中させつつ、レオは優しい炎で相手をつつみこみ、舌でまさぐった。ほどなくして彼女の口から、かすかなあえぎ声がもれてきた。

顔を上げたレオは、頬を紅潮させたキャサリンをじっと見つめた。けだるげな、灰色がかった緑の瞳にうっとりとなる。なにを訊くつもりだったのか、危うく忘れそうになった。

「では訊くぞ」声に出して言うことで自分に思い出させ、さらに首を横に振って頭をはっきりさせる。「質問だ。ある農夫が一二頭の羊を飼っていた。七頭を除いて全部死んだ。残りは何頭だ？」

「五頭」キャサリンは即答した。

「七頭だ」レオはにんまりと笑った。引っかけに気づいたキャサリンが、あっという表情になる。

彼女は顔をしかめた。「ずるいわ。別の質問をして」

「ひとつだけと言ったぞ」

「もうひとつ」キャサリンはあきらめない。

レオはかすれた笑い声をあげた。「まったく、頑固だな。いいだろう」手を伸ばし、頭を下げると、彼女は身を硬くした。

「なにをするつもり？」

「キス一回につき、質問ひとつだろう？」レオはルールをくりかえした。

困った顔をしつつも、キャサリンはおとなしく頭をのけぞらした。レオは彼女を抱き寄せた。今回は、先ほどのように慎重にやる気はない。ぴったりと唇を重ねて情熱的に口づけ、甘く温かな口内へと舌を挿し入れる。キャサリンは両手を彼の首にまわし、指先で髪をまさぐった。

欲望と心地よさに、レオは陶然となった。だが体が密着するほど強く抱きしめるわけにはいかなかった。まだ彼女のすべてに触れてはいけない。わかっていても、分厚いドレスの身ごろに隠された甘やかな白い素肌に触れたくて、両手が震えた。相手をより深く感じ、より深く口づけようとする。するとキャサリンも本能のおもむくがまま、あえかな喜びの声をあげつつ舌を吸ってくれた。歓喜のあまり、背骨から頭蓋にかけてぞくりとするものが走り、うなじの毛が逆立つ。

レオは唇を離し、息をついた。

「質問して」キャサリンがかすれ声でせっつく。

レオは自分の名前すら忘れかけていた。彼女を抱きしめたときの心地よさ以外、なにも考えたくない。だがなんとかして口を開いた。

「三一日の月もあれば、三〇日の月もある。二八日ある月はいくつだ？」

困惑気味に、彼女の眉間にしわが現れる。「ひとつ」

「一二だよ」レオは優しく答えを告げた。怒り心頭といった表情のキャサリンを見て、すまなそうな顔をしてみせる。

「もう一回」キャサリンは決意の面持ちで訴えた。

だがレオはかぶりを振り、むせるほど大笑いした。

「これ以上は質問を考えつかない。脳に十分な血がまわっていないみたいだ。ここいらで負けを認め――」

キャサリンが彼の上着の襟をつかむと自分のほうに引き寄せた。いったいなにをする、と思ったときには、ぴったりと唇が重ねられていた。愉快な気持ちが消えうせる。彼女を両の腕で抱いたまま思わず前につんのめったレオは、片手を伸ばして促成栽培室のガラス壁につき、体を支えた。荒々しく、心を込めて口づけ、弓なりになったしなやかな体の感触を堪能する。渇望のあまり、いまにも死んでしまいそうだ。脚のあいだが重く、彼女を奪いたくて激しくうずいている。彼は手加減することなく激しくキスをし、むさぼるように舌を吸い、口内を存分にまさぐった。

わずかばかりの自制心を失ってしまう前に、彼は唇を無理やり引きはがし、キャサリンをぎゅっと抱きしめた。

次の質問を……とぼんやり考える。残された思考力をかき集める。

口を開いたとき、あたかも炎につつまれながらしゃべろうとしているかのように、自分の声がひどくかすれて聞こえた。

「モーゼは箱舟に動物たちを何頭ずつ乗せたか？」

キャサリンの答えは、上着に顔をうずめているせいでくぐもっていた。「二頭」

「ゼロだ」レオは言葉を振りしぼった。「箱舟に動物を乗せたのはノア。モーゼじゃない」

もはや彼は、この遊びにおもしろみなどいっさい感じていなかった。キャサリンも勝つことに興味を失っているようだ。ふたりは抱きあったまま立ちすくんでいた。ふたつの影がひとつになって、庭の小道に長く伸びている。

「引き分けだな」レオはつぶやいた。

キャサリンはかぶりを振った。「いいえ、あなたの勝ちよ」と弱々しく言う。「なんにも考えられなかった」

ふたりはその後もしばらく抱きあったままでいた。キャサリンは、荒いリズムを刻むレオの胸元に寄りかかっている。ともに困惑につつまれ、ある疑問にとらわれている。だがその疑問を口にすることはできない。答えを得ることとも。

とぎれがちな吐息をもらし、レオはキャサリンから身を引き離した。ズボンの前がふくらんでいるのに気づいて顔をしかめる。丈の長い上着を着ていて幸いだった。ポケットから眼鏡を取りだし、レオは慎重に彼女の鼻梁にのせた。

ひとまず休戦だ――そんな気持ちを込めて腕を差しだすと、彼女は無言でつかんだ。

「〝バガー・ユー〟って、本当はどんな意味なの？」キャサリンは震える声でたずねながら、彼について菜園をあとにする。

「その質問に答えたら」レオは応じた。「ろくでもない妄想にふけりたくなる。そしてまたきみの反感を買う羽目になる」

翌日、レオは領地の西方を流れる小川で、水車を設置するのに最も適した場所を探し、そこに印をつける作業に専念して終日過ごした。水車は直径五メートルほどになる予定だ。ずらりと並ぶ水受けが、板張りの用水路へと水を流しこむ。計画では、大きめの小作農地一〇個分、合計約一五〇エーカーの土地に水を引けるはずである。

農夫や人夫に概要を説明し、木の杭を地面に打ちこみ、冷たく濁った流れのなかを歩いたのち、レオは馬に乗ってラムゼイ・ハウスへと戻った。すでに夕刻で、太陽は黄色に変わり、牧草地には風も吹いていない。レオは疲れ、汗まみれで、しつこくつきまとうハエにうんざりしていた。苦笑交じりに、かつてのロマン派詩人たちを思う。自然と親しむことの素晴らしさをこぞって謳った彼らは、きっと灌漑工事にかかわった経験などないにちがいない。

屋敷の裏口に着いたとき、レオはブーツが泥だらけなのに気づいて戸口に脱いで置き、靴下のままで邸内に入った。料理長とメイドが忙しげにリンゴを切り、パン生地をこねるかたわらで、作業台についたウィンとベアトリクスが銀器を磨いている。

「おかえりなさい、お兄様」ベアトリクスがほがらかに言った。

「まあ、ひどい格好」ウィンが大きな声をあげる。

レオは妹たちにほほえみかけ、なにやらつんとする臭いをかぎつけて鼻梁にしわを寄せた。

「この状況で、自分の汗以上に臭いものがあるとはまさか思わなかった。なんの臭いだ？ 磨き粉か？」

「いいえ、じつは……」ウィンが用心深い表情になって答える。「染料の臭いなの」

「布地の？」

「髪のよ」とベアトリクス。「ミス・マークスが、舞踏会の前に髪を染めてしまいたいんですって。でもこの前、薬局の染料を使ってとんでもないことになったでしょう？ だから料理長さんが、お母さん直伝の薬の配合を試したらどうかって。クルミの殻と桂皮を酢で煮て――」

「どうして髪を染める必要があるんだ」レオは必死に冷静な声音を作った。内心では、なんてことをするんだと腹を立てていた。あの美しい髪を、輝く金色と淡い琥珀色の髪を、地味で暗い茶色に染めるだなんて。

ウィンが慎重な口調で説明する。

「舞踏会で……なるべく目立たないようにでしょうね。なにしろ招待客が大勢いらっしゃるから。詳しい事情は聞いていないわ。彼女にもプライバシーがあるんだもの。だからお兄様も、この話はしないであげて」

「変装する使用人なんておかしいと、誰も思わないのか？」レオは詰問した。「使用人が妙なまねをしてもなにも訊かずに受け入れてしまうほど、わが家の人間は常識に欠けているのか？」

「そんなに妙なまねでもないと思うけど」ベアトリクスが擁護する。「だって動物の多くは体の色を変えるわ。たとえばイカとか、カエルとか、もちろんカメレオンだって――」

「失礼」レオは歯を食いしばってさえぎった。妹たちの視線を背中に感じつつ、大またで厨房をあとにした。

「せっかくカメレオンについて、とても興味深い事実を教えてあげようと思ったのに」ベアトリクスはぼやいた。

「ねえ、ビー」ウィンが小声で呼びかける。「厩舎に行って、キャムを捜したほうがいいんじゃないかしら」


化粧台の前に座ったキャサリンは、鏡に映る自分のこわばった顔をじっと見ていた。目の前にはいくつかの道具がきれいに並べられている。たたんだタオル、櫛、水差しとたらい、そして、靴磨きにでも使いそうな、どろりとした黒い液体の入った壺。その液体をひとつまみの髪束に塗りつけ、効果のほどを、何色に染まるかを確認するために待っているところだ。前回はなんと緑色に染まってしまった。だから今回は万全を期さなければならない。

二日後には舞踏会が開かれるので、できるかぎり目立たない外見にする必要がある。招待客は近隣の州だけではなく、ロンドンからも来るという。そうした社交の場では、正体を見破られてしまう恐れがある。とはいえ、地味な格好をして会場の隅に身を潜めていれば、人目につく心配はまずない。お目付け役など、たいていはオールドミスや哀れな未亡人だ。花の盛りの若いレディを見守る彼女たちに、男性陣が目を向けるはずもない。実際、キャサリンとレディたちの年齢はさほど変わらないが、彼女は数十歳のちがいがあるように感じている。

むろん自分でも、永遠に過去から逃げつづけることが可能だとは思っていない。過去に追いつかれたとき、ハサウェイ家との日々は終わるのだ。人生で唯一、心の底から幸福だと思えた日々が。そのときには、彼らをさぞかし恋しく思うだろう。

彼らみんなを。

部屋の扉が勢いよく開かれて、静かな思考のときが破られた。椅子に座ったまま振りかえると、乱れきったなりのレオが立っていた。汗みずくで服は汚れてしわくちゃ。靴も履いていない。

はっと立ち上がって彼に向きあい、いけないと思ったときにはもう手遅れだった。キャサリンは着古したシュミーズ一枚という姿だった。

レオが険しい目つきでじろじろと見る。なにものも見逃さないその視線に、キャサリンは顔を赤くして怒りに震えた。

「いったいなんのまね？　気でもふれたの？　いますぐに出ていって！」

13

扉を閉じたレオが、わずか二歩でキャサリンに歩み寄った。乱暴なしぐさで、彼女を水差しとたらいに向きなおらせる。

「やめて」キャサリンは金切り声をあげながらレオをぶった。だが相手は意に介さず、彼女の頭をたらいの上に持っていき、染料を塗った髪束に水をかけた。彼女は怒って叫んだ。

「どうかしちゃったの？　いったいなにをするつもり？」

「髪についたどろどろを落とす」レオは残りの水もかけた。

キャサリンは悲鳴をあげてもがいた。水がはねてレオにかかり、しまいには床も絨毯も水びたしになる。取っ組みあって暴れているうちに、気づけば濡れた床の上に仰向けに倒れていた。眼鏡はどこかに飛んでいってしまったのか、部屋中がぼんやりとしか見えない。けれどもレオの顔はほんの数センチ上にあって、燃えるような青い瞳が、瞳をのぞきこんでいた。両の手首と上半身を床に押さえつけて、レオはいとも簡単に、まるで物干し綱ではためく洗濯物かなにかのように、彼女の動きを封じた。太もものあいだに、彼の重みとたくましさをひしひしと感じる。

キャサリンはなすすべもなく身をよじった。放してほしいと思う一方で、いつまでもこうしていたい、もっと深く激しく身を寄せあいたいという気持ちもある。涙があふれてくるのがわかった。

「お願い」キャサリンはむせぶように訴えた。「手を離して」

その声が恐れを帯びているのに気づいたのか、レオは表情を変えるとすぐに言われたとおりにした。仰向けになったまま抱きしめられ、水のしたたる頭を彼の肩に押しあてられる。

「大丈夫だ」レオはつぶやいた。「怖がることはない。けっしてきみを――」

キャサリンは頬に、顎の先に、激しく脈打つ首筋に彼の唇を感じた。ぬくもりが全身を洗っていき、口づけられた部分がうずきだす。彼女の腕は床にだらりとたれたままだったが、膝はレオの腰を無意識のうちにぴたりと挟んでいた。

「あなたには関係のないことでしょう？」キャサリンは湿ったシャツに顔をうずめたまま言った。「わ、わたしの髪の色などどうでもいいじゃない」硬い壁のごとき胸板を頬に感じる。シャツをまさぐって、胸毛に唇や頬を押しあててみたくてたまらない。

応じるレオの声は、冷静ながらも荒々しかった。

「本当のきみじゃないからだ。いい考えとは思えない。いったいきみは、なにから隠れている？」

弱々しくかぶりを振り、キャサリンは視線を泳がせた。

「言えない。複雑すぎて……話すわけにはいかないの。真実を知られたら、もうここにはいられない。でも一緒にいたいの。せめてもう少しのあいだ」彼女はすすり泣いた。「あなたと一緒に、という意味じゃないわ。ハサウェイ家のみんなと」

「もちろん、ここにいればいい。頼むから教えてくれ。わたしがきみを守るから」

キャサリンはしゃくりあげた。いまいましいことに、こめかみを熱いものが流れ、髪の生え際のほうへ伝っていった。片手を上げてそれをぬぐおうとしたが、レオがすでに唇を寄せて涙の跡を舐めとっていた。震える手で彼の頭を抱く。愛撫を促すつもりなどなかったのに、レオはそういう意味だととったらしく、むさぼるように喉元に口づけた。キャサリンはあえぎ、わき起こるせつなさに身をゆだねた。

レオがうなじに腕をまわして支え、唇を重ねてくる。キャサリンは彼の高ぶりを感じることができた。探るように、じらすように深々と舌を挿し入れるたび、彼の口からもれるかすれた吐息に欲望を聞きとった。気づいたときには彼の重みが消えて、代わりに温かな手が、モスリンのシュミーズの身ごろに置かれていた。いまの彼女は裸も同然だった。湿った薄いシュミーズは、硬くなった乳首を隠してはくれない。レオは濡れたモスリン地に唇を押しあて、薔薇色の乳首を口に含んだ。高ぶりを抑えきれなくなったかのように、シュミーズの紐を引っ張り、胸元を左右に広げて、小ぶりだが丸く引き締まった胸をあらわにする。

「キャヤット……」冷たくなった肌に熱い吐息を感じて、キャサリンは身震いした。「きみが欲しくてどうにかなりそうだ……なんてきれいなんだ……素晴らしいよ……」レオは赤みを帯びたつぼみをふたたび口に含み、舌で円を描くように舐め、そっと引っ張った。それと同時に手を彼女の脚のあいだへと忍ばせ、小さな裂け目を探しあてると、そこが濡れそぼってくるまで愛撫を与えた。一番感じやすい場所を親指が優しく撫でる。キャサリンは喉元まで体が熱くなるのを覚えた。思わず腰を浮かせると、レオはじらすように軽やかにそっとそこをまさぐった。やがて歓喜が体のあちこちではじけ、えもいわれぬ解放の瞬間がすぐそばまでやってくる。

レオの指に力が込められ、指の先端が入口に触れた。優しく挿し入れられた瞬間、キャサリンは驚きのあまり腰を引いた。だが床に仰向けになっているので逃げ場はない。彼女は反射的に手を伸ばし、彼の手に重ねた。

するとレオは鼻を首筋にすり寄せてささやいた。「無垢なキャット。力を抜いて、逃げないでおくれ……」重ねた手のひらの下で、レオが指を深く挿し入れるたび、彼の手の甲の筋や腱がうごめいた。キャサリンは息をのんだ。慎重に指が沈められるたび、そこが自然と収縮するのがわかる。

視線を上げると、レオの濃いまつげの向こうに、炎の中心を思わせる淡いブルーの瞳が見えた。頰と鼻梁が紅潮している。「きみのなかに入りたい」彼はかすれ声で言いながら愛撫を与えつづけた。「ここに……もっと奥深くまで」

なかをそっとまさぐられると、キャサリンは言葉にならない声を喉からもらし、無意識のうちに膝を立てた。つま先が丸まった。耐えがたいほどの熱に全身をつつまれつつ、彼女は呼び名すらわからないなにかを求めてあえいだ。レオの顔を引き寄せてしゃにむに口づける。

みだらなキスが、彼の舌が欲しくてたまらない――。

そのときだった。めくるめく歓喜を破るかのように、扉を強くたたく音がした。レオが悪態をついて彼女の脚のあいだから手を離し、裸身を隠すかのように覆いかぶさる。キャサリンはすすり泣きをもらした。鼓動が狂ったように打っている。

「誰だ?」レオがぶっきらぼうに呼びかけた。

「ローハンだ」

「開けたら殺すぞ」レオは切羽詰まった男ならではのものすごい剣幕で応じた。さすがのキャムもそれで思いとどまったらしい。

長い沈黙の末にキャムが言った。「話がある」

「いまか?」

「ああ、いますぐ」と有無を言わさぬ声が聞こえてくる。

目を閉じたレオは震える息を吸い、ゆっくりと吐きだした。「書斎で待ってろ」

「五分後だぞ」キャムは断固とした声音で言った。

レオは閉じた扉を憤怒の面持ちでにらんだ。「わかったから行け」

足音が遠ざかったところで、レオはキャサリンを見下ろした。身をよじりながら震える自分を、彼女は抑えられなかった。動揺のあまり、神経という神経が悲鳴をあげている。早口になにごとかつぶやいたレオは、彼女を抱き寄せると円を描くように背中を撫でさすった。

「落ち着いて。こうして抱いていてあげるから」すると狂おしいほどの激情は徐々に消えていった。キャサリンは彼に抱かれたまま、シャツに頬を押しあてていた。

しばらくするとレオは立ち上がり、キャサリンを軽々と横抱きにしてベッドへと運び、半裸の彼女をそこに座らせた。キャサリンがベッドの端に腰かけたまま上掛けを体に巻きつけていると、眼鏡を捜しに行ってくれた。部屋の隅に落ちているのを見つけ、拾い上げて戻ってくる。

かけたらかえって目が悪くなりそう……キャサリンは苦笑交じりに思いつつ、ゆがんだつるを直し、上掛けの端でレンズを拭いた。

「ミスター・ローハンになんと言うつもり？」おずおずと問いかけながら眼鏡をかける。

「まだわからない。だが向こう二日間、つまり舞踏会が終わるまでは、お互いに少し距離を置いたほうがいいだろう。どうやらわれわれは、手のつけようもないほど燃えやすくなっているようだから。ただし舞踏会が終わったあかつきには、ちゃんと話がしたい。そのときは言い逃れも嘘もなしだ」

「なんのために？」乾いた唇からキャサリンは声を押しだした。

「ふたりで決めねばならないことがある」

決めねばならないこと？　ひょっとして解雇するつもりだろうか。あるいは、なにかよからぬ関係を結ぼうとたくらんでいるのかもしれない。「わたし、ハンプシャーを出たほうがいいわね」彼女は懸命に言葉を継いだ。

レオの瞳に危険な色が宿った。彼は両手で彼女の頭をつかむなり、約束とも脅迫ともとれる言葉を耳元にささやきかけた。

「どこに行こうが、捜しだしてみせる」

それだけ言うと戸口に向かい、いったん立ち止まってつけくわえた。

「ついでに言っておくが、例の絵はきみの美しさをこれっぽっちも描けていなかった」

顔を洗い、清潔な服に着替えたのち、レオは書斎へと向かった。キャムはすでに部屋におり、レオと同じくらい不機嫌そうな表情を浮かべていた。それでも態度は落ち着いたもので、穏やかに、寛容に接しようとしているのがわかり、レオのいらだちも和らいだ。レオにとって、キャム以上に信頼できる男はこの世にいない。

初対面の印象のままだったなら、レオはキャムをアメリアの夫として絶対に認めなかっただろう。それはありえない組み合わせだった。なにしろキャムはロマだ。英国社交界で、その出自はなんの取り柄にもならない。けれどもその忍耐強さやユーモア精神、もって生まれた寛大さは、まがいものではなかった。

そうしてキャムは、あっという間にレオの大切な弟のひとりとなった。彼はすでに、義兄の最悪の姿も見ている。それでも、屈託だらけで希望ひとつない人生をなんとか受け入れようと闘う義兄に、どんなときも手を差し伸べてくれた。そうして暮らすうち、レオもいつの間にか屈託を忘れ、いくばくの希望を抱けるようになっていった。

窓辺に立ったキャムが、洞察力に富むまなざしを向けてくる。

レオは無言でサイドボードに歩み寄り、ブランデーをそそいだグラスを手のひらでつつみこんで温めた。見れば驚いたことに、自分の手が震えていた。

「厩舎にいるところを呼ばれて――」とキャムが口を開いた。「屋敷に戻ってみると、義妹たちは不安な表情を浮かべ、メイドたちは大騒ぎをしていた。きみがミス・マークスとふたりきりで寝室に閉じこもってしまったと言ってね。あるじは、女性の使用人を誘惑してはならない。そのくらい知っているだろう？」

「いわゆる倫理観について話したいのなら」レオは皮肉めかした。「結婚前にアメリアを誘惑した事実をまずは思い出してほしいものだな。それとも、使用人以外の乙女なら誘惑してもいいのか？」

金褐色のキャムの瞳にいらだちが走る。

「誘惑したときには、すでに結婚するつもりでいた。きみも同じことが言えるのか？」

「わたしはミス・マークスとベッドをともにしていない。まだ」レオは顔をしかめた。「だがこのままでいけば、週末にはそうなるだろう。自分を抑える自信がない」天を仰いでつづける。「ああ、われに神罰を」神の返事は期待できそうにないので、ブランデーをぐっとあおった。やわらかな炎が喉を焼いていく。

「そうなってから、後悔するのではないかと恐れている？」

「そのとおり」レオはまたアルコールをあおった。

「大きな過ちを避けるために、小さな過ちを犯さなければならないときもある」キャムはふっと笑って、レオのしかめっ面を見た。「ずっと避けられると思っているわけじゃないんだろう、パル？」

「避けつづけるつもりだった。いままではそれで、うまくいっていたんだ」

「だがきみもいまが男盛り。特定の女性といい仲になりたいと思うのは当然だ。それにきみには、次代に引き継ぐべき爵位もある。貴族というものはたしか、多くの子孫をなすのが第一の義務だろう？」

「まったく、またその話か」眉間にしわを寄せたレオはブランデーを飲み干すと、グラスを脇にやった。「がきなんて欲しくない」

キャムはおやとばかりに片眉をつりあげた。「子どもが嫌いなのか？」

「うるさくて邪魔なだけだ。気に入らないことがあればすぐに泣きわめく。そういう相手なら、友だちだけで十分だよ」

椅子に腰を下ろしたキャムは長い脚を伸ばし、さりげないふうをよそおってレオを見つめた。「とにかく、ミス・マークスをどうにかせずにはいられないわけか。いまの状態をつづけられないというそれだけの理由で。だが、いくらハサウェイ家でもこればかりは……」次の句をためらい、適当な言葉を探す。

「破廉恥すぎる」レオは代わりに締めくくり、室内を行ったり来たりした。火のない暗い暖炉の前で立ち止まり、炉棚に両手を置いてうつむく。「キャム」レオは用心深く呼びかけた。

「ローラを亡くしたあと、わたしがどうなったか覚えているだろう？」

「ああ」キャムは口ごもった。「ロマならあのときのきみを、悲嘆にとらわれた男と言うだろうな。きみは愛する者の魂を、この世とあの世のはざまに閉じこめてしまった」

「頭がいかれた男、とも言えるぞ」

「愛は一種の狂気だ、とでも？」キャムはつまらなそうにたずねた。

レオは乾いた笑い声をあげた。「わたしにとっては、まさにそうだ」

ふたりは黙りこんだ。やがてキャムのつぶやきが聞こえた。

「まだローラはきみのそばに？」

「いいや」レオは空っぽの暖炉を凝視した。「ちゃんと彼女の死を受け入れたよ。もう夢も見ない。それでも、心が死んでいるのになお生きなければならない日々がどんなものか、忘れることはできない。きっと次はもっとひどいことになる。ふたたびあれに耐える自信はない」

「まるで選択肢があるかのような口ぶりだな」とキャム。「あいにくもう手遅れだ。きみは愛に選ばれてしまった。影は、太陽に命じられるがまま動くものだよ」

「ありがたきロマの人生訓」レオはちゃかした。「次から次へとよく出てくるものだ」

椅子から立ち上がったキャムはサイドボードに歩み寄り、ブランデーをグラスにそそいだ。

「彼女を愛人にしようなんて考えていないことを祈るよ」キャムは淡々と言った。「さもないと義兄であることを忘れて、ハリーがきみのはらわたを引きずりだし、四つ裂きにしかねない」

「もちろん、そんな考えはない。愛人などにしたら、かえって話が面倒になる」

「ミス・マークスをそっとしておくこともできない。だが愛人にもできないし、結婚する気もない。となると、あとは彼女をどこかにやる以外はないぞ」

「最も良識ある決断だな」レオは陰気に応じた。「だが個人的には、最も好ましからざる決断でもある」

「当のミス・マークスの意向は？」

レオはかぶりを振った。

「まともに考えることを恐れている。わたしと同じ気持ちだからだ」

14

　それからの二日間、ハサウェイ家は上を下への大騒ぎだった。大量の食材と花が届けられ、家具調度類は一時的に移動され、扉は取りはらわれ、絨毯は巻いて片づけられ、床は蠟で磨き上げられた。

　舞踏会には、ハンプシャーの近隣州とロンドン社交界の両方から招待客が集う。未婚の娘を持つ大勢の貴族たちがハサウェイ家の招待を大喜びで受けたことを知って、レオは心底いまいましく思った。しかも彼には、屋敷のあるじとして客をもてなし、できるだけたくさんのレディと踊る義務まで課せられている。

「おまえにはいろいろしてもらったが、今回のは最悪だな」レオはアメリアにぼやいた。

「あら、もっとひどいこともしたはずだけど?」

　そう言われて、覚えているかぎりのいくつものいやがらせを頭のなかでたどってみる。

「ふん、どうやらそうらしい。断っておくが……今回はおまえを喜ばせるために我慢してやるんだからな」

「わかってるわ。だからぜひ、結婚相手を見つけて子どもを作り、もっと喜ばせてちょうだい。ヴァネッサ・ダーヴィンとその母親にわが家を奪われる前にね」

レオは横目で妹を見やった。

「人が聞いたら、兄の未来の幸せよりも家を大事に思っていると勘ちがいされるぞ」

「大丈夫。どちらも同じくらい大事だから」

「それはどうも」レオは淡々とこたえた。

「でもね、お兄様は愛する人を見つけて結婚したほうが、ずっと幸せになれるはずよ」

「誰かを愛する日が来るとしても」レオは言いかえした。「結婚によってせっかくの愛を壊すようなまねだけはしないさ」

舞踏会当日、夕方になると招待客が到着しはじめた。女性陣はシルクやタフタのドレスに身をつつみ、深くくれた胸元に宝石をちりばめたブローチを飾り、手首までの純白の手袋をはめている。多くは最近の流行を取り入れて、ドレスやブローチに合わせたブレスレットもしている。

一方、男性陣はといえば、飾り気をいっさい排した黒の上着にしわひとつないズボン、白か黒のクラヴァットといういでたち。いずれもほどよいゆとりをもたせて仕立てられており、ここ最近はやっていた体にぴたりと沿うデザインに比べると、自然な動きが楽にできるらしい。

花々がふんだんに飾られた部屋べやから、音楽が流れてくる。金襴子のクロスがかかったテーブルは、ピラミッドのごとく積み上げられた果物やチーズ、焼き野菜、スイートブレッド、プディング、巨大な肉、燻製魚、鶏肉のローストなどで、いまにもきしみをあげそうだ。従僕が各部屋をめぐって、書斎にいる紳士には葉巻や強いアルコールを、娯楽室にいる客たちにはワインやシャンパンを配って歩く。

応接間は、壁際で歓談する人びとや、中央で踊る男女で大いににぎわっていた。その様子を見ると、さすがのレオも認めずにはいられなかった。たしかに今夜は、信じられないほど多くの魅力的な若いレディが一堂に会している。どのレディもほがらかそうで、まともそうで、初々しい。言いかえれば、みな同じに見える。それでもレオは、なるべく大勢の女性と踊ろうと努力した。壁の花にさえちゃんと声をかけ、未亡人のひとりかふたりを説き伏せて相手を務めたりもした。

その間もずっと、目はキャサリン・マークスを追いつづけていた。

彼女はポピーの結婚式のときと同じ藤色のドレスをまとっていた。髪は小さなシニヨンにしてうなじにまとめてある。部屋の隅で思慮深く控えつつ、ベアトリクスを見守っている。そのような姿の彼女を、レオは幾度となく目にしてきた。彼女といくらも年のちがわないレディたちが紳士とたわむれ、笑い、踊るかたわらで、未亡人やお目付け役にまぎれるようにして静かに立つ姿を。当人はそうしていれば人目につかないと思っているらしいが、ばかばかしいにもほどがある。たとえどのような過去があろうと、キャサリン・マークスはこの場にいるレディたちになんらひけをとっていない。

そうこうするうちに、キャサリンはレオのまなざしに気づいたらしい。こちらに向きなおった。そうして目が合うなり、彼と同じく、視線をそらせなくなってしまったようだ。

だがひとりの未亡人がキャサリンを呼び、なにごとか問いかけた。するとキャサリンはすぐに、そのいまいましい女性のほうを向いてしまった。

そこへアメリアがやってきて、兄の袖を引っ張った。

「お兄様」とこわばった声で呼びかける。「ちょっと問題が。厄介なことになりそうなの」

なにごとだろうとすぐさま妹に向きなおってみると、周囲の人に感づかれまいと顔に笑みを貼りつけていた。

「今夜は退屈でたまらなかったんだ。で、いったいなにがあった？」

「ミス・ダーヴィンと母親が来たの」

レオはぽかんとした。「ここに？　いま？」

「キャムとウィンとメリペンが、玄関広間で相手をしているわ」

「誰が呼んだんだ？」

「誰も。共通の知りあい——アルスター家の人たちに、連れていってほしいと頼みこんだようよ。追い返すわけにもいかなくて」

「なぜ？　お呼びじゃないのに？」

「招待状もないのに無理やり来るのは不作法だけど、だからといって追い返すのはまずいでしょう？　いかにもこちらがケチみたいで。そこまでいかなくても、礼儀作法にかなっていないわ」

「いつもながら」レオは思ったままを口にした。「礼儀作法とやらは、わたしの意思と真っ向から対立するな」

「気持ちはよくわかるわ」

兄妹はともに苦笑いした。

「なにが目的だと思う？」アメリアがたずねる。

「答えを探しに行こう」レオはぶっきらぼうに提案した。肘を差しだし、妹をいざなって応接間から玄関広間へと向かう。

ふたりが家族に合流するさまを、人びとが好奇の目で見る。キャムたちは、贅沢なドレスに身をつつんだふたりの女性と話をしているところだった。

母親とおぼしき初老の女性は少々太めで、とくに美人でも不美人でもない地味な容姿である。一方、ミス・ヴァネッサ・ダーヴィンはものすごい美貌で、背は高く、体は優雅な曲線を描き、腰つきも豊かで、クジャクの羽根をあしらった青緑のドレスがよく似合っている。漆黒の髪はきれいに巻いて、ヘアピンで完璧なかたちに整えられている。唇は小ぶりだがぷっくりとして、色は熟したプラムのよう。濃いまつげに縁取られた黒い瞳は情熱的だ。

ヴァネッサ・ダーヴィンのすべてが、女性として自分に自信があることを物語っている。レオはそうした女性がけっして嫌いではない。だがヴァネッサにはなぜか不快感を覚えた。彼女のまなざしに、あるものを感じとったからかもしれない。その目は、彼がその場にひれ伏し、呼吸疾患をわずらうパグ犬のごとくはあはあと荒い息を吐くのを期待していた。

アメリアを連れ、レオはふたりの女性に歩み寄った。紹介がすむと、非の打ちどころのない礼儀正しさで客人に頭を下げてみせた。

「ラムゼイ・ハウスへようこそ、マイ・レディ、ミス・ダーヴィン。遠いところをわざわざ」

女伯爵はにっこりとほほえんだ。

「いきなりうかがって、ご迷惑でなければいいのですけれど。といってもアルスターご夫妻から舞踏会についてお聞きしたとき――なんでもラムゼイ・ハウスを再建してから初めての行事だとか――一番近い親戚であるわたくしどもなら、お邪魔なはずはないでしょうと思ったしだいなんですの」

「親戚?」アメリアはぽかんとして訊きかえした。ハサウェイ家とダーヴィン家は、親戚とは呼べないくらい遠く血筋が離れている。

女伯爵は笑みを浮かべたまま答えた。「もちろん親戚ですとも。わが夫が天に召されたときも、あなた方がしっかりと領地を守ってくださると知って、どれほど安堵したことか。とはいえ……」キャムとメリペンにちらと視線を投げる。「これほど多様性に富んだ義理の家族がいるとは、よもや思いませんでしたわ」

夫と義弟にロマの血が流れている事実をあからさまに揶揄されて、アメリアは見るからに眉根を寄せた。

「お言葉ですけれど――」

「いや、これで一安心」レオはさえぎり、危うく口論になりかけたのを防いだ。「ようやく弁護士抜きで、あなた方と話しあいができるわけですからね」

「まったくですわ」女伯爵はうなずいた。「弁護士たちのせいで、ラムゼイ・ハウスの一件は複雑になるばかりでしたもの。しかもこちらは女性ふたりでございましょう？　彼らの説明なんてまるでちんぷんかんぷん。ねえ、ヴァネッサ？」

「ええ、お母様」令嬢は取り澄まして答えた。

女伯爵の丸々とした頰に、新たな笑みが宿る。夫人は一同を見わたしてつづけた。

「この世で最も大切なのは、家族の絆ですわね」

「つまり、わたしどもから家を奪うのはあきらめたという意味ですか？」アメリアがずけずけとたずねる。

キャムが妻の腰に手を置き、いまはぐっとこらえて、と目顔で伝えた。

驚いた様子の女伯爵は、目を丸くしてアメリアを見つめた。

「いやだわ。法についてお話しするなんて、わたくしにはとうてい無理。小さな脳みそが壊れてしまいますもの」

「いずれにしても」令嬢がなめらかな声で言葉を挟む。「ラムゼイ・ハウスの所有権がこちらに譲渡されない可能性もありますものね。ラムゼイ卿が一年以内にご結婚なさって、お子様にも恵まれれば」令嬢は大胆にも、レオの頭のてっぺんからつま先までじろじろと眺めまわした。「そのための素養も十分おありのようだし」

思わず愉快になって、レオは眉をつりあげた。令嬢は、「素養」という言葉をさりげなく強調していた。

またもや手厳しい一言をお見舞いしようとするアメリアを、キャムがさえぎる。

「ところで、ハンプシャーにご滞在のあいだの宿泊先はもう？」

「お気づかいありがとう」令嬢が答えた。「アルスターご夫妻のところでお世話になっていますの」

「そちらのお気づかいは無用ですけれど、ちょっとした飲み物なら大歓迎」女伯爵はほがらかに言った。「シャンパンをいただければ、ぐっと元気になれそうですわ」

「それでしたら喜んで」レオは応じた。「テーブルまでエスコートいたしましょう」

「まあ、嬉しいこと」女伯爵は破顔した。「ありがとう、ラムゼイ子爵」一歩前に出て、レオが差しだした肘をとる。令嬢も反対どなりに並ぶ。レオは人好きのする笑みを顔に貼りつけ、ふたりを軽食の並ぶテーブルへといざなっていった。

「いやな人たち」アメリアはむっつり顔で評した。「どうせ屋敷の下見に来たんでしょう。一晩中、お兄様を独占するつもりよ。今夜のお兄様には、適齢期のレディ全員とおしゃべりとダンスを楽しんでもらわなくちゃいけないのに」

「ミス・ダーヴィンも適齢期のレディだわ」ウィンが困惑の表情でつぶやいた。

「よしてよ、ウィン。まさか今夜の訪問の目的は、彼女とお兄様を引きあわせることだとでもいうの？　お兄様が、あのご令嬢のお気に召すと思う？」

「ふたりが結婚すれば、お互いに得るものがあるのは事実よ」ウィンは答えた。「ミス・ダーヴィンはレディ・ラムゼイの称号を得られるうえ、この屋敷だけではなく領地すべてを手に入れられる。そしてわたしたちは、お兄様が子をなそうがなすまいが、ここに住みつづけられる」

「あんな人が義姉だなんて、想像しただけでぞっとする」

「初対面で人を判断するのはよくないわ」ウィンは姉をたしなめた。「心根はいい方かもしれない」

「ありえない」アメリアは言いかえした。「ああいう容姿の女性は、心根が悪くても生きていけるんだもの」キャムとメリペンがロマニー語で話しているのに気づいて、夫にたずねる。「ふたりで内緒話？」

「彼女のドレスに、クジャクの羽根が使われていたでしょう？」キャムが声を潜めて答えた。まるで、〝ドレスに人食い毒グモがついていたでしょう？〞とでもいわんばかりのおぞましげな口調だ。

「ええ、ドレスを華やかに見せるためにね」アメリアは不思議そうに夫を見つめた。「クジャクの羽根が嫌い？」

「ロマの世界では」とメリペンが陰気に応じる。「たった一本のクジャクの羽根が凶兆となる」

「しかも彼女は何本もの羽根をつけていた」キャムが言い添える。

二組の夫婦は、ヴァネッサ・ダーヴィンと連れ立って歩み去るレオを見つめた。彼らにはその後ろ姿が、毒蛇の巣くう落とし穴へと向かう男のように思えた。

レオはヴァネッサをエスコートして応接間へと歩を進めた。女伯爵は、アルスター夫妻とともに軽食テーブルのそばに残っている。ヴァネッサとの短い会話からレオは、彼女がそれなりの知性を備えた、きわめて軽薄な女性であることを見抜いた。その手のレディなら何人も知っている。だからレオは、彼女になんの関心も抱かなかった。とはいえ、ハサウェイ家のためを思えばこの母娘とは懇意にしておいたほうがいい。母娘のたくらみを探りだすためにも。

楽しげにおしゃべりをしていたヴァネッサはやがて、レオに打ち明け話を始めた。父親を亡くしてから一年間の服喪期間がいかに退屈だったか、喪が明けた翌年、ロンドン社交界についにデビューできたときはどんなに興奮したか。「それにしても、素敵なお屋敷ですわね」ヴァネッサは感嘆した。「父が存命だったころに、一度こちらに来たことがありますのよ。といっても、当時はただの廃墟で、お庭も荒れ果てていましたけれど。いまはまるで宝石のようですわね」

「義弟たちのおかげです」レオは応じた。「ここまで再建できたのも、すべてふたりの努力のたまものなんですよ」

ヴァネッサは少々とまどった顔になった。

「そうですの。なんだか信じがたいお話ですわね。だって、ああいう人たちは勤勉ではないと聞きますわ」

「いや、ロマはきわめて勤勉ですよ。ただ放浪の民ですから、農業に従事しにくいというだけのことで」

「だけどおふたりは、放浪の民ではないようですわね？」

「ふたりとも、ハンプシャーに住みつづける理由がちゃんとありますから」

令嬢は肩をすくめた。

「見た目はいかにも紳士ですわね、ありがたいことに」

その尊大な物言いに、レオはいらだちを覚えた。

「じつを言えばふたりとも、貴族の血が流れているのですよ。つまりロマとのハーフというわけです。メリペンはいずれ、アイルランドの某伯爵から爵位を継ぐことになっていますしね」

「噂にはうかがっていますわ。でも……しょせんアイルランド貴族でしょう」ヴァネッサは不快げに顔をしかめた。

「アイルランド人は英国人に劣るとお考えですか？」レオはさりげなくたずねた。

「あなたはそう思いませんの？」

「英国人であることを否定しながら生きるのは、大変だろうとは思いますね」

彼のその言葉を無視することにしたのか、あるいは意味がわからなかったのか、ヴァネッサはとくになにも言いかえしてこなかった。ようやく応接間に着くと、きらめく窓やクリーム色の内装、段差のある勾配天井を目にして歓声をあげた。

「素晴らしいわ。ここに住めたらどんなにいいかしら」

「先ほどおっしゃったとおり」レオは指摘した。「その機会は得られないかもしれませんね。結婚して子をなすというふたつの課題をこなすまで、わたしにはあと一年の猶予が残されていますから」

「でも子爵様は、孤独がお好きだと聞いていますわ。だから第一の課題については、達成できるかどうか怪しいのではないかしら」令嬢は黒い瞳を挑発的にきらめかせた。「第二の課題については、きっと上手にやり遂げるでしょうけれど」

「そういう資質を自ら吹聴するつもりはありませんよ」レオは穏やかに応じた。

「もちろん、自ら吹聴する必要なんてありませんわ。すでに世間の評判ですもの。それともあれはただの買いかぶりですの？」

深窓の令嬢が初対面で投げる質問ではない。おそらくヴァネッサは、あえてそうした物言いをすることで彼の関心を引こうとしているのだろう。だがこの手の会話なら、レオはロンドンの社交の場ですでに数えきれないほど楽しんだ。もはやこれっぽっちの興味もそそられない。

むしろロンドンでは、ちょっとした誠実さのほうが、大胆な発言よりもずっと驚かれたりするのである。

「あいにく、寝室でのわたしは名手とは言えません」レオはこたえた。「そこそこ、といったところでしょう。両者のちがいをわかる女性はほとんどいませんが」

ヴァネッサはくすくす笑った。「名手になるにはなにが必要なのかしら?」

レオはまじめな顔で彼女を見つめた。

「もちろん愛です。愛がなければ、寝室は単に技術を駆使する場所になってしまいます」

令嬢はまごついた表情を一瞬浮かべたが、すぐにまた軽薄の仮面をかぶりなおした。

「愛なんてはかないものですわ。わたし、そこまでうぶじゃありませんの」

「でしょうね」レオはつぶやいた。「それよりもミス・ダーヴィン、一曲おつきあい願えませんか?」

「あなたしだいですわ、子爵様」

「というと?」

「単に踊れるだけなのか、それとも名手なのか」

「これは一本とられました」レオは思わず頬をゆるめた。

15

女伯爵とその令嬢のヴァネッサ・ダーヴィンがいきなりやってきたとアメリアから知らされたとき、キャサリンは好奇心に駆られた。

つづけてすぐ、憂鬱にとらわれた。

応接間の片隅に立つキャサリンとベアトリクスは、レオがミス・ダーヴィンと踊るさまを眺めている。

ふたりはたいそう人目を引いた。レオのどこか物憂げだが整った容姿と、ミス・ダーヴィンの華やかな美貌は完璧な組み合わせだった。しかもレオは踊りの名手だ（ただし、パートナーをいざなって室内をまわるさまは、優雅というよりも躍動的といったほうが合っているが）。ミス・ダーヴィンの青緑のドレスがふわりと広がり、幾層にもなったスカートがワルツのリズムに合わせて脚にまとわりつくさまが、彼女をさらに美しく見せる。

きらめく黒い瞳に豊かな黒髪の令嬢は、まさに美貌のレディだった。ミス・ダーヴィンがなにごとかささやき、レオが笑う。レオは彼女に惹かれているようだ。それも、大いに。

踊るふたりを見つめながらキャサリンは、一握りの大釘をのみこんだかのような、奇妙な不快感を覚えた。ベアトリクスが励ますように彼女の背にそっと手を置く。これではふたりの役割が逆だ。理性あふれるお目付け役のキャサリンが、ベアトリクスの支えと助言を必要としている。

キャサリンは懸命に無表情をつくろい、「ミス・ダーヴィンは、とてもきれいな方ね」と教え子に声をかけた。

「そうね」ベアトリクスは曖昧にこたえた。

「きれいというより」キャサリンは暗い声で言い添えた。「魅惑的だわ」

完璧なターンを披露してみせる兄と令嬢を、ベアトリクスは難しい顔をして、青い瞳でじっと見ている。

「魅惑的というのはちがうんじゃない……」

「でも、欠点のひとつも見あたらないわ」

「いいえ。肘がとがりすぎよ」

眼鏡の奥の目を細めて令嬢の肘を観察したキャサリンは、ベアトリクスの言うとおりかもしれないと考えなおした。たしかに、少しとがりすぎている。「本当ね」キャサリンはつぶやいた。ほんの少し、気分がよくなっていた。「首も長すぎるみたい」

「キリンそっくりだわ」ベアトリクスは力強くうなずいた。

キャサリンはレオの表情をうかがった。ミス・ダーヴィンの異様な首の長さに、彼も気づいているだろうか。だがどうやら気づいていないらしい。

「ラムゼイ卿、彼女に夢中みたいね……」

「礼儀正しく接しているだけでしょ」

「そんなこと、できるわけがないじゃない」

「求めるものを手に入れるためなら、お兄様は礼儀正しくできるの」ベアトリクスは断言した。

教え子の言葉に、キャサリンの気持ちは落ちこむばかりだった。レオが黒髪の美貌のレディになにを求めているのか、考えてみるまでもなかったからだ。

そこへ若い紳士が現れて、ベアトリクスにダンスを申し込んだ。教え子をダンスの輪に送りだしたキャサリンは、ため息をつきつつ壁にもたれかかり、物思いにふけった。

舞踏会は大成功だ。誰もが楽しげに過ごしているし、音楽も素晴らしいし、食事もおいしいし、陽気だって寒からず暑からずでちょうどいい。

みじめな気分でいるのは自分だけ。

だからといって、乾ききったパウンドケーキのように、この場で情けない姿をさらすつもりは毛頭ない。キャサリンは頬に笑みを貼りつけ、かたわらに立つ初老の婦人方のほうを向いた。ふたりの婦人は、毛糸刺繍《クルーエルワーク》の輪郭はチェーンステッチがいいかスプリットステッチがいいか、熱心に議論を交わしているところだった。その会話に興味深く耳を傾けるふりをして、手袋をした手をからみあわせ、婦人方の顔を見つめる。

「ミス・マークス」

ふいに耳慣れた男性の声に呼びかけられて、キャサリンは振りかえった。

目の前にレオが立っていた。黒と白の盛装に身をつつみ、息をのむほどハンサムなレオが、ペールブルーの瞳をいたずらっぽく輝かせて。

「お手あわせ願えますか？」レオはワルツを踊る人びとを指し示しながら言った。踊りに誘っているのだ。いつか約束したとおり。

自分たちに視線が集まっているのを感じとって、キャサリンは青くなった。社交の夕べで屋敷のあるじが、妹のお目付け役と短い言葉を交わすのはなんの問題もない。しかし、ダンスを申し込むのは大いに問題だ。レオだってそのくらいわかっているはずなのに、気に留める様子もない。

「向こうに行って」キャサリンは鋭い小声でたしなめた。鼓動が激しく打っている。

彼は小さな笑みを口元に浮かべた。

「無理だね。みんなが見ている。公衆の面前でわたしに恥をかかせるつもりかい？」

もちろんそんなつもりはない。男性からのダンスの誘いを断るのはエチケット違反だ。その人と踊るのがいやなのだと、周囲に誤解を与えてしまう。けれどもこのように視線を浴び、噂の的になるのは……キャサリンはわが身を守らなければならないのだ。「どうしてこんなまねをするの？」彼女はふたたびささやいた。困り果て、レオに怒りを覚えている……だが激しく動揺しつつ、かすかな喜びがわいてくるのも事実だった。

「踊りたいからさ」レオは満面の笑みになった。「きみだって同じ気持ちだろう？」

許しがたいほど傲慢な口ぶり。

しかし彼の言うとおりなのだ。

そんなふうに考える自分を、キャサリンは大ばか！と罵った。ここで〝イエス〟と答えれば、その後なにが起ころうと自分の責任になるのに。

「イエス」彼女は唇をかみ、レオの肘をとると、いざなわれるがままに部屋の中央へと移動した。

「笑って」レオが言う。「それじゃまるで、絞首台に引っ張られる死刑囚だ」

「いいえ、断頭台よ」

「たかがダンスだよ、ミス・マークス」

「もう一回、ミス・ダーヴィンとワルツを踊るべきだったんじゃないの？」キャサリンは応じつつ、無愛想な自分の声音にうんざりした。

レオが小さく笑う。「一回で十分。同じ経験をくりかえす趣味はない」

さざ波のように身内を流れる嬉しさを、キャサリンは抑えこもうとし、そして失敗した。

「彼女と話が合わなかったの？」

「いや、素晴らしく合ったさ。一番の関心事に話題を集中させているあいだはね」

「屋敷のこと？」

「彼女自身のこと」

「もっと大人になれば、ミス・ダーヴィンも自分以外のことに興味を持つようになるわ」

「かもしれない。でもわたしにはどうでもいいことだ」

気づけばキャサリンは彼の腕のなかにいた。支える腕は力強く、たのもしく、そうしているのがごく自然に思えた。数分前には泣きたいくらいみじめだった夜が、あっという間に喜びに満ちたものへと変わり、キャサリンは思わずぼうっとした。

彼はしっかりと彼女を支えている。右手は彼女の肩甲骨に正確に置かれ、左手は彼女の右手を握りしめている。二枚の手袋越しでも、触れあった瞬間、体中がしびれた。

曲が始まる。

ワルツでは、動きのタイミングもペースもステップもすべて男性が主導する。レオはキャサリンにためらう隙さえ与えなかった。彼に合わせて踊るのはとても簡単で、キャサリンはなにもかもをゆだねていればよかった。次のターンへとステップを踏むとき、空を舞っている錯覚に陥る瞬間すらあった。音楽が、痛いほどの切望感をともなって耳をくすぐる。キャサリンは無言をとおした。しゃべれば魔法が解けてしまう。だからペールブルーの瞳をひたすら見上げていた。そうして彼女は生まれて初めて、心からの幸福を感じた。

ワルツは三分か四分ほどつづく。その一秒一秒をキャサリンは忘れまいと、記憶に刻みこもうとした。年をとってからも、目を閉じればすべて思い出せるように。やがて楽団が、甘く軽やかな音色で曲を締めくくる。彼女はいつの間にか息を止め、あともう少しだけ、と祈っていた。

レオがおじぎをし、肘を差しだす。

「ありがとう、ラムゼイ卿。楽しかったわ」

「もう一度踊りたい？」

「いいえ。スキャンダルになりかねないもの。わたしは客ではないのだし」

「ああ、きみは家族の一員だ」

「優しいのね。でも正確に言えばやっぱりちがうわ。わたしはお給金をいただいてお目付け役を果たしている、つまりは――」

キャサリンはふいに言葉を失った。誰かの視線、男の人の視線を感じた。そちらに向きなおったとたん、悪夢のなかでつきまといつづけた男の顔を見つけた。

あの顔。ずっと逃れつづけてきた過去からやってきた男。キャサリンの理性という理性が吹き飛び、彼女をパニックへと突き落とす。レオの肘をつかんでいなかったなら、その場で腹を蹴られたかのようにくずおれてしまっただろう。必死に息をしようとしたが、喉がぜえぜえと鳴るばかりだ。

「どうかしたか？」歩みを止めたレオが彼女を自分のほうに向かせ、蒼白になった顔を心配そうにのぞきこむ。

「ちょっとめまいがしただけ」やっとの思いで答えた。「きっとダンスのせいね」

「椅子のところまで一緒に行こう――」

「いいえ」

男はまだこちらを見ている。その顔に、やはりそうか、という表情が広がる。彼が来る前に逃げなければ。キャサリンはいまにもあふれそうになる涙と嗚咽を抑えこんだ。

人生で一番幸せな夜は唐突に、最悪の夜へと姿を変えた。

おしまいだわ。キャサリンは苦い悲嘆とともに思った。これ以上、ハサウェイ家とともに暮らしていくわけにはいかない。いっそ死んでしまいたいくらいだ。

「なにかできることはないか？」レオが静かにたずねてくる。

「では、ベアトリクスを捜して……悪いけどやすませてもらうと、あの子に……」

最後まで言うことはできなかった。やみくもに首を振りつつ、キャサリンは応接間を可能なかぎりの急ぎ足であとにした。


〝ダンスのせいね〟だと？　レオはいまいましげに内心でつぶやいた。廃墟で岩を積み上げて、彼の脱出を手伝った女性が？　なぜ急にあんな態度をとったのか理由はわからないが、めまいのせいでないことだけはたしかだ。怒りに目を細め、彼は室内を見わたした。歓談する群衆のなかで、妙にしんとした一角がある。

ガイ・ラティマー卿が、レオに負けず劣らず熱心にキャサリン・マークスを見つめていた。彼女は応接間を出ようとしているところで、ラティマーも開いた扉のほうへと足を踏みだす。

しかめっ面でレオは思った。今度わが家で舞踏会なり夜会なりを開くときには、招待客の名簿を自ら確認しようと。ラティマーの名が名簿にあることを知っていたら、一番濃いインクで消してやったのに。

ラティマーは、年は四〇歳前後。ある種の未熟な若者を指す、「放蕩者」の名ではもう呼ばれない。その代わりに、不品行な中年にぴったりの「好色漢」の名で呼ばれている。いずれ伯爵位を継ぐラティマーは現在、暇を持て余して、父親の死をひたすら待つ毎日だ。そうした日々を、悪習や悪行にふけることでやり過ごしている。自らの失敗の尻ぬぐいは他人にさせ、自分が気持ちよく生きることしか頭にない。心臓があるべき場所はきっと空っぽのはずだ。ずる賢く、悪巧みの得意な、計算高い男。際限なき欲望を満たすためだけに生きているけだもの。

そしてレオは、ローラ・デイラードを失って自暴自棄になっていた当時、ラティマーを手本に放蕩を重ねていたのだ。

ラティマーや彼の仲間の自堕落な貴族連中との悪徳の数々を、レオは心底汚らわしく思った。フランスから戻って以来、彼とはいっさい接触していない。だがラティマー家は隣州のウィルトシャーにある。永遠に彼を避けつづけることは、まず不可能だろう。

応接間の隅に向かおうとしているベアトリクスを見つけたレオは、大またで妹に歩み寄り、腕をとった。

「今夜はもう踊るな」妹の耳元でささやく。「ミス・マークスがお目付け役を果たせなくなった」

「どうして?」

「理由はこれから探る。それまで、おまえはおとなしくしていてくれ」

「なにをしていればいいの？」

「知らん。軽食のテーブルでなにかつまんでろ」

「おなかは空いてないの」ベアトリクスはため息をついた。「でも人って、空腹でなくても食べることができるのよね」

「いい子だ」レオはつぶやき、早足で応接間を出ていった。

16

「待て！　おい、待てと言ってるだろう！」

キャサリンはその声を無視し、うつむいたまま廊下を走って、使用人用の階段を目指した。恥辱と恐れに圧倒されていた。一方で、とてつもない不公平に憤りも覚えていた。あの男はいったい何度、人の人生を台無しにすれば気がすむのか。いつかこんな日が来るのはわかっていた。ラティマーとハサウェイ家の交友範囲がどれだけ異なろうと、一生顔を合わせずにすむはずはない。それでもキャサリンは、ハサウェイ家のそばで暮らしたいと思ったのだ。ほんの短いあいだでいいから、家族の一員になった気持ちを味わいたいと。

ラティマーが、痛いくらい強く腕をつかむ。勢いよく振り向かされたキャサリンは、全身をぶるぶると震わせた。

相手がずいぶん年をとった事実に、乱れた暮らしのせいですっかり容貌が変わったことに、彼女は驚いた。体重が増えたらしく腹がだぶつき、黄褐色の髪は薄くなっている。放埒のかぎりを尽くしているのだろう、顔はしわだらけだ。

「あなたのような方は存じ上げません」キャサリンは冷ややかに言い放った。「放してください」

だがラティマーは腕を放そうとしない。むさぼるような視線に汚されて、彼女は吐き気すら覚えた。「おまえのことは、一瞬たりとも忘れなかった。何年も捜しつづけた。どうせまた新しい庇護主を見つけたのだろう？」ラティマーは濡れた舌で唇を舐めた。顎ががくがくと動くさまは、いまにも彼女を一飲みにしようと狙っているかのようだ。「おまえの最初の男になりたかった。そのために大金を払ったというのに」

キャサリンは震える息を吸いこんだ。「いますぐに放して、さもないと――」

「オールドミスみたいな格好をして、ここでいったいなにをしている？」

視線をそらし、彼女は必死に涙をこらえた。

「ハサウェイ家で働いているのよ。ラムゼイ卿の下で」

「なあるほど。それで、ラムゼイにどんなご奉仕をしてやってるんだ？」

「もう放して」キャサリンは低く張りつめた声で訴えた。

「一生つきまとってやろう」ラティマーが彼女のこわばった体を引き寄せ、酒臭い息が顔にかかる。「復讐は」彼は猫撫で声でつづけた。「卑しむべき小物がやること。だからこそわたしは、復讐をこよなく愛してきた」

「いったいなにに対する復讐？」腹の底から嫌悪感を覚えつつ、キャサリンはたずねた。「わたしのせいで失ったものがあるとでもいうの？　ひょっとして、わずかばかりの誇り？　どうせ、自らいとも簡単に手放したのでしょう？」

ラティマーはにやにやした。

「わかっていないようだな。誇りはわたしのすべてだ。だからわずかでも奪われたら我慢できないのだよ。奪われたものは必ず、利子をつけて返してもらう。八年間にわたって奪われつづけた誇りは、安くはないぞ」

キャサリンは冷たい目で相手をにらんだ。最後にラティマーと会ったとき、彼女はまだ一五歳で、資産もなければ守ってくれる人もいなかった。だがラティマーも、よもやハリー・ラトレッジが彼女のじつの兄だとは知らないらしい。いや、この男は、おのれの欲望の前に立ちはだかるものがこの世にありうるなどとは、想像すらしたことがないかもしれない。

「あなたみたいに堕落した人間には吐き気を覚えるわ。わたしは売り物ではないの。お金でしか女性を自分のものにすることができないのでしょう？　あいにく、わたしは売り物ではないの」

「かつてはそうだったろう？」ラティマーはけだるげに言った。「あのときはずいぶんふっかけられたが、それだけの価値があると判断したのだ。ラムゼイに奉仕しているのではもはや処女ではないのだろうが、それでも、払った分は味見をしてみたいものだな」

「あなたに借りを作った覚えはありません！　これ以上近づかないで」

すると意外にもラティマーは笑みを浮かべ、表情を和らげた。

「そんなにつれなくすることはないだろう？　わたしだとて、根っからの悪人ではない。ときには優しくもできる男だ。ラムゼイはおまえにいくら払っている？　その三倍の値を払おう。寝室でのわたしの相手は、ちっとも大変な仕事ではない。これでも女性を喜ばせる方法のひとつやふたつ、ちゃんと知っているのだよ」

「ご自分を喜ばせる方法なら、たっぷり知っているのでしょうね」キャサリンは言いかえし、男の腕のなかで身をよじった。「放してちょうだい」

「そう暴れるな。いじめたくなるじゃないか」

言い争いに夢中になっていたふたりは、誰かが近づいてくる気配に気づかなかった。

「ラティマー」と呼ぶレオの声が、鋼鉄の刃の切っ先のように空気を切り裂く。「わが家の使用人をこらしめることができる人間がいるとしたら、それはこのわたしだけだ。あんたの手を借りる必要はない」

荒々しく腕をつかんでいた手が離れていき、キャサリンは心の底から安堵した。慌てて後ずさったせいで、思わず転びそうになる。すかさずレオが歩み寄り、肩に軽く手を置いて支えてくれた。その手の感触。女性のか弱さへの気配りに満ちた手は、ラティマーの手とはまるでちがっていた。

見るとレオは、いまにも人を殺しかねないほど瞳をぎらつかせている。そんな表情の彼を目にするのは初めてだった。ほんの数分前に踊った、あの彼と同じ人とは思えない。

「大丈夫か？」レオがたずねた。

キャサリンはうなずき、うちひしがれた思いで呆然と彼を見つめた。レオとラティマーはどの程度の知りあいなのだろう。まさか、友だち同士？　もしそうなら……機会があればレオも、あのときのラティマーと同じ悪行に手を染めたのだろうか。

「きみはもう行きたまえ」レオは小声で彼女に言い、肩から手をどけた。

ラティマーを横目で見たキャサリンは、嫌悪感に身を震わせ、すぐさまその場を離れた。あたかも、彼女を押しつぶそうとする人生から逃れようとするかのように。


その後ろ姿を見送りながらレオは、キャサリンを追いかけたい衝動と闘った。あとで部屋に行き、彼女の負わされた傷を慰め、癒やしてやろう。もちろん傷は軽いものではあるまい――瞳をのぞきこんだときにわかった。

ラティマーに向きなおる。たちまちレオは、目の前のけだものをその場で殺してやりたいという強烈な思いにとらわれた。それでも無表情をよそおい、相手に告げた。

「あんたが招待されているとは知らなかった。知っていたら、メイドたちにも身を隠しているよう注意しただろうな。まったく、女性には困っていないだろうに、いやがる相手にまで無理強いする必要があるのか？」

「いつ彼女を手に入れた？」

「ミス・マークスを雇った時期のことをたずねているのなら、三年ほど前だ」

「わたしの前で、彼女を使用人扱いする必要はあるまい」ラティマーは言った。「賢いやつだ。愛人を自分の家に住まわせて好き放題やるとはな。味見させたまえ。一晩でいい」

さすがのレオも、怒りを抑えるのがいよいよ難しくなってくる。

「いったいどうして、彼女が愛人だなどと思うのやら」

「彼女こそあの娘だからさ、ラムゼイ。おまえにも話してやっただろう！　覚えていないのか？」

「ああ」レオはぶっきらぼうに答えた。

「たしかに、あのときは酔っていたからな」ラティマーは認めた。「おまえはちゃんと聞いているように見えたんだが」

「酔っているときのあんたは、見当ちがいのつまらない話ばかりした。そんな話にまともに耳を貸すわけがないだろう？　それで、〝あの娘〟とはいったいどういう意味だ？」

「娼館の老おかみから彼女を買いとったのだよ。秘密の競売みたいなものでね。あんなにきれいな娘は見たことがなかった。まだ一五歳くらいで、金髪の巻き毛に、比類ない美しさの瞳。おかみいわく、男には指一本触れられていないが、男を喜ばせるあらゆる技量を教えこんであるという話だった。だから、わたしに奉仕させるために莫大な金を払ったのだよ。一年契約だが、こちらが望めば期間を延長できるという条件付きでね」

「勝手な話だな」レオは不快げに目を細めた。「どうせその娘に、契約を望むかどうかも訊かなかったのだろう？」

「ばかばかしい。むしろ彼女のための契約じゃないか。生まれながらの美貌は彼女の財産。それを利用して儲けるすべを学べるのだからね。そもそも女などみな娼婦だ。ちがうのは生きる環境と値《あたい》だけ」ラティマーはいったん言葉を切り、当惑気味に笑った。「まさか彼女から、なにも聞いていないのか？」

レオは問いかけを無視した。「その後どうなった?」

「キャサリンがわが家に連れてこられた日、こっちはまだ味見もしていないというのに、ひとりの男が現れて奪っていったよ。文字どおり、さらうようにしてね。従僕が男を止めようとして、努力の甲斐もなく男に脚を撃たれた。わたしが騒動に気づいたときには、男はキャサリンを抱いて出ていったあとだった。おおかた競売でせり負けて、力ずくでキャサリンを手に入れようとしたのだろう。その後、彼女の行方は知れなくなり、わたしは八年間にわたって捜しつづけてきた」ラティマーはかすれた笑い声をもらした。「そうして今日、おまえのものとなった彼女がわたしの目の前に現れた。自分でも驚いているのかそうでないのかわからん。おまえは昔から狡猾だったからな。それで、いったいどうやってあれを手に入れたんだ?」

レオはしばし無言だった。キャサリンを思い、炎のごとき怒りで胸がいっぱいだった。たった一五歳で、彼女は頼る相手に騙され、倫理観も慈悲の心も持たない男に売り飛ばされた。救出者がいなかったらラティマーにどんな目に遭わされていただろうと思うと、心底ぞっとした。ラティマーのことだ、肉体的に傷つけるだけでは満足せず——魂までも壊したにちがいない。キャサリンが他人を信じるのをやめたのも、これでは当然だ。ありえない状況で生き延びるには、そうするしかなかったはずだ。

ラティマーを冷ややかにねめつけつつ、レオは思った。理性があとわずかでも欠けていたら、自分はこの場でこいつの息の根を止めているだろうと。しかし彼には理性がある。このけだものをキャサリンに近づけないために、手を打たなければいけない。彼女を守るためならどんなことでもするつもりだ。

「彼女は誰のものでもない」レオは慎重に口を開いた。

「そうか。ならば――」

「だが、わたしの庇護下にある」

愉快げにラティマーが眉をつりあげる。「いったいどういう意味かな？」

レオは重々しく答えた。

「あんたは彼女に二度と近づけないという意味だ。彼女は今後いっさい、あんたの不愉快な声を聞くことも、汚らわしい姿を目にすることもない」

「おまえの言いなりになるわたしではないよ」

「なってもらう」

乾いた笑い声がほとばしる。「おまえの脅しなど屁でもない」

レオは冷淡な笑みを浮かべた。「あんたの酔っぱらいのたわごとを、たしかにわたしはあえて聞こうとしなかった。だがひとつふたつ、よく覚えている話があってね。あんたの悪行のせいで、不幸を強いられた人は少なくないらしい。それを暴露されれば、あんたはすぐに王座裁判所監獄行きだろう。それがだめなら、喜んでその頭蓋骨を鈍器で粉々にしてやろう。個人的には、第二の案に気持ちが傾いている」相手の瞳に驚愕の色が広がるのを見つけ、レオはつまらなそうに笑った。「本気だとわかったようだな。それでいい。お互いに厄介な目に遭わずにすむ」次の句に重みを持たせるために、いったん言葉を切る。「使用人に、屋敷の外までエスコートさせよう。あんたは歓迎されざる客だ」

ラティマーの顔が青ざめる。

「わたしを敵にまわしたことを後悔する羽目になるぞ、ラムゼイ」

「その前に、あんたとつきあった自分を後悔しているよ」


「キャサリンになにかあったの？」応接間に戻ったレオにアメリアがたずねた。「突然いなくなったりして」

「ラティマー卿に言い寄られた」レオは短く答えた。

アメリアは当惑と怒りの面持ちでかぶりを振った。

「あの女たらし——なんだってそんなまねを」

「そういう男だからだよ。まともな人間と逆のことを、倫理観とは正反対のことをする。そもそもの問題は、なぜあの悪魔を招待したかだ」

「招待したのは、彼ではなくてご両親よ。代わりに来たわけね」アメリアは兄を責めるように見た。「それにあの人、お兄様の古い知りあいでしょう？」

「今後、わたしの古い知りあいは放蕩者か犯罪者とみなし、わが領地と家族にけっして近づかせないようにしよう」

「それで、キャサリンに被害は？」アメリアは心配そうに訊いた。

「身体的にはない。だが誰かに様子を見に行ってほしい。たぶん自室にいるだろう。おまえでも、ウィンでもいいんだが」

「そうね、そうしましょう」

「なにも訊かないでやってくれ。様子を見てくるだけでいいんだ」

それから半時後、ウィンがかたわらにやってきて、キャサリンはなにも話そうとしない、もうやすむから起こさないでほしいと言っていると兄に報告した。

それが一番だろう。レオは思った。本音を言えば駆けつけて慰めたいが、今夜は眠らせてやろう。

明日には、すべてわかるのだから。


翌朝九時に目覚めたレオは、すぐにキャサリンの部屋へ向かった。扉はまだ閉まっており、室内からは物音ひとつ聞こえない。自制心を総動員しなければ、レオはすぐにも扉を開けて彼女を起こしてしまいそうだ。だがいまは休息が必要なのだ……あとで彼女と話しあうことを考えればなおさらだろう。

階下に行ってみると、使用人を含めた誰もがほとんど夢遊病者のようなありさまだった。舞踏会がお開きになったのは朝の四時で、その後もなかなか帰ろうとしない客が数人いたのだ。朝食の間に着いたレオは椅子に腰かけ、濃いコーヒーを味わった。ほどなくしてアメリアとウィンとメリペンが現れた。寝坊すけのキャムはまだ姿を見せない。

「ゆうべ、具体的にはキャサリンになにがあったの？」アメリアが静かに切りだした。「ラティマー卿が早々に引き上げたのはなぜ？　お客様方もあれこれ噂していたけれど」

キャサリンの秘密を家族の耳に入れるべきか否か――レオは考えをめぐらした。もちろん彼らも多少は知っておくべきだろう。詳しいところまで話すつもりはないが、キャサリンも誰かが代わりに説明してくれれば、いくらか楽になるはずだ。「じつは」レオは用心深く口を開いた。「キャットが一五歳のときに、当時の家族がラティマーとある契約を結んだらしい」

「契約って？」アメリアがたずねる。兄の意味深長なまなざしに気づくなり、彼女は「なんてこと」とつぶやいた。

「幸い、危ういところでラトレッジが助けに――」レオは言葉に詰まった。自分の声に潜む激しい怒りに、われながら驚いていた。「詳しい話をここでするつもりはない。とにかく、キャットにとって思い出したくない過去の一部なのはたしかだ。以来八年間、彼女は隠れるようにして生きてきた。だがゆうべ、ラティマーに見破られ、ひどいことを言われたようだ。今朝もきっと起きてから、ハンプシャーを出ていこうとするにちがいない」

メリペンは険しい表情で聞いていたが、黒い瞳には深い思いやりが浮かんでいた。

「どこにも行く必要などない。おれたちと一緒にいれば安全だ」

レオはうなずき、親指の腹でコーヒーカップの縁をなぞった。

「あとで彼女と話すときに、そう伝えよう」

「お兄様」アメリアがおずおずと呼びかける。「ほかの誰かが話したほうがよくないかしら。なにしろお兄様とキャサリンはいつも口論ばかり……」

レオはきっと妹をにらんだ。「わたしが話す」

「お姉様？」そこへ、ためらいがちに呼ぶ声が戸口のほうから聞こえた。

ベアトリクスだった。襞飾りのある青い化粧着のままで、黒い巻き毛もくしゃくしゃだ。なにか心配事でもあるのか、額にはしわが寄っている。

「おはよう」アメリアは優しく応じた。「今朝はゆっくり寝ていてもいいのよ」

ベアトリクスは堰を切ったように話しだした。

「けがをしたフクロウの具合が心配だから、納屋に行こうと思ったの。ついでにドジャーも捜したかったから。ゆうべからずっと姿が見えないのよ。それで、ひょっとしてミス・マークスのところかもしれないと思って、部屋に行ってほんの少しだけ扉を開けてみたの。ドジャーはよく、ミス・マークスの履物入れで眠っているでしょう――」

「そこにもいなかったの？」アメリアが問いかける。

ベアトリクスが首を横に振る。

「ミス・マークスもよ。ベッドはきれいに整えられていて、あの古びた旅行鞄がなくなっていた。化粧台にはこれが」

彼女は折りたたまれた紙を姉に差しだした。アメリアが紙を開き、そこに書かれた文章に目をとおす。

「なんと書いてある？」レオは詰問した。すでに立ち上がっている。

アメリアは無言で手紙を兄に渡した。


さようならも言わずに出ていくことを許してください。ほかに方法がないのです。みなさんの優しさと思いやりには、どれだけ言葉を尽くしても感謝の気持ちを伝えきれません。このようなことを書いて厚かましいと思われなければいいのですが、わたしにとってみなさんは、血はつながっていなくても、本当の家族のようでした。

みなさんのこと、いつまでも忘れません。

愛をこめて
キャサリン・マークス

「まったく」レオはうめき、置き手紙をテーブルに放った。「どうしてわが家では、男ひとりでは背負いきれないほどの騒動ばかりが起こるんだ。心地よいラムゼイ・ハウスで冷静に話しあおうと思っていたのに、お涙ちょうだいの駄文を残して、真夜中に家を飛びだすとはな」

「駄文じゃないわ」アメリアがかばうように言う。

手紙を読むウィンの瞳に涙があふれる。「ケヴ、彼女を捜さなくちゃ」

メリペンが妻の両手を握りしめる。

「行き先はロンドンだ」レオはつぶやいた。キャサリンが頼れる人間はハリー・ラトレッジだけ。舞踏会にはハリーとポピーも招待したが、ホテルの仕事が多忙で来られなかった。

怒りと切迫感が、レオの身内のどこかからわき起こる。彼はその感情をおもてに出すまいとした。だがキャットが去っていった……自分のもとを去っていったのだと思うと……かつて感じたことがないほどの強烈な所有欲と憤怒にとらわれてしまった。

「郵便馬車がストーニー・クロスを発つのは朝の五時半」メリペンが指摘した。「ということは、ギルフォードの手前で彼女に追いつけるはずだ。必要ならおれも一緒に行こう」

「わたしも」とウィン。

「みんなで行きましょう」アメリアが提案する。

「いや」レオは暗い声で制した。「わたしひとりで行く。追いついたとき、おまえたちは同行するべきじゃなかったと後悔するはずだからな」

「お兄様」アメリアは疑念に満ちた声で呼びかけた。「いったい彼女になにをしようというの？」

「どうしておまえはいつも、わたしの答えを認められないとわかっててあえて質問をするんだ」

「楽天家だからよ」アメリアはつんとして応じた。「質問しながら、きっとわたしの考えすぎねと思っているの」

17

近ごろ郵便物は機関車で運ばれることが多く、郵便馬車の本数はごくわずかだ。それでもロンドン行きの一本に乗れたのだから、キャサリンは運がよかったのだろう。

とはいえ自分では、幸運だとはまるで思えなかった。

いま彼女はうちひしがれた思いを抱え、ぎゅう詰めなのに冷えこんだ馬車のなかで震えている。車内も車外も人でいっぱいで、小包や荷物は屋根の上に危なっかしく括りつけられている。悪路に出くわすたび、馬車は大きく屋根を揺らした。同乗する紳士は巨大な荷馬車を引く頑丈な馬たちに賞賛の言葉を投げつつ、時速は一五キロほどだろうと見積もった。

キャサリンはむっつりと窓の外を眺めた。ハンプシャーの牧草地がやがて遠くなり、サリーのうっそうとした森とにぎやかな市場が見えてくる。

同乗者のなかに、女性はキャサリンのほかにもうひとりだけだった。ふっくらとした体格の、身なりのよい婦人で、夫が同行していた。キャサリンの向かいの席で居眠りをしており、小さないびきが聞こえる。馬車ががくんと揺れるたび、婦人の帽子の飾りものもちゃらちゃらと音をたてて揺れた。じつに派手な帽子だった。サクランボをかたどった飾りに羽根、お

入っていく。

馬車は正午に宿の前でいったん止まった。長い道中に備えて馬を交換するという。つかの間の休息に安堵のため息をもらしつつ、乗客がわらわらと馬車を降りて宿の一階の食堂へと入っていく。

キャサリンはゴブラン織の旅行鞄を持って馬車を降りた。車内に置いておくのが心配だったからだが、ドレスに下着、靴下、櫛やピンやブラシ、肩掛け、分厚い本などが入っているのでたいそう重かった。本にはベアトリクスのいたずら書きが残されている……〝このお話はきっとミス・マークスも気に入るはず！　読んでも成長は望めないけど。愛をこめて、気ままなB・H〟

宿はみすぼらしくはないものの、立派とは言いがたかった。いかにも馬丁や労働者が利用しそうな場所だ。キャサリンは木造の馬車小屋の壁に貼られたちらしを憂鬱な思いで眺め、振りかえって、ふたり組の馬丁が馬を交換するさまを見物しようとした。

とたんに旅行鞄を危うく落としそうになった。鞄のなかでなにかが、ごそごそと動いたからだ。荷物の位置がずれたのとはちがう……もっとこう、生き物が動いた感じに似ていた。沸騰した鍋のなかで躍る小さなじゃがいものごとく、キャサリンの心臓が不規則に速い鼓動を打つ。「まさか」彼女はささやいた。壁に向きなおり、鞄のなかを誰にも見られないように注意しつつ、留め具をはずしてほんの数センチだけ開けてみる。

なめらかな毛に覆われた小さな頭がぴょこんと出てきた。見慣れた明るい瞳とひくひくうごめくひげを目の当たりにするなり、キャサリンは肝をつぶした。

「ドジャー」彼女は小声で呼びかけた。フェレットが嬉しそうに鳴き声をあげ、口角を上げてにっこりと笑う。「この、いたずらっ子！」おそらく荷造りの最中に、鞄のなかに忍びこんだのだろう。「こんなところまでついてきて、いったいどうしろというの？」困り果てて思わず訊く。キャサリンはドジャーの頭を鞄のなかに押しこんでから、体を撫でておとなしくさせた。こうなったからには、いまいましいフェレットをロンドンまで連れていくしか方法はない。向こうでポピーに預ければ、いずれベアトリクスのもとに帰れるだろう。

馬丁が「準備完了！」と叫ぶ声を耳にするなり、キャサリンは馬車に戻って足元に鞄をしっかりと置いた。あらためて留め具をはずし、なかをのぞきこんでみると、ドジャーはナイトドレスの上で丸くなっていた。「静かにしているのよ」と怖い声で言う。「面倒を起こしたらただじゃおかないから」

「なんですって？」先ほどの婦人が、馬車に乗りこみながら詰問するのが聞こえた。帽子の羽根飾りが、むっとしたように震える。

「ああ、あの、あなたに言ったわけではなくて」キャサリンは慌ててごまかした。「ええと……自分に言い聞かせていたんです」

「そうでしょうとも」婦人は不快げに眉をひそめつつ、向かいの座席にどんと腰を下ろした。

キャサリンは身を硬くした。そのうち鞄のなかから、ごそごそと音がしだすのではないかと気が気でなかったが、幸い、ドジャーは静かにしていてくれた。

やがて婦人は目を閉じ、大きくせり上がったおなかにつくほど低く顎を下げた。そうして、ものの二分でまどろみへと戻っていった。

これなら大丈夫かもしれないわ、とキャサリンは胸を撫で下ろした。このまま婦人が眠りつづけ、紳士たちも新聞を読みはじめれば、誰にも気づかれずにドジャーをロンドンまでこっそり連れていけるはず。

だがかすかな期待にすがりつこうとしたそのとき、もはや収拾のつけようのない事態が起こった。

なんの前触れもなしにドジャーが鞄から顔をのぞかせたのだ。初めて見るものを興味津々に眺めてから、フェレットは鞄からするりと抜けだした。キャサリンは声にならない悲鳴をあげ、両手をみぞおちに押しあてて凍りついた。ドジャーが布張りの座席に駆けのぼり、誘うように揺れる婦人の帽子に飛びつく。鋭い歯はわずか一嚙みか二嚙みで、帽子からサクランボの飾りをむしりとってしまった。勝ち誇ったように座席を下りたドジャーは戦利品をくわえたまま、キャサリンの膝にぴょんと飛び下りた。嬉しいときの癖で、身をよじって跳ね踊る。

「だめでしょ」キャサリンは小声で叱りつけ、サクランボを奪いとると、フェレットを鞄に押しこもうとした。

いやがるドジャーが、せわしない鳴き声をあげる。

婦人がむにゃむにゃ言いながら目をしばたたき、物音に気づいていらだたしげに目を覚ました。「まったく……いったいなんですの……」

キャサリンは身じろぎひとつできなくなった。鼓動が耳の奥で鳴り響く。ドジャーは彼女のうなじによじのぼって、そこにだらりと横たわり死んだふりをしている。スカーフみたい……キャサリンは思わず噴きだしそうになるのを必死にこらえた。

憤慨した面持ちで、婦人がキャサリンの膝にのったサクランボをきっとにらむ。

「ちょっと……それ、わたくしの帽子飾りじゃありませんの？　さては、人が眠っているあいだに盗ろうとしたのね？」

キャサリンは慌てて弁明した。

「いえ、あの、ちがうんです。これは事故で。わたしはただ――」

「人のものを壊すなんて。一番お気に入りの帽子でしたのよ。二ポンド六シリングもしましたのよ！　返してちょうだい――」婦人はうめき声とともに言葉を失い、口をあんぐりと開けたまま固まった。ドジャーがキャサリンの膝に下り、サクランボをつかむなり、安全な鞄のなかに隠れる。

耳をつんざくばかりの悲鳴をあげ、婦人がたっぷりとしたスカートをひるがえして馬車を飛びだしていく。

それから五分後。キャサリンと旅行鞄は、有無を言わさず馬車を降ろされた。彼女は馬車小屋の前に立ちすくんだ。あたりにはさまざまな臭いが漂っている。肥やし、馬、尿。食堂から肉やパンを焼く匂いも流れてきて、入り混じった臭気に吐き気がこみあげてくる。

御者は彼女の必死の抗議を無視して、御者台に乗りこんだ。

「ロンドンまでの乗車賃をちゃんと払ったじゃないの！」キャサリンは声を張り上げた。

「ひとり分な。ふたりで乗ったから、途中までだ」

信じられない思いで、御者の無愛想な顔から旅行鞄へと視線を移す。

「これを、ひとりと数えるというの？」

「あんたとあんたのネズミのせいで、予定より一五分ばかり遅れているんだ」御者は言うと、肘を曲げてむちを打ち鳴らした。

「わたしのネズミじゃないわ。この子はね……待って、ここからロンドンへはどうやって行けばいいの？」

馬車は出発してしまい、代わりに馬丁のひとりが冷たく答えた。

「次の郵便馬車が翌朝には来ますよ。屋根の上ならペットと一緒に乗せてくれるかもしれない」

キャサリンは馬丁をにらんだ。

「屋根の上になんか乗るものですか。ロンドンまで、車内に乗る運賃をちゃんと払ったのよ。あの御者は運賃泥棒みたいなものじゃない！　そもそも、明日の朝までどうしろというの」

立派な口ひげを生やしたまだ若そうな馬丁は肩をすくめた。「部屋があるかどうか訊いてみたらどうです？　といっても、ネズミを連れた客なんてお断りかもしれませんけどね」キャサリンの背後に別の馬車が現れたのに気づいて、そちらに視線を投げる。「どかないと、轢かれますよ」

怒り心頭に発しつつ、キャサリンは荒い足取りで宿の入口へと向かった。旅行鞄のなかをのぞいてみると、ドジャーはサクランボで遊んでいる。まだ十分じゃないとでもいうの……彼女はいらいらと思った。幸せな暮らしを奪われ、一晩泣きあかし、疲れきっているというのに。いじわるな運命はさらに、ドジャーの世話まで押しつけようとしている。「おまえには」キャサリンは腹立たしげにつぶやいた。「もう我慢ならないわ。この数年間さんざん人を困らせて、靴下留めを全部盗んだあげく、しまいには――」

「お嬢さん」礼儀正しく呼びとめる声が聞こえた。

しかめっ面のまま顔を上げ、振りかえった次の瞬間、キャサリンは地面がぐらりと揺れる感覚に襲われた。

仰天しきった彼女の瞳がとらえたのは、愉快げにほほえむレオだった。両手をポケットに入れたまま、のんびりと近づいてくる。

「訊くべきじゃないんだろうが、やはり訊こう。鞄に向かって怒鳴るとはなにごとだい？」

無頓着をよそおってはいるが、探るようなレオの視線はキャサリンからいっときも離れようとしない。

一方のキャサリンは、彼の姿を目にした瞬間、息が止まるかと思った。レオは信じられないくらいハンサムだった。心の底から彼が愛しく、なつかしく感じられて、抱きつきたい衝動に駆られた。それにしても、なぜこんなところまで追ってきたのか。

ほっといてくれればいいのに。

ぎこちない手つきで旅行鞄を閉じつつ、キャサリンは思った。無事に宿に部屋をとるまで、ドジャーの存在は明かさないほうがいい。「どうしてここに、ラムゼイ卿？」彼女は震える声でたずねた。

レオはひょいと肩をすくめた。「四時間半ばかりの短い眠りから目覚めるなり、なぜか馬車に乗って、風光明媚なハスルメールに向かい――」いったん言葉を切り、宿の扉に視線を投げる。「スプレッド・イーグル・インに行きたいなと思ってね。じつにいい名前の宿だ」

当惑したキャサリンの表情に気づいて口の端で笑う。だが瞳は温かかった。その手が伸びてきて、彼女の顎をそっと上げる。「目がはれてる」

「埃のせいよ」キャサリンは声をしぼりだすようにして言った。優しく触れられて、思わず息をのんだ。飼い主の愛撫をせがむ猫みたいに、彼の手に顎を強く押しつけたくなる。目の奥が熱くなった。

よくない兆候だ。こんなふうに反応するなんて、ばかげている。あと一秒でもここにふたりで立っていたら、冷静さなどすっかり失ってしまうにちがいない。

「馬車でなにか問題でもあったのかい？」レオがたずねた。

「ええ、次の馬車は翌朝らしいの。だから部屋をとろうと思って」

彼はキャサリンをじっと見つめたまま言った。「ハンプシャーに一緒に戻ろう」

その言葉に、キャサリンは完璧にうちのめされた。

「いいえ、無理よ。ロンドンへ行くの。兄に会いに」

「そのあとは？」

「そのあとは、たぶん旅行でも」

「旅行？」

「ええ、そう……大陸を旅するつもり。それで、イタリアかフランスに住むわ」

「ひとりで？」嘘だろうといわんばかりの口調だ。

「コンパニオンを雇うわ」

「コンパニオンがコンパニオンを雇うのか？」

「もうコンパニオンじゃありませんから」キャサリンは言いかえした。

一瞬、レオの視線が怖いくらいに鋭くなった。獲物を狙う獣のような、危険なまなざしだ。

「では、きみに新しい立場をあげよう」という彼の言葉が、キャサリンの背筋を凍りつかせる。

「いいえ、けっこうよ」

「聞く前から断るのか」

「聞く必要はありません」キャサリンはくるりと背を向け、宿のなかへと入っていった。

机の前できっと顎を上げて待っていると、ずんぐりとした小柄な男性が現れた。頭はすっかり禿げあがっているのに、灰色の顎ひげと頰ひげはたいそう立派だ。「なにかご用ですかな」宿の主人は言い、キャサリンからその背後へと視線を移した。

彼女にこたえる隙さえ与えず、レオが口を開く。「妻とわたしに部屋を頼む」

妻？　キャサリンはむっとして振りかえった。

「ひとりで泊まるわ。そもそもわたしは――」

「困ったやつだ」レオは宿の主人に笑いかけた。女性に肘鉄を食わされた男が、同情を乞うときに見せる例の苦笑だ。「つまらない夫婦げんかなのだよ。妻の母親がわが家に来たいというのを断ったら、すっかりおかんむりでね」

「ははあ……」宿の主人はげんなりした声をあげつつ、うつむいて宿帳になにかを書きつけた。「下手に出ちゃいけませんよ、だんな。義理の母親ってのは、いったん家に招き入れようものならいつまでたっても帰りませんからね。うちなんか、義母が来るとネズミどもが猫の前に自ら身を投げだしますよ。食われちまったほうがよほどいいってね。で、お名前は？」

「ミスター・アンド・ミセス・ハサウェイだ」

「ちょっと――」慌ててさえぎろうとしたキャサリンは、鞄のなかでドジャーが動きまわるのを感じとるなり言葉を失った。外に出たがっているのだろう。無事に部屋に通されるまで、この子が見つかってはならない。「わかったわ」彼女は短く言った。「急いで」

レオがほほえむ。「早く仲直りしたくてうずうずしているんだね、ダーリン？」

キャサリンはぎろりと彼をにらみつけた。

急いでいるというのに、宿の主人との交渉は、レオの御者や従者の部屋も用意しなければならなかったため、さらに一〇分もかかった。それがすんだと思ったら今度はレオの荷物

――巨大な旅行鞄二個――を運びこまねばならないという。「ロンドンまで追いかける羽目になると思ったものだからね」と説明するレオは、ばつが悪そうな顔をするくらいのたしなみはあるらしい。

「どうして一部屋しかとってくれなかったの？」キャサリンは小声で問いただした。

「ひとりじゃ危ないだろう？　わたしが一緒なら安全だ」

キャサリンは彼をにらんだ。「あなたが一番危険なの！」

案内されたのは、片づいてはいるものの必要最低限の家具しかない部屋だった。真鍮のベッドは磨かれていないし、上掛けは何度もくりかえし洗濯したせいで色があせている。ちっぽけな暖炉の前には椅子が二脚。うち一脚はいやに小さくて、布張りもしていない。一隅に見える洗面台は傷だらけで、反対の隅には小さなテーブルがひとつ。床はきちんと掃除がしてあるようだが、白いペンキ塗りの壁を飾るのは、「光陰矢のごとし」と読める額入りの刺繡だけ。

それでも、おもての臭いがほとんどしないのは、ありがたかった。階下で肉を焼く匂いと、火のない暖炉の灰の臭いがわずかに感じとれるだけだ。

レオが扉を閉じ、キャサリンは鞄を床に置いて開けた。

すぐさまドジャーが顔をのぞかせ、首をまわして室内を見わたす。フェレットは鞄を飛びだし、ベッドの下に潜りこんだ。

「ドジャーを連れてきたのかい？」レオはぽかんとしてたずねた。

「勝手についてきたの」

「なるほど。それで馬車から降ろされたわけか」

彼が上着を脱ぎ、クラヴァットをはずす様子を眺めながら、キャサリンはふいに胸が高鳴ったり、静まったりするのを覚えた。不適切きわまりない状況だというのに、もはやたしなみなど、どうでもいいことのように思えた。

キャサリンは馬車に置いてきぼりにされるまでの一部始終をレオに話して聞かせた。鞄のなかでなにかがうごめいて驚いたこと。ドジャーが同乗した女性の帽子からサクランボを盗んだこと。ドジャーがスカーフのように首に巻きついたくだりでは、レオは声をあげて笑った。彼があまりにも楽しそうに、少年みたいに笑い転げるので、笑われているのが自分なのかどうかなど、どうでもよくなってしまった。キャサリンは彼と一緒になって、くすくすと笑った。

けれどもそれは、やがてすすり泣きへと変わった。笑ってもなお涙があふれてくるのに気づいて、キャサリンは両手で顔を覆い、感情の高ぶりを抑えこもうとした。でも無理だった。笑いながら泣くなんて、きっといまの自分は気がふれたように見えるはずだ。こんなふうに気持ちをさらけだしてしまうとは、悪夢としか言いようがない。

「ごめんなさい」彼女は言葉をしぼりだし、かぶりを振って、袖口で目元を隠した。「ひとりにしてくれない？　お願いだから」

だがレオは両の腕をキャサリンにまわすと、身を震わせて泣く彼女を硬い胸板にきつく抱き寄せた。熱を帯びた耳に彼が口づけるのがわかった。ひげそり石鹸のなつかしい香りに鼻孔をくすぐられて、男らしい香気にキャサリンは落ち着きを取り戻していった。気づけば彼女は「ごめんなさい」と何度もくりかえしていた。やがて聞こえてきたレオの声は低く、どこまでも優しかった。

「そうとも、きみには謝ってもらわないといけない……泣いたことにじゃないよ。なにも言わずに去ったことに対してだ」

「お、置き手紙があったでしょう？」

「あのお涙ちょうだいの手紙のことか？　あんなもので、わたしがきみを追うのをあきらめるとでも思ったのか？　ほら、もう泣かないで。わたしが来たからには、きみはもう安全だ。一緒にいるから」

無意識のうちにキャサリンは、もっとしっかり彼の胸にしがみつこうと、腕のなかのもっと奥深くに身をゆだねようとしていた。

すすり泣きがしゃくりあげる声へと変わっていく。キャサリンはレオが旅行用の上着を脱がせようとしているのに気づくと、疲れていたせいもあり、子どものようにおとなしく彼に従った。袖から腕を引き抜き、髪から櫛やピンを抜かれるときもいっさい抵抗しなかった。きつく結い上げていた髪がほどかれると、地肌がずきずきした。レオが眼鏡をはずして脇に置き、先ほど脱いだ上着のポケットからハンカチを取ってくる。

「ありがとう」キャサリンは小さく礼を言い、ぱりっとした木綿のハンカチで痛む目と鼻を拭いた。どうすればいいのかわからなくて、ハンカチを握りしめたまま、子どものように立ちつくす。

「おいで」レオが暖炉の前に置かれた大きいほうの椅子に腰を下ろし、彼女を自分の膝の上に引き寄せた。

「だめよ――」キャサリンは抗議しようとした。けれども彼になだめられ、膝に座らされてしまった。幾層にもなった重たいスカートがふたりの脚の上に広がる。たくましい肩に頭をあずけると、激しく活動していた肺が彼の規則正しい肺の動きに合わせて徐々に落ち着きを取り戻していった。レオは片手でゆっくりとキャサリンの髪を撫でている。いつもの彼女なら、どんなに誠実そうな相手でも、男性に触れられればすぐさま身を縮めていただろう。だが外の世界から隔絶されたかのごときこの部屋では、お互いがまるで別人のように感じられた。

「どうして追ってきたりしたの」ようやく口を開けるようになり、キャサリンは問いただした。

「家族全員が来たがったんだがね。どうやらわが家の人間は、きみの指導がないとやっていけないらしい。というわけで、きみを連れ帰る役目を帯びてわたしがやってきた」

キャサリンはまた泣きたくなった。「戻れないわ」

「どうして」

「知っているのでしょう？　ラティマー卿から聞いたはずよ」

「さわりの部分だけだ」レオは指の背で彼女の首筋をなぞった。「娼館のおかみ、というのはきみのおばあさんだね？」淡々とした、まるで娼館を営む祖母を持つのがごく普通のことであるかのような口調だった。

キャサリンはうなずき、みじめな思いで深々と息を吸った。

「母が病に倒れたあと、祖母と叔母のアルシアのもとで暮らすようになったわ。最初のうちはふたりがどんな商売をしているのかわからなかった。でもじきに、祖母のしていることを理解するようになったわ。しばらくするとアルシア叔母が、年のせいであまり客をとれなくなった。そのころわたしは一五歳で、もう叔母と交代できるだろうと言われた。叔母には、おまえは運がいいと言われたわ。自分は一二歳のときにこの仕事に就いたのだからと。わたしは叔母に、先生とかお針子とか、そういう職業に就きたいと訴えた。でも叔母も祖母も、そんな仕事で、これまでにかかったおまえの養育費をどうやって返してくれるんだと言ってわたしを責めた。ふたりの下で働く以外に、十分なお金を稼ぐ方法なんてなかった。どこかに逃げようと、自分ひとりで生きていける道を探そうとも思ったわ。だけど、紹介状もないのに雇ってくれるところなんてない。あっても工場の作業員くらいよ。危険だし、賃金がとても低いから、部屋を借りることだってできやしない。父のところに帰らせてと祖母に頼んだりもしたわ。祖母と叔母がわたしになにをさせようとしているか知ったら、父もきっと呼び戻してくれるはずだと思って。でも祖母は――」キャサリンは言葉を失い、彼のシャツを両手でぎゅっとつかんだ。

その指をほどいたレオは、まるでブレスレットの留め具のように、自分の手と彼女の手をしっかりと組みあわせた。

「おばあさんは、きみになんて?」

「父はもうすべて知っていて、仕事をさせてかまわないと言っているって。娘の稼いだお金の何割かをもらうことになっているって。信じたくなかった」キャサリンはとぎれがちにため息をついた。「でも、きっと知っていたのよね?」

レオはなにも言わず、親指で彼女の手のひらをそっと撫でている。問いかけに答えは必要なかった。

悲しみに泣きだしそうになるのを歯を食いしばってこらえ、キャサリンはつづけた。「叔母は一度にひとりずつ、わたしに紳士を引きあわせた。笑顔を見せるのよと言われた。彼らのなかで一番の高値をつけたのがラティマー卿だと教わった」シャツにうずめた顔をゆがめる。「でも、こんな人、絶対にいやだと思ったわ。ラティマー卿は、何度もウインクをしてみせては、おまえにはきっとみだらな一面が隠されているにちがいないとささやいた」

レオが口のなかでいくつかとっておきの悪態をついた。とまどったキャサリンがもうやめるべきか考えていると、背骨に沿って指を走らせながら促した。「つづけて」

「叔母は、事前に勉強をしておくほうがいいだろうと提案した。自分がなにをすることになるのか知っていたほうが、ずっと楽なはずだからと。叔母の説明を聞き、なにをさせられるのかわかって……」

背中に置かれたレオの手がぴたりと止まった。

「実際にやってみるよう命じられたのかい？」

キャサリンは首を横に振った。「いいえ、でも、話を聞くだけでもおぞましかった」

思いやりと苦笑が入り交じった声でレオが言う。

「一五歳の少女にとっては、当然だろうね」

顔を上げたキャサリンは彼の顔をのぞきこんだ。その整った面立ちは、彼にとっても、自分自身にとってもむしろ毒だ。眼鏡をかけていなくても、驚くほどこまかな特徴までしっかりと見える……黒いひげの跡、目じりに刻まれた笑いじわ、褐色の肌を覆う淡い色のうぶげ。そしてなんといっても、明るさと暗さが入り混じったかのような、光と影がないまぜになったかのような、複雑な色合いのブルーの瞳。

レオは辛抱強く待っている。この世にほかにしたいことなどないといわんばかりに、ただ彼女を抱きしめながら。

「どうやって逃げた？」

「ある朝、祖母の机のところに行ったわ」キャサリンはふたたび口を開いた。「みんながまだ眠っているうちにね。お金を盗むつもりだったの。逃げて部屋を借り、どこかでちゃんとした仕事を得ようと思った。だけど一シリングもなかった。代わりに、引き出しの奥のほうに一通の手紙を見つけた。わたし宛の、見たこともない手紙」

「ラトレッジからの」レオは問いかけるというより断言する口調で言った。

キャサリンはうなずいた。

「自分にきょうだいがいることすら知らなかった。ハリーはその手紙のなかで、兄の助けが必要なときはいつでも連絡してほしいと言っていた。すぐに返事を書いて、窮地に立たされていると知らせようとした。ウィリアムにその手紙を託して――」

「ウィリアム？」

「祖母の下で働いていた男の子よ……荷物運びや靴磨き、おつかい、ほかにもいろいろな雑用をしていた。あそこで働いていた女性の子どもだったのだと思うわ。とてもいい子だった。ウィリアムは無事に手紙を届けてくれた。叔母にばれないことだけを祈ったわ。ばれたらきっと、あの子が罰を受けるだろうから」キャサリンはかぶりを振ってため息をついた。「翌日、ラティマー卿の屋敷に行かされたの。でも、すんでのところでハリーが助けに来てくれた」記憶をたどるように言葉を切る。「あのときは、ハリーのことも、ラティマー卿と同じくらい恐ろしく感じられたわ。兄は怒り心頭に発している様子で、その怒りをわたしに向けられたものだと勘ちがいしたの。だけど本当は、あの状況に腹を立てていたのね」

「罪悪感はときに、怒りに変わるものだからね」

「だけどわが身に起こったことで、ハリーを責めたりはしなかったわ。兄のお荷物になりたくなかった」

レオは表情を硬くした。「きみは誰のお荷物でもない」

キャサリンはぎこちなく肩をすくめた。

「兄は、わたしをどうすればいいかわからなかったみたい。どこに住みたいかとたずねたわ。同居は無理だもの。だから、ロンドンから遠く離れたところと答えた。それで、アバディーンにあるブルー・メイズという学校に行くことになったの」

レオはうなずいた。「貴族連中が、わがまま娘や庶子を送りこむところだな」

「どうして知っているの？」

「知りあいの女性に、ブルー・メイズ出身という人がいてね。ひどい場所だと言っていた。食事はまずいし規律は厳しい」

「わたしはあそこが好き」

レオは口の端で笑った。「だろうな」

「六年間いたわ。最後の二年は教える立場だった」

「ラトレッジは面会に来たりしたのか？」

「一度だけ。でもときどき手紙のやりとりはしていたわ。休暇に帰ったりはしなかったけれど。ホテルは家とは言えないもの。ハリーも会いたがらなかったし」キャサリンはかすかに顔をゆがめた。「ポピーに出会うまでの彼は、つきあいにくい人だったから」

「いまもつきあいやすいとは言えないんじゃないか。まあ、妹が大切にされているかぎりは、やつと対立する気はないが」

「ハリーは本気で彼女を愛しているのよ」キャサリンは力説した。「心の底から」

レオの表情が和らぐ。「なぜそう言いきれる？」

「見ればわかるわ。ポピーと一緒にいるときの彼の態度、瞳に浮かぶ色、それから……なにを笑っているの？」

「女ってやつは。なんでもかんでも〝愛〟と解釈するんだな。男が呆けた表情を浮かべていれば、キューピッドの矢に射抜かれたせいだと勝手に思いこむ。実際には、食あたりで苦しんでいるだけでも」

キャサリンはむっとして彼を見やった。「からかっているの？」

笑い声をあげたレオは、膝の上から逃れようとする彼女を抱く腕にいっそう力を込めた。

「女性全般に関する所見を述べただけさ」

「男性のほうが優れた生き物だと思っているんでしょう？」

「全然。男のほうが単純なのは事実だがね。女性はさまざまなものを求めるが、男が求めるものはただひとつ。いいからそのまま座ってて。ブルー・メイズを離れた理由は？」

「女校長に出ていくよう言われたから」

「嘘だろう？　どうして？　きっとなにか、とんでもないことをやらかしたんだな」

「いいえ、品行方正そのものだったわ」

「それは残念」

「それなのにある日の午後、マークス校長に呼ばれて――」

「マークス？」レオはおや、という顔になった。「校長の名前をいただいたのか？」

「ええ、尊敬していたから。彼女みたいになりたかったの。厳しい方だけど優しい一面もあったし、常に冷静さを失わなかった。とにかく、校長室に行き、先生の淹れてくださった紅茶を飲みながら、ずいぶん長いこと話をしたわ。仕事ぶりにはとても満足している、いずれ戻ってきて教職に復帰してもかまわないと言われた。ただし、いまはアバディーンを離れて世のなかをもっと見てくるべきだと。ブルー・メイズを離れるのは絶対にいやだと抗議したら、だからこそ、ここを出るべきだと諭された。先生は、ロンドンの就職斡旋所で働く友人から人の紹介を頼まれていたの。〝尋常ならざる生活を送る〟ご家族が、姉妹の家庭教師役とコンパニオン役を務められる人を探している。姉妹のひとりは最近、フィニッシング・スクールで放校処分に遭ったという話で……」

「ベアトリクスのことだな」

キャサリンはうなずいた。「先生は、あなたならハサウェイ家にぴったりだろうとおっしゃった。でも、ハサウェイ家の人たちが、わたしに合うかどうかはわからなかった。面接にうかがったとき、本当に変わった家族だと思ったわ……愛すべき変わり者だって。無事に雇ってもらい、一家のために三年近く働き、その間はとても幸せだったけど――」思わず言葉を失い、顔をゆがめた。

「もうよせって」レオは慌てて言い、彼女の頭を両手でつつみこんだ。「泣いたらだめだ」

彼の唇が、両の頬に触れる。目を閉じると涙はすぐに消えた。しばらくして目を開けると、レオはかすかな笑みをたたえていた。キャサリンの髪を撫で、うちひしがれた表情の彼女をじっと見つめる。その瞳には、かつて見たことがないほど深い思いやりが浮かんでいた。

すっかり自分をさらけだしてしまった事実に思い至り、キャサリンは急に怖くなった。ずっと隠しつづけてきた秘密をすべて彼に知られてしまった。彼女の両手は、籠に閉じこめられたことに気づいてもがく鳥の羽のように、レオの胸板をさまよった。

「ラムゼイ卿」キャサリンはやっとの思いでふたたび口を開いた。「なぜ追ってきたの？ わたしに、いったいなにを望んでいるの？」

「訊かなきゃわからないかい？」レオはなおも髪を撫でつつ、ささやいた。「キャット、きみにあることを提案したい」

でしょうね。キャサリンは苦々しさとともに思った。「愛人になれというのね？」

レオの声は彼女に負けず劣らず穏やかだったが、かすかな皮肉も潜んでいた。

「いや、その案はまずうまくいくまい。第一に、そんなまねをすれば、きみの兄上がわたしを殺そうと、あるいは手足をちょん切ろうとするはずだ。第二に、きみは愛人にするには気が強すぎる。むしろ妻向きだ」

「誰の？」キャサリンは眉根を寄せてたずねた。

細められた目をじっと見つめ、レオは答えた。

「もちろん、わたしの」

18

屈辱感と怒りに襲われ、キャサリンは激しく身をよじってレオの腕を振りほどいた。

「あなたにも、あなたの悪趣味で無神経な冗談にもうんざり」声を張り上げ、相手の膝から下りて立つ。「そこまで下衆な人だとは――」

「冗談なぞ言ってない！」レオも立ち上がり、手を伸ばしてくる。キャサリンは後ろに飛びすさったが彼につかまり、逃れようとして必死にもがいた。そうして取っ組みあううち、気づけばベッドに仰向けに倒れていた。

レオが覆いかぶさってくる――あっという間の出来事だった。分厚いスカートに彼の体が沈みこむのがわかった。重みに耐えかねて思わず脚を開くと、たくましい上半身に組み伏せられた。むだと知りつつもがきながら、キャサリンはわが身のあちこちが心地よくうずくのを感じた。もがけばもがくほど、快感が広がっていくばかりだった。しかたなく抵抗をあきらめ、両の手を意味もなく開いたり握ったりする。

レオは彼女をじっと見つめていた。瞳はいたずらっぽく躍っているものの、表情にはもっと別のものが浮かんでいる……それが強い決意であることに気づくなり、キャサリンは激しい不安に襲われた。

「考えてみてくれないか。結婚すれば、わたしもきみも問題を解決できる。きみはわたしという庇護主を得る。わが家の人間と別れる必要もない。それにわたしも、結婚しろと言われなくなる」

「わたしは庶子なのよ」あたかも英語を学ぶ外国人を相手にするかのように、キャサリンは〝庶子〟という言葉をはっきりと発音してみせた。「そしてあなたは子爵。私生児と結婚できるわけがないでしょう」

「クラレンス公の例がある。彼は女優とのあいだに一〇人の子をもうけた……なんという女優だったかな……」

「ミセス・ジョーダン」

「ああ、そうだった。子どもはみな庶子だが、貴族と結婚したのもいるぞ」

「でもあなたはクラレンス公じゃない」

「そうとも。血筋という意味では、わたしときみに差はない。爵位を得たのは単なる偶然」

「そういう問題じゃないの。わたしと結婚すれば、あなたはスキャンダルにまみれ、後ろ指をさされ、上流社会から締めだされる」

「まったく、わたしは妹をふたりもロマに嫁がせた男だ。上流社会への扉はとっくに閉ざされ、かんぬきを掛けられ、釘を打たれているんだよ」

キャサリンは明瞭にものを考えられなかった。激しい鼓動のせいで耳の奥ががんがんと鳴っていて、レオの言葉もろくに聞こえない。意志の力と欲望が拮抗して、どちらにも行けない。彼の唇が近づいてくるのに気づいたキャサリンは、顔をそむけて力なく言った。

「家族のためにラムゼイ・ハウスを守りたいなら、あなたはミス・ダーヴィンと結婚するしかないの」

レオは鼻で笑った。「そうなったらわたしは、ソロリサイドに走るしかない」

「いまなんて言ったの？」キャサリンはぎょっとしてたずねた。

「ソロリサイド。妻殺しという意味のラテン語だ」

「それをいうなら、アクソリサイドよ」

「嘘だ」

「嘘じゃないわ、ラテン語で妻は〝アクソ〟だもの」

「じゃあ、ソロリサイドの意味は？」

「妹殺し」

「ふん、ミス・ダーヴィンと結婚する羽目になれば、ソロリサイドにも走るさ」レオはにやりとした。「問題は、彼女が相手じゃこの手の会話が成り立たないという点にある」

たしかにそれはそうだろう。三年近くもハサウェイ家の人たちと暮らしてきたおかげで、キャサリンは彼らのきわどい冗談にすっかり慣れている。それに彼らの話はすぐに横道にそれる。テムズ川の汚染について話していたと思ったら、いつの間にか、サンドイッチを発明したのは本当にサンドイッチ伯爵かといった話題に移っている。キャサリンは苦笑をもらさずにはいられなかった。なるほど自分はハサウェイ家の人たちに、礼儀作法のなんたるかを多少なりとも伝授できたと思う。でも彼らから教わったことのほうが、ずっとたくさんある。

レオの顔が近づいてきた。首筋にゆっくりと唇を押しあてられて、キャサリンは思わず身をよじった。すでに相手はミス・ダーヴィンの話に興味を失っているらしい。

「降参したまえ、キャット。結婚しますと言うんだ」

「跡継ぎができなかったらどうするの？」

「たしかに、できるという保証はない」レオは顔を上げてにんまりした。「でも、挑戦するのは楽しいぞ」

「わたしのせいで、ラムゼイ・ハウスを奪われる可能性だってあるのよ」

たちまちレオはまじめな面持ちになった。

「その件については、誰もきみのせいになどしない。あれはただの家だ。それ以上でもそれ以下でもない。すべての建築物はいずれ無になる。だが家族は永遠だ」

ふと気づくと、ドレスの前身ごろが緩くなっていた。レオが話しながらボタンをはずしていたのだろう。やめさせようとしたが、彼はすでに身ごろを左右に開いて、コルセットとシュミーズをあらわにしていた。

「きみが負うべき責任はただひとつ」レオがかすれ声で言う。「わたしが望んだときにベッドをともにし、跡継ぎをこの世に送りだすため、ともに奮闘することだけだ」

キャサリンがあえいで顔をそむけると、彼は耳元にささやきかけた。

「喜びとはなにかを教えてあげる。きみを満たし、頭のてっぺんからつま先まで愛してあげる。きっと気に入るはずだよ」

「あなたみたいに傲慢で身勝手な人――やめて、そんなことしないで」

レオは濡れた舌でキャサリンの耳の穴をまさぐっていた。彼女の抗議を無視して、口づけ、舌を這わせ、張りつめた首筋へと唇を移動させる。

「やめて」キャサリンはあえいだ。するとレオは、とぎれがちに息をもらす彼女の唇を奪い、またもや舌で愛撫を始めた。口づけの心地よさと彼の匂いに、キャサリンはわれを忘れた。相手の首に両の腕をまわし、弱々しいうめき声とともに身をゆだねる。

彼女の口をさんざんいたぶり、まさぐり、存分に味わってから、レオは顔を上げて、うっとりとなった彼女の瞳をのぞきこんだ。「この計画の一番楽しいところを教えてあげようか？」かすれ声で問いかける。「きみを妻に迎える前に、まずはたっぷり誘惑しようと思っているんだよ」

ばかみたいにくすくす笑う自分にキャサリンは驚いた。「さぞかしお上手なんでしょうね」

「天賦の才能だ」レオが請けあう。「コツがあってね。どんな誘惑の仕方が一番気に入ってもらえるか、まずは見つけだす。見つけたら、それを小出しにする。そうしてきみが懇願するまで、いじめ抜くんだ」

「ちっとも楽しくなさそうだわ」

「そうかい？　でもきっときみは、もう一度してと言うはずだよ」

キャサリンはまたもや忍び笑いをもらした。

それからふたりは黙りこみ、頬を紅潮させて、身じろぎひとつせずに互いをじっと見つめた。

「怖いの」キャサリンは自分がそうささやくのを聞いた。

「わかってる」レオは優しくささやきかえした。「だけど、わたしを信じなくちゃいけない」

「なぜ？」

「きみなら、できるはずだから」

ふたりの視線がからみあう。キャサリンは手足が麻痺したようだった。不可能だわと思った。男の人に、いや相手が誰だろうと、わが身を捧げる行為を彼女は少女のころから嫌悪してきた。だからレオを拒むのも簡単なはずだった。

それなのに「ノー」の一言を口にしようとしても、なぜか声が出てこない。

レオがドレスを脱がせはじめ、両腕に抱えた布地を床に放る。キャサリンは抵抗しなかった。それどころか、震える手で自ら紐を緩め、腰を上げ、袖から腕を引き抜きさえした。彼は巧みな手つきでコルセットの留め具をはずしていった。女性の下着の扱いに、相当慣れているようだった。慌てている感じはまるでなかった。彼女の身を守る層を一枚一枚剝いでいくさまは、ゆったりと落ち着いていた。

そうしてついに、キャサリンを守るものは赤みを帯びた素肌だけとなった。抜けるように白い肌にはところどころ、コルセットやドレスの縫い目の跡がついている。レオの手がみぞおちのほうに下りていき、かすかに残る線の上を指先がそっとなぞる。その動きは、地図に描かれた未開の土地をたどる旅人のそれを思わせた。彼は優しげなうっとりとした表情を浮かべ、手のひらで彼女の腹部を撫で、その手をさらに下ろしていき……やわらかな毛に軽く触れた。

「すべて金髪なんだな」レオはささやいた。

「そのほうが……好みなの？」はにかみがちに問いかけたキャサリンは、彼の手が今度は胸のほうへと這うのに気づいて息をのんだ。

レオの声はほのかな笑いを帯びていた。「キャット、どこもかしこもきれいだよ。息もできないくらいだ」指先が小ぶりな胸を愛撫し、先端をもてあそぶ。薔薇色を帯びて硬くなったつぼみを、彼は身をかがめて口に含んだ。

そのとき、階下で物音がして、キャサリンは心臓が止まるかと思った。皿を落としたような音と、甲高い怒鳴り声が聞こえた。扉の向こうでは人びとが日常生活を送っているというのに、自分が裸でレオと横たわっているのがまるで信じられない。

レオは片手を彼女の背中にあてがうと、ズボンのなかで硬く隆起したものに腰を押しつけるようにした。えもいわれぬ喜びに震えながら、キャサリンはすすり泣きをもらした。彼とずっとこうしていたいと思った。レオは深々と口づけ、そのリズムに合わせて互いの腰と腰を押しあてた。隆起したものになまめかしく突かれるたび、キャサリンは新たな喜びにつつまれるのだった。打ち寄せる波が、彼女をさらに遠くへと連れていく……けれどもふいにレオの体が離れ、彼女はいらだった声をあげた。行き場を失った快感に、体中がうずいている。

立ち上がったレオは、剝ぎとるようにして服を脱いだ。適度に引き締まって筋肉に覆われた、たくましい裸身があらわになった。胸にはやわらかそうな黒い毛が生えていて、それが下腹部へとつづいている。一目見た瞬間、彼の準備がすっかり整っているのがわかった。キャサリンは不安と期待に胸のうちがきゅっとなるのを感じた。ベッドに戻ってきたレオが、彼女をぴったりと抱き寄せる。

ためらいがちに手を伸ばし、キャサリンは胸板から脇腹のなめらかな肌へと指を這わせた。肩に残るけがの跡を見つけたときには、そこに唇を押しあてた。すると彼がはっと息をのむのが聞こえた。それで大いに力を得ると今度は体の位置をずらし、胸毛に鼻と唇をすり寄せた。互いの肌が触れるたび、レオの筋肉が張りつめる。

ずっと昔に叔母から教わったことを思い出しながら、キャサリンはすっかり硬くなったものへと手を伸ばした。それは、かつて出合ったことのない感触がした。薄くなめらかな皮は驚くほど硬いものをつつんでおり、さわると簡単に動いた。身を起こし、おずおずと頭を下げて、隆起して激しく脈打つ部分に口づけてみる。それから顔を上げ、問いかける表情を浮かべて彼の反応をうかがった。

レオは息さえ止めていた。キャサリンの髪をまさぐる手は震えている。「本当に、きみはなんて素敵なんだ、愛しいキャット――」ふたたび口づけられると彼はうめき声をもらし、とぎれがちに笑った。「いや、もうよしてくれ。そいつはまた今度で」手を伸ばし、彼女を自分のほうに引き寄せる。

彼の愛撫は先ほどまでよりずっと執拗で情熱に満ちており、なぜかキャサリンは、かえってくつろいだ気持ちになることができた。いとも簡単に身を任せられる自分が、不思議でならなかった。あれほど激しくやりあってきた仲なのに。彼の手で脚を広げられると、大切な部分がまだ触れられてもいないのに濡れてくるのがわかった。指先が柔毛をまさぐり、そっと押し広げていく。彼女はたくましい腕に身をゆだね、背を弓なりにして、まぶたを閉じた。指が挿し入れられる感触に、深く息を吸いこむ。

レオは彼女の反応を味わっているようだ。頭を下げて胸に口づけ、つぼみを歯で軽くかみ、ゆっくりとした指の動きに合わせて乳房を舌で舐め、あるいはむさぼる。彼の刻む丹念なリズムに、キャサリンの全身が寄り添うかのようだ。ふたりはともに身を震わせ、脈を打ち、筋肉を張りつめさせ、思いをめぐらし、快感の波に揉まれるのをくりかえした。幾層にも重なった心地よさがやがて、えもいわれぬ歓喜へと変化する。キャサリンはすすり泣き、わき起こる喜びにおぼれた。体中が熱くなり、めくるめく快感のさざ波に洗われ……なすすべもなく全身を震わせた。

レオが荒い息をつきながら覆いかぶさってきて、うっとりとなった彼女の顔をのぞきこむ。キャサリンは手を上げ、彼を自分のほうに抱き寄せた。手足が自然と彼の体にからみつく。硬いものが挿し入れられると、熱をともなった鋭い痛みが走った。彼がさらに深くそれを沈ませる。その動きはゆったりとしているが激しく、容赦がなかった。彼女が受け入れられるかぎり奥深くまで挿し入れてしまうと、レオは腰を動かすのをやめ、なだめるような愛撫を始めた。唇が、彼女の頬から首筋へと這っていく。

その瞬間に覚えたレオへの愛おしさに、彼と結ばれた喜びに、キャサリンはわれながら驚いた。気づけば自分も相手をなだめるように、なめらかな背中を撫でていた。レオの名をささやきながら、手のひらを腰にあてて、つづけるよう促す。すると彼は慎重に腰を動かしはじめた。とたんに痛みが走ったが、体の奥深くを圧迫される感覚のなかに、心和むような甘やかさも感じられた。キャサリンは本能的に体を開き、彼をいっそう強く抱き寄せた。

レオの口からもれる小さなうめき声や言葉の切れ端、ざらついた息が愛しくてならない。痛みが徐々に和らいでいき、自然と腰が浮き上がる。彼女は膝を曲げて、さらに奥深くへとレオを招いた。彼が激しく身を震わせて、痛みに耐えるかのような荒々しいうめき声を喉の奥からあげる。

「キャット……キャット……」レオは唐突に自分のものを引き抜くと、彼女の下腹部にそれを押しあてた。素肌に、熱い液体がほとばしるのをキャサリンは感じた。レオは彼女をきつく抱きしめ、肩に顔をうずめてうめいた。

それからしばらく、息が整うまでふたりは抱きあったままでいた。手足が妙に重く感じられ、力が入らない。けれどもキャサリンは、乾いた海綿が水を吸うかのように満たされ、心安らかだった。少なくともいまこの瞬間だけは、なにも思い悩むことはない。

「まさに」彼女はけだるくつぶやいた。「天賦の才能だわ」

レオはひどく大義そうに身を起こすと、となりに倒れこんだ。彼女の肩に唇を押しつける。キャサリンは彼がほほえんでいるのを感じた。「素晴らしかった」レオがささやいた。「天使と交わっているようだった」

「光輪のない天使？」ささやきかえすと、レオはくっくっと笑った。キャサリンは腹に手を伸ばした。「どうして、あいうふうにしたの？」

「引き抜いたこと？　心の準備ができていないのに子どもができたら、きみが困るだろうと思って」

「あなたは欲しいの？　つまりその……家のことがなくても？」

レオはしばし考えてから答えた。

「一般論で言うなら、とくに欲しくはない。ただし相手がきみなら……欲しくなくもない」

「なぜわたしが相手だとちがうの？」

彼女の髪をひとつかみ手にとり、レオは指先で梳いてもてあそびはじめた。

「さあね。母親になったきみが想像できるからかな」

「嘘」当のキャサリンは、母となった自分など想像したためしもない。

「嘘じゃないさ。きみは、わが家で採れたカブを食べなさい、先のとがったものを持って走るのはやめなさいと、口うるさい母親になるにちがいない」

「お母様はそういう方だったの？」

レオが伸びをする。つま先が、キャサリンのつま先よりずっと向こうまで伸びた。「そのとおり。でもそれでよかったんだ。父は学者としては優秀だったが、奇人の一歩手前でね。母の分別がなかったら大変なことになっていたよ」彼は片肘をついて身を起こし、まじまじとキャサリンを見つめた。親指の腹で彼女の眉をなぞる。「動かないで。タオルを取ってこよう」

キャサリンは両膝をきちんと合わせ、ベッドを下りたレオが洗面台に向かうのを眺めた。彼はタオルを手にとり、水差しの水に浸すと、手早く自分の体を拭いた。別のタオルを取り、たっぷりと水に浸してからベッドに戻ってきた。どうやらそれで体を清めてくれるつもりらしい。キャサリンはタオルに手を伸ばし、はにかみがちに言った。

「自分でやるわ」

するとレオは脱ぎ捨てた服のほうに行き、下着とズボンを身に着けてから、上半身は裸のままでまた戻ってきた。「眼鏡を」とつぶやいて、慎重な手つきで彼女の鼻梁にのせる。汗ばんで冷たくなった頬に、温かく力強い手が触れた。キャサリンが思わず身を震わせると、レオは上掛けを彼女の肩まで引き上げ、ベッドの端に腰かけた。

「キャット」と呼びかける声は穏やかだ。「いまのこと……〝イエス〟という意味だと思っていいのか?」

ややためらってから、キャサリンは首を横に振った。用心深いが、どこか決意のこもった目でレオを見つめる。彼になにをされても言われても、気持ちは変わらないのだといわんばかりのまなざしだった。

レオは上掛けの上から彼女の腰を探りあて、自分のほうへと引き寄せた。

「次のときはもっとよくなるはずだよ。痛みがおさまれば――」

「そうじゃないの。わたしも満足してる」キャサリンは言葉を失い、顔を真っ赤にした。

「本当よ。でも、ひとたびベッドを出てしまえば、わたしたちはうまくいかない。口げんかばかりだもの」

「これからはちがうはずだ。もういじわるはしない。けんかになっても反論はしない。たとえ自分が正しくても」レオは口の端で笑った。「まだ納得してないな？　そんなに口げんかがいやか？」

上掛けに視線を落とし、キャサリンはほつれた縫い目をなぞった。「貴族社会では、夫婦が互いに愛人を持つのがあたりまえでしょう？　そういうのは、絶対にいやなの」早口に言い添えて、レオがなにか言おうとするのをさえぎる。「それにあなたは、結婚など一生しないと明言してきた。急に気が変わったと言われても……信じられないわ」

「たしかに」レオは彼女の手をきつく握りしめた。「きみの言うとおりわたしは、ローラを亡くしてからずっと、結婚などしないつもりでいた。ありとあらゆる手段を講じて、誰かとあのような関係を結ぶ危険を二度と冒すまいとしてきた。だがきみは、危険を冒すに値する人だ。わたしの望みを、きみならすべて満たしてくれる。わたしもきみの望みをすべて満たすことができる。一ミリでもそのことを疑っていたら、求婚などしやしない」彼はキャサリンの顎に手を添え、顔を自分のほうに向かせた。「貞節については――苦もなく守れると断言できるよ」ほほえみが苦笑に変わる。「過去に犯してきた罪のせいで、良心がひどく咎めてね——もう限界らしい」

するとレオは口元にうっすらと笑みを浮かべた。

「いずれわたしに飽きる日が来るはずよ」キャサリンは不安げに反論した。

「どうやらきみは、男女が睦みあう方法がこの世にいくつあるか知らないらしいね。飽きる日など来るものか。わたしも、きみも」彼女の紅潮した頬を指先でそっとなぞる。視線は揺るぎなかった。「別の女性のベッドを訪れたりすれば、それはふたりの人間に対する裏切り行為になる——わが妻と、自分自身へのね。そのようなまねをするつもりは断じてない」レオはいったん口を閉じた。「信じる気になった？」

「ええ」キャサリンは素直に認めた。「あなたはずっと、本当のことしか言わなかったもの。いまいましい人だけど、正直だった」

レオが瞳をきらめかせる。「じゃあ、返事を」

「心を決める前に、ハリーと話がしたいわ」

「いいとも」レオが口の端で笑う。「やつはわが妹をめとり、わたしはいま、やつの妹をめとろうとしている。もしも反対されたら、公正な取引を求めると言ってやろう」

レオが身をかがめ、茶色の髪が目にかかる。まさかレオ・ハサウェイに結婚を迫られる日が来ようとは、キャサリンは思いもしなかった。彼がたったいま口にしたことは、すべて本心だろう。でも人は、どんなに約束を守ろうと努力しても、ときにそれを破ってしまうものだ。

キャサリンの表情に気づいたレオは手を伸ばし、硬い胸板に彼女を抱き寄せた。

「なにも恐れなくていい……と言いたいところだが、気持ちはわかる。それでもきみは、すでにわたしを信頼しはじめている。いまはその判断を大切にしてくれ」

19

宿の食堂がしばらくいっぱいなことを知ると、レオは部屋に食事のトレーを持ってくるよう、ついでに熱い風呂を用意するよう、主人に頼んだ。

待っているあいだに、キャサリンはいつの間にか寝入ってしまったらしい。彼女は扉が開く音に目を覚ました。つづけて、椅子を移動させ、食器類を並べ、錫製の大きな浴槽が運びこまれる音が聞こえてきた。寝返りを打ち、薄くまぶたを開ける。

気づけば、温かなふわふわしたものがとなりに横たわっていた。上掛けの下に忍びこんだドジャーが肩のあたりでまどろんでいるのだった。顔を見れば、つぶらな瞳が光っている。ドジャーは小さなあくびをするなり、ふたたび夢のなかへと戻っていった。

レオの脱ぎ捨てたシャツを羽織っただけなのをふと思い出し、キャサリンは上掛けの下にいっそう深く潜りこんだ。端から顔を出して様子をうかがう。メイドがふたり、風呂を用意しているのが見えた。ひょっとして、自分たちが先ほどここでなにをしたか、気づかれていやしないだろうか。ふたりの表情に探るような表情や非難の色、冷笑が浮かんでいないかうかがってみたものの、忙しくてそれどころではないらしい。メイドたちは手際よく、湯気のたつ湯を手桶から浴槽へと移し、いったん下がったかと思うと、またすぐに手桶を持って戻ってきた。メイドのひとりが、たたんだタオルをのせた三本脚の小椅子を風呂のそばに置く。

ふたりはそれきり、なにごともなく部屋をあとにするはずだった。ところが食べ物の匂いに誘われたドジャーが、上掛けの下から出てきてしまった。フェレットは後ろ足だけでベッドの上に立ち、夕食のトレーが置かれた小さなテーブルのほうをじっと見ている。ひげがぴくぴくとうごめいた。その表情は、〝やったあ、ちょうどおなかが空いてたんだ！〟とでも言いたげだ。

メイドの一方はドジャーを認めるなり、恐怖に顔をゆがめた。「きゃーっ！」金切り声をあげて、肉づきのいい手を震わせつつ、フェレットを指さす。「ネ、ネズミが――」

「いや、そいつはフェレットと言ってね」レオがごく穏やかな声でメイドに語りかけた。「人にいっさい害を与えない、利口な生き物なんだ。じつは王族のあいだでも、ペットとしてかわいがられているんだよ。あのエリザベス女王も一匹飼っている――だから怖がる必要など――」

だがメイドはすでに火かき棒をつかみ、攻撃に備えて高々と掲げている。

「ドジャー」キャサリンは鋭く呼んだ。「こっちに来なさい」

するとフェレットは、すべるような身のこなしで彼女に駆け寄った。手で押しのけられる前に、彼女の頬に鼻づらを押しあてるキスさえした。

そのさまに、メイドのひとりがぎょっとした表情を浮かべ、もうひとりが青ざめる。

レオは懸命に笑いをこらえている面持ちで、メイドに半クラウンずつやると、追いだすようにして部屋から下がらせた。扉が閉じられ、鍵がかけられる。すぐさまキャサリンは、胸にのっているドジャーをつまみあげ、きっとにらみつけた。

「おまえときたら、どうしてそう悪さばかりするの。ちっともお利口さんじゃないわ」

「おいで、ドジャー」レオが牛肉とサトウニンジンをティーカップの受け皿に分けてやると、フェレットはそちらに走っていった。

ドジャーにごちそうを堪能させておき、レオはキャサリンに歩み寄った。両の手で彼女の頬をそっとつつみこみ、腰をかがめて、温かな唇を軽く重ねる。

「夕食と風呂、どっちを先にする？」

すると恥ずかしいことに、キャサリンの胃がきゅるるるると鳴った。

レオがにやりと笑う。「夕食らしいな」

メニューは牛もも肉にマッシュしたサトウニンジン、濃厚な赤ワインだった。キャサリンはほとんどむさぼるように料理を平らげ、パンの端っこで皿をぬぐいさえした。

レオは終始ごきげんで、笑える話を披露し、内緒話を聞かせては、彼女のグラスにワインをつぎ足した。食事のあいだ、テーブルには蠟燭が一本だけ立てられており、その光の下で見る彼の顔はとてつもなくハンサムだった。濃いまつげは、きらめく青い瞳に影を落としていた。

話しながらキャサリンはふと気づいた。レオとふたりきりで食事をするのは、これが初めてだったのだと。かつての彼女なら、このような場面を想像するだけで恐怖しただろう。彼とふたりきりの食事など、一秒たりとも気を抜けない。だが現実には、ふたりはいっさい衝突することなく、気安く語りあっていた。まったく驚くべきことだった。この場にハサウェイ姉妹の誰かがいたら、いまの驚きを分かちあえるのに。〝あなたのお兄様と、けんかもせずにふたりきりで食事をしたのよ！〟

おもてでは、雨が降りだしていた。空の闇が徐々に濃さを増し、小雨はやがて本降りとなり、人びとや馬がたてる物音さえもはや聞こえない。レオが貸してくれた分厚いローブを着ていても、キャサリンは寒さに震え、鳥肌がたった。

「そろそろ風呂に入ったほうがよさそうだな」レオが言い、彼女の背後にまわって椅子を引いた。

入浴中も部屋にとどまるつもりなのだろうか。キャサリンは判断しかね、思いきって口を開いた。

「できれば、ひとりにしてもらえるかしら」

「意外な頼みだな。手伝いがいたほうがいいんじゃないのか」

「ひとりで大丈夫よ。人目があると落ち着かないし」

「下心はないから安心したまえ。無垢の川で水を浴びる、レンブラントの『水浴する女』を愛でるのと同じようなものさ」

「純粋な気持ちということ？」キャサリンは疑わしげにたずねた。

「そう、わたしは純な男でね。面倒を起こすのは、体のある一部分だけだ」

キャサリンは思わず笑い声をあげた。

「ずっと向こうを向いているなら、部屋にいてもいいわ」

「了解」レオが窓辺に移動する。

彼女は期待に満ちた目で浴槽を見つめた。これほどまでに風呂が恋しいと思ったのは初めてだ。髪を頭頂部にまとめた彼女は、ローブとシャツを脱ぎ、眼鏡をとってベッドに置き、そろそろとレオのほうをうかがった。廐舎を一心に眺めているらしい。窓をほんの少し開けたようで、おもての空気が雨の匂いを室内に運んでくる。

「見ないでね」キャサリンは不安げな声で釘をさした。

「見ないよ。そろそろきみも、理性などすっかり捨てたらどうだ。誘惑に負けそうになると理性に邪魔されるようだが」

傷だらけの浴槽に、彼女は慎重に身を沈めた。「今日はだいぶ捨てたほうだと思うけど」とつぶやき、ほっとため息をつく。大切な部分の痛みを、温かな湯が和らげてくれる。

「捨てる手助けができて光栄だ」

「どこが手助けなの。人をさんざん誘惑したくせに」そう言いかえすと、レオがくっくっと笑うのが聞こえた。

入浴しているあいだ、彼は近づいてこようとせず、ずっと雨を眺めていた。体を洗い終えるころには、キャサリンは疲れきってしまって、ひとりで浴槽を出る自信さえなくしていた。

震える脚でなんとか立ち上がり、力の入らない手を伸ばして、かたわらに置かれた小椅子からタオルを取る。

そうして湯からあがると、すぐにレオがやってきてタオルを広げ、体をつつみこんでくれた。まるで繭のように、しばし彼女をそのまま抱きしめる。「今夜は一緒に眠ろう」彼女の髪に顔をうずめ、問いかけるようにささやいた。

キャサリンはまごついて顔を上げた。「いやだと言ったら？　もう一部屋とる？」

レオは首を横に振った。

「別の部屋では、きみのことが心配で眠れやしない。だったらいっそこの床に横になるよ」

「わかったわ、一緒に眠りましょう」キャサリンは彼の胸に頬を寄せ、抱きしめてくれる腕にすっかり身をあずけた。なぜこんなに心安らぐのだろうと、不思議でならなかった。レオといると、穏やかな気持ちで安心していられる。「どうして前はこんなふうにできなかったのかしら」彼女はささやいた。「いまみたいにあなたが接してくれてたら、きっと口論になんてならなかったのに」

「優しく接しようとしたことはあった。一度か二度ね。でもうまくいかなかった」

「そうだったの？　ちっとも気づかなかったわ」入浴後すでにピンクに染まっていた肌が、ますます赤くなる。「きっとあなたを疑っていたからね。信用できない人だと思っていた。それに……あなたが怖くてたまらなかった」

告白を聞いて、レオの腕に力が込められる。彼は難しい顔をしてキャサリンを見つめた。

自分の胸の奥を探り、なにか新しい事実に出くわしつつあるかのような面持ちだ。青い瞳は、見たこともないほど深いぬくもりに満ちていた。

「約束してくれないか。これからは、お互いの悪い面を探そうとするのではなく、いい面だけを見ようとすると。いいね？」

キャサリンはうなずいた。レオのたいそう優しい物言いに、呆然としていた。提案自体はごく単純なものだった。けれどもなぜか、それはふたりのあいだに、かつてないほどの大きな変化をもたらしたようだ。

やがてレオは、慎重に身を離した。キャサリンは彼が苦労しいしい風呂に入るさまを眺めた。彼ほどの体格の男性には、浴槽はいかにも小さすぎる。横になってまどろみながら、そうやっていつまでもレオを見つめていた。湯でぬくもった体を、清潔な乾いたシーツのなかで丸める。待ち受けるいくつもの難題をいまは忘れ、キャサリンは深い眠りへと落ちていった。


夢のなかで、キャサリンは一五歳を迎えたあの日に戻っていた。両親のもとを離れ、祖母とアルシア叔母と暮らすようになってすでに五年。母はその間に亡くなっていた。いつ亡くなったのかは知らない。聞かされたときには、母はもうこの世にいなかった。見舞いに行きたいと叔母に頼んだ際に、とっくに死んだと告げられたのだった。

母の病が重く、治る見込みはないのだとわかっていても、やはりショックだった。キャサリンはたちまち泣きだした。すると叔母は、いらだたしげに姪を叱りつけた。

「泣いてもなんにもならないんだよ。もったほうじゃないの。夏の盛りからずっと伏せっていたんだから」

その言葉にキャサリンは、おのれの愚鈍さを知った。芝居通を自負しながら、おかしなタイミングで舞台に拍手を贈る人のようだと思った。母の死を心から嘆き悲しむことはできなかった。嘆き悲しむべき適切なタイミングを、彼女は失ったのだ。

祖母たちとの住まいはメリルボーンのこぢんまりとした家だった。くたびれてはいるが、それなりに頑丈そうな建物で、歯医者（歯の模型が玄関に看板としてぶら下がっていた）と会員制の私立図書館に挟まれていた。図書館は祖母の持ち物で、祖母は毎日、そこに出向いて仕事をしていた。

図書館はキャサリンにとって、この世で最も興味をかきたてられる場所だった。人びとが足しげく通ってくる、膨大な量の秘密の本が集められた場所。彼女は家の窓から図書館を眺めては、いつか、古書が並ぶ部屋べやをゆっくりと見てまわることができたならと夢想した。静まりかえった部屋はきっと、羊皮紙や革や本を覆う埃の匂いに、文学という名の香水につつまれているだろう。一度だけ叔母に、いつかあそこでわたしも働いてみたいわと言ったことがある。すると叔母は妙な笑みを浮かべて、いずれそういう日が来るよと約束してくれた。

建物の入口には、たしかに〈紳士のための図書館〉と看板がかかっていた。だがキャサリンは徐々に、なにかが変だと思うようになった。なにしろ誰ひとりとして、本を手に出てくる人がいないのだ。

彼女がその疑問を口にするたび、叔母と祖母は不機嫌になった。パパはいつ迎えに来てくれるのとたずねたときと、まったく同じ反応だった。

そうして一五歳の誕生日を迎えた日、キャサリンは新しいドレスを二着もらった。一着は青で、もう一着は白。スカートの裾は床につくほど長く、それまでのような子どもっぽいハイウエストではなく、ちょうど腰のくびれにウエストがくるデザインだった。これからは、と叔母が言った。髪をちゃんと結って、女らしくするんだよ。おまえももう子どもじゃないんだから、と。キャサリンは誇らしい気持ちと不安を同時に覚えた。女らしくとは、どういう意味だろう。

やがて叔母は説明を始めた。面長な顔にいつになく険しい表情を浮かべ、姪と視線を合わせようともしない。となりのあの建物はね、本当は図書館じゃないんだよ。じつを言うと娼館で、あたしは一二歳のときからあそこで働いてる。たいして難しい仕事じゃないから安心おし。男の人の言うとおりにして、頭のなかでは別のことを考えていれば大丈夫。そうして、終わったらお金をもらうの。男の人にどんなことを望まれようと、どんなふうに体を使われようと、抵抗さえしなければそうそう不快な思いはせずにすむからね。

「そんな仕事いやよ」キャサリンは、叔母がそのような助言をくれる理由に気づいて真っ青になった。

すると叔母は、細い弓なりの眉をつりあげた。

「ほかにどんな仕事ができるっていうんだい？」

「それ以外の仕事ならなんでもいいわ」

「ばかな子だね。おまえを育ててやるのに、いったいいくらかかったと思うの？　おまえを預かるために、こっちがどれだけ犠牲を強いられたかわかってるの？　どうせわかっちゃいないんだろ――あたりまえだと思ってるんだ。でも、これからちゃんと借りを返してもらうよ。おまえは、叔母さんと同じ道を歩むの。それとも、叔母さんより自分のほうが偉いとでも思ってる？」

「そんなこと思ってない」キャサリンは屈辱の涙を流した。「でも、わたしは娼婦じゃない」

「人の人生なんて生まれたときから決まってるの」という叔母の声は穏やかで、優しささえ感じられた。「特権階級に生まれる人間もいれば、芸術の才能がある人や、生まれつき頭のいい人もいる。でもね、おまえはなににおいても普通……とくに利口なわけでも、機転がきくわけでも、特別な才能があるわけでもない。だけど容貌には恵まれた。美貌は娼婦の才能だよ。つまりそれが、おまえの人生」

キャサリンはしりごみした。落ち着いて返事をしようと思ったが、震え声しか出てこなかった。

「ごく普通だからって、娼婦の素質があるわけじゃないはずよ」

「自分を騙くらかそうとしてもむだだよ。母方も父方も不実な女ぞろいの家に生まれたんだから。おまえの母親はひとりの男を生涯愛することができなかった。男たちはおまえの母親に夢中になったたし、彼女も求められるといやと言えなかった。父方では……そもそもおまえのひいばあさんが娼館を営んでいたんだよ。ひいばあさんが娘にその仕事を継がせ、やがてあたしの番になり、今度はおまえの番というわけ。うちの店ではたくさんの女の子が働いているけど、おまえは一等恵まれているんだよ。安い客をとる必要はないんだからね。おまえは、うちの一番の売れっこになるの。客と契約期間を決めて、その間はほかの客の相手をしなくていいの。そのほうが長くこの仕事をつづけられるしね」

キャサリンは力のかぎり抵抗した。けれどもほどなくして、自分がガイ・ラティマー卿に売られることになったのを知った。世の男性はみなそうだが、ラティマーも彼女にとっては得体の知れない存在でしかなかった。アルコール臭い息を吐く、あばた面の、やたらと人にさわりたがる男だった。キャサリンにキスをしようとしたとき、ラティマーはまるで死んだライチョウの羽をむしる猟場管理人のように、彼女のドレスの胸元をびりびりと引き裂いた。キャサリンが必死にもがいて逃れようとすると、そのさまをおもしろがり、耳元に不快な言葉をささやきかけた。彼女はラティマーを嫌悪し、この世のすべての男性を憎んだ。

「おまえを傷つけたりしやしないよ……抵抗するのをやめればね……」ラティマーはそう言って彼女の両手をぎゅっとつかみ、自分の股間に押しあてた。「きっとこれが気に入るはずだ。おまえの小さなあそこは、ちゃんとわかってる。わたしが教えてあげよう……」

「やめて、さわらないで。放して――」

気づけばキャサリンは目を覚ましてすすり泣いており、硬い胸板から逃れようと腕を突っ張っていた。

「向こうに行って――」

「キャット。わたしだよ。しーっ、大丈夫だから」

温かな手がキャサリンの背中を撫でる。彼女は身じろぎをやめ、濡れた頬をやわらかな胸毛に押しあてた。静かな、心が安らぐ声だった。

「ラムゼイ卿？」

「ああ。悪い夢を見ただけだ。もう大丈夫。抱いていてあげるから」

キャサリンはひどい頭痛に襲われていた。体が震え、吐き気もして、屈辱感のあまり心の奥が冷え冷えとしている。レオは彼女を胸に抱きしめてくれた。そうして彼女が身を震わせるたび、何度も何度も髪を撫でてくれた。

「いったいどんな夢を見た？」

キャサリンは震え声をもらし、首を横に振った。

「ラティマーが出てきたんだろう？」

長いことためらってから、咳払いをして答えた。「彼と、ほかにも何人か」

縮こまったキャサリンの背中を円を描くようにさすりつつ、レオは彼女の濡れた頬に唇を寄せた。

「やつが追ってくる夢？」

彼女はまた首を振った。「もっと恐ろしい夢」

レオがひどく優しい声でたずねる。「話してくれないか?」

彼から身を引き離し、キャサリンは背を向けると体を丸くした。

「なんでもないの。起こしてしまってごめんなさい」

レオは背後から彼女をしっかりと抱き寄せた。背中に触れる胸のぬくもりと、脚にからめられた毛むくじゃらの長い脚、抱きしめるたくましい腕の感触。キャサリンは心地よさに身を震わせた。彼の肌と香りと脈に全身をつつまれながら、うなじに吐息を感じていた。男という生き物には、本当に驚かされてばかりだ。

こうした行為に喜びを感じてはいけない。でもきっと、叔母の言ったとおりなのだろう。自分は生まれながらの娼婦で、男性にかわいがられることを常に求め……しょせん、あの母の娘なのだ。そうした一面をずっと抑えつけ、目を向けまいとしてきた。けれどもついに、あたかも鏡のように、それを目の前につきつけられてしまった。「彼女みたいになりたくない」キャサリンは無意識につぶやいた。

「誰みたいに?」

「母よ」

レオは片手を彼女の腰のあたりに置いた。「兄上に話を聞いたかぎりでは、きみは母上と正反対の女性らしい」いったん口を閉じる。「なのになにを恐れてる?」

黙りこんだキャサリンは、喉を震わせ、あふれそうになる涙をこらえた。レオの優しさの前に、すべてをさらけだしてしまいそうだ。こんなことなら、皮肉屋のレオのほうがずっといいのに。いまの彼が相手では、自分を守るすべが見つからない。

彼が耳の後ろのくぼみにキスをしてくる。「愛しいキャット」彼はささやいた。「男女の営みを楽しんだ自分に、罪悪感を覚えているわけじゃないね？」

図星を指されて、キャサリンはますます狼狽した。「多少は、覚えているかも」声を振りしぼるようにして言う。

「まったく、わたしはいま、清教徒とともに寝ているわけか」レオはキャサリンのこわばった手足を伸ばし、彼女の抵抗も無視して、がっしりと組み敷いた。「女性が楽しんで、なぜいけない？」

「ほかの女性にとっては、いけなくないと思う」

「自分だけか？」と問いただす声にはかすかな嘲笑が交じっている。「なぜ？」

「だってわたしは、娼婦の一族の四代目だもの。叔母にも、おまえには素質があると言われたわ」

「誰にだって素質はあるさ。だから人口が増えるんだ」

「そういう意味じゃないの。娼婦になる素質よ」

レオはふんと鼻を鳴らした。「わが身を売り物にする素質なんてものはこの世にない。娼婦は社会が、ほかに生きる糧を見いだせない女性に強いる仕事だ。きみほど……その仕事に向いていない女性はいないよ」キャサリンのもつれた髪をもてあそぶ。「きみの考え方はさっぱりわからん。男に触れられて喜びを感じるのは、罪でもなんでもないし、娼婦という仕事ともいっさい関係がない。叔母さんはきみを操ろうとしてそんなふうに言ったんだよ――そのほうが話が簡単だから」レオは彼女の首筋に唇を寄せ、張りつめた素肌にキスをした。「人に罪悪感を植えつけることこそ罪だ。とりわけ、見当ちがいな罪悪感を植えつけるのはね」

キャサリンは洟をすすった。「でもこれは、道徳観の問題なの」

「ははあ……やっぱりきみはわかってないな。道徳観と罪悪感と快楽をごちゃまぜにしている」レオの手が胸のほうに下りていき、乳房を優しくつつみこむ。とたんにキャサリンは、下腹部にうずきを感じた。「快楽を拒んだからって道徳的とは言えないし、そもそも快楽を求めるのは悪いことじゃない」肌に寄せられたレオの唇がほほえみを形作るのがわかる。「きみはこれから、野蛮で情熱に満ちた長い夜を数晩、わたしとともに過ごす。そうすれば罪悪感はきれいさっぱり消えてなくなる。この作戦がうまくいかなかったとしても、わたしのほうは楽しい夜を過ごせるわけだから安心したまえ」彼の手がさらに下のほうへと下りていき、柔毛の先を親指がかすめる。キャサリンは思わず下腹部に力を込めた。指がますます奥へと忍びこんでいく。

「なにをしているの？」彼女は問いただした。

「きみの悩みを解消する手伝いだ。ああ、礼はけっこう。面倒でもなんでもないからね」レオはほほえみを形作ったままの唇を彼女の肌に這わせ、暗闇のなかで体をすり寄せた。「きみは、ここをなんと呼んでる？」

「ここって？」

「ここだよ……この甘美なる場所」

そっと愛撫をくわえられて、キャサリンはびくんとした。言葉を発するのさえやっとだ。

「呼び名なんてないわ」

「では、話題にしなくちゃいけないときはどうする？」

「話題になんてしません！」

レオはくすくすと笑った。

「わたしの場合、いくつかの呼び名を使ってる。当然ながら、一番素敵なのはフランス語だ。ル・シャというんだけどね」

「猫？」キャサリンは当惑してたずねた。

「そう、ル・シャは猫と女性の大切な部分を同時に指す言葉だ。英語なら、プスとかプッシーとか。このやわらかい毛にちなむのかな……ああ、恥ずかしがらなくていい。もっとして、と言ってごらん」

彼の誘惑に、キャサリンは息すらできなくなった。「やめて」と弱々しく抗議する。

「言ってごらん」レオは促し、指を引き抜いて膝の裏のくぼみへと這わせた。

キャサリンは息をのんだ。

「さあ」説きつけるようにレオがささやきかける。

「もっと」

レオは彼女の太ももに口づけた。唇はやわらかく熱く、ひげが素肌をくすぐる。

「もっと、なに？」

いじわる……キャサリンは身もだえし、真っ暗闇につつまれているというのに両手で顔を覆った。指のあいだからもれる自分の声が、くぐもって聞こえる。

「もっとして」

彼の愛撫はとても軽やかで、最初は触れられているのがわからないほどだった。指先がそこをじらすようになぞる。

「こんなふうに？」

「ええ、そう、そうよ……」キャサリンは腰を上げ、彼の指をさらに深いところへといざなった。花びらが左右に開かれ、そっと撫でられ、その奥のやわらかな部分に指先が触れる。巧みな愛撫に、キャサリンはこらえきれずに身を震わせた。

「ほかにはどうしてほしい？」ささやいたレオが、闇のなかで下のほうへと移動する。大切な部分に息がかかるのがわかった。熱い吐息がとぎれとぎれに、湿ったところを撫でる。彼女は無意識に腰を突き上げた。

「来て」

レオが残念そうにささやく。「だめ、まだ痛むだろう？」

「お願い」キャサリンはすすり泣いた。

「では代わりにキスをしてあげようか？　ここに」レオはつぶやきながら、指で円を描くようにそこを愛撫した。

闇のなかで、キャサリンは目を見開いた。驚きと強烈な高ぶりにつつまれつつ、乾いた唇を舌で舐める。「いいえ。ううん、わからない」またもや熱い吐息をかけられ、彼女は身をよじった。指先がそっと、そこを開く。「して」

「なにを?」

「なにって……いやよ、言えない」

いじわるな指が離れていく。「じゃあ、もう寝ようか?」

キャサリンはレオの頭を両手で押さえつけた。「いや」

だが彼は容赦なかった。「だったら、ちゃんと言って」

そんなことできない。恥ずかしさのあまり言葉が喉に引っかかって、キャサリンはただあえぐばかりだ。

レオはといえば、腹立たしいことに、彼女の太ももに頰を寄せてくすくすと笑っている。

「楽しそうでいいわね」キャサリンはむっとして言った。

「ああ、楽しいよ」彼は笑いを帯びたかすれ声で素直に認めた。「ミス・マークス、これはまだまだ序の口だ」

「面倒ならやめたら」ぴしゃりと言い、身を引き離そうとする。だがいとも簡単に両脚を押さえつけられてしまった。

「強情を張ってもなんにもならないよ。さあ、言って。わたしのために」

長い沈黙が流れた。キャサリンは深呼吸をし、思いきって口を開いた。「キスして」

「どこに？」

「そこに」震える声を振りしぼる。「プッシーに。お願い」

レオは満足げに喉を鳴らした。「きみは悪い子だ」身をかがめ、湿った柔毛に鼻をすり寄せる。濡れた唇が一番感じやすい部分に触れたとたん、キャサリンは炎につつまれる感覚に陥った。

「これでいい？」とたずねる声。

「もっと、もっとして」キャサリンは懇願した。

彼の舌が流れるように、甘やかにそこをなぞる。花びらを引っ張られ、舐められるたび、キャサリンは身をこわばらせた。たとえようのない喜びが体中に広がっていく。舌が挿し入れられるたびにいっそう大きな歓喜がわいてきて、心地よさに全身を洗われる。レオは両手で彼女の臀部をつかむと、自分の口に押しつけるようにした。キャサリンは身震いし、歓喜の叫び声をあげた。えもいわれぬぬくもりに、神経という神経が躍りだす。それでも彼の唇は、そこから離れがたいのか、いつまでも優しくとどまりつづけた。焼けつくようなひととき、ふたたび舌が忍び入り、彼女の体をいっそう震わせた。

やがて、わずかに開いた窓から風が雨の匂いをのせて入ってきて、キャサリンの素肌を撫で、熱をさましていった。次はレオを満たしてあげる番……彼女は思い、疲れと当惑につつまれつつも身を起こした。ところが彼に抱きすくめられ、上掛けですっぽりと覆われてしまった。すっかり満たされ、四肢を動かす気力もないキャサリンは、目を開けているのさえやっとだ。

「おやすみ」とレオがささやきかける声がした。「もしもまた悪い夢を見たら……口づけで追いはらってあげるから」

20

雨の夜が、湿った緑の朝の前に屈服する。馬のいななきと脚を踏み鳴らす音、廏舎のざわめきに、レオは目を覚ました。客室から人びとが出てきて階下の食堂に向かう足音が、扉の向こうからかすかに聞こえてくる。

女性とのロマンチックなひとときでレオが最も好きなのは、愛の営みを交わす直前の期待に満ちた一瞬だ。そして最も嫌いなのが、営みをすませて迎える朝。目覚めるとまず彼は、どうすれば相手を怒らせずにそこからとっとと逃げだせるだろうと考えをめぐらせる。

だが今朝はこれまでの朝とまるでちがった。目を開ければ、キャサリン・マークスとベッドに横たわる自分がいた。ここでずっとこうしていたいと、つくづく思った。キャサリンはまだ深い眠りのなかにいる。横向きに寝そべり、片方の手のひらを上にしている。指先は蘭の花びらのように丸まっている。朝の陽射しの下、くつろいで横たわり、頬を染めている彼女は美しかった。

レオはうっとりした目で、その全身をくまなく観察した。ここまで深く、ひとりの女性に心を許したのは生まれて初めてだった。だがキャサリンなら、秘密をもらされる心配はない。

彼女の秘密も、レオは死ぬまで守りつづける。自分たちは似合いの男女だ。これからはなにがあろうと、あの口論の日々が戻ってくることはないだろう。ふたりはお互いを知りつくしているのだから。

残念なのは、婚約がまだすんでいないことだ。レオにはわかる。キャサリンはまだ、ふたりの結びつきに彼ほどの強い確信を持てずにいるのだ。それにハリー・ラトレッジも、きっとなにかしら意見してくるだろう。レオとハリーはこれまで、ろくに意見の一致を見たためしがない。ひょっとするとハリーは今回、欧州大陸を旅するというキャサリンの案を強く支持するかもしれない。

レオは眉根をぎゅっと寄せて考えた。なぜキャサリンは、誰からも守られずに生きる人生に耐えてこられたのだろう。彼女ほど愛されるにふさわしい女性が、どうしてわずかばかりの愛情だけで納得していられたのだろう。キャサリンが手に入れられずにいたすべてのものを、レオはこれから与えてやるつもりだ。彼女が奪われてきたものもすべて。問題は、そうした関係を彼女にいかにして納得させるかだ。

キャサリンは薄く口を開け、穏やかな表情で眠っている。ピンクの肩の先をわずかにのぞかせ、美しい金髪をふんわりと広げ、純白のシーツの下で丸くなっている。まるで、ホイップクリームに浮かぶキャンディみたいだ。

そこへ邪魔が入った。ベッドの足元からドジャーが姿を現し、よじのぼってキャサリンに寄り添う。キャサリンは寝返りを打ってあくびをすると、手探りでフェレットを撫でた。ドジャーは彼女の腰のあたりで丸くなり、すぐに目を閉じた。

ゆっくりと目を覚ましたキャサリンが、全身を震わせて大きく伸びをした。まつげが上がる。当惑の面持ちでレオを見つめる。なぜこんなところにふたりでいるのか、いぶかしんでいるのだろう。だがその愛らしくも無垢なまなざしに、不安の色はなかった。灰色がかった青い瞳で彼をじっと見つめるうち、すべて思い出したらしい。キャサリンは冷たい手をおずおずと伸ばしてレオの頬に触れ、夜のあいだに伸びたひげをたしかめるかのように撫でてから、かすれ声で不思議そうにつぶやいた。

「ベアトリクスのハリネズミみたい」

レオはその手のひらに口づけた。

するとキャサリンは、ためらいがちに彼に身を寄せた。「今日、ロンドンに向かうの？」とたずねたとき、吐息が胸毛をなぞった。

「ああ」

彼女がしばし黙りこむ。「まだ、わたしと結婚したいと思っている？」といきなりたずねる。

レオは彼女の手を握って答えた。「なにがなんでも」

表情を見られまいとしてなのか、キャサリンは顔をそむけた。

「でも……わたしはローラさんとはちがうのよ」

軽い驚きを覚えつつ、レオは「そうだな」と正直に応じた。ローラは穏やかな小さな村の、愛にあふれた家庭に育った。キャサリンの少女時代を形作った恐怖や痛みなどとは、まったく無縁な人生を送った。「きみはたしかにローラとちがう。だがわたしも、若いころのわたしとはちがう」レオは言葉を継いだ。「ローラに似ているかどうかなんて、どうでもいい」

「でもあなたは、ローラさんのような女性と一緒になったほうが幸せになれるわ。あなたは――」キャサリンはふいに言葉を切った。

片肘をついて身を起こし、レオは灰色がかった青い瞳をのぞきこんだ。「愛する女性と結婚するべき?」彼女のあとを継ぐ。キャサリンは眉根を寄せて唇をかんだ。新鮮なプラムを思わせる非の打ちどころのないその小さな唇を、レオはそっとかじり、吸いたくてたまらなくなった。「以前も言っただろう。わたしは気も狂わんばかりに人を愛してしまうんだ。相手のすべてを求め、嫉妬に震え、所有欲丸出しで……限度を知らない男なんだよ」

指の背でキャサリンの顎を、首筋をなぞる。彼の指の下でキャサリンの脈がすばやく打ち、息をのんだときに喉が小さく上下するのがわかった。女性の高ぶりを、一瞬たりとも見逃さないレオだ。彼はすかさず手のひらで彼女の体をなぞりはじめた。硬くなったつぼみをかすめ、腰の丸みを撫でた。

「キャット、もしもきみを手に入れたら、朝も昼も夜もきみを愛しつづけるよ。平穏なひとときなど、たとえ一秒でもやらない」

「だったらわたしが限度を決めるわ。あなたには、それに従ってもらう」唐突にシーツをめくられ、キャサリンは鋭く息を吸った。「あなたに足りないのは手綱を握ってくれる手だけよ」

　せっかくの安眠を妨害されたドジャーが、腹立たしげにベッドを下り、キャサリンの旅行鞄にぴょんと飛びこんだ。

　レオは温かな乳房に鼻をすり寄せ、先端を舌先で舐めた。「きみの言うとおりかもしれない」とつぶやき、彼女の手をとって、硬くなったところへと導く。

「そ、そういう意味で言ったんじゃ……」

「わかっているよ。でもわたしは、なんでも文字どおりに解釈するのが好きでね」どんなふうにそれを握り、撫でてほしいか、どんなふうに触れてもらうのが好きか、レオは自らキャサリンに手ほどきした。温かなベッドに並んで横たわり、ふたりはともに荒い息を吐いている。彼女の白くやわらかな指が、彼のものをまさぐる。この瞬間を、取り澄まし、淑女ぶったキャサリン・マークスが一糸まとわぬ姿でともにベッドに横たわる姿を、レオはいったい何度夢見ただろう。レオはついに、その栄誉を与えられたのだ。

　キャサリンの手に力が込められる。えもいわれぬ圧迫感に、レオは危うくわれを忘れそうになった。

「ちょっと待った……いや、このへんでもうやめよう……」とぎれがちに笑い声をあげ、彼は小さな手をどけた。

「なにかいけないことをした？」キャサリンが心配そうに問いかける。

「いいや、ちっとも。だが男というものは、せめて五分以上はもたせたいと思うものでね。

女性をまだ満足させていないのなら、なおさらだ」ふたたび手を伸ばすと、レオはゆっくりと乳房を愛撫した。「きみはなんてきれいなんだろう。少し体の位置を上にずらして。そうしたら、胸にキスできるから」ためらうキャサリンを見て、親指と人差し指でつぼみを軽くつまむ。

キャサリンは驚いて体をびくんとさせた。

「痛かったかい？」レオはいかにもすまなそうに言いつつ、彼女をじっと見つめた。「だったら言われたとおりにおし。慰めてあげるから」彼女の目がすばやく二度またたき、呼吸のリズムが変わるのを、レオは見逃さなかった。手を伸ばし、ほっそりとした体を時間をかけて撫でまわして、一秒刻みに相手のことをもっと知ろうとする。

「本当に、限度を知らない人ね」キャサリンは震える声で言った。それから、レオの手に促されるようにして、ゆっくりと彼の上にまたがった。彼女の体は軽く、しなやかだった。肌は絹を思わせるなめらかさで、金色の柔毛は彼の下腹部を軽やかに撫でた。

つぼみを口に含んだとき、そこはすでに硬くとがっていた。レオはじらすように愛撫を与え、伸ばした舌を硬い乳首に這わせ、彼女の喉からもれるあえぎ声を堪能した。

「キスして」レオはささやき、キャサリンのうなじに手をまわして、顔を近づけようとした。

「腰をもっと押しつけて」

「命令しないで」彼女はあえぎながら抗議した。

衝動的に、レオは彼女を怒らせてやりたくなった。口元に傲慢な笑みをたたえてさらに命じる。「ベッドのなかでは、わたしが主人だ。わたしが命令を下し、きみはそれに文句を言わず従う」あえてそこで言葉を切り、両の眉をつりあげてみせる。「わかったか？」

キャサリンは身をこわばらせた。怒りと興奮のはざまでもがく彼女の姿ほど、見ていて楽しいものはない。彼女の体が熱を帯び、脈がいっそう速さを増すのがレオには感じとれた。やがて彼女はいらだたしげに息をついた。両の腕には鳥肌がたっている。その体から張りつめたものが消え去り、四肢から力が抜けた。「わかったわ」視線をそらしたまま、キャサリンはようやくささやいた。

レオの鼓動もたちまち速さを増す。「いい子だ」彼はかすれ声で言った。「では、脚を開いて。きみを感じられるように」

キャサリンはのろのろと脚を広げた。

うっとりと魂の抜けたような表情を浮かべ、そんなおのれの反応をいぶかしんでいるのか、まなざしは自分になにかを問いかけているかのようだ。自然とわいてくる喜びに当惑しているのだろう、瞳は濡れている。そんな彼女を目にするだけで、レオは欲望の波につつまれた。どこまでもキャサリンを満たし、彼女の求めるすべてを探りだして、それを与えてやりたい。

「胸の下に手を添えて」レオは命じた。「わたしの口に含ませるんだ」

震えながらもキャサリンは、命じられるとおりに身をかがめた。今度はレオが魂の抜けた表情を浮かべる番だった。甘くやわらかな感触に、頭のなかが真っ白になる。彼は現実のすべてを忘れた。キャサリンをわがものにしたいと思う、原始の欲求だけに衝き動かされていた。

レオは彼女の腰をさらに上のほうへと移動させた。しっとりと潤った部分に口づけ、やわらかな入口へと唇を這わせる。そこへ舌先を忍ばせ、なぞるように舐めて愛撫を与えると、ほどなくして太ももがリズミカルに痙攣しだすのがわかった。

かすれたうめき声とともにレオは唇を離し、おのれの腰にキャサリンをまたがらせた。ウエストをつかんで、やわらかな裂け目に自分を押しあてる。なにを求められているのか悟ったのだろう、彼女は身を震わせた。

「ゆっくり」レオはささやきかけた。「ゆっくりと腰を下ろすんだ」きつく締めつけられる感覚に、レオは危うくあえぎ声をあげそうになった。愛撫ではれた秘所が彼を奥深くへといざなう。これほどまでの心地よさをレオはかつて感じたことがなかった。「いいよ……全部のみこんでくれ」

「無理よ」キャサリンは身をよじってから、不機嫌そうな表情を浮かべて微動だにしなくなった。

よりによってこんなときに、満たされぬ欲望にもがいているときに、笑いだしそうになっている自分にレオは呆れた。だが途方に暮れた面持ちで彼の上にまたがっているキャサリンを見ると、つい楽しくなってしまう。それでもなんとかして笑いを抑えこんだレオは、震える両手で彼女の腰をつかみ、自分のほうに引き寄せた。「できるよ」とかすれ声で諭す。「わたしの肩に手を置いて、そのかわいい体をゆっくりと前に倒すんだ」

「これ以上は無理よ」

「大丈夫だって」

「無理だったら」

「経験豊富なわたしが大丈夫と言ってるんだ。きみは初心者だろ？」

「それでもやっぱり、あなたのものが大きすぎて……だめよ」

言いあいながら、レオは自ら腰を突き上げた。ふたりの体が完璧に結ばれる。

「だめ」キャサリンはくりかえし、まぶたを半分閉じた。素肌が赤く染まっていく。

爆発せんばかりの快感がわき起こるのを、レオは覚えた。あとほんの少し腰を動かしただけで、こらえきれなくなりそうだ。キャサリンのなかがきつく締まり、なまめかしいリズムを刻みながら収縮して、彼の正気を奪おうとしている。彼女がわずかに腰を動かし、こすれあう感覚にふたりはともに身震いした。

「キャット、待ってくれ」レオは乾いた唇を開けてささやいた。

「もうだめ、もうだめ……」キャサリンがまたもや腰をうごめかす。レオは責め苦を受けたかのように背を弓なりにした。

「じっとしていろったら」

「努力はしてる」そうこたえながらもキャサリンは、本能に衝き動かされるかのように腰を揺らした。レオはうめき、彼女のリズムに合わせて腰をまわした。歓喜にあえぐ彼女の口元を見つめる。キャサリンが絶頂を迎えた瞬間、レオもまた、耐えがたいほど強烈な快感に襲われた。

すんでのところで自分のものを引き抜いた彼は、食いしばった歯のあいだから息をしつつ、シーツの上に精を放った。みずみずしく温かく彼をつつんでいた場所から離れるとき、全身の筋肉が抗議の声をあげるのがわかった。レオは息をあえがせ、ほとばしるものに目をしばたたいた。キャサリンがしがみついてくる。

しばらくして、小さな手が彼の胸に置かれ、激しく鼓動を打つ心臓のあたりを撫ではじめた。キャサリンが肩に唇を寄せてくる。「途中でやめなくてもよかったのに」彼女はささやいた。

「わたしもやめたくなかった」レオは両腕で彼女を抱きしめ、髪に唇を寄せて苦笑を浮かべた。「だが男女の仲では常にこの問題がつきまとう。目的地に向かう前に、まずは駅で降りなければならないんだ」

21

　ロンドンへの道中、レオはさらに二度、キャサリンに結婚を申し込んだ。彼女は二度とも断った。分別をもってことを進め、まずは兄に相談しようと固く決心しているらしい。真夜中にラムゼイ・ハウスから逃げだすのは、分別ある振る舞いとはまるで言えないとレオが咎めると、さすがの彼女も、あんなふうに衝動的に行動するべきではなかったとうなずいた。

「認めたくはないけれど」街道を行く馬車のなかで、キャサリンは言った。「舞踏会の夜以来、少しどうかしているようなの。まさかあそこでラティマー卿に会うとは思ってもみなかったから、すっかり気が動転してしまって。あの人に腕をつかまれたとき、怯えて縮こまる少女に戻ったような錯覚に陥って、逃げることしか考えられなくなってしまった」思いにふける表情になって言葉を切る。「だけど、ハリーのところに行けば大丈夫と思ったら安心できた」

「わたしだっていたのに」レオは静かに指摘した。

　キャサリンは驚いた顔で彼を見つめた。「あのときは知らなかったから」

　レオはその視線をまっすぐにとらえた。「でもいまは知ってるだろう」

〝きみに、兄として接することができたらと〟ハンプシャーで最後に会ったとき、ハリーはキャサリンにそう言い、家族としての絆を結びたいという意志をはっきりと伝えてきた。かつてのふたりなら、けっしてありえないことだった。キャサリンはいま、大いに不安を感じている。ハリーの意志が果たして本物かどうか、よもやこんなに早くたしかめる羽目になるとは。なにしろふたりはまだ、赤の他人も同然だ。

とはいえハリー自身は、ポピーと結婚してからあっという間に別人へと生まれ変わった。いまの彼は以前よりずっと優しく、思いやり深い。だからきっとキャサリンのことも、よるべのないお荷物としてではなく、もう少し意味のある存在として扱ってくれるはずだ。

ラトレッジ・ホテルに到着すると、レオとキャサリンはすぐさま、ハリーとポピーが住まう贅をつくした部屋へと案内された。

ハサウェイ家の人びとのなかで、ポピーはキャサリンにとって一番話しやすい相手だ。ポピーは心の優しい快活なレディで、規律や決まりごとの大切さをちゃんとわかっている。あのように明るく素直な性格だからこそ、衝動的な一面のあるハリーともうまくやっていけるのだろう。

「いらっしゃい」ポピーは歓喜の声をあげてキャサリンを抱きしめてから、一歩下がって、心配そうに顔を見つめてきた。「でも、なにしに来たの？　なにかあったの？　みんなは元気よね？」

「ええ、みなさんとってても元気よ」キャサリンは慌てて答えた。「ただ……ちょっと問題があって。ラムゼイ・ハウスにいられなくなってしまったの」喉の奥が詰まる。

ポピーは眉間にしわを寄せて兄を見やった。「お兄様がなにかしたの？」

「なんでわたしが」

「だって、わが家で問題が起こったと言えば、必ずお兄様が関係しているじゃない」

「たしかに。だが今回、わたしは原因じゃないんだ。むしろ解決策でね」

そこへハリーが、緑の瞳をいぶかしげに細めて三人に歩み寄った。「あなたが解決策だなんて言われると、問題のほうを聞くのが怖くなるな」彼は鋭い視線をキャサリンに投げ、それから驚いたことに、守るように彼女を抱き寄せた。「どういうことなんだ、キャット？」

耳元に口を近づけてたずねる。「いったいなにがあった？」

「それが……」キャサリンは一瞬口ごもった。「ラムゼイ・ハウスの舞踏会にラティマー卿が現れたの」

それだけでハリーはすべてを察したらしい。「あとはわたしに任せなさい」とためらうことなく言った。「きみはわたしが守る」

目を閉じ、ゆっくりとため息をついてキャサリンは応じた。

「ハリー、これからどうすればいいの？」

「ここへ来たのは正解だったね。大丈夫、ふたりで力を合わせよう」顔を上げたハリーは、義兄に向きなおった。「キャットはあなたに、ラティマーについて話したわけか」

レオは険しい表情を浮かべた。

「もっと前に知っていたら、あの男を彼女のそばに近づけやしなかった」

ハリーはキャサリンを両腕で抱いたまま、レオとまっすぐに向きあった。

「そもそも、なぜあのけだものを舞踏会に招いたりした？」

「やつの両親を招いたんだ。ハンプシャーでは相応の社会的地位がある人びとだから。ところが現れたのはあの男だった。わが家でミス・マークスにちょっかいを出そうとし、わたしがその場から追いはらった。二度とわが領地に姿を見せる恐れはない」

ハリーの瞳は危険なくらいぎらついている。

「わたしからも、さる方面に知らせておこう。明晩にはやつも、いっそ死んだほうがましだと思う羽目になる」

キャサリンは恐ろしいほどの不安を覚えた。ハリーの影響力は絶大だ。ホテルの取引先は多岐にわたるし、彼はさまざまな極秘情報だの有益な情報だのに通じている。彼の頭のなかにしまわれたそれらの情報は、戦争を始め、国家を転覆させ、家族を破滅に追いやり、英国経済を崩壊させることさえできるかもしれないのだ。

「やめて、ハリー」ポピーが言った。「ラティマーという人を八つ裂きにでもするつもりなんでしょうけれど、こらしめるならもっと別の方法があるはずよ」

「わたしはラトレッジの案が気に入った」レオが言う。

「お兄様の賛同なんていりません」ポピーは兄をたしなめた。「ね、向こうで座って、もっと理にかなった方法を考えましょう」キャサリンに目を向ける。「長旅でおなかがぺこぺこでしょう？　紅茶とサンドイッチを持ってこさせるわ」

「ありがとう、でも、わたしはいいわ」キャサリンは応じた。「なんだか――」

「ああ、彼女にサンドイッチを」レオがさえぎる。「朝もパンと紅茶だけだったんだ」

「おなかが空いていないの」キャサリンがいらだたしげに抗議すると、レオはなだめるような笑みを投げてきた。

生まれて初めての経験だった。人から体のことを気づかってもらうのも、朝食になにを口にしたか誰かが覚えていてくれるのも。キャサリンはいまの自分の気持ちを推し量ってみた。あれをしろこれをしろと命令されるのは不愉快だが、人に気にかけてもらうのは、なんだかとても心地いいと思った。そういえばこうした些細なやりとりは、キャムとアメリア、あるいはメリペンとウィンが交わすのを、もう数えきれないほど目にしてきた。二組の夫婦がときおりつまらないことで言い争うのを。お互いを気づかうさまを。

紅茶の用意を頼み終えたポピーが、ほどなくして夫妻の居室の居間に戻ってきた。ベルベット張りの長椅子にキャサリンと並んで座り、彼女は水を向けた。

「なにがあったのか、聞かせてくれない？　ラティマーという人は、舞踏会が始まってすぐに近づいてきたの？」

「いいえ、始まってだいぶ経ってからだったわ……」

キャサリンは膝の上で両手を握りしめ、その夜の出来事を淡々と話して聞かせた。

「問題は、ラティマー卿の口を封じようとしても、むだだということなの。彼は必ず、わたしの過去を公にするわ。起こってしまったスキャンダルは、なにものにも止められない。だから火を消すためには、わたしがふたたび姿を消すのが一番なの」

「新しい名前と、新しい立場を得て？」ハリーがたずね、かぶりを振る。「永遠に逃げつづけるのは不可能だよ、キャット。今回は立ち向かおう。ふたりで一緒に。本当は、ずっと昔にそうするべきだったんだ」鼻梁をぎゅっとつまみ、頭のなかであれこれと作戦を練る表情を浮かべる。「まずは、きみがじつの妹だと世間に公表しよう」

キャサリンは真っ青になった。謎のホテル経営者ハリー・ラトレッジに長らく音信不通の妹がいたなどと知ったら、人びとは大騒ぎするにちがいない。好奇に満ちた目やぶしつけな質問に、耐える自信がない。

「ハサウェイ家の家庭教師だった女だとすぐにばれるわ」キャサリンは振りしぼるようにして言った。「大金持ちのホテル経営者の妹がなぜ仕事などしていたのかと、詮索されるに決まってる」

「勝手に想像させておけばいい」ハリーが言った。

「あなたの評判が落ちたらどうするの？」

レオがそっけなく指摘する。

「兄上にはさまざまな友人知人がいるから、不愉快な噂にも慣れてるだろう」

レオの気安い口調に、ハリーがおやとばかりに目を細めた。「妙だな」彼はキャサリンに向かって言った。「なぜ今回、ロンドンに来るにあたってラムゼイを同行した？　いったいいつ、ふたりで一緒にロンドンに向かおうと話しあった？　そもそも、ロンドンに昼までに着くために、ゆうべの何時にハンプシャーを発った？」

さっきまで真っ青になっていたキャサリンは、いまやひどく頬を赤らめている。「それは……ええと……」彼女はレオのほうを見た。すると彼は、そうだよ、いったいどんな事情なんだいといわんばかりの、きょとんとした表情を浮かべていた。「昨日の朝、ひとりでハンプシャーを発ったの」キャサリンはやっとの思いで口を開き、のろのろと視線をハリーに戻した。

ハリーが身を乗りだし、眉根を寄せる。

「昨日の朝だって？　だったらゆうべはどこにいた？」

顎を上げ、キャサリンは淡々とした声音を作った。「街道沿いの宿屋だけど」

「そういう場所が、ひとり旅の女性にとってどんなに危険かわかってるのかい？　正気の沙汰じゃないぞ。きみの身にもしものことがあったらと思うと――」

「ひとりじゃなかったから大丈夫」レオがさえぎる。

信じられない、という面持ちでハリーが義兄を見つめる。

こういうときは、言葉よりも沈黙のほうが多くを物語るものだ。たったいまハリーの脳みそは、あたかも彼が余暇に作る精密機械のように急速に働きはじめたはずだ。正確かつきわめて望ましくない答えに彼が到達した一瞬が、手にとるようにわかった。

彼がレオに話しかける口調に、キャサリンは骨の髄まで凍りついた。

「いくらあなたでも、思いがけない災難に傷つき、不安に駆られた無防備な女性を、利用するようなまねはしないはずだ」

「きみはこれまで、彼女のことなど気にも留めなかったんじゃないかい？」レオが応じる。

「それがどうしていまになって？」

ハリーがすっくと立ち上がる。両手はこぶしに握られている。

「やめて」ポピーが小さくささやいた。「ハリー、お願いだから――」

「同じ部屋に泊まったのか？」ハリーは詰問した。「同じベッドに寝たのか？」

「きみにはいっさい関係ないだろう？」

「ある。キャサリンはわたしの妹で、あなたは彼女を守るべき立場にいる。みだらなまねをする立場ではない！」

「ハリー」キャサリンは割って入った。「彼はそんなこと――」

「あいにく、道徳うんぬんについて講義を聞く気分じゃないんだ」レオは義弟に告げた。

「とりわけ、わたし以上に道徳を知らない人間からの講義はね」

「ポピー」ハリーはいまにも殺しそうな目で義兄をにらみながら、妻に呼びかけた。「きみとキャットは、向こうの部屋に行っていたまえ」

「わたしの話をしているのに、どうして当のわたしが向こうに行かなくちゃならないの？」キャサリンは詰問した。「子ども扱いしないで」

「行きましょう、キャサリン」ポピーが静かに促し、扉のほうへと向かう。「男性陣には勝手に口げんかをさせておけばいいわ。わたしたちは別の部屋で、あなたの未来について落ち着いて相談しましょう」

なるほどポピーの言うとおりだ。キャサリンはなおもにらみあうハリーとレオを残し、元教え子について居間をあとにした。

「彼女と結婚する」レオは告げた。

ハリーはぽかんとした顔になった。「犬猿の仲のはずだろう？」

「とうとう理解しあえるようになった」

「妹は〝イエス〟と言ったのか？」

「まだだ。まずはきみに相談したいと言っている」

「よかった。妹には、世にも最悪の案だと助言しよう」

レオは片眉をつりあげた。「わたしでは、彼女を守れないとでも？」

「殺しあいに発展しかねないからだ！　そんないいかげんな関係で、妹が幸せになれるはずがないからだ。それに……いや、いちいち理由を挙げるのはよそう。時間がいくらあっても足りない」ハリーの瞳は氷のように冷たかった。「わたしの答えは〝ノー〟だ。キャットのことはわたしに任せて、あなたはハンプシャーに帰ってくれ」

「そう簡単にわたしを追いはらえると思うか？　そもそもわたしは、きみの許可など求めていないんだよ。選択肢はない。起こってしまったことは、もうもとには戻せない。つまりそういうことだ」

ハリーの顔に浮かぶ表情からレオは、あとほんの一歩で義弟に命を奪われかねないことを悟った。

「妹をわざと誘惑したな」義弟は声を振りしぼるようにして言った。

「たまたまだった、と言ったほうが気が楽になるか？」

「あなたの体に岩をくくりつけ、テムズ川に投げ捨てないかぎり、気が楽になどなるものか」

「なるほど。気持ちはわかるよ。といっても、妹をたぶらかした男と向きあい、その場でそいつを亡き者にせずにいるのがどんなに難しいことかは、想像もつかんがね。いや、待てよ……」レオは人差し指で顎をたたき、考えをめぐらす顔になった。「ああ、そうかそうか。わたしもつい二カ月前に、同じ目に遭ったことがあった」

ハリーはいらだたしげに目を細めた。

「同じじゃない。あなたの妹は、純潔を守ったまま結婚した」

レオは義弟の顔を見据えた。「女性をたぶらかすとき、わたしは徹底的にやるたちでね」

「そうだろうとも」ハリーはつぶやくなり、レオの喉笛をつかんだ。

ふたり同時に倒れこみ、取っ組みあった体勢のまま床を転がる。ハリーに頭を床に打ちつけられたものの、分厚い絨毯のおかげでレオはたいした痛みを覚えなかった。ハリーが首を絞めようとする。レオは顎を下げてそれをかわした。つかみあったまま床の上を二回転し、互いにこぶしを繰りだす。喉笛めがけ、腎臓を狙い、みぞおちにパンチを沈める。イーストエンドの貧民街でよく見かける、激しいけんかさながらだ。

「この一戦はあきらめたほうがいいぞ、ラトレッジ」息を切らしながらレオは言った。いったん敵から離れ、よろめきながらふたり同時に立ち上がる。「こいつは、お上品なフェンシングの試合とはちがう」レオは右のこぶしをすばやくよけ、ジャブで応戦した。「なにしろこっちはロンドン中の賭博場だの居酒屋だので、さんざん経験ずみ――」左のジャブを繰りだすと見せかけて、目にもとまらぬ速さで右のフックをお見舞いする。フックはハリーの顎にきれいに入った。「それにわたしは、メリペンと一緒に育ってきた。あいつの左のアッパーカットときたら、らばの蹴り並み――」

「いいかげんに口をつぐんだらどうだ」ハリーがカウンターパンチを繰りだし、レオの次の手を待たずに一歩後ずさる。

「こいつはいわゆるコミュニケーションというやつだ。おまえも、少しは努力したほうがいいぞ」レオはいらだたしげにガードを下げ、無防備な体勢で義弟の前に立った。「とくに妹とのコミュニケーションがまるで足りてない。彼女の話を聞こうともしない。まったく、彼女がロンドンくんだりまで来たのは、兄らしい助言や慰めの言葉を期待してたからこそなんだぞ。それなのにおまえときたら、向こうの部屋に行ってろとくる」

ハリーもこぶしを下ろした。いまいましげに義兄をねめつけたが、口を開いたときには、口調に自責の念が感じられた。

「ずっと妹を失望させてきた。妹のためになにもしようとしなかった自分を、悔やんでいないとでも思うか？　罪滅ぼしのためなら、彼女の望みはすべて聞き入れる。だがラムゼイ……頼るものをすべて失った妹が、純潔を奪われることを望むわけがないだろうが」

「それが、まさにそのとおりのことを望んでいたんだよ」

ありえない、とばかりにハリーは大きく首を横に振った。「くそったれ」とつぶやいて黒髪をかきあげ、喉に詰まったようなおかしな笑い声をあげた。「ハサウェイ家の人間にはかなわないな。誰も彼もが、いかにも理論的な口調で頭のおかしなことを言う。ブランデーをやるには早すぎるか？」

「全然。むしろ、この手の会話をするときには少し酔っていたほうがいい」

サイドボードに歩み寄ったハリーは、グラスをふたつ取りだした。

「こいつをそそぐあいだに、妹があなたと一緒になっていったいどんな利益を得られるのか、説明してほしい」

肩をすくめて脱いだ上着を椅子の背にかけ、レオは腰を下ろした。

「彼女はずっとひとりぼっちで――」

「ひとりぼっちではない。ハサウェイ家の人たちと一緒に暮らしていた」

「それでも、あたかもディケンズの小説に出てくるみなしごのように、いつも家族から少し離れた場所で、窓の外ばかり眺めていた。偽名を使い、地味なドレスに身をつつみ、髪を染めて……あまりにも長いあいだ偽りの人生を送ってきたせいで、いまでは本当の自分を見失いかけている。だがわたしと一緒にいれば、キャサリンはキャサリンらしくいられる。わたしも彼女も、ともにいると安心できる。ふたりとも同じ言葉をしゃべるからね――その意味が、きみにわかるかどうか定かではないが」

いったん口を閉じ、レオはグラスにそそがれるきらめく液体を見つめた。

「彼女のなかには、まったく異なる性質が共存している。だが彼女を知れば知るほど、それも当然だと理解できるようになる。ずっと陰に隠れて生きてきたからだ。当人がいかに否定しようと、心の底ではなにかに属することを、いや、誰かのものになることを望んでいるはずだ。それにもちろん、男と深い仲になることも。とくにこのわたしとね」差しだされたグラスを受け取り、彼はブランデーをぐいとあおった。「わたしとなら、キャサリンはいい人生が送れる。むろんわたしは世にも高潔な男というわけではないし、そうありたいと思ったためしもない。だが、彼女に似合いの男だ。あの辛辣な物言いにもびくともしないし、やりこめられることもない。そしてキャサリンも、それを知っている」

ハリーがすぐそばに腰を下ろし、ブランデーを口に運ぶ。思案げな顔でレオを見つめた彼は、義兄がどこまで本気なのか量っているようだ。「あなたのほうは、どんな利益を得る？」穏やかに問いかけた。「たしかあなたは、早急に結婚して子をなす必要があったはずだ。キャットが息子に恵まれなかったら、ハサウェイ家はラムゼイ・ハウスを失うのだろう？」

「家なんてものを失うよりももっと厳しい現実だって、われわれはくぐり抜けてきた。万一の可能性があるとしても、キャサリンと結婚する」

「ひょっとして、事前調査のつもりだったのか？」ハリーは無表情に言った。「結婚する前に、キャットが子をなせる体かどうかたしかめるのが目的だったのか？」

一瞬かっとなったレオだったが、じつの兄が妹の将来を案じるのはあたりまえだと自分に言い聞かせた。「子をなせる体だろうがなかろうが、関係ない」彼は淡々と答えた。「なんなら、一年後にわが家を奪われるまで待とうか。家をなくしても、わたしはキャサリンを妻に迎えるぞ」

「キャットはそれでいいと言うかな」

「本人に訊いてくれ。ラティマーに関しては……しっかり脅しておいた。やつがなにか厄介事を起こそうとしたら、すぐに手を打とう。とはいえ、キャサリンを守る最大の武器はわたしの名前だ」ブランデーの残りを飲み干し、レオは空のグラスを脇に置いた。「ところで、彼女の祖母と叔母のその後についてはなにか知っているのか？」

「老婆のほうは、数年前に死んだ。叔母のアルシア・ハッチンズはいまも娼館を営んでいる。助手のヴァレンタインをやってどんな具合か調べさせたが、青い顔で戻ってきた。もっと儲けようという魂胆なんだろうな。ミセス・ハッチンズは店を、むち打ちだろうがなんだろうが、どんな堕落した行為にもこたえる娼館に仕立て上げたらしい。あそこで働く哀れな女たちもみな、よそでさんざんこき使われた者たちばかりだそうだ」ハリーはブランデーを飲み干した。「当のミセス・ハッチンズも病にむしばまれている様子だったと聞いている。おおかた、悪い病気をうつされて治療もせずにおいたんだろう」

レオは警戒する目で義弟を見た。「キャサリンにその話は?」

「いいや、訊かれなかったから。知りたくもないんじゃないかな」

「キャサリンは恐れている」レオは静かに告げた。

「なにを?」

「自分の未来の姿を。叔母に言われたとおりになる日を」

「どういう意味だ?」

レオはかぶりを振った。「キャサリンがわたしだけに話してくれたんだ」義弟がいかにもいらだたしげな顔になるのを見て、薄く笑う。「きみは何年も前から彼女を知っているんだろう、ラトレッジ? ふたりきりのとき、いったいなにを話していたんだ? 税金について? 天気について?」立ち上がり、上着を取る。「そろそろ失礼して、部屋をとってくるとしよう」

ハリーは眉根を寄せた。「うちに?」

「ああ、ほかにどこがある?」

「ロンドンに来たときにいつも借りるテラスハウスがあるだろう?」

「夏のあいだは開いてなくてね。開いていても、今回はこちらに泊まるよ」レオはうっすらとほほえんだ。「家族と過ごす喜びを味わう、いい機会になるだろう?」

「家族は、いまいましいハンプシャーにいてくれるほうがずっと喜ばしいんだが」ハリーは居間をあとにするレオの背に向けて言った。

22

「ハリーに従うべきだと思う部分もあるの」ホテル裏手の庭を歩きながら、ポピーはキャサリンに言った。

昨今の庭は、あまり人工的な手をくわえず、自然な感じに苗床をしつらえ、曲がりくねった小道を設けるのが流行だ。しかしラトレッジ・ホテルの庭は、いかにも絢爛として整然と整えられている。きれいに刈りそろえられた生垣が壁をなし、それに沿って歩いていけば、噴水や彫像、整形庭園や手入れの行き届いた花壇を訪れることができる。

「この機会に、考えてみたほうがいいんじゃないかしら」ポピーはつづけた。「あなたがハリーのじつの妹だと世間に公表し、本名を明らかにすることをね。ところで、本名はなんというの？」

「キャサリン・ウィゲンスよ」

ポピーはしばし考えこむ顔になった。

「ずっとミス・マークスと呼んでいたせいだと思うけど……マークスという名字のほうがしっくりくるみたい」

「わたしも。キャサリン・ウィゲンスは、つらくて泣いてばかりの少女だったわ。キャサリン・マークスになってからのほうが、ずっと幸せ」

「ずっと幸せ?」ポピーは静かにたずねた。「それとも、泣くのが減っただけ?」

キャサリンはほほえんだ。

「この数年間で、幸せがどんなものかたくさん学んだわ。学校は安心できたけれど、当時のわたしはとても引っ込み思案で、ひとりの友だちもできなかった。ハサウェイ家で働きはじめてやっと、愛しあう家族が日々どんなふうに暮らすものか知るようになったの。この一年は、心の底から幸福だと思える瞬間さえ体験できたわ。少なくともいまはすべてが理想どおりだと思える瞬間、それ以上なにも求めるもののない瞬間をね」

ポピーが笑みをかえす。「たとえば……?」

ふたりは薔薇園に足を踏み入れた。あたり一面おびただしいほどの花が咲き誇り、陽射しで温められた濃厚な香りが漂っている。

「夜、居間に家族みんなで集まってウィンが朗読をしてくれるとき。ベアトリクスと散歩に出かけるとき。ハンプシャーらしい雨の日に、ベランダでピクニックを楽しんでいるとき。それから――」キャサリンはふいに言葉を切り、自分がなにを言おうとしていたのか気づいて身を震わせた。

「それから?」ポピーが促し、立ち止まって、まばゆいばかりの大ぶりな薔薇に顔を近づけ香りをかぐ。洞察力に富む視線は、キャサリンの顔にまっすぐ向けたままだった。

心の一番奥にしまってある気持ちを口にするのは、簡単ではない。でもキャサリンは、認めたくない真実をあえて口にした。

「ラムゼイ卿が廃墟で肩にけがをして……翌日、高熱でベッドに伏せって……ずっと彼のそばについていたわ。ベッドのかたわらで繕いものをしながらおしゃべりをし、バルザックの小説を読み聞かせた」

ポピーはにっこりと笑った。

「お兄様、きっと大満足だったわね。フランス文学が大好きだから」

「フランスにいたころの話を聞かせてくれたわ。フランス人は、物事を単純にとらえるのがとても上手だと言っていた」

「そう、それこそがお兄様に必要なものだった。ウィンとフランスに渡ったとき、お兄様は廃人同様だったの。当時のお兄様を知らないキャサリンは幸運ね。あのころのわたしたちは、誰のことを一番心配すればいいのかもわからなかった。肺が弱っているウィンか、わが身を滅ぼそうとしているお兄様か」

「でもふたりとも、元気になって戻ってきた」

「そう。ようやくふたりとも元気になって。それからは別人」

「フランス暮らしの影響で？」

「それもあるけれど、苦労をしたせいじゃないかしら。ウィンが言ってた。人は山の頂上にいるだけでは成長できない、山を登ることで成長するんだって」

キャサリンは笑みをたたえながら思った。あの不屈の精神力があったからこそ、ウィンは何年ものあいだ病気に耐えることができたのだろう。

「彼女らしいわね。達観してる。本当に強い人だわ」

「お兄様もそうよ。ただしお兄様は、ウィンよりずっとぶしつけだけど」

「それに皮肉屋」キャサリンは応じた。

「ええ、皮肉屋……でもちゃめっけもある。このふたつの性質が共存するなんて妙だけど、それがお兄様なのよね」

キャサリンはずっと笑みを浮かべたままだ。脳裏にはレオの姿がいくつもいくつも浮かんでいる。杭打ち用の穴に落ちたハリネズミを助けだそうと、辛抱強く粘る姿。小作人の新しい住まいを建てるときには、設計図を前に難しい顔をしていた。けがをして寝こんだときには、痛みに瞳をくもらせながら彼はつぶやいた。

〝このわたしが、きみの手に負えるものか〟

〝大丈夫〟彼女はこたえた。〝最後まであきらめないわ〟

「キャサリン」ポピーがためらいがちに呼びかけた。「お兄様が一緒にロンドンに来たのは……ひょっとして、その、これはわたしの希望的観測なんだけど、あなたとの婚約が目的ではないの？」

「求婚はされたわ」キャサリンは認めた。「でも――」

「本当に？」驚いたことに、ポピーはいきなりぎゅっと抱きついてきた。「ああ、夢みたい！

ね、〝イエス〟と答えたと言って」

「あいにく、そう単純な話ではないのよ」キャサリンは顔をしかめて身を引き離した。「考えなければならないことがたくさんあるから」

元教え子の顔から喜びの表情があっという間に消え去り、眉根にしわが寄った。

「お兄様を愛していないから？　でもいずれきっと愛するようになるわ。だって、いい面だっていっぱいある――」

「愛してるか愛してないかは、問題ではないの」キャサリンはわずかに顔をゆがめた。

「結婚で一番大切なのは愛でしょう？」

「それは、もちろんそうよ。だけど、愛にも乗り越えられないものがあるの」

「だったら、お兄様を愛してるのね？」ポピーが希望のこもった声で問いただす。

キャサリンは真っ赤になった。

「ラムゼイ卿には、尊敬すべき点がいろいろあると思うわ」

「それにお兄様と一緒にいると幸せになれる。さっきそう言ったわよね」

「ええ、あの日は幸せだった。それは認めるけど――」

「〝心の底から幸福だと思える瞬間〟、そう言ったわ」

「もうかんべんして、ポピー。なんだか尋問を受けているみたい」

ポピーはにんまりとした。

「ごめんなさい。でも、ふたりが一緒になれば、それ以上に嬉しいことってないから。お兄様のためにも、あなたのためにも。そして家族みんなのためにも」

そこへ、ハリーのぶっきらぼうな声が背後から聞こえてきた。「どうやらわれわれの意見は真っ向から食いちがっているようだね、ポピー」女性陣は振りかえって、歩み寄るハリーを見た。妻に向けたまなざしは温かいが、いらだちに似たものを漂わせている。「紅茶とサンドイッチが待っているよ」彼は告げた。「けんかも終わった。なかに戻らないか？」

「どっちが勝ったの？」ポピーはいたずらっぽく訊いた。

するとと珍しくハリーが笑みを浮かべた。

「けんかの真っ最中に話しあいが始まってね。ちょうどよかったよ。ふたりとも、紳士らしいけんかの仕方などまるで知らないようだったから」

「あなたはフェンシングをするじゃない」ポピーは指摘した。「けんかの仕方としては、あれはとても紳士らしいわ」

「フェンシングなんて、けんかのうちに入らないよ。むしろチェスのようなもの。刺し傷を負うことはあるけどね」

「なんにせよ、ふたりともけがかなくてよかった」ポピーはほがらかに応じた。「だって、じきに義兄弟になるかもしれないんだもの」

「すでに義兄弟じゃないか」

「じゃあ、義兄弟の二乗ね」ポピーは夫の腕に自分の腕をからめた。

歩きだしながらハリーがキャサリンのほうを向く。

「まだ答えは出していないんだろう？　ラムゼイとの結婚について」

「ええ」キャサリンは静かに答え、ふたりのあとについていった。「いろいろなことがありすぎて。ゆっくり考える時間が必要だわ」

「ねえ、ハリー」ポピーが夫に話しかける。「さっき、意見が食いちがっていると言ったけど。お兄様とキャサリンの結婚に反対しているという意味ではないわよね？」

「現時点では」ハリーは慎重に言葉を選んだ。「用心が必要だと思っている」

「だけど、キャサリンが家族の一員になれば、いまよりずっといいと思わない？」ポピーは当惑の面持ちでさらにたずねた。「ハサウェイ家という盾ができるし、あなたも彼女をしっかり守れるようになるわ」

「ああ、家族の一員にはぜひともなってほしい。ただし、そのためにキャットがラムゼイと結婚するというのはどうもね。彼女にとってそれが最善の選択肢なのかどうか、判断しかねているんだよ」

「お兄様が嫌いなの？」ポピーは抗議した。

「いいや。彼以上に魅力的で機知に富む男性に、ロンドンで出会ったことはないよ」

「だったらなぜ反対するの？」

「彼の過去からして、信頼できる夫になれるとは思えないからさ。キャットはこれまで、幾度となく人に裏切られてきた」ハリーの口調は徐々に重々しく、暗いものになっていった。彼はキャサリンに向きなおってつづけた。「このわたしも、きみを失望させた人間のひとりだったね。でも、もう二度と悲しい思いはさせない」

「ハリー」キャサリンは心をこめて呼んだ。「そんなに自分を責めないで」

「不愉快な真実を、うやむやにしても始まらない」ハリーは言いかえした。「過去を変えられるなら、一〇数年前に戻って、やるべきことをためらわずにやるさ。でも現実には、過去を償い、きみにもっとよくしてあげようと努力することしかできない。ラムゼイにも、同じことが言えるけれどね」

「やりなおす機会は、誰にだって与えられるものよ」キャサリンは言った。

「そうだな。わたしとしても、ラムゼイが別人に生まれ変わったことを信じたい。でもまだ、彼の言葉を信じきれないんだ」

「あの人が、放蕩暮らしに戻ってしまうかもしれないと疑っているのね」

「世間には、改心できなかった男などいくらでもいる。だがラムゼイの場合は、年齢的に言ってそろそろ多少なりとも落ち着いてくるはずだ。かつての怠惰な暮らしに背を向けつづけることができれば、よき夫になれるだろう。でも彼が自分でそれを証明するまでは、誓いを守れないかもしれない男にきみの未来を託す危険は冒せない」

「お兄様は絶対に誓いを守るわ」ポピーが言い張る。

「なぜ断言できる？」

「だって、ハサウェイ家の人間だもの」

ハリーは笑みを浮かべて妻を見下ろした。「いつもかばってくれる人がいて、彼は幸運だな。きみの言うとおりであることを祈ろう」困惑した面持ちのキャサリンに目を向ける。「キャット、きみもわたしと同じ疑念を彼に抱いているんだろう?」

「相手が誰だろうと、男の人を信じられないんだと思うわ」キャサリンは認めた。

それから三人は無言で、整然とした小道を歩いていった。

「ねえ、キャサリン」しばらくしてからポピーが沈黙を破った。「すごく個人的なことを訊いてもいいかしら」

不安げな面持ちをわざと作ってから、キャサリンはほほえんで応じた。

「これまでの話以上に個人的なことなんて思いつかないけど。でも、遠慮なくどうぞ」

「兄はあなたに、愛してると言った?」

キャサリンはしばしためらってから、目前の小道をじっとにらんだまま「いいえ」と答えた。「それどころかつい先日、彼がウィンに言うのを聞いたわ。結婚するとしたら、こいつは絶対に愛せないという女性と出会ったときだって」ハリーに視線を投げると、ありがたいことに彼はなにも言わずにいてくれた。

ポピーは眉をひそめた。

「本気で言ったわけではないと思うわ。お兄様はなんでもかんでも冗談にするし、心とは裏腹のことばかり言うもの。お兄様の本心なんて誰にもわからないわよ」

「だから言ったろう」ハリーが淡々と口を挟む。「ラムゼイの言葉は信じられないって」

すっかり腹を空かせてサンドイッチを平らげたのち、キャサリンはハリーの用意してくれたスイートルームに下がった。

「またあとでね。しばらくゆっくりやすんで」ポピーが言った。「着替えはわたしのものを、メイドに持っていってもらうわ。あなたには少し大きいと思うけど、お直しならすぐにできるし」

「そんな、困るわ」キャサリンは抗った。「ハンプシャーに置いてきた荷物を、人に頼んで取ってきてもらうから大丈夫」

「それまでのあいだの着替えがいるでしょう？　そもそも、袖も通さずじまいのドレスが山ほどあるの。ハリーがね、わたしのものを買うときはむきになるから。それに、あのオールドミス風の野暮ったいドレスはもう着なくていいわけでしょう？　あなたがきれいな色のドレスを着たところ、見てみたいなあとずっと思っていたのよ。ピンクに翡翠色に……」相手の表情に気づいて、ポピーはにっこりとした。「なんだか、羽化したばかりの蝶みたいね」

冗談でかえそうとしたキャサリンだったが、不安で神経が張りつめてできなかった。

「いも虫のほうが気楽だわ」

ポピーは夫の〈秘密の部屋〉に向かった。夫は人に邪魔されずに考えごとをしたいときや、仕事に没頭したいとき、よくその部屋にこもる。ポピーだけが、そこに自由に出入りできるのだった。

室内には棚がずらりと並び、そこに異国の装飾品や珍しい置物、外国の要人からの贈り物、時計、小さな像、夫が旅先で集めた奇妙な品々などが陳列されている。

ハリーは上着を脱いで椅子に腰かけ、歯車やばね、針金といった材料でなにかを作っていた。考えに深く沈んでいるときの夫はいつもそうだ。夫の手がこまやかに動く様子を見て、自分の肌の上で躍るさまを想像し、ポピーはかすかなうずきを覚えた。

扉を閉める音に、ハリーが顔を上げる。そのまなざしは、思いやりに満ちていた。すぐさま彼は材料を放りだした。椅子の上で向きを変え、妻の腰に手を添えて、広げた脚のあいだに引き寄せる。

ポピーは夫のきらめく黒髪を両手でかきあげた。わずかに茶色がかった髪が、指先に軽く巻きつく。「邪魔しちゃった?」彼女は身をかがめてハリーにキスをした。

「ああ」口づけたままハリーは答えた。「でも大歓迎だ」

ポピーのくすくす笑いが、熱い紅茶に溶ける砂糖のように、ふたつの唇の上で消えていく。やがて顔を上げた彼女は、ここに来た理由を懸命に思い出そうとした。「ううん、もうだめ」夫の唇が首筋を這うのを感じつつ、ポピーは抗った。「頭がまわらなくなっちゃう。あなたに訊きたいことがあって来たのに……」

「答えは〝イエス〟だ」

背筋を伸ばしたポピーは、にっこりとほほえんで夫を見下ろした。両の腕は彼の首にまわしたままだ。

「キャサリンとお兄様の件、本当はどう考えているの？」

「よくわからない」ハリーはドレスの前身ごろをもてあそび、飾りボタンの列を指先でなぞっている。

「ハリー、ボタンを引っ張らないで」ポピーは注意した。「飾りなんだから」

「飾りボタンなんて、いったいなんの意味があるんだろう？」ハリーはいぶかしげにたずねた。

「ただのおしゃれよ」

「脱がせるときはどうすればいいのかな」好奇心をかきたてられたのか、本当のボタンを探しはじめる。

ポピーは夫と鼻先をすり合わせた。「どこにあるか不思議でしょう？」とささやきかける。「あとでゆっくり探させてあげる。ただしその前に、これからキャサリンのことをどうするか教えて」

「スキャンダルの火は、知らん顔をしていればじきにおさまる。やっきになって消そうとすると、かえって炎は大きくなるものだ。キャットのことは、妹だと世間に公表する。ブルー・メイズで学び、その後はきみや妹さんのために、ハサウェイ家で家庭教師をしていたと説明しよう」

「きっと、ぶしつけな質問をいやというほどされるわ。そのときはどう答えるの？」

「政治家を見習えばいいんだよ。わざと質問を曲解し、巧みにかわす」

口を引き結び、難しい顔をして、ポピーはしばらく考えた。

「それしか方法はなさそうね。では、お兄様の求婚についてはどうするつもり？」

「キャットは彼を受け入れるべきだと思うかい？」

ポピーは力強くうなずいた。

「待つことに意義を見いだせないもの。男の人がどんな夫になるかなんて、結婚してみないとわからないわ。そして結婚したあとは、すべて手遅れだとあきらめるしかない」

「かわいそうな奥さん」ハリーはつぶやいて、分厚いスカート越しに彼女の臀部をたたいた。

「きみの場合は、とっくのとうに手遅れなわけか」

「そうよ。わたしはもうあきらめているの。あなたとの情熱的な愛の営みや、気のきいたおしゃべりに一生つきあうしかないって」ポピーはため息をついた。「オールドミスになるよりはましよねって、自分に言い聞かせているわ」

立ち上がったハリーが彼女を抱き寄せ、唇を重ねる。ポピーは頬を染め、頭のなかが朦朧としてくるのを感じた。

「ハリー」耳の裏を鼻先で愛撫されながらも、ポピーは最後まで質問をしようとがんばった。

「ふたりに、いつ祝福の言葉をかけるつもり？」

「あなたがなんと言おうと、たとえどんな困難が待っていようと、彼と結婚します――そうキャットがわたしに言ったらね」顔を上げたハリーは、妻の瞳をまじまじとのぞきこんだ。

「寝室で昼寝をしよう」

「眠くないわ」ポピーがささやくと、彼はにやりとした。

「わたしもだ」彼女の手をとり、〈秘密の部屋〉をあとにする。「ところで、ボタンについてなんだが……」

23

　翌朝。キャサリンは、部屋の暖炉に薪をくべがてら朝食を運んできたメイドに起こされた。ラトレッジ・ホテルに泊まる楽しみのひとつは、才能豊かな料理人、ブルサールの作るおいしい食事である。トレーにのった料理を目にするなり、キャサリンは喜びのため息をついた。紅茶、半熟卵のクリームがけ、小ぶりな楕円形の揚げパン、熟したベリーがきれいに並んでいる。

「扉の下に、カードが挟んでありました」メイドが告げた。「トレーの脇に置いておきましたので」

「ありがとう」封蠟で閉じられた小さなカードを手にとったキャサリンは、喜びに胸がきゅっとなるのを覚えた。そこには見まちがえようのないレオの書体で、彼女の名前が書かれていた。いかにも建築家らしい、ところどころ文字と文字がつながった美しい斜体だ。

「お食事がすみましたら、呼び鈴を鳴らしてくださいませ。すぐに片づけにまいりますので。それと、お召し換えや髪を結うのにお手伝いが必要でしたら、どうぞお申しつけください」

　キャサリンはメイドがいなくなるのを待ち、カードを開いた。

秘密の散歩を計画した。一〇時ぴったりに出かける。散歩用の靴を履いてきたまえ。

——R

キャサリンはぷっと噴きだした。「秘密の散歩ね」とつぶやき、ベッドによじのぼるドジャーを眺める。小さな鼻先が、料理の匂いをかぎつけてひくひくとうごめいた。「いったいなにをたくらんでいるのかしら。こら、ドジャー。朝食に手を出したらだめよ。わたしが食べ終わるまで、おまえは待ってるの。食事を一緒にするほど甘やかすわけにはいかないんだから」

厳しい声音に気づいたのだろうか。ドジャーはゆっくりと伸びをすると、ベッドの上で三回転した。

「それと、この状態が一生つづくとは思わないで」キャサリンは言い添えつつ、紅茶に砂糖を入れてかき回した。「おまえの面倒を見るのは、ベアトリクスのもとに帰れるまでのあいだだけなんだから」

空腹だったキャサリンは、料理をほとんどひとりで平らげた。残したのは、フェレットにやるほんのかけらだけだ。卵料理はまさに完璧で、湯気のたつ黄身は揚げパンですくって食べるのにちょうどいい火の通り具合だった。すっかりおなかいっぱいになると、彼女はティーカップの受け皿に卵を少しと数粒のベリーをのせ、皿を床に置いてやった。フェレットは嬉しそうに彼女の足元をくるくる回り、いったん立ち止まって頭を撫でてもらってから、ごちそうへと突進した。

洗顔をすませ、髪を梳かし終えたとき、扉をたたく音がした。現れたのはポピーと、先ほどのメイドだった。元教え子の腕には、少なくとも三着のドレス。一方メイドは、下着や靴下、手袋といった装身具が入っているのだろう、大きな籠を抱えている。

「おはよう」ポピーはほがらかに声をかけつつ部屋に入ってくると、ベッドの上にドレスを広げた。隅のほうで食事中のドジャーを見つけ、かぶりを振って笑う。「元気にしてる、ドジャー?」

「これを全部、わたしに?」キャサリンはたずねた。「こんなに必要ないわ、本当に――」

「なにがなんでも受け取ってもらうわ」とポピー。「返そうなんて思わないでね。ドレスメーカーから届いた新しい下着も何枚か入れておいたわ。それと、健康コルセットも――万国博覧会で、女性用装身具が展示されていたのを覚えてる?」

「もちろん」キャサリンはほほえんだ。「肌着まで、ご覧くださいとばかりにずらりと並べられているんだもの、忘れようにも忘れられないわ」

「マダム・キャプリンが博覧会でメダルをとるのも当然ね。マダムの健康コルセットは従来の品よりずっと軽くて、先のとがった窮屈なステーも数本しか使われていないし、体を無理やり締めつけるというより、コルセットのほうが体に合わせてくれる感じがするもの。ハリーもホテルのメイド長のミセス・ペニーホイッスルに言ってたわ。健康コルセットを着けたいメイドがいたら、ラトレッジに代金を請求しなさいって」

キャサリンは両の眉をつりあげた。「本当に？」

「ええ、健康コルセットのほうが動きやすいからって。それに、息もできるでしょ」ポピーは海の泡を思わせる淡い緑色のドレスをベッドから取り上げ、キャサリンに見せた。「今日はこれを着て。身長は一緒だから、丈はぴったりだと思うわ。あなたのほうが細身な分、編み紐をきつめにしなくちゃいけないけど」

「こんなにしていただいて、申し訳ないわ」

「なに言っているの、姉妹なのに」ポピーは愛情のこもった視線を投げた。「お兄様と結婚しようがしまいが、わたしたちはずっと姉妹よ。一〇時に出かけるとお兄様に聞いたわ。行き先は知ってる？」

「いいえ、あなたは知ってるの？」

「ええ」ポピーがにんまりとした。

「どこ？」

「お兄様があなたを驚かせたがってるみたいだから内緒。もちろん、わたしもハリーも行き先を聞いて納得したから安心して」

ポピーとメイドの手を借り、キャサリンはドレスを着た。青とも緑ともつかない、ふたつの色が完璧な調和をなす淡い色合いの一着だ。身ごろはぴったりと体をつつんでおり、巧みな裁断法のおかげかウエストにはぎ目はない。スカートは膝のあたりまで脚に沿い、そこからふんわり広がっている。揃いの上着はウエスト丈で、青と緑と銀色が入り交じった絹糸のフリンジが裾にあしらわれている。頭には小さなしゃれた帽子。髪は毛先をうなじのあたりにたくしこんだ、ゆったりとしたシニヨンにまとめてある。

きれいなドレスも流行の装身具もずっと避けてきたキャサリンは、鏡に映る自分の姿にまごついた。そこにいるのは、華やかなドレスを身にまとった、さっそうたるレディだった。

「キャンディの缶に描かれた貴婦人みたいにきれいですわ！」メイドが歓声をあげた。

「本当よ、キャサリン」ポピーは満面の笑みだ。「これは、お兄様の反応が見ものね。きっと、これまであなたにぶつけてきた暴言の数々を心から後悔するにちがいないわ」

「暴言なら、わたしも彼に投げてきたから」キャサリンはきまじめにこたえた。

「ふたりがあそこまでいがみあうのはなにか理由があるにちがいないって、わたしたちずっと思っていたの」ポピーがさらに言う。「でも、みんなの推理はまちまちだった。もちろん、ご明察はベアトリクス」

「彼女がどんな推理を？」

「あなたとお兄様はフェレットのつがいみたいなものだって。フェレットの求愛行動はなかなか激しいらしいわ」

キャサリンは恥ずかしそうにほほえんだ。「ベアトリクスは鋭い子ね」

ポピーは苦笑いを浮かべてドジャーを見やった。フェレットは受け皿に残った卵の最後のひとかけらを、丹念に舐めとっている。

「以前は、あの異常なほどの動物好きも大人になればおさまるだろうと思っていたけど。いまでは、あれがあの子の個性なんだって納得しているの。ベアトリクスにとっては、動物も人間もみんな一緒なのね。あとはただ、あの個性に目をつぶってくれる男性が現れることを祈るのみだわ」

「うまい言い方ね」キャサリンは声をあげて笑った。「つまり、靴にウサギが入っていたり、葉巻箱にトカゲが潜んでいたりしても文句を言わない殿方という意味ね？」

「そのとおり」

「大丈夫よ」キャサリンは請けあった。「ベアトリクスほど愛情深くて愛されるにふさわしいレディが、独身のままでいるはずがないわ」

「あなたと同じね」ポピーは意味深長に言った。籠の中身に関心を示しだしたフェレットを見つけ、ひょいと抱き上げる。「ドジャーはわたしがあずかるわ。午前中は手紙を書かなくちゃいけないの。書いているあいだ、この子は机の上にでも寝かしておきましょう」

くったりとなってポピーに抱かれたフェレットは、キャサリンに笑顔を向けつつ、抱かれたまま部屋をあとにした。

ゆうべレオは、悶々としながらキャサリンと別の部屋で寝た。本当は彼女のそばにいたかった。異国の宝物を守るグリフィンのように、彼女を見守っていたかった。彼はもともと、嫉妬深いたちではない。だがいまや、失った時間の分も取り戻そうとするかのごとく嫉妬心を募らせている。キャサリンがハリーに心からの信頼を寄せるさまを目の当たりにしたときには、とりわけ激しいいらだちに襲われた。もちろん、じつの兄に頼りたくなるのは当然だろう。窮地から救ってくれた兄、その後数年間にわたってただひとり交流をつづけてきた兄ならなおさらだ。ハリーが妹に愛情や関心を示すようになったのはつい最近のことだが、それでも彼女にとって、唯一頼れる相手であった事実は変わらない。

問題はレオ自身の気持ちの変化にある。彼はキャサリンのすべてになりたかった。ただひとりの同志に、恋人に、親友になり、彼女が心に秘めている望みさえ満たしてやりたい。キャサリンが寒いと言えばわが身で温め、喉が渇いたと言えば口元にカップを運び、疲れたときには足をさすってやりたい。非日常も、ありふれた日常も、あらゆる時を彼女とともにしたい。

だが、たった一度気持ちを伝え、話しあい、情熱的な夜をともにするくらいではキャサリンを手に入れることはできないだろう。辛抱強く語りかけ、彼を拒む理由をひとつひとつ取り除いていかねばならない。これには忍耐力と献身と時間が求められるだろう。だがそんなこと、レオは気にしていない。キャサリンのためならそのくらいの、いやそれ以上の努力だって苦ではない。

彼女の部屋の前に着いたレオは、礼儀正しく扉をたたいて待った。当人がすぐさま現れ、扉の向こうからほほえみかけてきた。「おはよう」キャサリンは期待に瞳を輝かせた。

用意していたあいさつの言葉が、レオの頭のなかから消え去っていく。彼はゆっくりとキャサリンの全身を眺めまわした。目の前の彼女は、帽子の箱に描かれた美しいレディ、あるいは版画屋の店先に飾られた淑女画を思わせた。非の打ちどころのない無垢な美を前にして、レオはボンボンの包み紙を剝ぐように、ドレスを脱がせたくてたまらなくなる。

彼がいつまでも黙りこんでいると、キャサリンがふたたび口を開いた。

「出かける準備はもう整っているわ。どこへ行くのかしら？」

「忘れた」レオはなおもキャサリンを見つめたまま答えた。彼女を室内に押し戻そうとするかのように、一歩前に足を踏みだす。

だがキャサリンはその場に踏みとどまり、手袋をした手を彼の胸に置いた。

「部屋に入っていただくわけにはいかないわ。不適切だもの。ついでに言うと、目的地まで馬車で行くのなら、無蓋の馬車を用意してくれているとありがたいのだけど」

「馬車のほうがいいなら用意しよう。だが目的地はすぐそこでね。それに、セント・ジェームズ・パークを通るから歩いていくほうが気持ちいい。徒歩でいいか？」

キャサリンはすぐさまうなずいた。

ホテルを出ると、レオは縁石のすぐ脇を歩きだした。彼の肘に手をかけて歩みを進めつつ、キャサリンはベアトリクスと一緒に読んだ本から得たという、公園に関する知識を披露した。一六〇〇年代初頭の公園には、ジェームズ一世の命によりラクダやワニ、象といった動物たちが飼育されていたほか、鳥籠がずらりと並ぶ小道があった。現在では、その小道にちなんで公園脇の通りがバードケージ・ウォークと呼ばれている、などなど。レオは彼女の話を受け、公園を横切る遊歩道を設計したジョン・ナッシュの逸話を話して聞かせた。バッキンガム宮殿へとつづく遊歩道はその後、王族が式典などを行う際の公道として使われるようになった。

「ナッシュは当時、うぬぼれ屋と呼ばれていてね」レオは言った。「傲慢で尊大だったらしい。とはいえ、あのように才能豊かな建築家には必要不可欠な資質だ」

「そうなの？」キャサリンは興味津々にたずねた。「でも、なぜ？」

「重要な建設事業には莫大な金が投じられるし、そうした建築物は公共性も高い……頭のなかで描いた設計図を、巨大な建築物に仕立て上げることに意義があるなどと思えるのは、よほど鉄面皮な人間だけだよ。美術館に展示された絵なら、われわれは熱心に見ることもできるし、目を向けずにいることもできる。だが建築物はそういうわけにいかない。目障りなデザインだったりすれば、あとは神に助けを求めるしかない」

彼女がまじまじと見つめてくる。

「ミスター・ナッシュのように、王宮や国の建造物を手がけたいと思ったことはある？」

「いいや。偉大な建築家になりたいなんて野望は持っていないよ。人の役に立つ建築家でいられればいい。もっと小規模な仕事のほうが好みだしね。領地に小作人の住まいを建てるとか。小作人の住まいも王宮も、大切さは変わらない」レオは彼女に合わせて歩幅を小さくし、舗道にでこぼこがあるのを見つけると、小さな手をそっと引いた。「二度目にフランスに渡ったとき、プロヴァンス地方で、エコール・デ・ボザール時代の恩師のひとりに偶然会ってね。じつに愉快なご老人だった」

「すごい偶然ね」

「いや、運命だ」

「運命を信じているの？」

レオはにやりと笑った。

「キャムやメリペンと一緒に暮らしていれば、いやでも信じるようになる、ちがうかい？」

キャサリンはほほえみかえし、首を横に振った。

「わたしは疑り深いたちだから。この世に生まれてきたのは運命だし、機会を生かせるかどうかも運命が決めるとは思うけれど。話をつづけて……その先生の話が聞きたいわ」

「再会してからは、ジョゼフ教授のもとを何度となく訪れ、先生のアトリエで絵を描いたり、図面をひいたり、建築学を学んだりした」恩師の名を口にしたとき、レオはフランス風に、〝ゼ〟にアクセントをつけて発音した。言葉を切り、当時をなつかしむ表情で苦笑交じりにつづける。「だいたいいつも、シャルトリューズのグラス片手に語りあっていた。どうしてもやめられなくてね」

「どんな話をしたの？」優しくたずねる声。

「建築の話ばかりさ。ジョゼフ教授は傲慢さのかけらもない方でね……完璧に設計された小さなコテージには、壮大なる宮殿に負けない価値があると教えてくれた。学校ではけっしてしなかったような話も聞かせてくれた。たとえば、物質と精神の結びつきについて……絵画や彫像、あるいは建築物といった人の手になる創造物に、人はときに人智を超えたなにかを感じとる。その一瞬、人の精神は清明になる。清明なる精神こそ、天を垣間見る鍵である」

キャサリンの当惑の表情に気づいて、レオはそこでいったん口を閉じた。

「すまない。退屈な話だったろう」

「いいえ、ちっとも」それから三〇秒ほど、ふたりは無言でただ歩いていたが、キャサリンがいきなり堰を切るように言った。「わたし、あなたのことを全然わかっていなかったのね。話せば話すほど、勝手な思いこみが覆されるばかりだわ。なんだかとまどってしまう」

「それはつまり、求婚を拒む気持ちが薄らぎつつあるということかな？」

「まさか」キャサリンが答え、レオは笑った。

「いずれ薄らぐよ。わたしの魅力に、永遠に抗いつづけるのは不可能だ」レオは彼女を導いて公園を離れ、店舗や会社が並ぶにぎやかな通りへといざなった。

「紳士服のお店にでも案内してくれるの？」陳列窓を眺めながらため息をつき、キャサリンがたずねる。「それとも花屋さん？　書店かしら」

「ここだ」レオはとある窓の前で歩みを止めた。「なんの店だと思う？」

窓の内側につるされた看板を、キャサリンは目を細めて見た。「望遠鏡？」当惑した声音で訊く。「わたしに天文学者になってほしいの？」

レオは彼女をあらためて看板のほうに向かせた。「つづきを読んで」

「〝キャンプ用、競馬用、オペラ用眼鏡、および光学器具の専門店〟」キャサリンは声に出して読んだ。「〝王室御用達。最新機器を用いたドクター・ヘンリー・シェイファーによる視力検査で、視力を科学的に矯正いたします〟」

「ドクター・シェイファーはロンドン一の眼科医だ」レオは説明した。「世界一と言う人もいる。トリニティ・カレッジで天文学の教授を務めていたんだが、レンズの研究をするうちに、人の目に関心を持つようになった。その後、眼科医の資格を取り、視力矯正の技術を大きく前進させた。今日はきみのために、予約を入れておいた」

「でも、ロンドン一の眼科医なんてわたしには必要ないわ」キャサリンは拒んだ。そこまでしてくれるレオの真意を量りかねているらしい。

「おいで、ミス・マークス」レオは彼女を玄関のほうへと引っ張った。「そろそろちゃんとした眼鏡を作ったほうがいい」

店内には興味深い品々があふれていた。何本も並ぶ棚には、望遠鏡や拡大鏡、双眼鏡、立体鏡、ありとあらゆる種類の眼鏡が置かれている。感じのいい若者がふたりを出迎え、ドクター・シェイファーを呼びに行った。すぐさま現れたドクターは、じつに陽気でほがらかな人だった。ピンクの頬は純白の豊かなひげに覆われ、ほほえむたび、雪のように白い口ひげの端が上がる。

ドクターはまず店内を案内した。立体鏡の前で立ち止まったときには、人の遠近感に錯覚を起こさせる原理について説明をした。「立体鏡の用途はふたつあります」ドクターは眼鏡の向こうで瞳をきらきらさせ、さらに話をつづけた。「ひとつめは、立体画を使って、目の焦点に異常のある患者に施術を行うこと。ふたつめは、元気な子どもを喜ばせること」

　それから彼は、店の奥にある部屋へと向かった。レオとともにそのあとについていくキャサリンは、ことのなりゆきに用心しつつも、抗う気持ちはなくなっていた。これまで眼鏡を買うときはいつも、いくつかのレンズをのせたトレーを店員が持ってきて、ひとつずつ彼女の目元にあてて試させ、そのなかから彼女自身がこれならよく見えるというものを選び、そのレンズで店員が眼鏡を作る、という段取りだった。

　けれどもドクター・シェイファーは、キャサリンの目に瞳孔を拡大させる薬をたらしたのち、「角膜ルーペ」なるレンズで目を調べる方法をとった。眼球そのものに疾患や変質は見あたりませんなと告げたあとは、壁に貼られた三枚の表を指さし、そこに書かれた文字や数字を読み上げてくださいと言った。キャサリンは度数のちがうレンズを目にあて、何度も何度もその表を読み上げ、そうしてやっと、ほぼ完璧にものが見えるレンズを探しあてた。

　フレームを決める段になると、レオがいきなり意見を述べだし、キャサリンとドクターを驚かせた。

「現在ミス・マークスがかけている眼鏡は、鼻梁に跡がついてしまうのですよ」レオは言った。

「鼻梁にあたる部分の形状を調節する必要がありますな」ドクターが応じる。

「そのとおり」レオはうなずき、上着のポケットから一片の紙を取りだすと、テーブルの上に置いた。「ただし、ほかにもいくつか案があるのです。鼻梁にあたるブリッジの部分を高くして、レンズがもう少し顔から離れるようにしてはどうでしょう？」

「つまり、鼻眼鏡のような形をお考えということですかな？」シェイファーが思案する顔でたずねる。

「ええ、そのほうが快適にかけられますし、ずれたりもしないはずですから」

ドクターはレオの描いた絵をまじまじと見つめた。

「ほう、耳づるが曲線状になっていますな。変わった形だ」

「そのような形にすれば、眼鏡が落ちる心配もないでしょう」

「眼鏡が落ちることを、危惧してらっしゃる？」

「まさしく」とレオ。「なにしろこちらは非常に活発な女性で。動物を追いかけたり、屋根を踏み抜いて落ちたり、岩を積み上げたりとじつに忙しい――毎日がそんなあんばいなのですよ」

「ラムゼイ卿」キャサリンは咎めるように呼んだ。

ドクターは頰をゆるめ、彼女のゆがんだ眼鏡を丹念に見た。「これを拝見するかぎり、ラムゼイ卿のおっしゃるとおりのようですな」口ひげの端が上がる。「ではさっそく、この絵に基づいて職人にフレームを作らせましょう」

「銀のフレームを」レオは命じ、いったん口を閉じて、キャサリンに小さな笑みを向けた。

「それから耳づるには、銀線細工《フィリグリー》をほどこすよう職人に伝えてください。あまり派手すぎない……繊細な細工を」

彼女はすかさず首を横に振った。「そんなお金のかかる細工、必要ないわ」

「いま言ったとおりのデザインでお願いします」レオはドクターに告げた。視線はキャサリンの瞳をとらえたままだ。「きみの顔には繊細な細工がふさわしい。名作をありきたりな額縁に入れるわけにはいかないだろう?」

キャサリンはたしなめるように彼をにらんだ。あからさまなお世辞は嫌いだし、はなから信じないし、彼の魅力の前にとろけてしまうつもりもない。だがレオは、いつまで経ってもほほえみを消そうとしなかった。彼と向きあい、いたずらな青い瞳で見つめられるうち、彼女は胸の奥が痛いほどに甘くうずきだすのを覚えた。それから、瀬戸際に立ち、いまにも足を踏みはずしそうになっている感覚に襲われた。落ちたら最後……わかっているのに、危険に背を向けることができない。

危うい平衡を保ってその場に踏みとどまり、わが身を守ることもかなわず……彼女はただ、切望と恐れのはざまに立ちつくしている。

24

ロンドンのホテル経営者として知られるミスター・ハリー・ラトレッジはこのほど、ミス・キャサリン・マークスを名乗る女性が自らの異父妹であることを明らかにした。ミス・マークスはこれまでハンプシャー州のラムゼイ子爵邸にて、一家のコンパニオンとしてひっそりと暮らしていたとのこと。ミス・マークスの素性を隠してきた理由をミスター・ラトレッジは、同氏の母が夫以外の男性とのあいだにもうけた非嫡出子である事実をかんがみた判断だったと説明。あわせて同氏は、ミス・マークスが礼儀正しく洗練されたレディであると述べ、〝あらゆる意味で尊敬に値する〟同女との血縁関係を明らかにできて誇りに思うと語った。

「お世辞が上手ね」キャサリンはさらりと言い、タイムズ紙を脇にやった。朝食のテーブルの向かいについたハリーを、苦笑交じりに見やる。「いよいよ質問の嵐がやってくるわ」

「わたしが対応するから大丈夫さ」ハリーは言った。「きみは、わたしとポピーと一緒に劇場へ行ったときに、そこに書いてあるとおりの礼儀正しく洗練されたレディを演じてくれればそれでいい」

「劇場にはいつ行くの？」ポピーはたずね、ハチミツをかけたクランペットの最後の一片を口に放りこんだ。

「明日の晩でどうだろう？」

うなずいたキャサリンは、想像して陰気な顔になりかけた。きっと周りの人からじろじろ見られ、噂の的になるのだろう。人目にさらされるのだと思うと、身がすくむ気がした。だがその一方で、劇場は舞台を見る場所なのだから、人びとの関心もそちらに集中するはずだとの思いもあった。

「お兄様も誘う？」ポピーがたずね、ハリーとともにキャサリンを見つめる。

キャサリンはさりげなく肩をすくめたが、ふたりはそのしぐさに、ぎこちなさを感じたにちがいない。

「誘ったらまずいかい？」ハリーがたずねた。

「いいえ、もちろんかまわないわ。ポピーのお兄様で、わたしの元雇い主だもの」

「それに、きみの婚約者と呼べるかもしれないしね」ハリーがつぶやく。

キャサリンはすかさず彼に視線を投げた。「まだ求婚をお受けしていないわ」

「だが、受けようと考えてはいるんだろう……ちがうかい？」

心臓がふたつ三つ、すばやい鼓動を打つ。「どうかしら」

「キャット、この問題できみを困らせるつもりはない。だが、ラムゼイをいつまで待たせるつもりだい？」

「そう長くは」キャサリンは眉根を寄せて紅茶を見つめた。「ラムゼイ・ハウスを維持するためには、彼も早くお相手を見つけなくちゃいけないでしょうし」

そこへ扉をたたく音がし、ハリーの右腕、ジェイク・ヴァレンタインが部屋に入ってきた。業務日誌の束と、何十通という手紙を抱えている。一通はポピー宛で、彼女はそれを優しい笑みとともに受け取った。

「ありがとう、ミスター・ヴァレンタイン」

「どういたしまして」ヴァレンタインは笑顔で応じ、おじぎをしてから部屋を出ていった。どうやらポピーに大いに魅了されているらしいが、それもしかたのないことだろう。

ポピーが封蠟を剝がし、文面に目を走らせる。読み進むにつれて、彼女のきれいな眉が徐々につりあがっていった。

「なんなの、どうしてそんな妙なことを」

ハリーとキャサリンは同時に、問いかけるまなざしを彼女に向けた。

「レディ・フィッツウォルターからよ。慈善事業で知りあった方。ミス・ダーヴィンと女伯爵がロンドンにいらっしゃるから、お兄様を説得してふたりに会いに行かせてほしいというの。ふたりが借りている家の住所まで書いてあるわ」

「そんなに妙な話ではないでしょう」キャサリンはいかにももっともらしく言った。内心では、かすかな不安を感じている。「だってレディは、どんな理由があろうと自分から殿方のもとを訪れるわけにいかないわ。となれば、双方を知っている人物に会合を設けてほしいと頼むのはごく普通のこと」

「それはそうだけど、ミス・ダーヴィンがお兄様にいったいなんの話があるというの？」

「相続の件かもしれないな」ハリーが興味深げにつぶやく。「なんらかの譲歩を提案してくる可能性もある」

「なにかしら提案したいことがあるのはまちがいないでしょうね」キャサリンはむっつりと応じた。黒髪のミス・ダーヴィンの美貌を、思い出さずにはいられなかった。ワルツを踊る彼女とレオはじつに人目を引いた。「ただし、会合の目的は相続の一件ではないはずよ。もっと個人的な話ではないかしら。相続のことなら、弁護士に任せておけばすむでしょうし」

「キャムとメリペンはね、ミス・ダーヴィンのことを恐怖しているのよ」ポピーが笑いながら夫に伝える。「お姉様が手紙で教えてくれたわ。ミス・ダーヴィンが舞踏会に着ていらしたドレスにクジャクの羽根があしらわれていたのだけど、ロマにとってそれは凶兆なんですって」

「ヒンドゥー教のある宗派では」ハリーが知識を披露する。「クジャクは雨季に鳴くものだとして、あの鳥を豊穣のシンボルとみなしているようだね」

「凶事か、それとも豊穣か」ポピーはそっけなくつぶやいた。「ミス・ダーヴィンがどちらの象徴なのか、たしかめてみたい気もするけど」

てやる。

「いやでも、お兄様に選択肢はないの」ポピーが言い、居間に入ってきた兄の上着を脱がせ
膝にドジャーをのせて座るキャサリンを認めると、レオはすぐさま近づいてきた。「やあ」と声をかけ、彼女の手をとり、指の背にそっとキスをする。レオの唇は温かくやわらかで、その感触に思わず息をのまずにはいられない。

「いいかな？」レオはたずね、長椅子の空いたところを目顔で示した。

「ええ、もちろん」

ポピーが暖炉脇の椅子に腰を下ろし、レオがキャサリンのとなりに腰かける。

キャサリンは幾度もくりかえし、ドジャーの毛皮を撫でた。フェレットはぴくりとも動かない。睡眠中のフェレットは脱力しきっていて、起こそうとしても起きない。知らない人が見れば死んだかと思うだろう。たとえつまみあげて左右に体を振っても、気にせず眠りつづけるはずだ。

レオが手を伸ばし、ドジャーの小さな手足を持ち上げたり、キャサリンの膝にまた落としたりと、からかいはじめる。知らずに眠りこけるフェレットを見て、ふたりはくすくすと笑った。

ふとキャサリンは、レオからかぎなれない匂いがするのに気づいた。飼料と干し草、鼻をつんとつく動物の匂い。興味を引かれた彼女は鼻をくんくんと言わせた。

「なんだか……馬の匂いがするみたい。午前中に遠乗りをしてきたの？」

「動物園の香りだよ」レオは瞳をきらきらさせた。「ロンドン動物学協会の事務局長と会ってきた。協会の動物園で、新しい展示場を見せてもらったよ」

「なんの展示場？」

「建築家ローランド・テンプルの下で一緒に修業を積んだ旧友が、女王陛下の命を受けてゴリラ舎の設計を担当したんだ。ところが現在、あの動物園では小さな檻にゴリラを閉じこめていてね。虐待同然だ。旧友が、十分な大きさと安全性を同時に確保しようにも莫大な費用がかかって不可能だと言うので、だったら堀を設けたらどうかと提案したわけさ」

「堀？」ポピーがくりかえす。

レオはほほえんだ。「ゴリラは水泳が苦手だからね」

「どこからそんな知識を仕入れたの？」キャサリンは愉快そうにたずねた。「ベアトリクス？」

「もちろん」レオは苦笑を浮かべた。「その提案を受け、協会はわたしを顧問として雇った気になっているらしい」

「となると、新しいお客様の要望を知るためには」キャサリンは冗談めかした。「彼らの意見をまず聞かなくてはいけないわけね」

レオがぷっと噴きだす。「どうやらきみは、腹を立てたゴリラがなにを投げるか知らないようだな」口元をゆがめてつづける。「いずれにしても、ミス・ダーヴィンと母君に会うよりは、ゴリラと過ごすほうがずっとましだ」

翌晩の舞台は、やたらと感傷的だがたいそうおもしろかった。主人公はロシア人のハンサムな小作人で、学がないことを苦にしている。ようやく愛する女性との結婚式を迎えるが、その当日、哀れな娘は君主に乱暴され、気を失っているあいだに毒蛇にかまれてしまう。瀕死の娘はやっとの思いで家に帰ると、婚約者に一部始終を打ち明けてこと切れる。そうしてハンサムな小作人は君主への復讐を誓う。目的を果たす途上、貴族のふりをして法廷を訪れた主人公は、亡くなった娘にうりふたつの女性と出会う。なんとその女性は愛する娘と一卵性双生児で、さらに厄介なことには、あの邪悪な君主の息子に恋をしているのだった。

ここでいったん休憩に入った。

じつは舞台を見ているあいだ、キャサリンもポピーもせっかく楽しんでいたのに、ハリーとレオが声を潜めて寸評を交わすので、すっかり水を差されていた。いわく、毒蛇にかまれた娘は断末魔の苦しみの最中に、かまれたのと反対側の脇腹を押さえていた。いわく、毒蛇にかまれた場合、人は死の淵をさまよいながら愛の詩をささやいたりできないはずだ。

「ロマンチックのロの字も知らない人ね」休憩のとき、ポピーはハリーを咎めた。

「頭ではね」ハリーはまじめな顔で応じた。「だが頭以外の場所は、ロマンチックのなんたるかを深く理解しているよ」

ポピーは笑い声をあげ、糊のきいた純白のクラヴァットに手を触れ、ありもしないしわを伸ばした。

「ねえ、ボックス席までシャンパンを持ってくるよう、誰かに頼んでくださらない？　キャサリンもわたしも、喉が渇いちゃった」

「わたしが言ってこよう」レオは立ち上がって上着のボタンを留めた。「ばかみたいに窮屈な椅子に一時間半も座っていたから、少し歩きたい」キャサリンを見下ろしてつづける。「一緒にどうだい？」

彼女はかぶりを振った。人波のあいだを歩くより、席にいるほうがずっと安心できる。

「ありがとう。でも、わたしはとくに窮屈じゃないから」

ボックス席後方のカーテンをレオが開ける。その向こうの廊下は、やはりひどく混みあっていた。そこへ紳士とレディが現れ、ラトレッジ夫妻に気さくにあいさつをした。ハリーがキャサリンに来客を紹介する。ディスペンサー夫妻に、夫人の妹のミセス・ライル。キャサリンは、きっと冷ややかな目で見られ、侮蔑の言葉を投げられるのだろうと身がまえた。ところが三人は笑顔を絶やさず、じつに礼儀正しく接してくれた。人の悪い面ばかり見ようとするのはもうやめよう。彼女は自嘲気味に思った。

ポピーがレディ・ディスペンサーに、子どものことをたずねる。病の床に伏せっていたらしく、夫人は息子にどんな薬を飲ませ、治療をほどこしてもらったか、ことこまかに話した。さらに幾人もの人びとがボックス席を訪れ、ハリーと話す順番待ちを始める。キャサリンは立ち上がって、彼らのために場所を空けた。カーテンの脇にたたずみ、廊下とボックス席に大波のごとく流れる会話や、一階席から聞こえてくるざわめきを辛抱強くやり過ごす。いつ終わるとも知れないどよめきや人波の動きに、彼女はいらだちを覚えた。場内は空気がよどみ、いたるところで群れなす人びとの体が発する熱でむっとするほど暑い。早く舞台が再開してくれるといいのだが。

両手を背中にまわして立っていたキャサリンは、カーテンの向こうから誰かの手が伸びてきて、手首をつかむのに気づいた。たくましい体が背中に押しつけられる。レオがふざけているのだろう。そう彼女は思い、口元に笑みを浮かべた。

だが耳元でささやく声はレオのものではなかった。悪夢がよみがえる。

「わたしのかわいい小鳥。きれいな羽をまとったおまえは、なんて愛らしいのだろう」

25

　キャサリンは身をこわばらせ、手をこぶしにした。けれども手袋の上からきつくつかんでくるラティマーの手を、振りほどくことはかなわなかった。ラティマーが彼女の手首を数センチひねりあげ、抑えた口調でなおもささやきかける。

　だが驚愕に凍りついたキャサリンは、狂ったように打つおのれの鼓動以外なにも聞こえなかった。時が止まり、とぎれとぎれに流れ、やがて這うように進みだし、悪夢の声が聞こえてくる。「……みんながおまえの噂をしているぞ……」蔑みに満ちた声だった。「ラトレッジの謎の妹について、誰もがもっと知りたがっている……美人なのか、不器量なのか。たしなみはあるのか、下品きわまりないのか。裕福なのか、困窮しているのか。わたしなら、連中に答えを教えてやれるかもしれないな。〝美人だとも〟好奇心旺盛な友人たちにそう教えてやろうか。〝ただし、悪名高き売春宿でたっぷり仕込まれた、あくどいぺてん師だ。しかも生まれながらの娼婦とくる〟とね」

　キャサリンは無言を通し、懸命に鼻で息をした。ハリーの妹として初めて公の場に出た今日、醜態をさらすわけにはいかない。ラティマーと口論にでもなろうものなら、過去のつながりはすぐさま明るみに出て、彼女の立場はもろくも崩れる。

「もっと教えてあげたらどうなの」キャサリンはささやきかえした。「そういうご自分は一五歳の少女を犯そうとした薄汚い卑劣漢だと」

「ちっちっ……おまえもまだまだ甘いね、キャサリン。世間は、男の情熱をけっして責めたりしないものだよ。それがどんなに、ねじくれたものだろうと。世の人びとが責めるのは、男の欲望をかきたてる女だ。彼らに同情を求めてもむださ。連中は汚された女を嫌悪する。その女が美しければなおさらだ」

「ラムゼイ卿は――」

「ラムゼイなど、おまえを利用しつくして捨てるに決まっている。相手がどんな女だろうと同じだ。自分だけは特別だと思うほど、うぬぼれ屋でも愚か者でもないだろう？」

「なにが望み？」彼女は歯を食いしばってたずねた。

「払った代価に対するもの」ラティマーはささやいた。「ずっと昔に手に入れられたはずのものだよ。わたしはあきらめない。おまえには、それ以外の未来などないのだよ。まともな人生を送ろうなんて土台無理なんだ。いずれおまえはゴシップにまみれる。そうして誰からも見放される」

枷《かせ》のごとくからみつく手が離れ、悪夢は立ち去った。

キャサリンはうちひしがれた思いで、よろめきながら椅子に歩み寄り、どさりと座りこんだ。必死に冷静を保とうと、顔をまっすぐ前に向ける。視界にはなにも映らない。場内のざわめきに四方から押しつぶされそうだ。恐れを客観的に見つめ、その周りに障壁をめぐらそうとする。ラティマーを恐れてはいなかった。嫌悪はしているが、かつてのように恐怖してはいない。いまの彼女には、自分の望むとおりに生きられるだけの十分な財産がある。ハリーやポピーやハサウェイ家の人びともいる。

だがラティマーは、残酷なほど正確に彼女の恐れを指摘した。人は人と闘うことができるが、噂には太刀打ちもできない。いくら過去を偽っても、いずれ真実はおのずと明らかになる。どんなに誓いをたてようと、それは破られることがままある。

キャサリンは憂鬱にとらわれた。自分が汚れた人間に思えた。

となりに座るポピーがほほえみかけてくる。

「そろそろ第二幕が始まるわね。主人公は君主様に復讐できると思う？」

「ええ、もちろん」キャサリンは答えた。軽い声音を作ろうとしたのに、出てきたのは振りしぼるような声だった。

笑みを消したポピーは顔をのぞきこんできた。

「どうかしたの？　まあ、真っ青よ。なにかあったの？」

キャサリンが答える前に、レオが肩でカーテンをどけながらボックス席に戻ってきた。その後ろから、シャンパンをのせたトレーを持った給仕係が現れる。オーケストラ・ボックスのほうから小さな鐘の音が聞こえてきて、間もなく第二幕が始まることを告げる。ボックス席を訪れていた人びとが立ち去りだし、廊下の人波が引く気配がする。キャサリンは安堵した。

「お待たせ」レオは妹とキャサリンにシャンパンを手渡した。「一気に飲んだほうがいい」

「どうして？」キャサリンは強いて笑みを浮かべた。

「この手のクープグラスだと、あっという間に泡が消えてしまうからね」

レディらしからぬ勢いでグラスの中身を空けると、キャサリンは目を閉じ、はじける泡が喉を伝っていく感覚を味わった。

「そこまで慌てて飲まなくてもよかったのに」レオは言い、少し心配そうなまなざしで彼女を見つめた。

照明が落ちはじめ、観客が自分の席に着く。

キャサリンは、冷たいシャンパンの瓶が置かれた銀のスタンドを見やった。瓶の首には純白のナプキンが巻かれている。「もう一杯いただいてもいいかしら」彼女はささやいた。

「だめだよ。そんなに急に何杯も飲んだら、酔っぱらってしまうだろう？」レオは空のグラスを取り上げて脇に置き、手袋の上から彼女の手を握りしめた。「なにを考えてる？」と静かに促す。「話してごらん」

「あとにしましょう」キャサリンはささやきかえし、彼の手から自分の手を引き抜いた。

「お願い」みんなのために、今夜を台無しにしたくはなかった。第一、レオがラティマーを捜しだし、衆目の前で対決するようなことにでもなったら大変だ。いまこの場で、レオに打ち明けてもなんにもならない。

場内が暗くなり、舞台が再開される。だが涙を誘うお芝居も、凍てつくばかりの絶望を追いはらってはくれなかった。キャサリンは舞台だけを見つめ、俳優たちのせりふを異国の言葉のように感じながら聞いていた。そうしながらも内心では、この葛藤をどうすれば解決できるだろうかと考えをめぐらせていた。

答えはすでにわかっていたが、それでも考えずにはいられなかった。かつての境遇に、彼女自身はなんの責任もない。悪いのはラティマーとアルシア叔母と祖母だ。これから一生、自分にそう言い聞かせて生きていけばすむ話だ。それなのに、罪悪感と痛みと困惑が胸の内から消え去ってくれない。どうしたらこの思いをぬぐい去れるのだろう。この思いから解放される日は、果たして来るのだろうか。

それから一〇分ほどのあいだに、レオは何度もキャサリンの表情をうかがった。どうも様子が変だった。なるほど表面上は、舞台だけに集中している。だがなにかとてつもない問題に直面し、そのことで頭がいっぱいなのは明らかだ。まるで氷のなかに閉じこめられてしまったかのように、彼女が遠く、手の届かない存在に思える。なんとかして心を落ち着けてやりたいと思い、レオはふたたび彼女の手をとると、手首までの手袋の端を親指でなぞった。そうして、刺すように冷たい肌に仰天した。

眉間に深いしわを寄せ、彼はポピーのほうに顔を寄せた。「ミス・マークスになにかあったのか？」と小声でたずねる。

「わからないの」妹は弱りきった声で答えた。「ハリーとわたしがディスペンサー夫妻とおしゃべりをしているあいだ、キャサリンはボックス席の端に立っていたわ。あらためて着席し、彼女の顔を見てみたら、真っ青になっていたの」

「いまからホテルに連れて帰ろう」レオは言った。

ふたりの会話に気づいたハリーが、眉をひそめて小声で口を挟む。

「では、われわれも帰るとしよう」

「誰も帰る必要なんてないわ」キャサリンは抗った。

彼女を無視して、レオは義弟をまじまじと見つめた。

「きみたちは残って舞台を最後まで見たほうがいい。誰かにミス・マークスのことを訊かれたら、気鬱だとでも言っておいてくれ」

「気鬱だなんて、やめて」キャサリンが鋭い声で抗議する。

「だったら、わたしが気鬱だと言っておけばいい」レオは義弟に告げた。

その一言で、キャサリンもやっとわれにかえってくれたらしい。「男性は気鬱になんてなりません。あれは女性特有のものだわ」と反論したとき、いつもの生き生きとした口調がわずかに戻っていた。

「あいにく、わたしはなるんだ」レオは応じた。「気絶もするし」そう言いつつ、彼女に手を差し伸べて立たせた。

ハリーも立ち上がり、心配そうに妹を見やる。「いいのか、キャット?」彼はたずねた。

「ええ」キャサリンはわずらわしそうに答えた。「さもないとラムゼイ卿に、気つけ薬をかがされそうだもの」

キャサリンをエスコートして場外に出ると、レオは貸し馬車を呼んだ。二輪の有蓋馬車で、後方の高い位置に御者席が設けてある。天井の跳ね上げ戸から、御者に指示を出せる造りだ。

彼女とともに馬車に歩み寄りながら、キャサリンは誰かの視線を感じた。ラティマーが追ってきたのではないかと怯えながら左手を見やると、劇場の前廊《ポルチコ》に並ぶ太い柱のかたわらに、ひとりの男性が立っていた。ラティマーではない。もっと若い男性だ。背は高く、痩せこけており、くたびれた黒っぽい服と帽子といういでたちとあいまって、まるでかかしのように見える。いかにもロンドンっ子らしい青白い顔は、めったに外に出ず、たまに出ても都会の汚れた空気越しにしか陽射しを浴びられないせいだろう。肉のそげた顔のなかで、太い眉が黒々と目立っている。肌には、若さに似合わぬしわが刻まれている。

そして青年は、キャサリンを凝視していた。

彼女はためらいがちに歩みを止めた。青年の顔になんとなく見覚えがある気がした。以前にどこかで会ったのだろうか。だが考えても思い出せない。

「行こう」レオが促し、馬車のほうに引っ張る。

キャサリンは抗った。見知らぬ青年の、カラスのごとき黒い瞳に射すくめられる。

レオが彼女の視線の先を追う。「誰だ？」

青年がこちらにやってくる。帽子をとると、モップのようにからまった黒髪が現れた。

「ミス・キャサリン？」青年はぎこちなくたずねた。

「ウィリアム」驚きのあまり、彼女は息をのんだ。

「お久しぶりです」青年の口の端が、ほほえむように上がった。彼はさらに一歩前に踏みだし、まごまごとおじぎをした。

警戒したレオがふたりのあいだに立ちはだかり、キャサリンを見下ろす。「何者だ？」

「あの子よ。あなたにも以前話した……祖母の家で働いていた少年」

「雑用係の？」

キャサリンはうなずいた。

「そう、彼のおかげでハリーに……手紙を届けることができた。お願い、話をさせて」

レオは冷ややかな表情を浮かべた。

「レディは通りで男と立ち話などしてはいけない。そうわたしに教えたのはきみのはずだぞ」

「ふだんはエチケットなんて気にしないくせに」キャサリンはいらだたしげに応じた。「彼と話したいの」レオの顔に拒絶の色が浮かぶのを見てとり、その手にそっと触れながら懇願する口調でつづける。「お願いよ」

レオが態度を和らげる。「二分だ」不快げな表情を浮かべつつそう言うと、彼はキャサリンのかたわらに立ち、氷のように冷たい青い瞳をウィリアムに向けた。

キャサリンが手招きをすると、ウィリアムはおどおどとこちらに近づいてきた。「すっかりレディですね、ミス・キャサリン」強いサウスロンドン訛りで言う。「でもすぐに、あなただってわかりました。顔と、それからその小さな眼鏡が昔のままです。ずっと、元気にしてるか気になってました」

「あなたこそ、見ちがえるようだわ、ウィリアム」キャサリンは懸命に笑顔をつくろった。「こんなに背が高くなって。いまもまだ……祖母のところで働いているの?」

ウィリアムはかぶりを振り、苦い笑いを浮かべた。

「おばあさんなら、二年前に亡くなりました。医者は心臓が悪かったんだろうって言ったんですけど、店の女の人たちは、そんなはずないって。おばあさんに、心臓はなかったからって」

「そう」キャサリンはささやくように言った。顔が青ざめ、こわばる。予期してしかるべきだった。祖母の心臓はずっと前から弱っていたのだから。祖母が亡くなったと聞けば、自分はきっと安堵するのだろうと思っていた。けれども実際には、陰鬱な気持ちになっただけだった。「では……叔母は? 叔母はまだあそこにいるの?」

ウィリアムが警戒のまなざしを周囲に投げる。「いまは、叔母さんが店を切り盛りしてます」青年は声を潜めた。「ぼくもいまは、叔母さんに雇われてるんです。おばあさんのときと同じように雑用をこなしてるんですけど、店はすっかり変わっちゃいました。昔のほうがまだましだ」

青年に対する哀れみが、キャサリンの胸の内にわいてくる。そのような人生にとらわれてしまうとは、運命はなんと不公平なのだろう。職業訓練を受けることも学校に通うこともできなかったウィリアムに、ほかに選択肢などなかったのだ。キャサリンは内心でひとつ決心をした。あとでハリーに、ウィリアムをホテルで雇ってほしいと頼んでみよう。まともな未来へとつながる仕事がきっと見つかるはずだ。「叔母は元気?」彼女はたずねた。

「体を壊してます」青年の痩せた顔がこわばる。「医者は、たぶん数年前に悪い病気をうつされて、それが関節や脳にも伝染したんだろうって言ってます。頭がどうかしちゃったみたいで。目もろくに見えないんです」

「それはつらいわね」キャサリンはつぶやくように言った。叔母を哀れに思いたいのに、恐れがかたまりとなって喉元にせり上がってくる。彼女はそれをのみこもうとした。そうしてさらに質問をしかけたが、ぶっきらぼうなレオの声にさえぎられてしまった。

「もう十分だろう。馬車が待ってる」

キャサリンは当惑の面持ちで幼なじみを見つめた。「わたしになにかできることはあるかしら、ウィリアム? お金は必要ない?」そう口にするなり後悔した。青年の顔には、自尊心を傷つけられた屈辱の色が広がっていた。もっと時間があれば、こんな状況でなければ、もう少しましなことを言えたのに。

ウィリアムはぎこちなく首を横に振った。「なんにもいりません、ミス・キャサリン」

「ラトレッジ・ホテルに泊まっているの。会いたかったら、わたしにできることがあったら

――」

「あなたを困らせるようなまねは、したくないんです。あなたはいつも、ぼくにとても優しくしてくれた。病気で寝こんだときには、薬をくれましたよね？　厨房の粗末なベッドで眠るぼくのところに来て、自分の使ってる毛布をかけてくれた。床に座って、ずっと見守ってくれた――」

「行くぞ」レオがさえぎり、ウィリアムに硬貨を投げる。

青年はそれを宙で受け止めた。こぶしを下ろし、羨望と怒りが入り交じった表情を浮かべ、顔をこわばらせる。「どうも」

レオはキャサリンの肘をつかみ、有無を言わせぬ様子で引っ張って馬車に乗せた。窮屈な座席に腰を下ろしたキャサリンが窓外に目をやったときには、ウィリアムの姿はすでになかった。

座席は狭苦しく、ピンクのシルク地を薔薇の花びらのように幾層にも重ねたキャサリンのドレスがレオの太ももの上にまで広がった。

険しい表情を浮かべた彼女の横顔を見つめつつ、レオは思った。かつてのキャサリン・マークスに戻ってしまったようだと。

「あんなふうに無理やり引っ張ることはなかったでしょう」彼女はレオを咎めた。「ウィリアムにも失礼だわ」

レオは平然と彼女を見やった。「ああ、あとで思いかえして、さぞかし後悔するだろうさ」

「まだ彼に訊きたいことだってあったのに」

「そう、悪い病気とやらについて、もっといろいろと教えてもらえただろうからな。せっかくの楽しい会話の邪魔をしてしまって、じつに申し訳ない。道の真ん中で、売春宿での古きよき日々を存分に語らせてあげるべきだった」

「ウィリアムは本当に優しい子だった」キャサリンは静かに言った。「いまのような暮らしはふさわしくないわ。よちよち歩きのころから仕事をさせられて。靴を磨いたり、水のたっぷり入った重たい手桶を、上の階や下の階に運んだり……みなしごのあの子は学校にも行かせてもらえなかった。不幸な境遇にある人びとを、哀れむ気持ちはないの？」

「そういう子どもは街中いたるところにいる。彼らのために、わたしは国会でできるかぎりのことをしているし、慈善団体に寄付も行っている。もちろん哀れむ気持ちはあるとも。だがいまは、誰よりもきみの不幸な境遇に関心があってね。それにきみにいくつか質問がある。その一。舞台の休憩中にいったいなにがあった？」

答えようとしないキャサリンの顎をレオは優しく、だがしっかりとつかんで、自分のほうに顔を向かせた。

「逃げるんじゃない」

彼女は疲れたような目でレオを見た。「ラティマー卿が現れたの」

腹立たしげに目を細め、レオは顎をつかむ手を少し下にずらした。

「ボックス席にいるときに？」

「ええ。ハリーとポピーには見られていないわ。席の後ろのほうに立っていたとき、カーテン越しに話しかけてきたの」

レオは爆発せんばかりの怒りを覚えた。一瞬、言葉さえ忘れたほどだ。いますぐ劇場に戻り、あのけだものをなぶり殺しにしてやりたい。「やつはなんて？」かすれた声で詰問する。

「おまえは娼婦だ、あくどいぺてん師だって」

無意識に手に力を込めたレオは、彼女が顔をしかめるのに気づくと、すぐさま手を緩めた。「いやな目に遭わせてしまってすまない」やっとの思いで声をしぼりだす。「きみをひとりにするのではなかった。あれだけ脅しておけば、二度と近づいてこないだろうと高をくっていた」

「劇場で近づいてきたのは、あなたの脅しは怖くないと知らせるためなのだと思うわ」キャサリンはとぎれがちに息をした。「あのとき、お金だけ払わされて欲しいものを手に入れられなかったことで、自尊心を傷つけられたんでしょう。でも、ハリーが分与してくれた財産の一部をあげれば、ラティマーもわたしを放っておいてくれるかもしれない。秘密もばらさずにいてくれるかもしれないわ」

「いや、そんなまねをすれば、ラティマーにこれからも脅迫を許すことになる。それに、やつが口をつぐんでいるはずがない。いいかい、キャット……この問題にどう対処すべきか、わたしはハリーとすでに相談しておいた。数日後には、ラティマーは牢屋入りか、英国からの逃亡を余儀なくされているはずだ」

「いったいなんの罪で？」キャサリンは目を丸くした。

「さて、なんの罪にするかな。やつはほぼあらゆる罪を犯してきた。きみには、できれば具体的な話はしたくないね。レディの耳に入れるような内容ではないから」

「彼を英国から追いだすことが可能なの？　本当に？」

「ああ」

キャサリンの両肩が落ち、多少なりともほっとしたのがわかる。

「それなら安心ね。だけど……」

「だけど？」

探るようなレオのまなざしを、彼女は顔をそむけて避けた。

「なんでもないわ。ただ、ラティマーの言ったこともあながち嘘じゃないなと思って。実際、わたしはぺてん師のようなものだもの」

「自己憐憫もそれくらいにするんだな。未来の娼婦だと偽っただけの話だろう？　ぺてん師どころか、世のフェレットに大人気のお上品で礼儀正しいレディにしては、きみはじつに信頼できる」

「世のすべてのフェレットというわけじゃないわ。好いてくれるのはドジャーだけよ」

「ああ、あいつはいい趣味をしている」

「こんなときに笑わせないで」キャサリンはつぶやいた。「自分を哀れんでいるときにそんなふうに冗談で慰められるほど、いまいましいことはないわ」

レオは笑いをのみこんだ。「すまない」と謝罪の言葉を口にする。「では引きつづき、おのれを哀れんでくれたまえ。わたしが邪魔するまでは、たいそう上手にできていたようだから」

「どうも」彼女は嘆息し、しばし考えこむ顔になってから「もうっ」とぼやいた。「いまさら自分を哀れむ気持ちなんてわいてこないわ」細い指がレオの指にからめられる。彼女の指の背をレオは親指でなぞった。「ひとつはっきりさせておきたいことがあるの」キャサリンがささやく。「娼婦になるつもりなんて、これっぽっちもなかったわ」

「では、どんな人生を望んでいた？」

「どこかで静かに、平和に暮らせればそれで十分だった」

「それだけ？」

「ええ、それだけ。いまだに望みをかなえられずにいるけど。ただ……この数年間は、夢に近づけたと思っていたわ」

「結婚してくれ」レオは言った。「そうすればきみは夢をかなえられる。平和な暮らしを、ハンプシャーで手に入れるんだ。わたしも手に入るんだぞ。ケーキのアイシング程度のものにすぎないが」

キャサリンはしぶしぶ笑った。「ケーキには多すぎるくらいのアイシングね」

「多すぎるくらいのアイシングなんて、そうそうないだろうな」

「だけど、どうしても信じられないの。あなたがわたしとの結婚を、自由な日々以上に求めているとは」

「自由な日々ばかりじゃまずいから、きみと結婚したいんだよ」レオは応じた。本音だった。「好き勝手に生きるとわたしはだめになる。きみだってしょっちゅう、そう言ってわたしをたしなめていただろう？」

彼女は小さな苦笑いをもらした。「最近はあなたへの小言が足りなかったかもしれない」

「ではさっそく、ホテルの部屋で実践といこう。わたしはきみを好き勝手にしようとする。そしてきみは、わたしを拒み小言を言う」

「お断りだわ」

「その調子だ。もとのきみが戻ってきた」

レオは御者に、ホテル裏手の厩舎の脇に馬車をつけるよう指示を出した。ロビーを通ってホテル内に入るより、そのほうが人目につかなくていい。ふたりは裏階段を上り、廊下を歩いて、キャサリンのスイートルームに向かった。この時間、宿泊客はみな夜の街にくりだしているか、部屋で熟睡しているので、館内はひっそりとしている。

部屋の前に着き、キャサリンが腰に下げた小さなシルクの巾着から鍵を取りだすのを、レオは無言で待った。

「わたしがやろう」彼は言い、鍵を受け取って扉を開けた。

「ありがとう」キャサリンは礼を言うと、敷居のところで彼に向きなおった。

レオは彼女の整った顔をじっと見下ろした。その瞳に、苦悩と拒絶と切望が浮かぶのがわかる。「入れてくれないか」彼は静かに懇願した。

キャサリンはかぶりを振った。

「もう行って。こんなところに突っ立っていては、誰かに見咎められるわ」

「まだ夜になったばかりだ。部屋で、ひとりでなにをする？」

「眠るわ」

「嘘をつけ。また悪夢を見るのではないかと怯え、いつまでも起きているつもりだろう？」

図星だったようだ。レオはすかさずもう一押しした。「入れてくれ」

26

戸口に立ったレオは、自然なしぐさで手袋をはずした。まるで、自分を中心に世界がまわっているかのような態度だった。彼を見つめながら、キャサリンは口のなかがからからに乾いていくのを感じた。そんなキャサリンの気持ちを彼もわかってほしかった。そうして、抱きしめ、慰めてほしかった。レオにそばにいてほしかった。彼を部屋に招き入れたあと、なにが待っているかはたずねるまでもない。

そのとき、長い廊下の向こうから人の声が聞こえてきてキャサリンはぎくりとした。慌てて手を伸ばし、レオの上着の襟をつかんで室内へと引き入れる。すぐさま扉を閉め、「静かに」とささやき声で言った。

レオは両の手をキャサリンの脇に伸ばし、扉と自分の体のあいだに彼女を閉じこめるようにして立っている。

「わたしを静かにさせる方法なら、きみもよく知ってるだろう?」

人の声がだんだん近づいてくる。

表情をこわばらせたキャサリンにほほえみかけ、レオはいきなり廊下に聞こえるほどの大声を出した。

「ところで、ミス・マークス――」

ひっと息をのみ、彼女は自分の唇をレオの唇に押しあてた。彼を黙らせるためならなんでもする。とたんにレオは静かになり、大胆に、むさぼるような口づけを始めた。優雅な盛装越しにも、彼の体が発する熱と、硬くなったものを感じることができる。キャサリンはわれを忘れて彼の服をまさぐり、上着の下の熱がこもったところに手を差し入れた。

思わずあえぐと、声はふたりの唇のあいだからもれていった。レオの舌が深々と忍びこんできて、それに呼応するかのように下腹部にうずきが走った。脚に力が入らず、立っていられなくなる。眼鏡の位置がずれて、互いの顔に支えられるようなかたちになる。レオは手を上げて眼鏡をそっとどけ、たたんで上着のポケットにしまった。それから妙にゆっくりとした動作で鍵を扉の穴に差しこみ、内側から封印をした。キャサリンは押し黙って、切望と不安のはざまに立ちつくしている。

沈黙が流れるなか、レオがランプをつけに行った。マッチをするしゅっという音がし……蠟燭にぽっと炎がつく。闇につつまれた部屋で、キャサリンはフクロウのように目をしばたたいた。目の前に、レオの黒々とした大きな影がある。彼が欲しくてたまらず、空っぽのわが身がうずいた。彼がどんなふうに満たしてくれたか、結ばれたときに感じた甘い圧迫感がどんなふうだったか思い出すと、体中をしびれが駆け抜けた。

矢も盾もたまらず、キャサリンはレオに背を向けた。ドレスの背中には留め具がずらりと並んでいる。彼がドレスの背中をつかみ、胸が締めつけられた。つづけて背後で手際よく留め具をはずしていく気配があり、やがて布地が緩み、肩から落ちた。キャサリンはうなじにレオの唇を、高ぶった熱い吐息を感じた。ドレスが腰から臀部へと引き下ろされていく。彼女は身をよじって彼に手を貸し、幾層にもなったピンクのシルク地の輪から足を引き抜き、履物を蹴り脱いだ。あらためて彼女を自分のほうに向かせたレオが、コルセットの留め具もはずしていく。そうしながら、キャサリンの肩に交互に唇を寄せた。

「髪を下ろして」ささやきが彼女の素肌を撫でる。

キャサリンはおとなしく従った。シニヨンからピンを抜いて、手のなかで小さく束ねる。化粧台にそれを置いてからベッドに歩み寄り、そこにひとりで座って、レオが服を脱ぎ終えるのを緊張とともに待った。薄ぼんやりした彼の姿を、素肌の上で躍る光と影を、心かきたてられる思いでじっと見つめながら、どうにかして眼鏡を取り戻せないかしらと考えずにいられなかった。

「そんなふうに目を細めるのはおやめ。目つきが悪くなる」

「だって、あなたが見えないんだもの」

レオが近づいてくる。彼はどこもかしこも、美しい筋肉に覆われていた。

「このくらいの距離ならちゃんと見える？」

キャサリンはまじまじと彼を見てから答えた。「部分的にならら」

かすれた笑い声をあげ、レオはベッドに這い上ると、両の腕で彼女を組み敷いた。薄いシユミーズの下でつぼみが硬くなる。下腹部がこすれあい、屹立したものが巧みに押しあてられる。

「これならどう？」レオはささやきかけた。「だいぶよく見えるだろう？」

「だいたい見えるわ」キャサリンはやっとの思いで答え、レオの顔を食い入るように見つめながら、整った面立ちをあまさず堪能した。息が苦しくて、言葉を発するのも難しい。「でも、やっぱり……」

レオは身をかがめ、唇を重ねてきた。唇で口をふさがれたとたん、キャサリンは炎のごとき快感につつまれた。与えると同時に奪うかのような口づけに身をゆだねる。レオは優しく愛撫を与え、彼女がおずおずと伸ばした舌に自分の舌をからませた。彼の口内を味わうのはこれが初めてだ。キャサリンは、彼の高ぶりが急激に増すのを感じた。

かすれたうめき声をもらしたレオが、シュミーズの裾に手を伸ばす。裾をめくりあげた彼は、それを頭から脱がした。それからドロワーズの紐をじれったいほどのんびりとした手つきでほどき、緩くなった腰の部分に指先を這わせて、薄いモスリン地を引き下ろした。つづけて靴下と靴下留めも奪われ、彼女はついに一糸まとわぬ姿になった。

レオの名をささやきながら、両の腕を彼の首にまわしてわが身に引き寄せようとした。背を弓なりにし、彼の裸身の粗さとなめらかさ、やわらかさと硬さを実感して歓喜にあえいだ。

キャサリンの耳元に寄せられた唇が、やわらかな耳たぶをもてあそぶ。

「キャット、これから全身にくまなくキスをしてあげる。まずは下に向かって、それからまた上に戻ってくる。その間きみはじっと横たわり、わたしにしたいようにさせること。まさか、できないわけはないね？」

「無理よ」彼女は必死になって拒んだ。「絶対にできない」

するとレオは顔を横にそむけた。しばしののちにふたたび目を合わせたとき、青い瞳は愉快そうにきらめいていた。

「いまのは修辞疑問文だよ。つまり、最初から返事は求めてない」

「嘘よ」キャサリンは抗議した。「だって、ちゃんと質問口調で――」最後まで言うことはできなかった。首筋の感じやすい部分に歯を立てられ、舌で舐められ、話すことも考えることもかなわない。レオの口は熱くなめらかで、舌の感触はベルベットを思わせた。唇が腕を這い、肘の内側のくぼみと手首でいったん止まり、透けるような肌の下で脈打つ部分に入念に口づける。レオを間近に感じ、愛撫を意識するたび、キャサリンは体中がうずいた。

やがて唇はふたたび腕を這い上がって、今度は脇のほうへと移動した。触れられるほどにキャサリンの肌は赤みを増し、湿り気を帯びていく。薔薇色のつぼみに、彼は手を触れることなく唇だけで執拗に愛撫を与えた。彼女はこらえきれずにすすり泣き、「お願い」と懇願した。レオの髪に両の手を差し入れ、顔を引き寄せようとする。

だがレオは抗い、彼女の手首をつかんでベッドに押しつけた。「動かないでと言っただろう」と優しくたしなめる。「なんなら、最初からやりなおそうか？」

目を閉じたキャサリンは、当惑しつつも身じろぎをやめた。胸が大きく上下していた。レオが厚かましくも笑い声をあげ、乳房の下の丸みに唇を寄せる。硬くなったつぼみを唇がかすめるのを感じたときには、彼女は思わず叫び声をもらした。彼がゆっくりとつぼみを口に含み、吸いついてくる。下腹部が熱くなるのを覚えて、キャサリンは無意識に腰を突き上げた。平らな腹に置かれた彼の手がなだめるようにそこに円を描き、ベッドへと押し戻す。

じらすように愛撫され、巧みに快感を呼び覚まされながら、微動だにせず横たわっているなど不可能だった。もう我慢できない……そう思うのに、レオは許してくれない。すでに唇は腹部へと移動し、臍《へそ》のくぼみを舐め、吐息を吹きかけている。汗ばんだ手足にはもう力も入らない。キャサリンは、痛いほどの快感に責めさいなまれている。

さらに彼は下腹部へと唇を這わせ、両の太ももの内側を舌でからかうように舐めた……それなのに、濡れて脈打つ部分にだけは触れようともしない。

「レオ」キャサリンはあえいだ。「こんなふうにするなんて……いじわるだわ」

「だろう?」レオが応じた。「脚を広げて」

身震いとともに言われたとおりにした。大きな手に導かれるがまま、わが身を開いていった。唇の動きに、いまいましいほどの高ぶりを覚える。彼は太ももをかみ、膝の裏のくぼみをくすぐったいほどにまさぐり、足首にキスの鎖をかけ、つま先をけだるげに舐めた。彼女は懇願するかのようにあえぎ、もう一度あえいだ。もどかしさが体のなかで暴れている。

永遠とも思えるときが経ったころ、レオの唇はようやく首筋へと戻ってきた。キャサリンは脚を広げたまま、奪われるときを焦がれている。にもかかわらず彼は、今度はキャサリンをうつ伏せにさせた。いらだった彼女はすすり泣きをもらした。「せっかちだな」レオが腰を撫で、その手を脚のあいだへとすべらせる。「ほら、これで満足かい？」

キャサリンは腫れたところが左右に開かれるのを感じた。指がするりと入ってくる心地よい感覚に身をこわばらせる。レオは指を深々と挿し入れてなかをまさぐりつつ、背骨に沿ってキスをした。気づけば彼女は指の動きに合わせて腰を動かし、快感にあえいでいた。もうすぐ……あともう少し……そう思うのに、絶頂はわずかに手の届かない場所でほのかな光を放つばかりだ。

いいかげんに待ちくたびれたころ、レオは彼女の裸身を仰向けに戻してくれた。レオの汗ばんだ顔に険しい表情が浮かぶのを見てとったキャサリンは、彼がおのれにも責め苦を与えていたことを理解した。レオが片手で彼女の両腕を頭上に伸ばし、脚を大きく広げさせる。キャサリンは無防備な自分の姿を思い、そこにのしかかるたくましい体を目の当たりにして、つかの間パニックに襲われそうになった。だが抗う暇もなく硬くなめらかなものが押し入ってきて、恐れはあふれる快感に押し流されていった。レオが空いているほうの腕を彼女のうなじにまわす。目を閉じたキャサリンは、首筋にキスを受けながら背を弓なりにした。

自分が感覚のかたまりとなったようだ。熱が波となって押し寄せ、ゆっくりと甘やかに挿入されるたび、その波が大きさを増していく。レオは腰を突き上げると同時に回す動きを幾度もくりかえした。キャサリンは全身を紅潮させ、すすり泣き、そうしてついに絶頂を迎えた。彼はその後もなかにとどまり、彼女がすっかり力を失いぐったりとなるまで、執拗に腰を動かしつづけた。彼女にささやきかけ、片方の脚を自分の腰にまわさせて、反対の脚を肩の上に引き上げる。体がいっそう開かれると、結ばれる角度が変化した。ふたたびレオが深々と突き立てたとき、キャサリンはそれまでとちがう場所がこすれあうのがわかった。新たな歓喜の波がやってくる。あまりにも高く速い波に、もはや息もできない。組み敷かれてじっと横たわったまま、キャサリンは両脚を震わせ、さらに奥深くまで彼を受け入れた。めまいを感じるほどに激しい頂点を、彼女はふたたび迎えた。けれども体の震えがおさまるころには、レオのものはふいに引き抜かれてしまった。彼は脈打つものをキャサリンの下腹部に押しあてて精を放った。

「ああ、キャット」しばらくしてレオはささやいた。まだ彼女に覆いかぶさったままで、両手でシーツをぎゅっとつかんでいる。

キャサリンは顔を横に向け、レオの耳たぶにそっと口づけた。ふたりの匂いが鼻孔をくすぐる。彼女は手のひらをレオの背中にまわし、張りつめた肌を撫でた。つめが軽く肌に触れたのだろう、彼は心地よさげに身震いした。男の人とベッドに横たわり、相手がくったりとなって、互いの脈が規則正しいものに戻っていくのを実感する——なんて素晴らしいひとときなのだろう。ふたりの肌も汗も感覚も、驚くほど完全に同化している。ぴたりと密着している部分は、なおもうずき、脈打っている。

レオが顔を上げ、彼女を見下ろした。「キャット」とかすれ声で呼びかける。「きみは完璧な女性とは言えない」

「自分でもわかっているわ」

「すぐにかっとなるし、モグラ並みに目が悪いし、詩作の才能に欠けるし、率直に言って、きみのフランス語は使いものにならない」肘をついて身を起こし、彼は両の手でキャサリンの頬を挟んだ。「だが、そうした資質を残りの資質と一緒にして考えてみると、きみはわたしの知るかぎり、最も完璧な欠点を持った女性だ」

ばかばかしいほどの喜びにつつまれて、彼女はほほえんでレオを見上げた。

「きみは言葉では言いつくせないほど美しい」レオはつづけた。「それに優しくて、おもしろくて、情熱的だ。鋭い知性にも恵まれているが、その点は喜んで目をつぶろう」

キャサリンは笑みを消した。

「また求婚の言葉を聞かせるつもり?」

レオが真剣なまなざしで見つめてくる。

「じつはカンタベリー大主教に、結婚の特別許可証をいただいてるんだ。あれがあれば、どこの教会でも式を挙げられる。〝イエス〟と言ってくれるなら、今夜中にも結婚できる」

顔を横に向け、キャサリンは眉根を寄せて頬をベッドに押しあてた。ちゃんと返事をしなければ——彼の誠実さにこたえなければ。

「いずれ〝イエス〟と言えるときが来るのかどうかも、わからないの」

レオは身じろぎひとつしない。

「それは、わたしに対してだけか？　それとも世のすべての男に対して？」

「すべての男性に」キャサリンは正直に答えた。「ただ相手があなただと、拒絶するのがとても難しいというちがいがあるけれど」

「ふむ、そいつは励みになる」レオはそう応じたが、言葉とは裏腹にすっかり意気消沈している様子だ。

ベッドを離れた彼が、濡れたタオルを持って戻ってくる。ベッド脇に立ち、キャサリンをまじまじと見つめた。

「こんなふうに考えたらどうだろう。結婚によって、ふたりのあいだのなにが変わるわけでもない。ただ、口論をもっと満足のいく方法で終えられるようになるだけだと。もちろんわたし自身は、妻の体と財産と自由に対して法的な権利を有することになる。まあこれは、たいして気にするほどのことでもないが」

絶望は深まるばかりなのに、キャサリンは彼の物言いに思わずほほえみかけた。体を清め終え、タオルをサイドテーブルに置くと、胸元まで毛布を引き上げる。

「人間も、ハリーが作る時計や機械みたいだったらいいのに。そうすれば自分の悪いところを直せるわ。でも残念ながら、わたしのなかにはきちんと動かない部品がある」

ベッドに腰を下ろしたレオは、彼女の瞳をのぞきこんだ。たくましい腕を伸ばしてうなじをつかみ、身動きできないようにする。荒々しく口づけられると、キャサリンはめまいに襲われ、心臓が早鐘を打つのを感じた。彼が顔を上げる。「きみのすべてが、そのままのきみが大好きだよ」身を引き離したレオは、彼女の顎の先に指先でそっと触れた。「せめて、好意を抱いていることくらい認めてくれないか?」

優しい愛撫に、キャサリンは息をのんだ。「そんなこと……一目瞭然でしょう?」

「言葉にして言ってほしい」レオは懇願し、首の横を撫でた。

「見ればわかることを、なぜいちいち言わなくちゃいけないの?」

いまいましいことに、レオは引き下がらなかった。言葉にするのが難しいとわかっていて、わざと言わせようとしているのだ。「ほんの数語だろう?」首の付け根の、不安げに脈打つ部分に親指を這わせる。「怖がる必要はない」

「お願い、わたしには——」

「言うんだ」

彼を見ることができない。キャサリンは体が熱くなったり冷たくなったりするのを覚えた。深呼吸をし、震える小さな声をしぼりだす。

「あ、あなたに好意を持っているわ」

「そら言えた」レオはつぶやき、キャサリンを自分のほうに引き寄せようとした。「言葉にするのが、そんなに大変かい?」

誘うような胸板にぴったりとすり寄りたくて、全身が痛いほどうずいた。けれどもキャサリンは両の腕を前に伸ばして、なんとしてでもふたりの距離を保とうとした。「言葉にしてもなにも変わらないわ」とやっとの思いで言う。「むしろ、ますます厄介なことになるだけ」

レオの腕の力が緩まる。彼はいぶかしむようにキャサリンを見た。「厄介なこと？」

「そうよ。だってわたしはあなたに、それ以上なにもあげられないんだもの。あなただって、口ではなんと言おうと、妹さんたちみたいな結婚生活を望むようになるはずよ。アメリアとキャムみたいに互いを深く思いやり、いつも仲睦まじく……そういう夫婦になりたいと思うはずだわ」

「キャムと睦みあいたいとは思わないな」

「まぜっかえさないで」キャサリンは泣きそうな声で訴えた。「まじめに話しているのに」

「すまない」レオは静かにこたえた。「ときどき、まじめな会話をしていると不安に駆られるんだよ。それで、冗談に走りたくなる」いったん口を閉じる。「きみの言いたいことはわかるよ。だがもしわたしが、互いへの関心と好意だけあれば十分だと言ったら？」

「そんなの信じない。だって、あなたが不幸になるに決まっているもの。妹さんたちの暮らしぶりを目の当たりにして、ご両親がどんなに愛しあっていたか思い出して、自分の結婚生活はまがいものにすぎないと自覚する日が来るわ。うわべだけの贋物だって」

「われわれが互いを思いやるようになれないと、どうして断言できる？」

「わたしがそういう人間だからよ。自分の胸の内をのぞいて、そこに愛なんてないことに気づいたの。この前の話のときも、そういうことが言いたかったの。誰かを信じ、愛するなんて一生できないって。たとえ相手があなたでも」

レオの顔から表情が消える。だが自制心に抑えつけられた、どこか暗い感情——怒りに似たものが垣間見えた。「きみは人を愛せないんじゃない。愛そうとしないだけだ」慎重に彼女の身を引き離し、脱ぎ捨てた服を拾いに行く。服をまといながら、レオは言った。さりげない口調に、キャサリンはかえってよそよそしさを感じた。

「そろそろ部屋に戻るとしよう」

「怒っているのね」

「いいや。ここにいつづけたら、またきみを襲い、朝になるまで何度も求婚の言葉をくりかえす羽目になるからさ。さすがのわたしも、いくら拒まれても平ちゃらとはいかなくてね」

キャサリンの口に、後悔と自責の言葉が浮かびかかる。けれども彼女はそれをのみこんだ。言えばますます相手を怒らせるだけだ。レオは難題の前にしりごみする男ではない。だがキャサリンにもようやくわかりかけてきた。彼女が出した難題はあまりにも不可解すぎる。たとえレオであっても、それを解くすべはないのだと。

身じたくを終え、肩をすくめて上着もまとってしまうと、レオはベッド脇に戻ってきた。「自分の限界を勝手に決めつけないほうがいい」とささやきかけ、顎の下を指でなぞる。身をかがめて額に口づけ、彼は「いずれきみは、自分で自分に驚く日が来る」と言い添えた。戸口に向かい、扉を開けてから廊下の左右に視線を走らせる。肩越しにキャサリンを見やり、レオは言った。「わたしが行ったら、鍵を閉めろよ」

「おやすみなさい」キャサリンは苦々しげに応じた。「それから……ごめんなさい。こんな人間でなければよかったのに。できることなら――」言葉を失い、うちひしがれたように首を振る。

しばしその場にたたずんでいたレオは、どこか愉快げな、それでいて警告するようなまなざしを彼女に向けた。

「キャット、きみはこの闘いに負けるよ。口ではなんと言おうと、負けた自分を幸せだと心から思うはずだ」

27

翌日、レオはヴァネッサ・ダーヴィンのもとを訪れた。まるで気が乗らなかったが、なぜ彼女に会いたいなどと言われるのか興味もあった。ポピーがくれた住所は、メイフェア、サウス・オードリー・ストリート。彼がロンドン滞在中にふだん借りる家からもそう遠くない場所だ。到着してみればそこは、赤レンガをきっちりと積み上げた、白い窓枠の美しいジョージ王朝様式のタウンハウスだった。建物正面には四本の細い付柱で支えられた、純白の破風《ペディメント》が設けられている。

レオはメイフェアが大好きだ。といっても、たいそうおしゃれな界隈だからではない。一八世紀初頭にウエストミンスター大陪審によって、〝猥褻かつ無秩序〟な地区と断定されたからである。賭博場、俗悪な出し物ばかり見せる演芸場、賭け拳闘、動物に犬をけしかけてどちらが勝つか賭ける悪趣味な遊び、そうしたものに付随して行われる犯罪だの売春だのが、かつてのメイフェアにははびこっていた。しかしその後百年をかけて徐々にこぎれいな街へと変貌を遂げていき、ついには建築家ジョン・ナッシュがリージェント・ストリートとリージェンツ・パークの建設というふたつの偉業を成し遂げ、高級住宅街の名を決定づけたので

ようなものだ。しかしレオにとってこの街は、いまも昔も、悪名高き過去を持つお上品なレディのある。

タウンハウスに着いたレオは、二段式庭園を見下ろす応接間へと通された。ヴァネッサ・ダーヴィンと女伯爵に温かく迎えられる。三人そろって腰を下ろしたあとは、義務的な会話につきあった。互いの家族の健康をたしかめ、天気やその他のあたりさわりのない話題を追っていく。話しながらレオは、ふたりの印象がハンプシャーの舞踏会で感じたものと寸分変わらないことを確認した。女伯爵はおしゃべりばあさん、ヴァネッサ・ダーヴィンは美しいが自己中心的な娘にすぎない。

やがて一五分が経過し、半時が過ぎても、そんな会話がつづいた。レオは内心で首をかしげはじめていた。このふたりはいったい、なんの用があって人を呼びつけたのだろう。

「あら、いけない」夫人がふいに大声をあげた。「お夕食のメニューを料理人と相談するのを忘れるところだったわ。ごめんなさいね、わたくしはちょっとあちらに」夫人が立ち上がり、レオも反射的に腰を浮かせた。

「では、わたしもそろそろおいとまを」ここから逃げだすちょうどいい機会だ。

「あら、まだよろしいでしょう」ヴァネッサが静かに引き止める。母娘が視線を交わし、夫人は応接間をあとにした。

ふたりきりにするための、夫人の下手な芝居だと知りつつ、レオはふたたび椅子に腰を下ろした。片眉を上げて令嬢を見やる。

「そういうことですか」

「そういうことですの」ヴァネッサが応じる。彼女は本当に美しかった。輝く黒髪はきれいに巻いてピンでまとめてあり、瞳は魅惑的で、肌は磁器のようだ。「ラムゼイ卿ときわめて個人的なお話がしたくてお呼びしました。口は堅くていらっしゃいますわね？」

「それなりに」レオは好奇心を覚えた。令嬢の挑発的な物腰には、不安と焦りがにじんでいる。

「でも、どんなふうにお話を始めればいいのかしら」

「率直にお話しいただいてかまいませんよ」レオは促した。「遠まわしな物言いなどわたしには無用」

「じつは、あなたにご提案がありますの。わたしたちが、共通の望みをかなえるためのご提案です」

「これは興味深い。われわれに共通の望みがあったとは気づきませんでした」

「あなたの望みは、天に召される前に一刻も早く結婚して、跡継ぎをつくることでしょう？」

レオはわずかに驚いてみせた。「近いうちに死ぬつもりはありませんけれどね」

「ラムゼイの呪いは気になりませんの？」

「あんなものは信じません」

「わたしの父もそうでしたわ」令嬢は意味深長に言った。

「なるほど」いらだちを覚えつつも、レオは愉快になってきた。「最期のときが刻々と近づいているのであれば、一秒もむだにするわけにはいきませんね。あなたはなにがお望みなんです、ミス・ダーヴィン？」

「できるだけ早急に夫を探さねばなりません。さもないと、非常に不愉快な状況に陥ることになっておりますの」

レオはなにも言わず、ただまじまじと相手を見つめた。

「わたしたちは出会ったばかり」令嬢がつづける。「とはいえ、わたしはあなたのことをよく存じ上げていますわ。あなたのこれまでの偉業は、秘密でもなんでもありませんもの。あなたのあらゆる資質は、誰かの夫となるにはまるで適しておりませんけれど、わたしにはまさに理想的。だってわたしたち、よく似ていますもの。あなたは根っからの皮肉屋で、道徳観念に欠ける身勝手な方」計算しつくされた間が流れる。「本当にわたしにそっくり。だからわたし、あなたのそういう資質を変えてさしあげようとも思いませんわ」

ヴァネッサはじつに興味深かった。まだ二〇歳そこそこだろうに、人並みはずれた自信家とくる。

「万一あなたが道を踏みはずしても」令嬢がさらに語る。「わたし、文句も言いませんわ。いいえ、道を踏みはずした事実に気づきもしないのではないかしら。だってわたしも、同じような遊びに夢中になっているはずですもの。きっと当世風の結婚生活が送れますわ。もちろん子どもは産んでさしあげます。ラムゼイの爵位と領地が、無事にあなたの血筋へと受け継がれるように。それから――」

「ミス・ダーヴィン」レオは慎重に口を挟んだ。「それくらいでけっこうですよ」皮肉とも呼べない状況だった——まさか彼女から、未来だの思いやりだのについていちいち考えなくてもいい、完全に便宜上の結婚を提案されるとは。キャサリンとのあいだに彼が求めるものと、一八〇度正反対の結婚を。

ほんの数カ月前の彼なら、令嬢の提案に惹かれたかもしれない。

椅子の背にもたれたレオは、忍耐強く淡々と言った。

「過去に犯した過ちについては否定しません。それでも……いや、だからこそ、当世風の結婚生活などにこれっぽっちも魅力を感じないのですよ」

令嬢の顔は凍りついたようにこわばった。まるで思いがけない展開だったようだ。ヴァネッサは時間をかけて口を開いた。「ではこう言えば、魅力を感じていただけるのではなくて、ラムゼイ卿。普通のレディでは、いずれあなたに失望し、あなたを面汚しと思い、憎むようになる。でもわたしなら——」計算しつくしたタイミングで胸元に手をやる。完璧に整った丸い乳房に彼の視線を引きつけるためだ。「あなたになんの期待もかけませんわ」

ヴァネッサ・ダーヴィンの言い分は、貴族社会に育った人間ならではのものだ。いっさいの感情を排したその整然とした考え方が、レオには不思議でならない。

「あいにくわたしは、期待をかけてくれる相手を求めているのですよ」彼は自分がそうこたえるのを聞いた。

その言葉の意味が、稲妻のごとくレオを貫いた。いまのは本当に自分が言ったのだろうか。

言ったとして、本気なのだろうか。

そう、本気だ。恐ろしいことに。

いったいいつの間に、そもそもどうして、自分はここまで変わってしまったのか。過剰なほどの悲嘆と自己嫌悪を忘れ去ろうともがくのは、死にも等しい苦しみだった。だが忘れ去ろうともがく途上で、彼は死を望むのをやめた。むろんそれは、生を望むのと同義ではなかった。それでも、日々を生き延びるためには十分だった。

キャサリンを知るまでは。そう、彼女がレオの目を覚ましたのだ。まるで彼の顔に冷水を浴びせるようにして。キャサリンがいたからこそ、レオはもっとましな人間になりたい、彼女のためだけではなく、自分自身のためにも生きなおしたいと願うようになった。キャサリンなら、なにがなんでも乗り越えることを彼に強いるにちがいないと、最初に気づいてしかるべきだったのだ。レオは彼女のおかげで乗り越えた。乗り越えたいまの人生を、レオは愛している。いや、キャサリンを愛している。あの痩せっぽちの、眼鏡の戦士を。

〝あなたはどん底に落ちたりしない〟廃墟でけがをしたあの日、キャサリンはレオにそう言った。〝二度と堕落したりしない。わたしがついているわ〟と。彼女は本気だった。そうしてレオは彼女を信じた。あの日が転機となったのだ。

こんなふうに誰かを愛してしまうことを、どんなにか恐れていただろう……にもかかわらず、いまの彼は幸福感に浮きたっている。まるで魂に火がついて、じれったいほどの喜びに全身が燃えているようだ。

頬が紅潮しているのに気づいて、レオは深く息を吸い、ゆっくりと吐いた。ひとりの女性への愛を悟ったちょうどそのときに、別の女性から結婚話をされる——あまりにも奇妙で厄介な展開に、思わず笑みがもれた。

「ミス・ダーヴィン」優しく呼びかける。「ご提案、光栄に思いますよ。しかしあなたに必要なのはかつてのわたしだ。いまのわたしではない」

黒い瞳が恨みがましく光った。

「改心したとでもおっしゃるつもり？　まさか、ご自分の過去を否定できるとでも？」

「ご冗談を。ただ、よりよい未来への希望は持っていますけどね」レオはあえて間を置いた。「ラムゼイの呪いがあろうとも」

「なんて愚かなまちがいを」ヴァネッサの愛らしい顔がゆがむ。「あなたが紳士でないことはわかっていたわ。でも、愚か者だとは思わなかった。帰ってください。あなたは、わたしの役に立たないようですから」

レオはおとなしく腰を上げた。だが立ち去る前に、鋭い視線を彼女に投げた。

「やはり訊かずにはいられませんね……ミス・ダーヴィン、なぜ素直に、おなかの赤ん坊の父親と結婚なさらないんです？」

どうやら、当て推量が当たったらしい。

ヴァネッサは一瞬だけ目を見開いたが、すぐに冷静な表情をつくろった。

「わたしにはふさわしくない身分の者だからですわ」と硬い小さな声で言う。「あなたの妹さんたちのように、社会的地位を軽んじることはできませんの」

「同情しますよ」レオはつぶやいた。「社会的地位を軽んじた妹たちは、ずいぶん幸せにやっているようですから」礼儀正しくおじぎをする。「ではさようなら、ミス・ダーヴィン。身分の等しいご亭主が、どうか見つかりますように。幸運を祈っています」

「幸運などいりませんわ。わたしはすぐにも結婚します。そうして未来の夫とともに、ラムゼイ・ハウスを手に入れてそこで幸せに暮らしますわ」


ポピーと一緒に午前中のうちにドレスメーカーを訪れ、ホテルに戻ったキャサリンは、兄夫婦の居室に入るなり心地よさに身震いした。外は冷たい大粒の雨が降りっぱなしで、秋の訪れはもうすぐだと感じられた。マントを羽織り、傘もさしていたというのに、雨からすっかり逃れることはかなわなかった。ふたりはすぐさま居間の暖炉に歩み寄り、ぱちぱちと音をたてる炎の前に立った。

「ハリーももうじき、ボウ・ストリートから戻るはずよ」ポピーが言い、濡れて頬に貼りついた巻き毛を払った。ハリーはいま、治安判事や特別警察官にラティマーの話をしに行っている。これまでのところハリーは、現状についていまいましいほどに固く口を閉ざしてきた。詳しいことは治安判事との話がすんだら教えると約束してはくれたが。「お兄様もミス・ダーヴィンとの会合を終えて、そろそろ帰ってくるころね」

キャサリンは眼鏡をはずし、レンズについたくもりを袖口で拭いた。彼女の帰りを喜ぶドジャーの鳴き声が聞こえてくる。フェレットはどこからともなく、ぴょんぴょんと跳ねながら現れた。眼鏡をかけなおしたキャサリンは身をかがめてドジャーをつまみあげた。腕のなかでフェレットが身をよじる。「いまいましいネズミ君」とささやきかけ、細長くなめらかな体を撫でてやる。

「ドジャーはあなたに夢中ね、キャサリン」ポピーが呆れたようにかぶりを振ってほほえむ。

「それでも、なるべく早くベアトリクスのもとに帰してあげないとね」そう言いながらもキャサリンは、ポピーに隠れるように顔を下げ、ドジャーのキスを頬に受けるのだった。

そこへ扉をたたく音がして、誰かがあわただしく入ってきた。男性がつぶやく声がつづき、メイドが上着と帽子を預かる気配がする。湿ったウールと雨の匂いを運び、居間に現れたのはレオだった。毛先まで濡れた髪が、うなじのあたりでうねっている。

「お兄様ったら」ポピーは笑い声をあげた。「びしょ濡れじゃない！　傘を持っていかなかったの？」

「横殴りの雨のとき、傘はたいして役に立たん」

「タオルを持ってくるわね」ポピーは駆け足で居間をあとにした。

ふたりきりで取り残され、キャサリンはレオと目を合わせた。すると彼は笑みを消し、怖いくらいにじっと見つめてきた。いったいどうしたというのだろう。レオのなかでなにかが解き放たれてしまったかのようだ。瞳は怖いくらい青く、危険なほどだ。

「ミス・ダーヴィンとの会合はどうだった？」キャサリンはたずね、彼が近づいてくると身を硬くした。

「実りのある会合だった」

ぶっきらぼうな返事に眉をひそめ、キャサリンはいらだたしげに重ねてたずねた。

「なにか頼まれたの？」

「便宜上の結婚を提案された」

キャサリンは目をしばたたいた。予期したとおりだった。それでも、現実にそうと聞かされると刺すような嫉妬の痛みを覚えた。

レオが彼女のかたわらで歩みを止め、炉火の光が顔の上で躍った。日焼けした肌についた小さな雨粒が宝石のごとくきらめく。キャサリンはその光るものに指で触れ、唇を押しあて、褐色の肌を味わってみたかった。

「それで、あなたは？」彼女はやっとの思いで訊いた。

「もちろん、嬉しく思った」レオはさらりと答えた。「人に求められるのは、いつだって気分がいい」

彼女が妬いているのを、レオもわかっているはず。わかっていて、からかっているのだ。キャサリンは必死に感情を爆発させまいとした。

「お受けするべきなんじゃないかしら」と冷ややかに応じる。

レオは視線をそらさなかった。「受けたと言ったら？」

彼女は鋭く息をのんだ。

「お待たせ」ポピーが明るい声とともに、きれいにたたんだタオルの山を抱えて戻ってきた。ふたりのあいだに走る緊張には気づいていないらしい。彼女はレオにタオルを差しだし、彼は自分で顔をぬぐった。

キャサリンは長椅子に腰かけた。ドジャーが膝の上で丸くなる。

「ミス・ダーヴィンはなんの用だったの？」とポピーがたずねる声。

レオの声はタオルでくぐもっている。「結婚を申し込まれた」

「まあ」とポピー。「お兄様との生活に毎日耐えるのがどんなに大変か、まるでわかっていないんでしょうね」

「彼女のいまの状態では」レオが応じる。「あまりえり好みはできまい」

「いまの状態？」キャサリンはぶっきらぼうにたずねた。

レオは妹にタオルを返した。

「子どもをみごもっている。父親との結婚は考えていないそうだ。むろん、いまの話は他言無用」

女性陣は黙りこんだ。キャサリンの心のなかでは、いくつもの感情が奇妙に渦巻いていた……哀れみ、憎しみ、嫉妬、そして恐れ。つまり、レオとミス・ダーヴィンの結婚は大いにお互いのためになるということだ。

ポピーがまじめな顔で兄を見る。

「よほど切羽詰まっているのね。お兄様に秘密を打ち明けるなんて」

レオの返事を聞くことはできなかった。上着も帽子もびしょ濡れの状態で、ハリーが帰ってきたからだ。「ただいま」ハリーは言うと、にっこりとほほえんだ。メイドが帽子と上着を預かり、ポピーがきれいなタオルを手に夫に歩み寄る。

「歩いて帰ってきたの？」濡れたズボンの裾から、雨粒が点々とついた顔へと視線を移動させながら彼女はたずねた。背伸びをし、いかにも気配りのきく妻らしく夫の顔を拭く。

「泳いで帰ってきたようなものさ」と答えるハリーは、かいがいしく世話をされて満足げだ。

「貸し馬車を探すか、うちの馬車を呼べばよかったのに」

「雨が降りだしたとたん、貸し馬車は全部いっぱい」ハリーは応じた。「それにたいした距離でもない。この距離でわざわざ馬車を呼ぶのは、よほどの意気地なしだ」

「ひどい風邪をひくより、意気地なしと呼ばれるほうがましだわ」ポピーは暖炉に近づく夫のあとを追いながらぼやいた。

ハリーは笑い、身をかがめて妻の唇を奪いつつ、濡れたクラヴァットをほどいた。「わたしは風邪をひかないたちなんだ」湿ったクラヴァットを襟元から引き抜いて脇に放り、火の前に立つ。それから、期待を込めた目でレオを見た。「ミス・ダーヴィンはなんだって？」

レオは腰を下ろし、膝に肘をのせて身を乗りだした。

「その話はいい。それよりも、ボウ・ストリートでの首尾は？」

「あなたからの情報に、ヘンブリー特別警察官が興味を示した。さっそく捜査を開始するらしい」

「捜査って？」キャサリンはたずね、兄からレオへと視線を移した。

レオが無表情に説明する。

「数年前、ラティマーはわたしをとある会員制クラブに誘った。放蕩者ばかりが集まるクラブで、修道院だった建物を使い、秘密の会合を開いている」

キャサリンは目を見開いた。「クラブの目的は？」

ハリーとレオが黙りこむ。しばらくしてからレオが抑揚のない声で、雨が流れ落ちる窓の向こうを遠い目で眺めながら答えた。

「純然たる堕落行為。宗教儀式への愚弄、暴行、異常犯罪。詳細はあえて口にするのを控えるが、当時は放蕩のかぎりをつくしていたこのわたしですら、あまりの嫌悪感にラティマーの誘いを断ったほどだ」

キャサリンは彼をまじまじと見つめた。表情は険しく、顎の筋肉がひきつれているのがわかる。炉火の明かりが、こわばった顔を金色に染めた。

「ラティマーは、わたしが当然誘いを受けると思っていたんだろう」レオはつづけた。「自分が関与したいくつかの犯罪行為について、ことこまかに話した。たまたまそのときにしらふだったわたしは、やつに聞かされた話をしっかりと覚えていた」

「起訴に持ちこめるほどの情報なの？」キャサリンはたずねた。「貴族であるラティマー卿なら、逮捕はまぬかれるのではないの？」

「民事の事件なら逮捕はまぬかれる」ハリーが答えた。「だが刑事事件となるとそうはいかない」

「つまり、彼は裁判にかけられることになる？」

「いや、そうはならないだろう」レオが静かに告げた。「例のクラブは、自分たちの行いが公になるのをなんとしても避けようとするにちがいない。捜査の対象が主にラティマーだとわかれば、連中はやつに、起訴される前に英国を去れと命じるはずだ。あるいは、テムズ川でやつの溺死体があがって幕引きかもしれない」

「ヘンブリーさんは、わたしに証言を求めるかしら」キャサリンは不安を口にした。

「それは絶対にない」レオは力強く請けあった。「すでに十分すぎるほどの証拠があるから、きみが巻きこまれる心配はないさ」

「これからどう転ぶにせよ」ハリーが言い添える。「ラティマーはこの件で大忙しになるから、もうきみが煩わされる心配はないよ、キャット」

「ありがとう」キャサリンは兄に向かって言った。レオに視線を戻し、「安心したわ」とつけくわえ、ぎこちない沈黙ののちさらに「本当に、安心した」と弱々しくくりかえした。

「心から安心しているようには見えないな」レオが気のないそぶりで彼女を見る。「どうした、ミス・マークス？」

その冷たい物言いと、先ほどのヴァネッサ・ダーヴィンに関する話が、キャサリンの傷ついた神経をますます痛めつける。

「あなただって、もしもわたしの立場なら」彼女は硬い声で応じた。「ジグを踊る気になんてなれないはずよ」

「きみの立場になんの問題がある?」問いただすレオの瞳は青い氷を思わせた。「ラティマーはじきに消える。ラトレッジはきみを妹だと公表した。きみには財産もあるし、誰かに対して義務だの義理だのもない。ほかにいったいなにが足りないというんだい?」

「なにも足りなくないわ」キャサリンはぴしゃりと言いかえした。

「ひょっとして、逃げ隠れする必要がなくなるのが悲しいのかい? なにしろそうなると、自分には逃げ場も頼る相手もないという事実に、向きあわなくちゃいけないわけだからね」

「だったら、じっとしているからけっこうよ」キャサリンは冷ややかに言った。

レオが腹立たしいほどのんきそうな笑みを浮かべる。「まるで例の矛盾問答みたいだな」

「例の矛盾問答?」

「そう、〝抑止できない力が不動の物体と出合ったときになにが起こるか?〟というやつ」

ハリーとポピーは無言で、レオとキャサリンを交互に見ている。

「わたしが不動の物体だと言いたいの?」キャサリンはいやみったらしくかえした。

「さしつかえなければ」

「あいにく、さしつかえるわ」しかめっ面で応じる。「だって、そんな問答はばかげているもの」

「なぜ」とレオ。

「答えがないからよ」

ふたりの視線がぶつかりあう。

「答えならある」そう否定したレオは、彼女のいらだちを見て楽しんでいる。

ハリーが議論にくわわった。

「科学的に考えれば、答えはないな。そもそも不動の物体は無限の質量を、抑止できない力は無限のエネルギーを備えている必要があるわけだが、いずれも不可能な事象だ」

「だが意味論で考えれば」レオはどこまでも穏やかにつづけた。「答えはある」

「お決まりのパターンだな」ハリーは淡々と言った。「ハサウェイ家の人間はいつも、ああ言えばこう言う。教えてくれたまえ――答えは？」

レオはキャサリンの険しい顔にじっと視線をそそいだまま答えた。

「抑止できない力は、最も抵抗の小さな道を選び、不動の物体の周りをまわって……その物体を置き去りにする」

要するにレオは、キャサリンを困らせようとしているのだ。傲慢でずる賢い彼は、ヴァネッサ・ダーヴィンの苦境を利用してキャサリンを刺激し、降参しなければどうなるか、いまの問答でさりげなく示唆したのだ。〝不動の物体の周りをまわって……その物体を置き去りにする〟……そのとおりにしてやるぞ、と。

すっくと立ち上がり、キャサリンはレオをにらんだ。「だったら、彼女と結婚すればいいじゃない」巾着をひっつかみ、くったりとなったドジャーをつまみあげ、キャサリンは兄たちの居室を大またであとにした。

すぐさまレオがあとを追う。

「ラムゼイ――」ハリーが呼んだ。

「あとにしてくれ、ラトレッジ」レオはつぶやくように言い、部屋を出ていった。扉がものすごい勢いで閉まり、戸枠が震える。

それから静寂が訪れ、ハリーは仰天の面持ちで妻を見た。

「わたしにしては珍しく事態がのみこめないんだが、あのふたりはいったいなにが原因でけんかになったんだろう？」

「ミス・ダーヴィンじゃないかしら」ポピーは夫に歩み寄って膝の上に座り、両腕を首にかけた。「彼女、子どもをみごもっていて、お兄様との結婚を望んでいるそうだから」

「それはまた」ハリーは椅子の背に頭をもたせかけた。「なるほどね。ミス・ダーヴィンの事情を利用して、キャットに決断を迫っているわけか」

「ずるいやり方だと言いたいんでしょう」ポピーは決めつけるように言い、夫の額にかかる湿った髪をかきあげた。

ハリーは自嘲の笑みを浮かべた。

「わたしが兄上の立場なら、まったく同じ方法をとるね。もちろん、ずるいやり方だが」

「ついてこないで！」

「話がしたい」レオは早足に廊下を行くキャサリンにぴたりとついて歩いた。大またな彼の一歩は、歩幅の小さな彼女の二歩分ある。

「あなたの言うことに、いっさい興味なんてありません」

「嫉妬してるんだな」レオはたいそう嬉しげだ。

「あなたとミス・ダーヴィンの仲に？」キャサリンは小ばかにするように笑った。「いいえ、同情してるの。ここまで不幸が目に見えている組み合わせもないもの」

「彼女が魅力的なレディなのは、否定できないだろう？」

「首以外はね」キャサリンは思わず言った。

「首がどうかしたのか？」

「異様に長かったわ」

笑いをのみこもうとしたレオが、けっきょく噴きだす。

「そのくらい目をつぶれるさ。なにしろ彼女と結婚すれば、ラムゼイ・ハウスを取られずにすむし、すでに子どももいるんだからね。じつに好都合だよ。しかもミス・ダーヴィンは、好きなだけ女性と遊んでいいと言ってくれているんだ。自分も勝手にやるらしい」

「夫婦の貞節はどうなるの？」キャサリンはかっとなって詰問した。

「そんな時代遅れなもの。外に出かけて新しい出会いを楽しまないなんて、ぐうたらじゃあるまいし」

「貞節なら、苦もなく守れると言ったじゃないの！」

「まあね。でもあのときは、われわれの結婚について話していた。ミス・ダーヴィンとの結婚なら話はまるっきり別」

スイートルームの前に着き、ふたりは歩みを止めた。キャサリンがドジャーを抱いているので、レオが彼女の巾着に手を入れ、鍵を取りだす。扉を開けても、彼女はレオを一瞥さえしなかった。

「入っても?」とレオ。

「お断りだわ」

その返事を無視して部屋に入り、彼が扉を閉める。

「話なら手短にして」キャサリンはつっけんどんに言い放ち、ドジャーを小さな籠に寝かせた。「これからあなただって忙しいでしょう。結婚の特別許可証の、名前を変更したりとか」

「あいにくあの許可証は、きみ専用でね。ミス・ダーヴィンと結婚するとなったら、金を払って新たに発行してもらわないと」

「法外な値段だといいわね」キャサリンは力を込めて言った。

「実際、法外な値段だ」レオは背後から彼女に近づき、両の腕を体にまわすと、自分のほうにしっかりと引き寄せた。「問題はもうひとつある」

「どんな?」キャサリンは腕のなかから逃れようともがいた。

彼の唇が耳たぶに触れる。「わたしが欲しいのはきみなんだ」レオはささやいた。「きみだけ。生涯、きみだけだ」

キャサリンはもがくのをやめた。あふれる涙に目の奥がちくりと痛み、まぶたを閉じる。

「彼女の求婚を受け入れたんじゃないの？」

レオが彼女の耳の後ろに、そっと鼻をすり寄せる。

「ばかだな、断ったに決まっているだろう」

怒りと安堵で、彼女はすすり泣きをもらさずにいられなかった。

「だったらなぜ、受け入れたような言い方をしたの？」

「きみの気持ちを一押しする必要があったから。さもないと、きみにずるずると返事を引き延ばされ、気づけばわたしは役立たずの老いぼれになっている」キャサリンをベッドのほうに引っ張っていったレオは、彼女を軽々と抱き上げるとマットレスの上にどさりと下ろした。眼鏡が脇に飛んでいく。

「なにをするつもり？」腹立ちまぎれにもがきながら、キャサリンは両肘をついて身を起こした。裾が濡れ、水を吸って重みを増した分厚いスカートに、まるで埋もれているような格好になる。「ドレスがびしょ濡れだわ」

「脱ぐのを手伝ってあげよう」というレオの声は親切そうだが、瞳はいたずらっぽく光っていた。

幾層にも重ね、ギャザーをたっぷり寄せた生地は、キャサリンの手に負えなかった。レオが驚くほどてきぱきとボタンをはずし、紐をほどいていく。腕が三本以上あるのではないかと思うほどの手際のよさだ。彼女の体をあっちに向かせたり、こっちに向かせたり、大きな手がどこにでも伸びてくる。抗う彼女を無視して、レオはごわついたモスリンの裏地がついた重たいスカートを身ごろから取りはずし、床に放り投げた。靴も脱がし、ベッド脇に落とす。それからキャサリンをうつ伏せにすると、贅沢にレースがあしらわれた身ごろの紐をほどきはじめた。

「待ってよ、トウモロコシの皮を剝くみたいにしてなんて、誰も頼んでいないでしょう?」彼女は身をよじり、忙しく動く彼の両手を押しのけようとした。ドロワーズの紐を探りあてた彼がそれを緩めるのに気づいて、反射的に叫び声をあげる。

レオが低く笑い、両脚でキャサリンの体を押さえつけ、あらわになったうなじに口づけた。彼女は全身がぬくもりを帯びていくのを感じた。やわらかな唇が触れるたび、神経が研ぎ澄まされていく。

「彼女にキスをしたの?」キャサリンは思わず問いただした。うつ伏せになっているため、自分の声がくぐもって聞こえる。

「いいや。そそられるものを、これっぽっちも感じなかったからね」レオが首筋のやわらかな筋肉に軽く歯を立て、きめこまかな肌を舌で舐める。キャサリンはあえいだ。片手がドロワーズのなかに忍びこんできて、臀部を撫でまわす。「この世できみほど、わたしの気をそそる女性はいない。ところがきみときたら、いまいましいほど頑固で、防衛本能もとてつもなく強い。きみに教えたいことが……してあげたいことが、いっぱいあるんだ。心の準備ができていないだろうけれど、そのおかげでますます楽しめるはずだよ」

レオの手が太もものあいだへと移動していき、濡れそぼったところを探しあて、円を描くようにそこを愛撫する。キャサリンはあえぎ声をあげ、彼の下で身もだえした。コルセットの紐がまだ緩められておらず、ウエストへの圧迫感が快感となって脚のあいだへと伝わっていくかのようだ。うつ伏せになって愛撫を受けている事実を不快に思う気持ちもあるのに、体はなすすべもなく喜びに反応してしまう。

「きみと愛を交わしたい」レオは舌先で耳の奥をなぞりながらささやいた。「きみの奥深くまで入り、きみのなかが収縮するのを感じ、きみのなかで絶頂を迎えたい」指を一本挿し入れ、さらにもう一本挿し入れる。キャサリンは小さくすすり泣いた。「それがどんなに心地いいか、きみも知っているね？」レオはゆっくりと指をうごめかした。「すべてわたしにおくれ。そうしたら、一瞬たりともやすむことなく愛しつづけてあげるから。一晩中でも、きみのなかにいてあげるから」

キャサリンは懸命に息を継いだ。心臓が狂ったように鼓動を打っている。

「わたしを、ミス・ダーヴィンと同じ立場に追いやるつもりね。子どもができたら、わたしはあなたに結婚を迫らざるを得なくなる」

「そうだ、ぜひともそうしてもらおう」

激しい怒りに、キャサリンは息さえ止まりかかった。けれども彼の長い指はじらすように愛撫を与えつづけている。心地よさに、ゆっくりと規則正しくそこが脈打ちはじめる。けれどもふたりのあいだには、脱ぎ捨てていない服がまだ幾層にもなって挟まっている。彼女が感じとれるのは、うなじを這う唇と、執拗に説きつけようとするいたずらな手だけだ。

「こんなことはいまだかつて誰にも言ったためしがないが」というレオの声はかすれ、くたびれたベルベット地を思わせた。「子どもを宿したきみを想像すると、気も狂わんばかりに興奮するね。大きなおなかに、重たそうな乳房に、小またになって歩く姿……そんなきみを崇拝するよ。きみに言われることを、なんでもしてあげる。そうして、彼女のおなかを大きくしたのはこのわたしだと、彼女はわたしのものなんだと、みんなに言いふらすんだ」

「あなたは……あなたたって人は……」キャサリンは適当な言葉を見つけることすらできない。

「ああ、わかっている。わたしは哀れな野蛮人だ」レオは笑いを帯びた声であとを継いだ。「でもどうか大目に見てほしい。なにしろわたしは男で、男は野蛮な生き物なんだからね」

愛撫は優しく、どこまでも巧みで、彼の指は疲れを知らぬかのようになめらかに動いている。快感の波が新たに打ち寄せてきて、キャサリンは指先とつま先に液体のごとくしびれが走るのを覚えた。背後でレオがドロワーズを膝まで下ろし、ズボンの前を開ける気配がする。彼の重みを背中で心地よく感じる。鈍い圧迫感とともに、脚のあいだに押し入ってくるものがある。先端を挿し入れられただけなのに、彼女は全身を白熱が突き抜けるのを感じ、いまにも頂点に達しそうになって身を震わせた。

「決めるのはきみだよ、キャット」レオは飢えたように荒々しく、濡れた唇を首の脇に押しあててキスをした。「いますぐやめろと言うか、すべてを受け入れるか。これ以上、最後の瞬間に引き抜く方法をつづけられそうもないんだ。きみが欲しすぎて、もうそんなまねはできない。それからもうひとつ。きみは今日、きっと子どもを宿すことになる。なんだかそんな気がするんだ。中途半端は認めないよ。さあ、イエスかノーか言って」

「言えない」すぐさまレオが引き抜き、キャサリンはいらだちに身をよじった。仰向けにされると、彼女はレオをにらみつけた。自分を抑えきれなくなったかのように、彼が身をかがめ、むさぼるようにキスをする。彼女の喉からもれるあえぎ声を、レオは堪能していた。

「残念」レオは荒い息を吐きながらぼやいた。「すごくいいところだったのに」キャサリンの上からどいて脇に転がり、ズボンの前に手を伸ばす。前を閉めながら彼は、こんなことをしていると一生使いものにならなくなるかもしれないな、などとつぶやいた。

信じられない、とばかりにキャサリンは彼を見つめた。「途中でやめるの?」

レオはとぎれがちに嘆息した。「言っただろう、中途半端は認めないと」

キャサリンは両腕で自分を抱き、行き場のない欲望に身を震わせた。しまいには歯の根も合わなくなってきた。

「どうしてわたしをいじめるの?」

「忍耐強く接しても、きみの防衛本能を破るのは不可能だとわかったから。もっと別の方法を試みることにした」レオはキャサリンに優しく口づけるとベッドを離れた。乱れた髪を両手でかきあげ、服のしわを伸ばして、物言いたげな目を彼女に向ける。それから彼は、自分自身にも彼女にも呆れたかのような笑みを浮かべた。

「闘いはつづくよ、キャット。この手の闘いで勝利をおさめる唯一の方法は、きみに敗北の道を選ばせることだけだ」

28

それからの一週間をかけてレオが実行した作戦に、抵抗できるのはおそらく石でできた女性だけだろう。当のレオはそれを求愛行動と呼んだ。けれども、危険なほどの魅力でキャサリンを絶えず動揺させる言動の数々には、もっと別の名前のほうがふさわしかった。

あるときは、ばかばかしくも楽しい口論で彼女を立腹させ、またあるときは、親身になって優しく接する。奇抜なお世辞や詩の一節を耳元でささやきかけ、フランス語の隠語を教え、笑ってはいけないときにかぎって笑わせようとする。ただし、キスや誘惑だけはけっしてしようとしない。あまりにもあからさまな戦術を、キャサリンも当初は愉快に思った。だがやがて腹を立てるようになり、しまいには困惑を覚えた。そうして彼女は、レオの唇を凝視している自分に幾度となく気づくようになった。まったく非の打ちどころのない、引き締まった口……彼とのキスを思い出し、夢想せずにはいられなかった。

アッパー・ブルック・ストリートの個人宅で開かれた音楽の夕べに、ふたりで出かけたときのことだ。女主人が客たちに邸内を案内している最中、レオは一団から離れてこっそりキャサリンを隅のほうに引っ張っていった。彼のあとについて、シダ植物の植わった背の高い鉢の裏に立ったとき、キャサリンは抗いもせず彼の腕に抱かれた。ところが彼はキスをせず、たくましく温かな体に彼女を引き寄せ……きつく抱きしめた。抱きしめ、ぬくもりを彼女に伝えながら、両の手でゆっくりと背中を撫でるばかりだった。結い上げた髪に口を押しつけてなにごとかささやきかけたようだったが、声が小さくて、なんと言ったのかはわからなかった。

　レオの一連の作戦のなかでキャサリンが最も楽しめたのは、ラトレッジ・ホテルの庭を散策するときだった。木々や生垣のあいだを縫うようにして陽射しが射しこみ、風が秋の訪れを予感させる。ふたりは時間をかけて語りあった。ときには触れにくい話題にも触れ、慎重に質問を投げあった。答えるのは難しいこともあったが、そうすることでふたりは、もがきながらも同じ目標に向かって進んでいるかに思えた。お互いにかつて知りようもなかった絆を、結びつつあるのだと思えた。

　ときおり、レオが一歩後ずさって、なにも言わずにじっと見つめてくることがあった。美術館で芸術作品を前にし、作品に隠された意味を探りだそうとする人のようだった。レオから向けられる関心の深さに、キャサリンは驚きを禁じ得なかった。そうして彼に大いに惹きつけられた。レオは本当に話上手で、子どものころの失敗談はとりわけけっさくだった。両親もいたころのハサウェイ家がどんなふうだったか、パリやプロヴァンス地方ではどんな日々を送っていたか、あれこれと聞かせてくれた。キャサリンは懸命に彼の話に耳を傾け、あたかも小切れでパッチワークを縫うかのように逸話と逸話を組みあわせ、世にも複雑な性格の男性を、もっと深く理解しようと努めた。

レオは感受性が強く思いやり深い人だが、感傷的な一面はなかった。言動は率直そのもので、言葉をハチミツのクリームのように使って相手を慰めることも、外科医のメスさながらに駆使して敵の心を切り裂くこともできた。場合によっては、頭の回転の速さを巧みに隠し、放蕩貴族の役を演じたりもした。けれどもときどき素になる瞬間があって、そんなときにはかつての快活な少年の顔を、苦難や悲しみを知らなかったころの彼を垣間見ることができた。

「ある意味、お兄様は父にそっくりとも言えるわ」ポピーがふたりきりのときに教えてくれた。「父もおしゃべりが大好きだったの。ふだんはきまじめな学者だったけど、風変わりな一面もあったわ」ポピーは当時を思い出して、ふっとほほえんだ。「母がいつも言ってた。もっとハンサムな人、もっとお金持ちな人と結婚した可能性はあったけど、父以上によくしゃべる人は絶対見つからなかっただろうって。頭の回転の鈍い人と一緒になってもけっして幸せになれないたちだって、母はちゃんとわかっていたのね」

キャサリンにもその感覚はよくわかる。「ラムゼイ卿は、お母様にも似ているのかしら」

「ええ。母も芸術が好きだったわ。だからお兄様が建築の道に進もうとしたときには、母が後押ししたの」ポピーはいったん言葉を切った。「お兄様が爵位を継いだと知ったら、あまりいい顔はしないでしょうね。貴族制度をよく思っていなかったもの。それに、ここ数年間のお兄様の振る舞いも絶対に許さなかったと思う。でも、お兄様も改心することに決めたようだから、母も一安心かしら」

「いたずらで、皮肉屋な一面はどちらから受け継いだのかしら」キャサリンはたずねた。「お母様？　それともお父様？」

「あれはね」ポピーは苦笑いをもらした。「お兄様独自のものなの」

ほぼ毎日、レオはキャサリンにちょっとした贈り物をした。本、箱入りのお菓子、こまかな花模様のブラッセルレースの襟。「こんなにきれいなレース、初めて見るわ」キャサリンは残念そうに言い、素晴らしい贈り物を脇のテーブルにそっと置いた。「でも、こういうものは――」

「わかっているとも」とレオ。「紳士たるもの、求愛中は相手のレディに身に着ける品を贈ってはならない」彼は声を潜めた。ふたりはラトレッジ夫妻の居室におり、入口のほうでメイド長のミセス・ペニーホイッスルと話しているポピーに聞かれるとまずいからだ。「でも、返されても困るんだ。きみ以上にそれが似合う女性はいないからね。そもそも、わたしはこれでも精いっぱい我慢しているほうなんだ。本当ならきみに、刺繍入りの靴下を贈りたいくらいなんだよ。小さな花の刺繍が、太もものほうまでたっぷりと――」

「ラムゼイ卿」キャサリンは小声でさえぎり、薄く頬を染めた。「われを忘れてらっしゃるんじゃないの？」

「いや、なにひとつ忘れていないよ。きみの美しい体のあらゆる特徴をちゃんと覚えてる。きみをモデルにまた裸婦像を描いてしまうかもしれない。鉛筆を手に紙に向かうたび、誘惑に負けそうになるんだ」

キャサリンは必死にまじめな顔を作ろうとする。「二度と描かないと約束したはずだわ」

「それが、鉛筆に意志が宿っているかのようでね」レオは重々しく応じた。

彼女はますます頬を赤らめつつ、口の端に笑みを浮かべた。「救いがたい人ね」

彼はわずかにまつげを伏せた。「キスしてくれないか。そうしたら、いい子にする」

キャサリンは怒った声をあげた。

「ここで？　ポピーとメイド長がほんの数メートル向こうにいるのに？」

「気づきやしないよ。ホテルのタオルについて、熱心に議論中だからね」レオの声がささやきに近くなる。「キスしてくれ。一度だけ、軽いキスでいい。ほら、ここに」頬を指さす。

応じたのはたぶん、人をからかうときのレオが少年のように見えたせい、あるいは、いたずらっぽく光る青い瞳に抗えなかったせいだろう。彼を見つめるうち、キャサリンはなじみのない感覚に圧倒されそうになった。全身をくまなく侵していく、ぬくもりと、めくるめくような感覚だ。身を乗りだした彼女は頬ではなく、唇にキスをした。

驚いた彼は一瞬息をのんだものの、キャサリンにされるがままになった。誘惑に勝てず、彼女は意思に反して長い長いキスをした。やわらかい唇をじらすように重ね、舌先ではにかみがちに彼の唇を舐めた。レオはくぐもった声をもらして応じ、両の腕をまわしてきた。彼の体が熱くなってくるのがわかった。用心深く抑えつけてきた衝動が、いまにも爆発しかけている。

口づけを終えたキャサリンは、ポピーとメイド長が仰天の面持ちでふたりを見ているのではないかと、半ば恐れつつ目を開けた。レオの肩越しに視線をやれば、メイド長がこちらに背を向けて立っているのが見えた。

ポピーが洞察力鋭く、事態を察知する。「ミセス・ペニーホイッスル」彼女は早口に呼びかけると、メイド長を廊下のほうへといざなった。「ちょっと一緒に来てくれる？　このあいだ絨毯にひどい染みを発見したの。あなたにも見てほしいのよ……ここだったかしら。ううん、やっぱり向こうみたい。あら、変ねえ、どこに行っちゃったの？」

つかの間レオとふたりきりになったキャサリンは、薄くまぶたを閉じた彼を見つめた。

「なぜこんなまねをする？」レオはかすれ声でたずねた。

キャサリンは彼を笑わせようとして、必死に言葉を探した。

「脳がちゃんと機能しているかどうか、たしかめてほしかったから」

レオの口の端に笑みが浮かぶ。深々と息を吸ってから、彼はゆっくりと口を開いた。

「暗い部屋に入るときに、マッチを持っているとしよう――最初に火をつけるのは、テーブルに置かれたオイルランプか、それとも暖炉のたきつけか？」

キャサリンは目を細めてじっと考えた。「ランプ」

「マッチだ」レオは呆れたようにかぶりを振った。優しく彼女をたしなめる。「もっとよく頭を働かせなくちゃだめだろう」

「じゃあもう一回」キャサリンが促すと、レオはためらうことなく応じ、身をかがめた。ゆつくりと時間をかけて、焼けつくようなキスをする。彼女はレオに身を任せ、髪に指を挿し入れた。レオは最後に一度なまめかしく舌を挿し入れてから唇を離した。

「男が、未亡人となった妻の妹と結婚するのは、合法か違法か？」

「違法」キャサリンは物憂げに答え、彼の顔を自分のほうに引き寄せようとした。

「結婚は不可能だ。男は死んでるから」レオがキャサリンに抗い、にやりと笑いながら彼女を見下ろす。「そろそろおしまいにしよう」

「いやよ」キャサリンは抗議し、レオに身をすり寄せた。

「落ち着きたまえ、ミス・マークス」彼がささやく。「どちらかひとりだけでも自制心を保たなくちゃまずい。そのひとりは、きみのはずだ」彼女の額に軽くキスをする。「今日もきみに贈り物がある」

「なあに？」

「ポケットのなかだ」キャサリンがポケットのなかをまさぐりはじめると、レオはくすぐったがって腰を浮かし、とぎれがちな笑い声をあげた。「こら、ズボンのポケットじゃない」彼はいたずらな子猫をこらしめるかのように、両手でキャサリンの手首をつかんだ。その手を宙に浮かせたまま、やはり抑えきれなくなったのか、身を乗りだしてふたたび唇を奪った。手首をつかまれてキスを受けるなどという状況に、かつてのキャサリンなら恐れを抱いただろう。けれどもいまは、体の奥のほうでなにかが目覚め、うずくような感覚がある。

レオが唇を引きはがし、苦しげに笑いながら手首を放す。

「上着のポケットだ。キスだけでは物足り――いや、やめておこう。それよりも、贈り物だ」

キャサリンはやわらかな布につつまれたものをポケットから取りだした。そっと布を剝がしてみると、なかから新しい眼鏡が現れた。輝きを放つ銀のフレームは完璧で、楕円形のレンズもきらきらしている。職人のみごとな技に驚嘆しつつ、キャサリンは精巧なフィリグリーのほどこされた耳づるを先端まで指でなぞった。「なんてきれいな眼鏡」と驚きの声でつぶやく。

「気に入ったのなら、金のフレームでも作らせよう。まずはそいつをはずして……」レオは彼女の顔から古い眼鏡をとった。その行為を、心から楽しんでいるようだ。

キャサリンは新しい眼鏡を鼻梁にのせた。とても軽くて、しっくりとくる。室内を見わたすと、なにもかもが信じられないほどはっきりと見えた。興奮してぴょんと立ち上がり、戸口のそばにあるテーブルの上にかかった鏡の前に駆け寄る。上気した自分の顔をまじまじと見つめた。

「とてもよく似合っている」長身のレオが優雅に背後に立つ。「眼鏡をかけた女性というのは、じつにいい」

キャサリンはほほえみをたたえ、鏡のなかの彼と見つめあった。

「眼鏡好きなの？　変わった趣味ね」

「そんなことはないさ」レオは両の手を彼女の肩に置き、首筋をそっと撫で上げ、撫で下ろした。「眼鏡はきれいな瞳をさらに大きく見せてくれる。秘密や意外な一面を持っているように見せてくれる――きみの場合は、実際にそういう一面があるね」声を潜めてつづける。「最高なのは、眼鏡をはずしてあげる瞬間――ベッドに転がる準備が整った瞬間だ」

ぶしつけな物言いにキャサリンは身を震わせた。背中から抱き寄せられて、半ば目を閉じる。彼の唇が首の脇に押しあてられた。

「こうするのが、好きかい?」レオはささやき、やわらかな肌に口づけた。

「ええ」キャサリンは唇が肌をかすめるのを感じつつ、首をかしげた。「でも……どうしてこんなに素晴らしいものをわたしに? 面倒をかけてしまって申し訳ないわ」

レオは顔を上げ、うっとりとなった彼女と鏡のなかで目を合わせた。指先で首の脇に触れ、口づけを素肌に擦りこむかのようにそこをなぞる。「面倒じゃないさ」彼はささやき、口元に笑みを浮かべた。「きみにもっとちゃんと見てほしかっただけ」

ちゃんと見えるわ……キャサリンは思い、その気持ちを伝えようとした。けれども口を開く前にポピーが戻ってきて、伝えることはできなかった。

その晩、キャサリンはよく眠れなかった。現実とまちがえるほど鮮明な悪夢へと迷いこんでいた(むろん、起きているあいだに住んでいる、優しさに満ちあふれた世界ほど現実的ではなかったけれど)。

悪夢の一部は幻覚で、一部は記憶を再現していた。夢のなかでキャサリンは、祖母の家のなかを走りまわり、やっとのことで、机で帳簿をつける祖母を見つけた。

祖母に駆け寄り、たっぷりとした黒いスカートに顔をうずめる。祖母の骨ばった指がキャサリンの濡れた顎の下に添えられ、顔を上げさせられる。

祖母の顔は分厚いおしろいで灰のように白く、黒く染めた眉と髪がいやに目についた。アルシア叔母とちがい、祖母は口紅をつけず、色のない軟膏を唇に塗っている。

「叔母さんに聞いただろう？」祖母が枯れ葉のこすれあうような声で言った。

すすり泣きながら、キャサリンは言葉をしぼりだした。

「聞いたわ……だけど、わたし、り、理解できない……」

祖母がしゃがれ声で慰めの言葉をつぶやき、キャサリンの顔を自分の膝に押しつける。祖母は孫の頭を撫で、乱れた髪を細い指で梳いた。

「アルシアの説明が下手だったのかい？　おまえは利口な子じゃないけど、ばかでもないだろう？　なにが理解できなかったんだい？　泣くのはおよし。あたしはめそめそしたのは嫌いなんだ」

ぎゅっと目を閉じ、キャサリンはこぼれようとする涙を押しとどめた。悲しくて悲しくて、喉の奥が詰まる。

「別のことがしたいの。あれじゃなければなんでもいい。わたしに選ばせて」

「アルシアみたいになりたくないというんだね？」問いかける祖母の口調は、不安になるほどに優しかった。

「はい」

「あたしのようになるのがいやなんだね？」

キャサリンはためらい、小さくうなずいた。「いや」と言うのが怖かった。祖母の前で「いや」という言葉はあまり使わないほうがいいと、過去の経験から学んでいた。どんな状況だろうと、その言葉を耳にすれば祖母は必ず機嫌が悪くなる。

「でも、おまえはもうあたしたちと同じなんだよ」祖母は告げた。「だっておまえは女だろう？　女という生き物はね、みんな娼婦なんだ」

凍りついたキャサリンは、身じろぎさえできなかった。祖母の指が鉤爪となり、頭を撫でる手でゆっくりとリズミカルに引っかかれている錯覚に陥る。

「女はみんな、男にわが身を売りわたして生きるんだ」祖母がつづけた。「結婚だって取引みたいなものさ。結婚するとき男は女の価値を、性交がうまいかどうか、ちゃんと子どもを産めるかどうかで見定める。この由緒ある仕事に就いているあたしたちは、少なくともその事実にちゃんと向きあっているんだよ」祖母は考え深げな声音になった。「男なんていやらしい、けだものみたいな生き物さ。でもこの世を動かしているのは男で、それは永遠に変わらない。連中からできるだけ多くのものを得るにはね、上手に従う方法を学ぶしかないんだよ。おまえならきっとうまくやれるよ、キャサリン。素質があるからね。命令されるのを、じきに楽しめるようになる。それでお金をもらえるようになれば、この仕事がもっと好きになるさ」祖母は頭を撫でていた手をどけた。「さあ、もう二度とこの件であたしを煩わせちゃいけないよ。わからないことがあったら、あとはアルシアにお訊き。アルシアだってこの仕事を始めたばかりのときは、おまえと同じように落ちこんだものさ。でもすぐに、自分の置かれた状況をうまく利用するようになった。そもそも、あたしたちはみんな自分の食い扶持は自分で稼がなくちゃいけない、そうだろう？　おまえだって例外じゃないんだよ。なにしろあたしの孫なんだからね。おまえなら、背中に一五分間ばかり客をのっけてやるだけで、普通の女が二日、三日かけて稼ぐ金を得られるよ。だからおとなしく客の言うことを聞くんだよ、キャサリン」

恐ろしい高みから落ちたときのように愕然として、キャサリンは祖母の仕事部屋をあとにした。一瞬、玄関から走って逃げだしたいという強烈な衝動に駆られた。でも逃げる場所もお金も頼る相手もない少女は、ロンドンの街に出ても数時間で途方に暮れるばかりだろう。胸の奥に抑えていたすすり泣きは、すでにおののきへと変わっていた。

キャサリンは階上の自室へ向かった。そこで夢の舞台は変わり、記憶が不気味で陰気な幻へと……悪夢へと変容した。階段はいつまで上っても終わりが見えず、だんだん脚が疲れてきて、上れば上るほどいっそう暗い影につつまれていく。ひとりぼっちで寒さに身震いしつつ、彼女はようやく自室にたどり着いた。室内を照らすのは、おぼろな月明かりだけだ。

窓辺に男がひとりいる。正確に言うと、男は窓枠をまたぐように立っており、長い脚の一方は床につき、もう一方は無頓着に窓の向こうに投げだしている。頭の形と、薄闇に浮かぶたくましい体の線から、キャサリンにはそれが誰だかわかる。薄闇のなかから聞こえるなめらかな声が、彼女のうなじの毛を逆立たせる。

「ああ、やっと来たね。おいで、ミス・マークス」

キャサリンの胸は安堵と切望感に満たされる。

「ラムゼイ卿、こんなところでなにをしているの？」泣きながら彼に駆け寄る。

「きみを待っていた」彼の両腕が体にまわされる。「遠くに連れていってあげよう――どうだい？」

「ええ、ぜひ。ぜひそうして……でも、いったいどうやって？」

「この窓から逃げよう。はしごを用意した」

「危なくないの？　本当に大丈夫――」

彼は片手でキャサリンの口をそっとふさぎ、彼女を黙らせた。「わたしを信じて」手に力が込められる。「ちゃんと支えてあげるから」

あなたと一緒ならどこへでも行くわ、言われるとおりにするわ――そう伝えたいのに、ぎゅっと口をふさがれているので言葉を発せられない。彼の手が痛いほどに強く口を押さえ、顎をきつくつかんでくる。キャサリンは息もできなくなる。

彼女はぱちりと目を開けた。悪夢が消え去り、それ以上に恐ろしい現実が姿を現す。耐えがたい重みを感じてもがき、節くれだった手に口をふさがれながらも、必死に叫ぼうとする。

「叔母さんが会いたいそうです」闇のなかから声が聞こえた。「すみません、ミス・キャサリン。こうする以外に、方法が見つからなくって」

ものの数分間の出来事だった。

ウィリアムはキャサリンの口に布をかませ、頭の後ろでしっかりと縛った。布の真ん中には大きな結び目があり、そこを口のなかに押しこんである。さらに手足も縛ってから、彼はランプに火をつけに行った。眼鏡がなくても、彼が濃紺の上着をまとっているのがキャサリンには見えた。ラトレッジ・ホテルの従業員の制服だ。

ほんの数語でも言葉を発せられたなら、ウィリアムに懇願し、あるいは取引を持ちかけることも可能だろうに。大きな結び目のせいで、まともにしゃべることはできなかった。猿ぐつわはつんとするいやな臭いを発していて、口のなかにつばがたまってくる。きっと布になにかの薬品を染みこませてあるのだろう。そう思った次の瞬間には、キャサリンの意識はあたかもやりかけのジグソーパズルのように、粉々にちらばっていった。心臓の動きが鈍くなり、薬品に侵された血液が力を失った四肢に送りだされる。彼女は頭がふくらむような感じ、脳みそが急に頭蓋より大きくなってしまったかのごとき感覚に襲われた。

ウィリアムがホテルの洗濯袋を手に戻ってくる。彼はキャサリンを足のほうからその袋に入れていった。彼女の顔を見ようとはせず、ひたすら作業に没頭している。そのさまをキャサリンは他人事のように眺めていた。ウィリアムは、めくれたナイトドレスの裾を丁寧に足首のほうまで引き下ろしている。頭の片隅でキャサリンは、そのささやかな心づかいをいぶかしんだ。

そのとき、足元のシーツがかさかさと音をたて、その下から怒り狂って鳴きわめくドジャーがするりと出てきた。フェレットは目にもとまらぬ速さでウィリアムの腕と手に飛びかかり、そこに何度も何度もきばを突き立て、かみついた。ちびのドジャーがそんなふうに乱暴を働くのを、キャサリンは初めて見た。驚いたウィリアムがうなり声をあげ、小声で罵りながら腕を振る。フェレットの体は宙に浮き、どんと壁にぶつかって床に落ち、それきり動かなくなった。

猿ぐつわをかまされながらも、キャサリンはうめいた。涙があふれて焼けつくほどに目が痛くなる。

ウィリアムは荒い息をつき、血のにじむ手の具合を見ると、洗面台に歩み寄ってタオルを取り傷口に巻いた。ふたたびキャサリンのかたわらに戻ってくる。洗濯袋は彼女の体を徐々にのみこんでいき、そうしてついに頭上で袋の口が閉じられた。

叔母が自分に会いたいなどと思うわけがない。姪を破滅させようとたくらんでいるに決まっている。ウィリアムはそれに気づいていないのだ。あるいは気づいていて、キャサリンには嘘をついたほうがいいと判断したのか。でもそんなことはどうでもよかった。キャサリンはなにも感じなかった。恐れも、怒りも。それなのに涙が目じりからとめどなく流れてくる。なにも感じないままこの世を去るとは、なんとみじめな運命なのだろう。いまの彼女は、手足をからませて袋に押しこめられた、頭のない人形のようなもの。すべての記憶がおぼろになり、あらゆる感覚が薄らいでいく。

けれども、「無」という名の毛布の下にいくつかの思念が生まれいで、毛布に針孔ほどの小さな穴を開け、闇のなかに細い光が射しこんだ。

けっきょくレオには、愛していると一度も伝えずじまいだった。

キャサリンは彼の瞳を思った。いろいろな青が入り交じったあの瞳を。脳裏に真夏の星座が浮かび上がり、星々が獅子を形作る。〝一等星が獅子の心臓を表している〟彼はそう教えてくれた。

レオはさぞかし嘆き悲しむだろう。せめて、そんな思いだけはさせたくなかった。彼とならどんな人生が送れただろう。ふたりで生きられれば、それだけでよかった。あのハンサムな顔が年齢とともに深みを増していくさまを、そばで見ていたかった。いまこそ素直に認めるべきだと思った。レオといるひとときが、一番幸福だったと。

肋骨の下で打つ鼓動が小さくなっていく。体が重く、行き場を失った感情に胸が痛む。感覚は麻痺し、もつれた思いだけがある。

〝わたしは、あなたを必要としている事実を認めたくなかった。ひとりで生きようと、崖っぷちでがんばってばかりいた……本当は、あなたの腕に飛びこむ勇気を奮いたたせるべきだったのに〟

29

昼前、レオはかつての師匠であるローランド・テンプルとの会合からホテルに戻ってきた。建築家のテンプルは、現在は大学で教鞭をとっている。先ごろは大学における建築学研究の発展に大いに貢献したとして、英国王立建築学会から金賞を授与された。久しぶりに会う元師匠は相変わらず尊大かつ短気で、レオは大いに愉快に思った。その変わらぬ横柄さに驚きは覚えなかった。老大家は、貴族を大切な金づるとみなす一方で、貴族の古臭く想像力に欠ける美的感覚を蔑んでもいる。

「だがきみは、あのおべっか使いのぼんくらどもとはちがう」テンプルはレオに熱のこもった声で言った。どうやら褒め言葉らしい。元師匠はつづけた。「このわしの教えを、そう簡単に忘れるわけはないだろうからな」これに対しレオはもちろん、おっしゃるとおりですともと応じた。あなたから教わったすべてを記憶し、大切にしていますと。プロヴァンスで再会を果たした老教授からの影響のほうがずっと大きいとは、あえて口にしなかった。

「建築とは、人生の困難とうまく折り合いをつけるための方法だ」ジョゼフ教授から、アトリエでそう言われたことがある。老教授は長い木製テーブルで香草の植え替えをしているところで、レオはすかさず手を貸そうとした。「ノン、それにさわってはいかんよ、わが息子《モン・フィス》。きみは根っこの周りの土を固めてしまうからいかん。香草は、もっと優しく植えてやらねば」恩師はレオから鉢を取り上げ、講義を再開した。「建築家になるには、周囲の環境を受け入れる必要がある。たとえそれがどんな環境だろうともだ。すると周囲がよく見えてきて、理想を思い描き、形にできるようになる」

「理想がなくても、建築家にはなれますか？」レオは冗談半分にたずねた。「理想どおりに生きるのは難しいですから」

教授は頬をゆるめた。

「人は星《ネ》をつかむことはできん。それでも星々の光を求める。道しるべとなってもらうためだ、そうだろう《スパ》？」

理想を思い描き、形にする。そうすることで初めて、よい家、よい建物を設計できるようになる。

あるいは、よい人生を。

そのための礎を、よい人生を築くために欠けていた最後の柱を、レオはついに見つけた。世にも頑丈な柱を。

今日はキャサリンとなにをしよう。どんなふうに彼女を口説こう。どうやってからかってやろう。そんなことを思いながらレオはにんまりと笑った。どれをするのも、レオは楽しくてしかたがない。そうだ、最初はちょっとした口論をし、それから彼女にキスをするよう仕向けたらどうだろう。あるいは、今日のキャサリンが弱気だったら、あらためて結婚を申し込んでもいいかもしれない。

ラトレッジ夫妻の居室に向かったレオは、ぞんざいに扉をたたいて勝手になかへ入った。するとポピーがあわただしく玄関広間に出てきた。

「なにかわかった――」ポピーはいきなり言い、兄の姿を認めると口をつぐんだ。「お兄様。いつ戻ってくるかとやきもきしたわ。行き先も聞かなかったから、迎えをやろうにも――」

「なにがあった?」レオは穏やかにたずねた。よくないことが起こったのだと、直感で察していた。

妹は泣きそうな表情になった。青ざめた顔のなかで、目ばかりが妙に大きく見える。

「朝食の席にキャサリンが現れなかったの。でも、寝坊をしたいだけなのだと思った。悪い夢を見たときはいつも――」

「知ってる」レオは妹の冷たい手をぎゅっとつかみ、瞳を凝視した。「早くつづきを、ポピー」

「一時間前に、メイドに頼んでキャサリンの様子を見に行ってもらったの。キャサリンはいなくて、サイドテーブルにこれが残されていたわ」ポピーは震える手を差しだし、兄に真新しい銀の眼鏡を手渡した。「それから……ベッドに血が」

パニックに陥りかけ、レオはそれをすぐさま抑えこんだ。頭のてっぺんからつま先まで戦慄が走り、心臓をとどろかすばかりの力がわき起こる。めまいを覚えるほどの、殺人への激しい衝動が。

「ホテル中をくまなく捜したわ」耳鳴りの向こうから、妹が説明する声が聞こえた。「いまはハリーとミスター・ヴァレンタインが、各階の客室係長から話を聞いているところよ」

「ラティマーのしわざだ」レオはかすれ声でつぶやいた。「やつが誰かに命じて彼女をさらったんだ。あのいやらしいならず者のはらわたを切り裂いて、はらわたともども、やつをはりつけに――」

「お兄様」妹はぞっとした声をあげると、片手で兄の口を押さえた。レオの顔に浮かぶ表情に、恐れをなしているようだ。「もうやめて」

眉根を寄せていたポピーだったが、夫が居室に戻ってくると、ほっとした顔になった。

「なにか手がかりは見つかった？」

ハリーは暗く険しい顔をしていた。「夜勤の客室係の話によると、ゆうべ、制服を着た男が洗濯袋を背負って裏の階段を下りるところに出くわしたそうだ。新入りだと思ってとくに声はかけなかったらしい。ただ、洗濯物を片づけるのはメイドたちの、それも昼間の仕事だ。それで客室係も、変に思ったというんだが」ハリーはレオの肩に手を置いた。「ラムゼイ、冷静になってくれ。義兄を落ち着かせようとしたのだろうが、レオはその手を振りはらった。「ラムゼイ、冷静になってくれ。あなたの考えていることはわかるし、わたしもそうじゃないかと踏んでいる。だが、慌ててもなんにもならない。ここは落ち着いて――」

「わたしを止めようとしてみろ」レオはしわがれ声で告げた。彼のなかに解き放たれた衝動を、抑止できるものはない。ハリーが次の息をする前に、レオはすでにその場を立ち去っていた。

「なんてこった」ハリーはつぶやき、黒髪をかきあげた。取り乱した目で妻を見る。「ヴァレンタインを捜してきてくれ。まだ客室係長と話をしているはずだ。ヴァレンタインに、ヘンブリー特別警察官のもとへ行くよう伝えて――いや、ボウ・ストリートの人間なら誰でもいいから、とにかくキャサリンが行方不明だとすぐに知らせるんだ。ヘンブリーがラティマー邸に捜査隊を送りこんでくれるにちがいない。いまにも殺人が起ころうとしている、ヘンブリーにそう言うんだ」

「お兄様は、ラティマー卿を殺したりしないわ」ポピーは真っ青になって抗議した。

「彼がやらないのなら」ハリーは冷たい確信をもってこたえた。「わたしがやる」

なじみのない多幸感とともに、キャサリンは目を覚ました。頭が軽く、体がだるい。悪夢から目覚めることができて心から安堵した。けれども目を開けてみると、別の悪夢のなかにいることに気づいた。そこはいやに甘ったるい臭いの煙でかすむ部屋で、窓には分厚いカーテンがかかっている。

やっとの思いで冷静さを取り戻した彼女は、目を懸命に細めて周囲を見わたした。顎が痛いし、口のなかが耐えがたいほど乾いている。冷たい水を飲み、澄んだ空気を吸いたくてたまらない。手首は背中にまわされ結わかれている。ナイトドレスを着たまま、長椅子に半身を起こして座っている状態だ。乱れた髪が顔にかかって邪魔なので、ぎこちなく肩を揺すってそれをどけようとした。

部屋の様子はぼんやりとしか見えないが、知っている場所なのはわかった。すぐそばに老女が座っているのも。棒切れのように痩せた、黒いドレスの老女だ。骨ばった手が、昆虫の脚のごとき頼りない動きで、阿片パイプから伸びる革の管をつまむ。管を口元に持っていき、老女は阿片を一息吸ってしばし肺にためておいてから、白い煙をふうっと吐きだした。

「おばあちゃん？」キャサリンはかすれ声で呼びかけた。舌が口蓋に貼りつくようだ。

老女がさらに身を寄せ、眼鏡なしでも見える距離まで顔を近づけてくる。おしろいだらけの白い顔に真っ赤な口紅。黒いアイラインの入った、険しい、見慣れた瞳。

「ばあさんなら死んだよ。ここはいま、あたしのうち。店もあたしがやってる」

叔母さん……キャサリンは鈍い恐怖とともに悟った。あんなに美しかった顔がすっかりしわだらけになってしぼんでいる。おしろいを塗りたくっても網目のごときしわは隠すことができず、まるでひび焼き仕上げの磁器のようだ。祖母の容貌もすさまじかったが、叔母のいまの顔はあれを上回っている。しかも叔母は、正気を失っているらしい。飛びださんばかりの目玉は、ひな鳥の目のように濁った青色をしている。

「ウィリアムから、おまえに会ったと聞かされてね」叔母は言った。「だからあの子に言ったんだよ。ずいぶんご無沙汰だから、ぜひともここに呼ぼうじゃないかって。なかなか名案が浮かばなかったようだけどね、それでもウィリアムは、うまくやってくれたよ」部屋の隅の、陰なすほうに視線を投げる。「おまえは本当にいい子だね、ウィリアム」

彼はよくわからない言葉を発した。あるいは、不規則な耳鳴りのせいでキャサリンがちゃんと聞きとれなかっただけかもしれないが。彼女はいま、神経やら血管やらが勝手に体のなかで新たな秩序を作り上げ、まったく別のものになろうとしているような錯覚に陥っている。

「水をもらえない？」彼女はかすれ声で訴えた。

「ウィリアム、お客さんに水をおあげ」

彼はたどたどしい手つきでグラスに水をそそぎ、キャサリンの前に立った。グラスをキャサリンの口元にあてがい、彼女が用心深く中身を飲むさまを見つめる。水はあっという間に、唇や口内や喉の渇ききった細胞に染みわたっていった。埃臭い、いやな味がしたが、ひょっとすると口のなかに入った埃の味だったのかもしれない。

青年が下がり、キャサリンは叔母の次の言葉を待った。アルシアは思案げな顔で阿片パイプを吸っている。

「ばあさんは、おまえを一生恨んでいたよ」叔母が口を開いた。「あんなふうに逃げるなんてね。おかげでラティマーに責めたてられて大変だった。金を返せ……さもなくば、おまえを見つけてこいってね。あたしたちにどれほど迷惑をかけたか、わかっていないんだろう？どれだけの借りがあるか、考えもしなかったんだろう？」

めまいに襲われながらも、キャサリンはしっかりと前を向いていようとがんばった。

「体で借りを返す必要なんてないはずだわ」

「自分にはそんな人生はふさわしくないとでも言いたいのかい？　要するに、あたしみたいに堕ちていくのがいやだったんだろう？　自分で人生を選びたいと思ったんだろう？」叔母はいったん言葉を切った。キャサリンの返事を待っているようだったが、むだだと悟ると、熱を帯びた声でつづけた。「でもね、どうしておまえにだけ選択肢があるんだい？　ばあさんはね、ある晩あたしの寝室に来て言ったよ。おまえを寝かしつけてくれる、素敵な紳士を連れてきたってね。そうしてその男は、まずはあたしに新しいゲームを教えた。ところがその晩以降、あたしはすっかり汚れた娘になった。まだ一二歳だった」

ふたたび阿片パイプを深々と吸う気配がし、甘ったるい煙が吐きだされる。煙を吸うまいとしても不可能だった。部屋がゆっくりと揺れているようだ。キャサリンは荒波に揉まれる船の甲板にいる気分だった。波に揺られながら、叔母の繰り言に耳を傾ける。叔母への哀れみがわき起こってきたが、それはほかの感情と同じように、波間から顔を出せず消えていく。

「あたしだって逃げようとしたんだ」アルシアは言った。「兄に――あんたの父親に、助けてほしいと頼んだ。あのころはまだ兄もこの家にいて、自由に店に出入りしていたんだよ。娼婦たちと好きに遊んでさ、女たちもばあさんに文句ひとつ言おうとしない。兄に〝少しお金をちょうだい〟と頼みこんだ。〝そうすれば田舎に逃げられるから〟って。ところがあいつは、ばあさんにそれをばらした。それからは何カ月も、家から出ることさえ禁じられたよ」

おぼろげな記憶のなかの父は、たしかに無愛想で冷たい人だった。だからキャサリンは、叔母の話をすんなりと信じられた。それなのに、気づけば彼女は冷ややかにたずねていた。

「なぜ父は、叔母さんを助けようとしなかったのかしら」

「兄にはここが住み心地のいい場所だったからさ。あいつは指一本動かさなくとも、望むとおりのものを手に入れられた。ばあさんは、息子が欲しいというものをなんでも与えていたからね。あの身勝手な豚は、自分が快適に暮らすためなら妹を犠牲にするくらい屁でもなかったんだ。だってあいつは、しょせん男だからね」叔母はまた言葉を切った。「というわけで、あたしは娼婦になった。それから数年間は神に救いを祈りつづけたよ。でも神は女の祈りなんて聞いちゃくれない。神は、おのれの姿に似せて造った者だけを愛しているのさ」

見えない目を細めながら、キャサリンはふらつく頭を必死に働かせようとした。「叔母さん」と慎重に呼びかける。「どうしてわたしを預かることにしたの？　自分がそんな目に遭わされたからといって……なぜ姪まで同じ目に遭わなければならないの？」

「あたしが逃げられなかったのに、なんでおまえだけが逃げられるというのさ。あたしはおまえを、自分のような女にしてやりたかった。あたしが、ばあさんそっくりになったようにね」

そうだ……それこそがキャサリンの幼いころからの恐怖のひとつ、最も恐れていたことだった。男性とベッドをともにしたら、自分のなかのふしだらな一面が目を覚まし、それだけにとらわれた女になってしまうと恐れていた。

けれども……そうはならなかった。

朦朧としながらも、キャサリンはその事実についていろいろな方向から何度もくりかえし考えをめぐらした。そうだ、過去は未来ではない。「わたしは叔母さんとはちがうの」彼女はゆっくりと告げた。「これからも叔母さんのようにはならない。叔母さんがどんな目に遭ったかを思うと心が痛むわ。だからといって、同じ道は選べない」

「だからね、今回は選択肢を用意してあげたよ」

阿片にやられてまともに働かない頭でも、叔母の猫撫で声にはぞくりとするものを覚えた。

「ラティマーとの大昔の約束を果たすか」叔母は言い、さらにつづけた。「あるいは、あたしのようにこの店で客をとるか。さあ、どっちがいい？」

キャサリンはどちらも拒んだ。「叔母さんになにをされようと」懸命に抗おうとする。「わたしはわたしのままよ」

「で、おまえはどんな女なんだい？」叔母は蔑みを込めて問いただした。「お上品なレディのつもりかい？　こんな場所にいる玉じゃないってかい？」

前を向いているのがつらいほどに、頭が重くなってくる。キャサリンは長椅子に横たわり、肘かけに頭をもたせた。

「わたしは、ちゃんと人から愛されている女だわ」

そんなことを言えば、叔母の心を傷つけるとわかっていた。でもそれが真実なのだ。

もはや目を開けていられなかった。すぐ近くでせわしなく動く気配がある。叔母の触手のごとき手がキャサリンの頬をつかみ、阿片パイプの管が唇のあいだに押しこまれる。鼻をぎゆっとつままれ、それを吸うしかなくなった。つんとした刺激臭のある、ひんやりとした煙が肺に入ってくる。キャサリンは咳きこんだ。ふたたび鼻をつままれると、声もあげずにぐったりとなった。

「上に運びな、ウィリアム」アルシアは命じた。「昔使わせていた寝室にね。あとで店のほうに連れていこう」

「わかりました」ウィリアムは用心深く、キャサリンを抱え上げた。「あの……手首の紐はほどいていいですか？」

アルシアは肩をすくめた。

「いいよ、どうせひとりじゃどこにも行けやしないからね」

青年はキャサリンを階上へと運び、彼女のかつての寝室に入ると、かび臭い小さなベッドに体を横たえ、手首の紐をほどいた。彼女の両腕を引っ張り、棺のなかに寝かされた遺体のように、両手を組ませてみぞおちのあたりに置く。「ごめんなさい、ミス・キャサリン」彼はつぶやき、半ば開いているがなにも見えていない目をのぞきこんだ。「ぼくには叔母さんだけが頼りなんです。だから、叔母さんには逆らえないんです」

30

ガイ・ラティマー卿はロンドン西部の新興住宅街に住んでいる。近隣に一幅の絵画のように美しく静かな公園があり、木々に囲まれた化粧漆喰仕上げの家々が立ち並ぶ一角だ。数年前、レオはその家を何度となく訪れた。通りも家も手入れが行き届いていたが、そこには忌まわしい記憶ばかりが詰まっている。ラティマー邸に比べれば、イーストエンドの貧民窟が司祭館に思えるほどだ。

馬がすっかり足を止めぬうちから地面に飛び下りたレオは、邸宅の玄関めがけて走ると、両手をこぶしにしてどんどんとたたいた。あらゆる思考が一方向へと向かう潮流となり、もしものことが起こる前にキャサリンを捜しださねばという、怒りと絶望感だけが胸の内を満たしている。だが、万一のことがすでに起こってしまっているのなら——神よ、頼むからそれだけは許したまえ——彼女の快活さを取り戻すには、いったいどうすればいいのか。

実際には、彼の脳裏にはもうひとつ目的があった——ラティマーを、肉屋ですら拒絶するほどの肉塊になるまでぶちのめしてやるのだ。

ハリーの姿はまだ見えない。じきに現れるだろうが、義弟を待つつもりはない。

狼狽した表情の執事が扉を開き、レオは肩で相手を押すようにして邸内に入った。

「お待ちください――」

「あるじはどこだ？」レオはぶっきらぼうにたずねた。

「申し訳ございませんが、ただいま留守にして――」執事は言葉を失った。レオが上着の襟元をつかみ、手近の壁に乱暴に背中を押しつけたからだ。「そのようなまねは、どうか――」

「やつはどこにいる？」

「あの……書斎でございます。でもご気分がすぐれないようで……」

レオはにやりと笑った。「わたしの顔を見れば治るさ」

そこへ従者が現れ、執事が口角泡を飛ばして助けを求めた。けれどもレオはとうに執事を放しており、数秒後には書斎にたどり着いていた。室内は暗く、妙に暑い。まだ秋口だというのに、暖炉には大きな炎が見える。ラティマーは椅子にぐったりと腰かけていた。顎は胸につき、半分空になった酒瓶を片手に握りしめている。酒でたるんだ顔を赤と黄色の炎に照らされたラティマーは、まるで地獄に堕ちた男のように見えた。ぼんやりとした目が、険しい表情を浮かべたレオの顔に向けられる。目の焦点が合わないところをみると、すっかりできあがっているらしい。これだけ酔っていれば、足元もおぼつくまい。酔い方からして、おそらく何時間もやすみなく飲んでいたはずだ。

その事実に気づくなり、レオは途方に暮れた。ラティマー邸でキャサリンを発見するよりもさらに恐ろしいこと。それは、ここで彼女を発見できないことだった。ラティマーに飛びかかったレオは、その冷たく湿った太い首を両手でつかみ、椅子から無理やり立ち上がらせた。酒瓶が床に転がる。ラティマーの目が飛びだす。敵はむせ、つばを飛ばしながら、レオの手を首から引きはがそうとした。

「彼女はどこだ？」レオは詰問し、ラティマーを激しく揺さぶった。「キャサリン・マークスにいったいなにをした？」敵が答えられるよう、手に込めた力をわずかに緩める。

咳きこみ、ぜえぜえとあえいだラティマーは、信じられないとばかりにレオをにらんだ。

「この異常者め！　いったいなんの話だ」

「彼女が消えた」

「それで、わたしがさらったと考えたわけか」ラティマーはげらげらと笑いだした。

「貴様じゃないのなら、証明しろ」レオはふたたび手に力を入れた。「そうしたら生かしてやってもいい」

たるんだ顔が赤黒く変色する。

「あの女を、いや、いかなる娼婦を手に入れてもわたしにはどうすることもできん。おまえのおかげでな！　わたしはもうおしまいだ！　捜査、ボウ・ストリートでの尋問……仲間からもただではおかないと脅されている。おまえ、自分がこれで何人の敵を作ったかわかっているのか？」

「貴様ほど多くはないだろう」

容赦せず首を締め上げると、ラティマーは身をよじってもがいた。

「連中はわたしの死を望んでいる」

「偶然だな」レオは歯を食いしばって応じた。「わたしもだ」

「いったいどうしたというのだ」ラティマーが問いただす。「たかが女のために」

「キャサリンの身になにかあれば、わたしにはもう失うものなどない。これから一時間以内に彼女を見つけられなければ、貴様の命であがなってもらう」

その口調になにかを感じとったのか、ラティマーの瞳にパニックの色が浮かんだ。

「わたしは関係ないじゃないか」

「吐け。さもないと、カエルみたいに顔がふくれるまで、この首を締め上げてやる」

「ラムゼイ」ハリー・ラトレッジの声が、剣のごとく空気を切り裂いた。

「やつが、彼女はここにいないと言い張るんだ」敵から目を離さず、レオはつぶやいた。

かちかちと金属がぶつかる音がしたかと思うと、ハリーが火打ち石銃の銃口をラティマーの額の真ん中にあてた。

「手を離してやれ、ラムゼイ」

レオは従った。

墓場のごとき静けさの部屋に、ラティマーの意味をなさない言葉が響く。彼はハリーの顔を凝視していた。

「わたしを覚えているか?」ハリーは猫撫で声でたずねた。「八年前にこうしておくべきだったな」

レオの殺意に満ちた瞳より、ハリーの氷のように冷たい瞳のほうがいっそうラティマーを怯えさせたらしい。「許してくれ」ラティマーはささやき、唇を震わせた。

「五秒以内に、妹がどこにいるか教えろ。言わないなら、頭に穴を開けてやる。五」

「なにも知らないんだ」ラティマーは懇願した。

「四」

「この命に懸けて誓う！」敵の目に涙があふれる。

「三、二」

「頼む、なんでもするから！」

ハリーはためらい、見定めるようにラティマーを凝視した。瞳の色から、嘘ではないと判断したらしい。「くそっ」とつぶやくと銃口を下げ、義兄に向きなおった。ラティマーはすすり泣きながら床にくずおれた。「こいつは本当に知らないようだ」

ふたりは陰鬱なまなざしを交わした。このときレオは、初めてハリーに親近感を覚えた。ひとりの女性を失いかけ、いまふたりは絶望の淵に立たされている。

「ではいったい誰がキャサリンを」レオはささやくように言った。「彼女の過去とつながりのある人間は……あとは叔母だけだ」いったん言葉を切る。「いや待て、劇場に行ったあの晩、キャットは娼館で働いていたという青年とばったり会った。ウィリアムといった。幼なじみらしい」

「娼館はメリルボーンにある」ハリーがすかさず応じ、戸口に走る。彼はいったん立ち止まって義兄を手招きした。
「だが、なぜ叔母がキャットを」
「わからない。おそらく、ついに正気を失ったんだろう」

娼館の建物はたわんでひしゃげていた。ところどころ板が剝がれ落ちた窓枠は、何千回と塗りなおしたあげく、もはやその必要すらないと打ち捨てられたかのようだ。窓ガラスは煤で黒ずみ、玄関扉は好色漢の薄ら笑いのごとくゆがんでいる。となりに建つ小ぶりな家は傾き、その前に、あざだらけの子どもとその姉だろう、娼館で働く娘がたたずんでいる。

娼館を家族で営む場合、店とは別の建物に経営者の居を構えるのが一般的だ。その小ぶりな家が、キャサリンから聞いたとおりなのをレオは思い出した。なにも知らない幼いころ、彼女が暮らしていた場所。当時の彼女は、未来がすでに奪われている事実など知らなかった。

レオとハリーは十字路を渡り、娼館の裏手にあたる悪臭漂う路地に入った。大通りを一本奥に入れば、そこには怪しげな小屋や路地の迷路がいくつも広がっていて、おんぼろの馬屋が連なっている。

娼館の裏口あたりで男がふたりぶらついていた。ひとりは巨漢で、おそらく店の用心棒だろう。この業界では、用心棒は店の秩序を維持し、娼婦と客との揉めごとをおさめるために雇われる。もうひとりの男は小柄で痩せており、なにかの行商人だろうか、腰にポケット付きの前掛けを巻いている。路地脇には、小型の幌馬車が止まっている。

レオたちが娼館の裏口を見ているのに気づくと、用心棒が気さくに声をかけてきた。

「あいにくいまの時間に女たちはいないよ、だんな方。夜になったらまたどうぞ」

懸命に穏やかな声音を作り、レオは用心棒に話しかけた。

「いや、店の奥さんと仕事の話がしたくてね」

「奥さんは会えないんじゃねえかな……そしたら、ウィリーに訊いてみりゃいいだろう」男は肉厚な手で、荒れ果てた家のほうを指さした。いかにもくつろいだ様子だが、視線は鋭い。

レオとハリーは家の戸口へと向かった。かつてノッカーがあったとおぼしき場所には、数個の穴が開いているだけだ。もどかしくて扉を蹴破りたいところだが、レオは忍耐強くこぶしで扉をたたいた。

しばしののちに扉がきしみ音とともに開かれ、青ざめて痩せこけたウィリアムの顔が現れた。青年はレオを認めるなり、ぎくりとして目を見開いた。その顔に色というものがあったなら、きっと蒼白になっただろう。青年は扉を閉めなおそうとしたが、レオは肩を使ってなかに押し入った。

ウィリアムの手首をつかんでひねりあげ、その手に血のにじむ包帯が巻かれているのを確認する。ベッドに残されていた血……この男はいったいキャサリンになにをしたのか。想像しただけで怒りがわき起こり、それ以外の感情を消し去った。レオはいっさい考えるのをやめた。そうして、気づけば次の瞬間には床に膝をつき、ウィリアムの体にまたがって容赦なく青年を殴打していた。ハリーが大声で呼びかけ、なんとかしてレオを青年から引き離そうとするのを、ぼんやりと実感する。

騒ぎに気づいた用心棒が駆けつけ、レオに飛びかかった。レオは自分よりもずっと重く大柄な男をたやすく殴り飛ばした。巨体が床に大きな音をたてて落ち、その衝撃で家全体がぐらりと揺れる。ふらつきながらも立ち上がった用心棒は、ローストビーフを思わせるこぶしを握りしめ、骨をも砕きかねない勢いでパンチを繰りだした。後ずさったレオはガードを上げ、右のこぶしでジャブを放った。用心棒がいとも簡単にそれをよける。だがレオに、プロの拳闘士のルールに則るつもりなどない。彼は敵の膝に横蹴りを入れた。痛みにうめいて身を折った用心棒に、今度は頭めがけて蹴りを入れる。巨漢はハリーの足元の床にくずおれた。

わが義兄ほど汚い闘い方をする男はいないな……ハリーは内心思いつつ短くうなずくと、人けのない居間へと足を踏み入れた。

屋内には誰もいないのか、不気味に静まりかえっている。聞こえるのはキャサリンの名を呼ぶ自分と義兄の声だけだ。阿片の煙の臭いが充満しており、窓ガラスは分厚く煤がこびりついてカーテンもいらないほど。どの部屋も埃の上にさらに埃が積もり、まるでごみためだ。隅にはクモの巣が張り、絨毯は染みに覆われ、傷だらけの板張りの床はたわんでいる。

上階の部屋から廊下の闇にランプの明かりがもれているのを、阿片の瘴気《しょうき》越しにハリーは見つけた。一段抜かし、二段抜かしで階段を駆け上る。心臓がとどろいていた。

長椅子に老女が丸くなっているのが見えた。黒いドレス越しにも、棒切れのように痩せ細り、リンゴの木のごとく節くれだっているのがわかる。意識が朦朧としているのだろう、骨ばった指はペットの蛇をかわいがるかのように、阿片パイプの管を撫でている。

ハリーは老女に近づき、頭に手をやって顔を上げると、瞳をのぞきこんだ。

「おまえさん、誰だい？」老女がしわがれ声を出した。白目は紅茶に漬けたように濁っている。ハリーは老女の息の臭さに後ずさりそうになるのをこらえた。

「キャサリンを連れ戻しに来た」ハリーは告げた。「彼女はどこにいる」

老女は彼を見据えた。「例の兄貴かい……」

「ああ、彼女はどこだ。どこに隠した。娼館か」

アルシアは管から手を離し、自分を抱きしめた。

「あたしの兄は迎えになんて来てくれなかったよ」と悲しげに言う。その顔に汗がにじみ、涙が流れ、おしろいがだまになる。「あの子は渡さない」老女は抗った。だがその視線は、さらに上階へとつづく階段のほうに向けられていた。

ハリーははじかれたように部屋から駆けだし、階段を上った。二部屋あるうちの一方からはありがたいことに、ひんやりとした外気と日の光が廊下にもれている。部屋に入り、いまだ空気のよどむ室内に視線を走らせた。ベッドは乱れ、窓は大きく開け放たれていた。

その場に凍りついたハリーは、胸に鋭い痛みが走るのを覚えた。恐れに心臓が止まった気がした。「キャット！」と自分が叫ぶ声を聞きつつ、窓辺に駆け寄る。懸命に息をしながら、三階下の通りを見下ろした。

だがそこには遺体も血痕もなかった。ごみと馬糞が見えるばかりだ。

けれども視界の隅に白くはためくもの、羽ばたく鳥の翼のようなものがあった。左に顔を向けたハリーは、そこに妹を見つけて鋭く息をのんだ。

純白のナイトドレスを着たキャサリンが、切り妻屋根の端に座っていた。ハリーとの距離は三メートルほど。二階の細い窓ひさしを渡っていったのだろう。小さな膝を抱えて激しく身を震わせている。風が乱れた髪をなびかせ、灰色の空に金髪が旗のごとくきらめいた。突風がひとつ吹こうものなら、ほんの一瞬バランスを崩そうものなら、妹は屋根から落ちる。しかし、その危うい体勢よりもいっそう激しくハリーを恐怖させたのは、表情をすっかり失った彼女の顔だった。

「キャット」慎重に呼びかけると、彼女はこちらを向いた。

だが彼が誰だかわからないらしい。

「動くなよ」ハリーは吠えるように言った。「じっとしているんだ、キャット」つかの間、顔を室内に向けて「ラムゼイ！」と叫び、すぐにまた窓の外を見る。「筋肉ひとつ動かすんじゃないぞ。まばたきもするな」

キャサリンは無言で、身震いしながらただ座っている。瞳はうつろだ。

そこへやってきたレオが、ハリーの背後から窓の外に顔を出した。義兄が息をのむ。

「なんてことだ」事態を察するなり、レオは驚くばかりの冷静さを発揮した。「完璧に酔っている。こいつは厄介だぞ」

31

「わたしなら、ひさしの上も歩ける」ハリーは言った。「高いところは怖くないんだ」

レオは顔をしかめた。

「わたしも怖くない。だが、ひさしのほうが持ちこたえられまい。われわれのどちらだろうと、骨組みに負荷がかかりすぎる。見ろ、上の骨組みが腐っているだろう？　つまり家中そうだということだ」

「ほかに方法は？　三階の屋根から行くとか？」

「時間がかかりすぎる。きみは彼女に声をかけつづけたまえ。わたしは縄を探してくる」

レオがいなくなると、ハリーはいっそう大きく窓から身を乗りだした。

「キャット、わたしだよ。ハリーだ。わかるだろう？」

「ええ」キャサリンは折り曲げた膝に頭をのせ、体をぐらつかせた。「もう疲れたわ」

「キャット、待て。うたた寝している場合じゃないんだ。顔を上げて、こっちを見ろ」ハリーは妹に言葉をかけつづけた。じっとしていろ、眠るなと必死に励ましたが、返事はほとんどかえってこない。その代わりに幾度も身じろぎし、そのたびにハリーはぎくりとした。いまにも妹が切り妻屋根から転がり落ちてしまうのではないかと焦った。

幸いレオは、すぐに長い縄を見つけて戻ってきた。顔は汗みずくで、苦しそうに深々と息を吸っている。

「早かったな」ハリーは言い、義兄から縄を受け取った。

「なにしろとなりは、悪名高き娼館だ」レオが言う。「縄なら腐るほどある」

縄を伸ばして腕二本分の長さをとり、ハリーは結び目を作った。

「窓まで戻ってこいと彼女を説得するつもりなら、まず無理だ。なにを言っても返事をしない」

「きみは縄を結びたまえ。おしゃべりはわたしに任せればいい」

これほどまでの恐怖をレオはかつて経験したことがない。ローラが亡くなったときでさえ、ここまでの恐れは感じなかった。ローラのときは、喪失感はじわじわと彼をつつんでいった。彼女の命が砂時計の砂のごとく減っていくのを、ただ見ているしかなかった。いま目の前にある恐怖は、あれよりもさらに恐ろしい。地獄の奥底を垣間見ているかのようだ。

窓から身を乗りだし、レオは疲れた様子で縮こまるキャサリンをじっと見つめた。阿片が人におよぼす影響ならよくわかっている。困惑、めまい。身動きできないほど四肢が重くなる感覚。それと同時に、ひょっとして空を飛べるのではないかと錯覚するほどに心が軽くなる。しかもいまのキャサリンは、ほとんど目が見えないのだ。

無事に彼女を助けたあとは、けっして手の届かない範囲にはやるまい。レオは自分に誓った。

「やあ、ミス・マークス」彼はできるかぎり普通の声音を作った。「これまで幾度となくとんでもない状況に陥ってきたわたしたちだが、これは群を抜いているな」

彼女が膝から顔を上げ、見えない目を細めてこちらを向く。「ラムゼイ卿なの?」

「そうだよ。これからきみを助けてあげよう。じっとしていたまえ。動けば、せっかく格好よく助けようとしているのに、面倒なことになる」

「こんなつもりじゃなかったわ」と応じる声は間延びしているものの、そこにはありがたいことに、いつもの憤慨した調子がにじんでいた。「わたしはただ、逃げようとしただけよ」

「わかっているよ。一分後には、部屋に連れ戻してあげる。口論のつづきはそれからにしよう」

「いやよ」

「部屋に戻りたくないのか?」レオはいぶかしんだ。

「いいえ、口論なんていや」キャサリンはふたたび膝に顔をうずめ、くぐもったすすり泣きをもらしはじめた。

「まずい」レオはつぶやいた。感情が高ぶって、冷静さを失ってしまいそうだ。「ダーリン、キャット、頼む。じゃあ口論はなしにしよう。約束する。だから泣くな」彼は震える息をもらしつつ、完璧な舫い結びにされた縄を義弟から受け取った。「いいかい、キャット……顔を上げて、膝をほんの少し下げるんだ。これからきみに縄を投げるけれど、絶対につかもうとしないでくれよ、いいね？　じっと座って、縄が膝に落ちてくるのを待つんだ」

キャサリンはおとなしく座って、目を細めたり、しばたたいたりしている。

輪の部分を数回まわし、レオは重みをたしかめ、力の入れ具合を量った。ゆっくりと慎重に縄を投げる。しかし輪はわずかに狙いをはずれ、彼女の足元のこけら板に落ちた。

「もっと強く投げて」キャサリンが命令口調で言った。

絶望の淵に立たされ、骨の髄まで不安に駆られつつ、レオは危うく笑いをもらしそうになった。

「ミス・マークス、人に命令するのはいいかげんにやめてくれないか？」

「気が進まない」しばし考えてから彼女が答える。

レオは縄を引き戻し、あらためて輪を投げた。今度はきれいに膝の上に着地した。

「やったわ」

「いい子だ」レオは応じた。穏やかな口調を必死に保ちつづける。「お次は輪っかに両腕を通して、頭からなかに入るんだ。胸のところで締めてほしい。急がなくていいぞ、バランスを崩さないように――」おぼつかない手つきで縄を操る彼女の見つめるうち、レオの呼吸は速さを増していった。「そうだ、うまい。上出来だ。愛してるぞ」縄がしっかりと胸に締めつけられるのを確認し、レオは安堵のため息をもらした。縄の反対端をハリーに預ける。

「放すなよ」

「誰が放すものか」義弟は手早く、自分の腰に縄を巻きつけた。

キャサリンに注意を戻すと、彼女は眉をひそめてなにか言っていた。

「なんだって、ミス・マークス？」

「そんなこと言わなくていいわ」

「なにを言わなくていいって？」

「愛してる、だなんて」

「本心だからいいだろう？」

「いいえ、嘘よ。あなたがウィンに言うのを聞いたもの……」キャサリンは口を閉じ、記憶をたどる顔になった。「結婚するとしたら、こいつは絶対に愛せないという女性と出会ったときだって」

「わたしは、ばかを言うのが癖なんだ」レオは反論した。「誰かがまじめに聞いてるかもしれないとは、これっぽっちも思わないものでね」

となりの娼館の窓が開き、怒った娼婦が身を乗りだして怒鳴った。

「ちょっと、うちの女の子たちはまだ寝てるんだよ。そんなにうるさくしたら、起きちまうじゃないか！」

「もうじき終わる」レオはしかめっ面で言いかえした。「ベッドに戻りたまえ」

娼婦はさらに身を乗りだした。「その娘ったら屋根の上でいったいなにしてんの？」

「きみには関係ないだろう？」レオはぶっきらぼうに応じた。

さらに数枚の窓が開かれ、女たちが顔を突きだし、信じられないとばかりに金切り声をあげはじめる。

「あんた誰？」

「その娘、屋根から飛び降りようっての？」

「落ちたらぐちゃぐちゃになるよ」

キャサリンは女たちなどちっとも気にしていない様子で、細めた目をひたすらレオに向けている。

「本心なの？　さっき言ったことは、嘘じゃないの？」

「その話のつづきはあとだ」レオは言い、窓枠にまたがってから枠を手でつかんだ。「まずは家の壁に片手を置き、ひさしに足をのせろ。慎重にな」

「ねえ、本心なの？」キャサリンは動こうともせず、質問をくりかえした。

レオは呆れ顔で彼女を見つめた。

「まったく。どうしてよりによってこんなときに頑固っぷりを発揮するんだ。娼婦どもが大騒ぎしている前で、本心を打ち明けろというのか？」

キャサリンが大きくうなずく。

娼婦のひとりが叫んだ。「言って.おあげよ、ダーリーン！」

ほかの女たちも陽気に叫ぶ。「そうだよ、言っておあげったら！」

「あたしたちにも聞かせてよ、ハンサムさん！」

レオの背後に立つハリーが、のろのろとかぶりを振る。

「それで妹がいまいましい屋根から戻ってくるというのなら、言ってやってくれ、くそっ」

レオは窓から思いっきり身を乗りだした。「愛してる」とそっけなく言う。だがキャサリンの小さな体が震えるさまを目にしたとたんに全身が熱くなり、心の奥底にあった感情がどこまでも解放されるのを感じた。「愛してる、ミス・マークス。わたしの心はすべてきみのものだ。きみにはあいにくだが、心と一緒にその他の部分ももれなくついてくるから覚悟してくれ」いったん口を閉じ、次の句を探す。言葉など、いつもは口をついてすらすらと出てくる。でもいまは、適切な言葉を探さなければならないのだ。なにしろこれは、とても大切な話なのだから。「自分が掘り出し物じゃないのはわかってる。それでもぜひ、きみに受け入れてもらいたい。なぜって、きみがわたしを幸福にしてくれるように、わたしもきみを幸福にしてやりたいからだ。そのチャンスが欲しい。きみとともに人生を築きたい」レオは懸命に、落ち着いた声音を作った。「こっちに来てくれ、キャット。そんなところにいる必要はない。わたしを愛してくれなくてもいい。わたしのものになってくれなくても。受け入れてくれれば、それだけでいい」

「ほうっ……」娼婦のひとりがうっとりとため息をついた。

別の娼婦は涙をぬぐった。「あの娘が断ったら」洟をすすってつづける。「あたしがあんたをもらったげる」

レオが最後まで言い終える前に、キャサリンは立ち上がって、ひさしのほうにそろそろと移動しはじめていた。

「いまから行くわ」

「慌てるなよ」レオは注意を促し、縄を握る手に力を込めて、彼女の小さなはだしがそろりそろりと動くさまを凝視した。「屋根に出たときと同じようにすればいいんだからな」

背中に壁を押しつけて、キャサリンは少しずつレオのほうに移動する。「出たときどんなふうにしたかなんて、覚えてないわ」彼女はあえぐように言った。

「下を見るなよ」

「見ても見えないから」

「ともかく見るな。そうっと足を動かして」糸巻きを操るように、レオは緩んだ縄をたぐり寄せた。距離が徐々に縮まっていき、ついにあともう一息というところまでキャサリンがたどり着く。レオは精いっぱい腕を伸ばした。伸ばしすぎて指先が震えた。一歩。もう一歩。そうしてようやく彼女の体に腕をまわすと、一気に部屋のなかへと引っ張った。

娼館のほうから歓声がわき起こったかと思うと、窓が次から次へと閉じられていった。

レオは両脚を広げて床に座りこみ、キャサリンの髪に顔をうずめた。安堵に体を震わせ、とぎれがちなため息を吐きだす。

「よかった。本当によかった。ああ、キャット。いまのは生涯最悪の二分間だったぞ。きみには数年をかけてこの償いをしてもらおう」

「たったの二分間じゃない」キャサリンが抗議すると、レオは笑いすぎてむせた。

ポケットをまさぐり、眼鏡を取りだした彼は、彼女の鼻梁にそっとのせた。世界がふたたびくっきりとした姿を見せる。

ハリーがふたりのかたわらにしゃがみ、キャサリンの肩に触れた。兄に向きなおった彼女は、両腕を彼にまわしてきつく抱きしめ、「兄さん」とささやきかけた。「また助けに来てくれたのね」

髪に顔をうずめた兄が、ほほえむのがわかる。「いつだって助けてあげるよ。きみが必要とするときはいつだって」顔を上げたハリーは、しかめっ面でレオを見てから言い添えた。「彼と結婚したまえ、キャット。進んであんな目に遭おうという男ならきっと、受け入れるに値するはずだから」

ホテルに戻ったあと、レオはいやいやながらも、キャサリンをポピーとミセス・ペニーホイッスルの手にゆだねた。ポピーとメイド長はキャサリンをスイートルームに連れていくと、入浴と洗髪を手伝ってくれた。疲れきり、まだ困惑覚めやらぬ状態だったため、ふたりの優しい気づかいは心からありがたかった。洗いたてのナイトドレスと化粧着に着替えたあと、キャサリンは暖炉の前に座り、ポピーに髪を梳かしてもらった。

部屋はきれいに掃除され、ベッドもシーツを交換ずみだった。メイド長が濡れたタオルを両腕に抱えて下がり、キャサリンたちをふたりきりにしてくれる。

ドジャーの姿はどこにもない。彼の身に起こったことを思い出し、キャサリンは悲しみに喉の奥が詰まるのを感じた。あの勇ましいちびすけのことは明日になったら訊こうと思った。あいにくいまは、悲しみに直面する勇気がない。

彼女が洟をすすっているのに気づいて、ポピーがハンカチを差しだした。櫛がゆっくりと髪を梳いていく。

「ハリーから、今夜は言わないほうがいいと止められているのだけど、自分だったら知りたいと思うから言うわね。あなたとお兄様が叔母さんの家を出たあと、ハリーは警察が来るまで現場に残ったの。やがて警察が到着し、叔母さんの部屋に行ってみると、亡くなっていたそうよ。口のなかに阿片煙膏が残っていたらしいわ」

「かわいそうな叔母さん」キャサリンはささやき、ハンカチを目元に押しあてた。

「そんなふうに同情できるなんて、優しいのね。わたしなら、きっと許せないわ」

「ウィリアムはどうなったのかしら?」

「警察が来る前に逃げたようよ。ハリーとお兄様が相談しているのを小耳に挟んだのだけど、ボウ・ストリートの捕り手に捜査を依頼するつもりみたい」

「その必要はないわ」キャサリンは言い張った。「彼のことは見逃してほしいの」

「お兄様は、あなたの言うことならなんでも聞くと思うけど」ポピーが応じる。「でもどうして?　あんな目に遭わされておきながら――」

「ウィリアムだって、わたしと同じ被害者だもの」キャサリンは心からそう言った。「彼はただ生き延びようとしただけ。運命が彼に過酷すぎたの」

「あなたにもね。でもあなたの場合は、なんとかして運命を切り開こうとした」

「わたしにはハリーがいたわ。それにあなたや、あなたのご家族も」

「お兄様もね」ポピーは笑みを含んだ声で指摘した。「もちろん、お兄様と結婚するのでしょう？　傍観者として生きていくことを固く決意していたはずなのに、お兄様はちゃんと本流に戻ってきてくれた。あなたのおかげで」

「でも、あなたはわたしでかまわないの、ポピー？」キャサリンはおずおずとたずねた。

するとポピーは背後からキャサリンを抱きしめ、つかの間、彼女の頭に自分の頭をのせた。

「家族みんなを代表して言ってもいいわ。あなたがお兄様と結婚してくれたら、こんなに嬉しいことはないって。あなた以外に、兄をもらってくれる人なんているわけがないもの」

トーストとスープという簡単な夕食のあと、キャサリンはベッドに入り少し眠った。怖い夢を見て幾度となく目を覚ましたが、ずっとそばにいてくれるポピーを見つけると、安心してまた眠りに戻った。ベッド脇の椅子で本を読むポピーの髪が、ランプの明かりを受けてマホガニー色にきらめいていた。

「そろそろお部屋に戻ったほうがいいわ」キャサリンは何度めかの目覚めのときに、意を決して言った。暗闇を恐れる子どもみたいに思われていたら恥ずかしい。

「じゃあ、もう少しだけいるわね」ポピーは優しくこたえた。

次に目を開けたときには、レオが椅子に座っていた。寝ぼけまなこを彼のほうに向け、そのハンサムな顔を、心配そうな青い瞳を見つめる。シャツのボタンがいくつかはずれて、胸毛がかすかにのぞいていた。そのたくましい胸に抱かれたくて、彼女は無言で腕を伸ばした。

レオはすぐに来てくれた。両の腕を彼女の体にまわし、並んでベッドに仰向けになる。キャサリンはレオに抱かれる感覚と、彼が発する匂いに身を浸した。「わたしだけね」とささやく。「ロンドン一よこしまな男性の腕に抱かれて、こんなふうに安心できるのは」

彼が笑い声に似たものをあげる。

「だってきみは、よこしまな男のほうが好きなんだろう？　きみみたいな女性は、普通の男じゃ退屈するよ」

キャサリンは彼にいっそう体を密着させ、毛布の下で思いっきり伸びをした。

「すごく疲れたわ。でも、眠れないの」

「明日の朝には元気になっているよ。きっとね」レオの手が、毛布の上から腰に触れる。

「目を閉じて、キャット。そばにいてあげるから」

彼女は眠ろうとした。だがときが経つほどにじれったさともどかしさが増し、渇望感が骨まで染みわたっていくようだった。肌が触れられたい、撫でられたいと訴えている。けれどもシーツがこすれるだけで、そこがひりつく。

レオがベッドを離れ、グラスに水を入れて戻ってきた。キャサリンは喉を鳴らして水を飲んだ。口内が冷たく潤い、心地よくくすぐられるかのようだ。

空になったグラスを受け取ると、レオはランプを消してからベッドに戻ってきた。彼の重みでマットレスが沈み、その気配だけで体がうずく。キャサリンは、切望感のかたまりとなっている自分にたじろいだ。闇のなかでレオの唇が彼女の唇を探しあて、えもいわれぬ優しさで口づける。けれども彼女は、荒々しく反応せずにはいられない。彼の手が乳房に触れ、モスリン地の下ですでに硬くなったつぼみをもてあそぶ。

「阿片を吸うとそうなることがある」レオが静かに教えてくれた。「何度も吸ううちに体が慣れてくるけれど、最初は、ちょうどいまのきみみたいに敏感になるものなんだ。そうして効き目がすっかり切れたあと、今度は神経という神経が阿片を求めて叫びだす。あとはひたすら……渇望感にさいなまれることになる」

語りながら彼は胸を手のひらでつつみこみ、親指で硬いつぼみをそっと愛撫した。キャサリンは全身がうずき、下腹部を、腕や脚を、炎のリボンで舐められるかに感じた。あえぎ声をもらし、身をよじる。くぐもった自分の叫び声を恥ずかしいとも思わないほど、激しく彼を求めている。けれどもレオは、毛布の下から手を出してささやいた。

「落ち着いて」張りつめた下腹部を撫でる。「楽にしてあげるから」

彼は大切な場所に優しく触れ、そっと撫でて押し開き、指を挿し入れ、濡れそぼったなかをゆっくりと愛撫した。キャサリンは腰を突き上げた。体が彼を求めて自然と動いては、いっそう深く激しい挿入へといざなう。

レオは身をかがめて彼女の首筋にキスをした。親指の先を、白熱の炎に焼けつく場所にあてがう。それと同時に、指先で彼女を押し開いた。痛いほどの快感に絶頂を迎えたキャサリンは、われ知らずあえぎ声をあげ、シャツの背中を両手できつくつかんだ。しまいにはシャツが裂けてしまうのがわかった。荒い息を吐き、布地から手を離して、口ごもりながら謝罪の言葉を口にする。レオは裂けたシャツを脱ぎ捨てると、唇で彼女を黙らせた。

優しく触れられ、じらすように愛撫されると、キャサリンはすすり泣いて身をこわばらせた。またもや炎にのみこまれ、体の奥底から震えがわいてくる。指が入ってくるのがわかり、彼女は自ら脚を開いた。激しい痙攣が止まったところで、ぐったりとレオの腕に身をあずけると、どっと疲れに襲われた。

けれども真夜中にはふたたびレオが欲しくなって、こっそりと彼に身を寄せる羽目になった。気づいた彼が上にのしかかってきて、楽にしてあげるから、大丈夫だからとささやく。キャサリンはむせびながら、全身に口づけを受けた。両脚を彼の肩の上に引き上げられ、両手で臀部をつかまれる。彼の唇が優しくまさぐり、感じやすい場所を舌が深々と舐める。レオは一定のリズムを刻もうとはせず、そっと引っ張ったり、舐めたり、鼻をすり寄せたりして彼女を楽しませた。歓喜が波となって押し寄せ、解放感に息をのむ。

「奪って」キャサリンはレオがとなりに横たわるとささやきかけた。

「だめだよ」レオは静かに言い、体の向きを変えて、彼女を組み敷いた。「今夜は絶対にいけない。きみがちゃんと判断できるようになるまで待とう。朝になれば、阿片の作用はほとんど消えているはずだ。そのときになってもまだ欲しいと言うのなら、喜んで相手をしよう」

「いま欲しいの」キャサリンは訴えた。けれども彼は組み敷いたまま、またもや唇で彼女を歓喜へといざなった。

数時間後、キャサリンは目覚めた。暗紫色の空が夜明けの色へと変わりだすさまを眺める。背後ではレオが大きな体を毛布にしっかりとつつみ、片腕を彼女の首にまわして寝入っていた。反対の腕はキャサリンの腹にのっていた。レオを身近に感じるのが、彼女は大好きだった。体から発散される熱も。分厚い筋肉も。肌はあるところはサテンのようにすべらかで、別のところは粗い毛に覆われている。動かないように気をつけていたのに、レオはむにゃむにゃ言って身じろぎをした。

キャサリンはそろそろと手を伸ばし、大きな手をとると胸元へと持っていった。まだ眠りのなかにいるはずなのに、レオが乳房を愛撫しだす。唇がうなじに触れるのがわかった。腰にあたるものが硬くなってくると、彼女はそこに臀部を押しあてた。彼の脚が太もものあいだに割って入り、彼の手が柔毛のほうへと伸びてくる。

屹立したものが花びらを押し開き、濡れそぼった部分に円を描くように愛撫している。レオはわずかにそれを沈ませ、途中で動きを止めた。夜どおし愛されたせいではれた場所が、彼を受け入れようとしないらしい。

レオの愉快げな、甘い声が耳をくすぐる。

「もっとがんばってもらわないと困るよ、ミス・マークス。きみならできるはずだろう？」

「楽にさせて」キャサリンはあえいだ。

慰めの言葉をつぶやいてから、レオは彼女の脚を持ち上げ、体の位置を整えた。彼のものがするりと入ってくる感覚に、キャサリンは目を閉じる。

「そら」レオがささやく。「これでいいかい?」

「もっとよ……もっと奥まで……」

「だめだよ、キャット……今日は優しくしよう。今日だけは」

レオはゆったりと慎重に腰を動かしながら、脚のあいだにふたたび手を伸ばした。キャサリンは彼のやり方に合わせるしかなかった。ぬくもりに満たされつつ、触れられるたびに心地よさが募っていくのを実感する。愛の言葉をささやき、うなじに唇を寄せ、レオはさらに奥深くへと自分のものを沈ませた。キャサリンが愛しい人の名を呼びながら達すると、さらに深く突き入れて、いっそうの高みへといざなった。彼女は震える手をレオの臀部に伸ばし、筋肉が波打つ肌をきつくつかんだ。

「行かないで。このままでお願い、レオ」

その言葉の意味を、レオはすぐに理解したようだ。彼女のなかがまたもや収縮し、彼のものを甘やかに締めつける。その瞬間、レオは深く腰を突き立てて自らを解放した。キャサリンはついに、それがどんなものかを感じとることができた。彼の下腹部がどんなふうにこわばり、最後の瞬間に、彼がどんなふうに身を震わせるかを。

果てたあとも、ふたりはできるかぎり長いあいだ、つながったままでいた。互いに寄り添い、夜明けの光がカーテンの隙間からもれ入るさまを眺めていた。

「愛してるわ」キャサリンはささやいた。「心から愛してる。わたしのレオ」

レオはほほえんで彼女にキスをした。ベッドを出て、のろのろとズボンをはく。彼が洗面台で顔を洗うあいだに、キャサリンは眼鏡を探して鼻梁にのせた。扉脇に置かれた、ドジャーの籠にふと視線が行く。たちまち笑みを消し、彼女は「かわいそうなイタチ君」とつぶやいた。

戻ってきたレオが、涙のあふれる瞳に気づいて心配そうな顔になる。「どうかしたか?」

「ドジャーよ」キャサリンは洟をすすった。「さびしいわ」

ベッドに腰を下ろしたレオは彼女を抱き寄せた。「あいつの顔が見たい?」

「ええ、でももう見られない」

「どうして?」

その問いかけに答える前に、扉の下でなにかがうごめいているのにキャサリンは気づいた。毛むくじゃらのひょろりとした体が、ほんのわずかな隙間からなんとかして部屋に入ろうと必死にもがいている。キャサリンは目をしばたたいた。

「ドジャーなの?」

フェレットは跳びはねながらベッドのほうに駆けてきた。愛らしい鳴き声をあげ、目をきらきらさせている。

「ドジャー、生きていたのね!」

「もちろん、生きているさ」とレオ。「ゆうべは、きみをゆっくりやすませなくちゃいけないから、ポピーの部屋に閉じこめておいたんだ」ベッドに飛びのったフェレットを見てほほえむ。「いたずらなちびめ。よくひとりでここまで来られたな」

「わたしを捜しに来たのね」キャサリンが両の腕を伸ばすと、ドジャーは彼女の体をよじのぼり、胸元にすり寄った。なめらかな毛皮を何度も何度も撫で、親愛の言葉をかけてやる。「ドジャーがね、わたしを守ろうとしてくれたの。ウィリアムの手に思いっきりかみついたのよ」フェレットに顎をすりつけ、甘い声を出す。「おまえは、おちびでお利口なフェレットね」

「偉いぞ、ドジャー」レオが言った。しばしベッドを離れた彼は、脱ぎ捨てた上着のところに行くと、ポケットのなかをまさぐった。「となると、ひとつ聞かねばなるまい……きみと結婚するには、フェレットもどこかで調達してこなくちゃいけないわけか？」

「ベアトリクスに、この子を飼わせてほしいと頼んではだめかしら」

「もちろんいいとも」レオが戻ってきてとなりに座る。「ドジャーはミス・マークスのものだから――ベアトリクスはいつもそう言っていた」

「そうなの？」

「だって見ればわかるだろう？　あれだけきみの靴下留めにご執心なんだ。そんなドジャーを誰も責めることはできまい」レオが彼女の手をとる。「ひとつ訊きたいことがあるんだが、ミス・マークス」

キャサリンはいそいそと身を起こした。フェレットがすかさず首に巻きつく。

「きみに求婚するのは、これが五度めだか六度めだかよく覚えてないが――」

「まだ四度めよ」

「昨日もしただろう。あれも入れて四度め？」

「いいえ、だって昨日は〝結婚してくれ〟とは言わなかったもの。〝屋根を下りてこっちへ来い〟みたいなことを叫んだだけ」

レオの眉が片方つりあがる。「まあいい、本題に入ろう」彼はキャサリンの左手の薬指に指輪をはめた。見たこともないほど美しい、息をのむばかりの品だった。非の打ちどころのない銀色のオパールで、奥のほうに青や緑の小さな炎が揺らめいている。手を動かすたび、オパールはこの世のものとは思えない輝きを放った。その周りにはきらめく小粒のダイヤモンドがあしらわれている。「オパールは、きみの瞳によく似ている。きみの美しさにはとうていかなわないが」いったん言葉を切った彼は、真剣な面持ちで彼女を見つめた。「キャサリン・マークス、わが生涯の恋人……結婚してくれますか？」

「その前に、もうひとつの質問に答えたいのだけど」キャサリンは言った。「以前、わたしに訊いたでしょう？」

レオはほほえみ、自分の額を彼女の額にあてた。「農夫と羊の質問か？」

「いいえ……抑止できない力が不動の物体と出合ったときになにが起こるか、という質問」

かすれた笑い声がレオの口からもれる。「よし、きみの答えを聞かせてくれ」

「抑止できない力は止まるの。そして不動の物体は動きだす」

「なるほど。いい答えだ」レオの唇がそっと彼女の唇をかすめる。

「ラムゼイ卿、わたし、もう二度とキャサリン・マークスとして目を覚ましたくないわ。できるだけ早くあなたの妻になりたい」

「明日の朝ではどうだろう？」

キャサリンはうなずいた。

「だけど……そうなるともう、ミス・マークスとは呼んでもらえなくなるのね。なんだか気に入りかけていたのに」

「実際には、いまだにときどきその名で呼んでるぞ。情熱的なひとときにもそう呼んでいる。よし、実践してみよう」レオは誘惑するときの甘い声でささやいた。「キスしてくれ、ミス・マークス……」

キャサリンは、笑みをたたえて彼に唇を寄せた。

エピローグ

一年後

赤ん坊の泣き声が静寂を切り裂いた。

レオは一瞬しりごみし、それから顔を上げた。キャサリンの産室から追いだされたあと、彼は居間で家族とともにこのときを待っていた。アメリアはキャサリンと医師に付き添っており、ときおり産室を出てきては、ウィンやベアトリクスに簡単な報告をしていった。キャムとメリペンは腹立たしいほど落ち着いていた。ふたりともすでに、妻が無事にお産を終えるさまを見届けてきたからだ。

幸いハサウェイ家の人間は、みな子宝に恵まれているようだ。三月にはウィンが立派な男児を産んだ。ガッジョとしての名前はジェイソン・コール、ロマとしての名はアンドレイという。それから二カ月後には、ポピーが娘を産んだ。赤毛の愛らしいエリザベス・グレースは現在、ハリーとラトレッジ・ホテルの従業員に溺愛されている。

そうしてついにキャサリンの番がやってきた。出産はほかの人間にはごく普通の出来事らしいが、レオはまさに神経をかき乱される思いを味わった。妻が痛みに苦しむ姿はとうてい見ていられなかった。そのうえ、そばにいてもなにもしてやれない。無事に生まれるわと何度慰めの言葉をかけられようと……陣痛が果てしなくつづきそうなのに、いったいどこが無事なのだとレオは思うのだった。

けっきょくレオは、八時間にわたり居間で待つ羽目になった。両手で頭を抱え、くよくよと考えをめぐらし、一言も口をきかずに暗い顔で。キャサリンのことを思うと恐ろしくてならなかった。彼女を失った人生など耐えられない。思ったとおり、彼は気も狂わんばかりに彼女を愛した。一方、キャサリンにとってのレオは、当のキャサリンがかつて言ったとおり、手に負えない男でもなんでもなかった。ふたりには多くの相違点がある。にもかかわらず、これ以上考えられないほど互いにふさわしい相手だった。

おかげで、結婚生活は調和に満ちていた。ふたりはときに激しく、ときに笑いながら口論し、あるいは、たっぷりと時間をかけてまじめに語りあった。ふたりきりになると、余人にはわからないごく短い言葉だけで会話をする。ベッドのなかでも常に睦まじく、情熱的に愛しあい、求めあった。だが結婚生活に入って最も驚いたのは、互いに見せる深い思いやりだった――以前はあれほど、激しく衝突していたのに。

自分の最悪の一面を引きだす女性が、まさか最高の一面をも引きだすことになろうとは、レオはかつて想像さえしなかった。また彼は、キャサリンに対する愛がここまで深くなるだろうとも考えていなかった。妻への愛はなによりも深く、抑制など不可能だった。ここまでの愛に出合ってしまったら、男はひたすらそれに身をゆだねるしかない。

彼女にもしものことがあったら……お産の際に万一のことが起こったら……。

レオは両のこぶしを握ってゆっくり立ち上がった。アメリアが、おくるみをまとった生まれたての赤ん坊を抱き、居間に入ってくる。戸口で立ち止まる彼女を、小さな歓声をあげた家族たちが取り囲む。「元気なかわいい女の子よ」アメリアはにっこりとほほえんだ。「先生が、顔色もとてもいいし、肺も丈夫そうですって」赤ん坊を兄のもとに連れてくる。

レオは恐ろしくて動けなかった。赤ん坊を受け取らず、妹の顔を凝視して、かすれ声でたずねる。

「彼女は？」

アメリアはすぐに質問の意図を理解した。答える口調が優しくなる。

「元気よ。とっても元気。いまなら産室に様子を見に行っても大丈夫よ。でもその前に、わが子にはじめましてを言ったら？」

レオはとぎれがちなため息をもらし、おそるおそる赤ん坊を抱いた。小さなピンクの顔を、薔薇のつぼみを思わせる口を、不思議そうに見下ろす。赤ん坊というのはなんて軽いんだろう……腕のなかにいるのが、一個の人間だとは信じがたい。

「ハサウェイ家らしい女の子ね」アメリアが笑いながら言った。

「では、できるかぎりその部分を矯正するように努めよう」レオは娘の小さな額にキスをした。ふわふわの黒髪が父の唇をくすぐる。

「名前は決めた？」アメリアがたずねた。

「エマリーヌだ」

「フランス風ね。いい名前だわ」なぜか彼女は、くすりと笑ってからさらに問いかけた。

「男の子だったらなんて？」

「エドワード」

「お父様にちなむの？　素敵だわ。あの子にぴったり」

「誰にぴったりだって？」レオは娘にうっとりとなりながら訊いた。

アメリアは背伸びをして兄の顔をのぞきこみ、戸口のほうを見るよう促した。そこにはウィンがもうひとりの赤ん坊を抱いて立ち、メリペンとキャムとベアトリクスに見せていた。

レオは目を見開いた。「なんてこった。双子か？」

キャムが満面の笑みで近づいてくる。

「ハンサムな坊やだ。いっぺんにふたりの父親だな、パル」

「しかも」ベアトリクスがつけくわえる。「お兄様は危ういところで跡継ぎにも恵まれた……期限はあと一日だったのよ！」

「なんの期限だ？」レオは呆然とたずねた。娘をアメリアに預け、ウィンから息子を受け取る。赤ん坊の顔を見たとたん、彼はその日、二度めの恋に落ちた。すでに圧倒されていたというのに、いまや頭のなかが真っ白だ。

「もちろん、例の相続の件よ」ベアトリクスが説明するのが聞こえる。「これでハサウェイ家は、ラムゼイ・ハウスに住みつづけることができるわ」

「こんなときに、そんなことまで考えられるなんて信じられん」レオはつぶやいた。

「どうして？」メリペンが黒い瞳をきらめかせながら訊く。「正直言っておれも、みんなでラムゼイ・ハウスに住めるとわかって安堵してるぞ」

「どいつもこいつも、いまいましい家の心配なぞしていたのか。わたしは八時間も地獄の苦しみに耐えていたというのに」

「ごめんなさい、お兄様」ベアトリクスがいかにもすまなそうな声で言う。「お兄様が苦しんでいるなんて思いもしなかったから」

レオは息子にキスをすると、慎重な手つきでウィンに預けた。

「わたしはミス・マークスの顔を見てくる。彼女も大変な思いをしただろうからな」

「われわれからも、おめでとうと伝えておいてくれ」キャムが笑いのにじむ声で言った。

一段抜かしで階段を上り、レオはキャサリンがやすむ寝室へと向かった。毛布の下の彼女はとても小さく見えた。顔は青ざめ、疲れた表情をしている。だがレオを認めるなり、口元にうっすらと笑みを浮かべた。

レオはベッドに駆け寄り、唇を重ねた。「わたしにできることがあれば言ってくれ」

「なにもしなくていいわ。お医者様が、痛み止めにアヘンチンキをくださったし。すぐにまた戻っていらっしゃるはずよ」

なおもベッドに身を乗りだしたまま、レオは妻の髪をしきりに撫でた。「くそっ、どうしてわたしを部屋から追いだしたりしたんだ」彼女の頬に自分の頬をすり寄せてささやく。

するとと、彼女がほほえむのがわかった。

「先生があなたのことを怖がるから」

「どんな処置をするつもりだと、訊いただけだ」

「無理やり説明させたんでしょ」キャサリンが図星をつく。

レオは妻に背を向け、サイドテーブルに並ぶものをいじりはじめた。「それは、あの医者が中世の異端審問にでも使いそうな器具を並べだしたからだ。お産に使う道具とは思えなかった」軟膏の入った小瓶を見つけ、妻の乾いた唇に薬を塗ってやる。

「となりに座って」キャサリンが彼の指の下でつぶやく。

「痛い思いをさせたら困る」

「大丈夫よ」キャサリンは誘うようにマットレスをたたいた。

妻にぶつかったりしないよう、レオは細心の注意をはらってベッドに腰を下ろした。「双子の誕生には、ちっとも驚いてないいんだ」妻の手をとり、指にそっと口づけた。「例のごとくやけに手際がいいなと思っただけさ」

「どんな赤ん坊だった？　沐浴がすんでからはまだ見ていないの」

「がにまたで、頭でっかちだった」

キャサリンがくすくす笑い、顔をしかめる。「お願い、頼むから笑わせないで」

「本当は、きれいな赤ん坊だった。最愛のキャット……」彼女の手のひらにキスをする。

「お産のときに女性がどんな苦しみを味わうのか、わたしもようやく理解できたよ。きみは世界一、勇敢で強い人だ。まさに戦士だよ」

「そうかしら」

「そうとも。フン族のアッティラ王も、ジンギス・カンも、エジプトのサラディンも、きみに比べれば腰抜けさ」いったん言葉を切り、満面に笑みを浮かべる。「双子のひとりが男だったのもさすがだ。みんなももちろん、大喜びしているよ」

「ラムゼイ・ハウスに住みつづけられるから？」

「それもある。でも連中にとってなにが一番嬉しいって、今後はわたしが双子の世話でてんてこまいになることだろう」またもや言葉を切る。「さぞかしわんぱくになるだろうなあ」

「でしょうね。わたしたちの子だもの」キャサリンが身を寄せてくる。レオは慎重に、彼女を肩に寄りかからせた。「今夜はどうなるかしらね」キャサリンはささやいた。

「腹を空かせた双子の赤ん坊が、同時に目を覚まして泣きだすんじゃないか？」

「それだけじゃないわ」

「それだけじゃない？」

「ラムゼイ家の呪いが真夜中に解けるはずよ」

「思い出させないでくれ。これから怯えながら――」口をいったん閉じ、炉棚の時計を見る。

「七時間と二八分を過ごさなくちゃいけなくなる」

「だったら一緒にいましょう。わたしがあなたを守ってあげる」キャサリンはあくびをし、ぐったりと夫の肩にもたれかかった。

ほほえんだレオは彼女の髪を撫でた。「ではふたりで今夜を切り抜けよう、ミス・マークス。旅は始まったばかりだし……まだまだやるべきことがたくさんある」妻の呼吸が規則正しく静かなものになるのに気づき、いっそう優しい声になってつづけた。「わたしの胸でおやすみ。きみが夢見る姿を見守っていてあげる。明日の朝もその次の朝もずっと、きみは愛する者のとなりで目覚めるんだ」

「ドジャーのこと？」キャサリンが胸元でつぶやき、レオはくすりと笑った。

「いや、きみのいまいましいフェレットには断固として籠で眠ってもらう。愛する者というのは、わたしのことだよ」

「わかっているわ」キャサリンは片手でレオの頬に触れた。「あなただけ。生涯、あなただけよ」

訳者あとがき

大変お待たせいたしました。ザ・ハサウェイズ・シリーズ第四部『純白の朝はきらめいて(原題 Married by Morning)』をお届けします。

ときは一八五二年八月。ハサウェイ家の長男でラムゼイ子爵のレオと、一家に家庭教師として雇われているキャサリン・マークスの、第三部でのあの場面にいったんさかのぼるかたちで物語は進みます。これまでなにかにつけて衝突してきたふたりが、どのようなきっかけで、あるいはどのような経緯で心を通わせるに至るのか、あとがきではあえて触れずにおきたいと思います。

第一部『夜色の愛につつまれて』を訳した時点では、本シリーズが全何部作になるのかは明らかではありませんでした。五人きょうだいのハサウェイ家ですが、レオが『夜色の〜』でだめ男ぶりをとことん発揮していたことから、訳者としても、果たして彼がヒーローたり得るのかどうか、疑問に感じていました。ひょっとすると、多少更生できてもレオは脇役のままで終わってしまうのかも(ちょっとかわいそう)、なんて思ったものです。

ところが！　第二部『夜明けの色を紡いで』以降でのレオの活躍ぶりは、すでに読者のみなさんもご存じのとおり（未読の方はきっと第一部からお読みくださいね）。その飄々とした口ぶりや、どこか人を食ったような態度。そのくせ妹たちにはさりげなくも深い愛情を示す彼の姿を読むにつけ、がんばれレオ、と応援せずにはいられない、非常にチャーミングな男性へと生まれ変わってくれました。

でも立ち直ってからのレオこそが、本来の姿なのですね。それは、第二部以降の彼の言動がきわめて一貫していること、そして、立ち直ってからの兄を妹たちがごく自然と受け入れていることから、よくわかります。

クレイパス作品では「壁の花」四部作のウエストクリフ伯爵が、そのスピンオフ作品『もう一度あなたを』で「兄」としての手本とも言うべき姿を見せています。ウエストクリフと比べてはかわいそうなくらいのレオでしたが、ここまで立派に生まれ変わってくれ、まさに感無量です。なにしろ第一部では、せっかくの容姿も台無しなほど、酒で太り、赤ら顔をしていたようですから……。

さて第二部以降、立ち直ったレオは妹たちやそのパートナーが窮地に陥った場面において、必ず救世主的な大きな役割を担ってきました。たとえば第二部で、次女ウィンの夫となるメリペンが牢獄に入れられたときなどがそうです。けれども今回は当のレオがヒーローなので、レオとキャサリンの万一のときには、ふたりを助ける準主役級の登場人物が必要になります。

それは果たして誰なのか？

今回、ふたりの救世主となるのはふたり（?）。ひとりは、家族の一員でありながらレオがまだ心からの信頼関係を築けていない人物。なるほど、その人物については設定ができすぎている感が正直ありましたが、本作の流れにつなげるためにはやはり必要だったのでしょう。またこの設定によって本シリーズには、一・二部で第一幕、三・四部で第二幕、というつながりも生まれました。

そして本作もうひとり（?）の救世主は、意外というか、そうきたか、というか。どこかレオを彷彿とさせる「彼（?）」のキャラクターが、本作では過去作以上にうまく、愛らしく描かれています。思いかえしてみれば、そもそも「彼」はレオとキャサリンの出会いのきっかけ。ふたりのキューピッドそのものだったわけですね。

ザ・ハサウェイ・シリーズも残すところあと一作。最終幕だけとなってしまいました。末っ子ベアトリクスがヒロインとなる第五部は、それほどお待たせすることなくお届けできそうです。どうぞお楽しみに。

二〇一二年三月

ライムブックス

純白《じゅんぱく》の朝《あさ》はきらめいて

著　者　リサ・クレイパス
訳　者　平林《ひらばやし》 祥《しょう》

2012年4月20日　初版第一刷発行

発行人　成瀬雅人
発行所　株式会社原書房
〒160-0022東京都新宿区新宿1-25-13
電話・代表03-3354-0685　http://www.harashobo.co.jp
振替・00150-6-151594
ブックデザイン　川島進(スタジオ・ギブ)
印刷所　中央精版印刷株式会社

落丁・乱丁本はお取り替えいたします。
定価は、カバーに表示してあります。
 ISBN978-4-562-04430-6　Printed in Japan